SALZBURGER MÄNNERHERZEN

Geschichten zu erzählen hat für Natascha Keferböck, Jahrgang 1969, schon als Kind eine wichtige Rolle gespielt. Mit dem Aufschreiben hat sie allerdings erst später begonnen. Sie ist seit vielen Jahren beruflich in der Technik- und Finanzwelt zu Hause. In ihren Flachgauer Krimis rund um das fiktive Dorf Koppelried bei Salzburg zollt die Autorin ihrer Liebe zum Salzburger Land und seinen Menschen humorvoll Tribut.

Dieses Buch ist ein Roman. Handlungen und Personen sind frei erfunden. Ähnlichkeiten mit lebenden oder toten Personen sind nicht gewollt und rein zufällig. Im Anhang befindet sich ein Glossar.

NATASCHA KEFERBÖCK

SALZBURGER MÄNNERHERZEN

Kriminalroman

emons:

Bibliografische Information der Deutschen Nationalbibliothek
Die Deutsche Nationalbibliothek verzeichnet diese Publikation
in der Deutschen Nationalbibliografie; detaillierte bibliografische
Daten sind im Internet über http://dnb.d-nb.de abrufbar.

© Emons Verlag GmbH
Alle Rechte vorbehalten
Umschlagmotiv: mauritius images/Westend61/Axel Ganguin
Umschlaggestaltung: Nina Schäfer, nach einem Konzept
von Leonardo Magrelli und Nina Schäfer
Umsetzung: Tobias Doetsch
Gestaltung Innenteil: DÜDE Satz und Grafik, Odenthal
Lektorat: Christiane Geldmacher, Textsyndikat Bremberg
Druck und Bindung: CPI – Clausen & Bosse, Leck
Printed in Germany 2023
ISBN 978-3-7408-1756-5
Originalausgabe

Unser Newsletter informiert Sie
regelmäßig über Neues von emons:
Kostenlos bestellen unter
www.emons-verlag.de

Wer am Ende ist, kann von vorn anfangen,
denn das Ende ist der Anfang von der anderen Seite.

Karl Valentin

Donnerstag

»Chef, da ist jemand ins Radar g'fahren. Auf der B 158 in Richtung Salzburg, aber noch in unserem Zuständigkeitsgebiet.« Die Gerti steckt den Kopf durch die Tür zu meinem Büro, die ich beinahe immer geöffnet habe.

»Ja und? Was hat das mit uns zu tun? Der Fahrer wird seine Strafe schon bekommen, sobald die Radarmessungen ausgewertet werden.«

Die Gerti, unsere Verwaltungsangestellte und meine allerliebste Sekretärin, grinst von einem Ohr zum anderen. »Aber nein, Chef, ein Mann ist in den Radarkasten selbst g'fahren. Das Renaterl ist grad zufällig mit dem Auto vorbeigekommen und hat uns informiert. Dem Fahrer scheint nix passiert zu sein, aber i hab vorsichtshalber die Rettung g'rufen.«

Das schaue ich mir persönlich an, denke ich mir schmunzelnd, wenn uns schon mal einer direkt in den Radarkasten kracht. Also hole ich den Schorsch, Gruppeninspektor Baumgartner, und kurz drauf brausen wir mit dem Streifenwagen Richtung Bundesstraße.

An der Unfallstelle winkt uns die Renate zu und weist uns professionell zwischen dem Rettungs- und ihrem Wagen ein, während die blitzgelben Hosen im leichten Föhnwind um ihre dünnen Beine flattern. Sie ist unsere Kirchen-Organistin, aber eher Buddha als dem lieben Gott zugetan. Erst vor Kurzem hat sie ihren Klavierlehrerinnenjob an den Nagel gehängt und Maries ehemaliges Feinkostgeschäft gemietet. Keine zweihundert Meter von unserer Kirche entfernt, hat sie dort mit inoffizieller Billigung unseres Pfarrers eine Art Asia-Laden eingerichtet, den ich meide, so gut es geht. Obwohl ich sie wirklich mag. Aber schon einige hundert Meter vor der Ladentür steigt einem der unerträglich aufdringliche Geruch von ganzen Büscheln Räucherstäbchen in die Nase.

Mit einem Grinsen lasse ich die Seitenscheibe herunter. »Na, Renate, es scheint, du hast alles perfekt im Griff. Brauchst du uns überhaupt noch?«

Die große, hagere Organistin im schwarz-weiß gestreiften T-Shirt lacht so sehr über meinen kleinen Scherz, dass die runde Metallbrille auf der Nase auf und ab hüpft. »Aber geh, Raphi! Natürlich brauch ich euch. Also, passiert ist dem Fahrer zum Glück nix, der Notarzt schaut ihn sich grad an. Ich glaub, der Mann ist nüchtern und war meiner Meinung nach halt ein bisserl zu schnell unterwegs.«

Kein Wunder bei dem Auto, denke ich mir, während ich aussteige. Ein blitzblauer Porsche Panamera Turbo mit Salzburger Kennzeichen hat das Radar frontal gerammt und sich dann förmlich um den aus der Verankerung gerissenen Kasten herumgewickelt. Neugierig gehe ich näher ran, weiche aber gleich wieder zurück. Die gesamte Technik ist quasi aus dem Beton herausgerissen, und aus einigen der losen Kabel funkt es verdächtig. Also bitte ich rasch meinen Polizisten, die Straßenaufsicht zu verständigen, damit ein Techniker die Stromzuleitung zum Radarkasten prüfen kann. Nicht dass noch etwas Schlimmeres passiert.

Ein kurzer Blick ins Auto zeigt mir, da wurde offenbar während der Fahrt mit dem Handy hantiert. Denn das Mobiltelefon lugt unter dem Airbag auf dem Boden vom Fahrersitz hervor.

»Ui, beim Fahren mit dem Handy spielen, das konnte ja net gut gehen.« Neugierig schielt mir unsere Organistin über die Schulter. Ich drehe mich zu ihr um und ziehe sie sanft, aber bestimmt von der Unfallstelle weg.

Während der Schorsch vorschriftsmäßig den Unfallort sichert, folgt mir die Renate zum Krankenwagen, der in sicherem Abstand zum Unfallauto geparkt hat.

Auf der Ladefläche sitzt ein Mann mit silbergrauer Lockenmähne im schmalen Business-Outfit. Der Notarzt misst seinen Blutdruck am linken Arm, während der Verursacher des Unfalls lässig sein Sakko über die rechte Schulter hält.

»Glück gehabt, dass Ihnen bei dem Buserer nix Schlimmes passiert ist.« Der Arzt packt seinen Blutdruckmesser zurück in die Tasche. »Ich möchte Sie trotzdem ins Krankenhaus zu einem kurzen Check mitnehmen, wir wollen ein Schleudertrauma so gut es geht vermeiden, gell.«

Der elegant gekleidete Lockenkopf winkt lässig ab und antwortet in gepflegtem Hochdeutsch: »Danke, ich weiß selbst am besten, wie es mir geht. Ich bin zufällig auch Arzt, und ins Krankenhaus gehe ich bestimmt nicht. Wenn Sie mich allerdings nach Salzburg mitnehmen würden, Herr Kollege, wäre ich Ihnen sehr verbunden. Ich müsste nämlich dringend zu einem Termin.«

»Wie Sie wollen, dann aber auf Ihre Verantwortung«, antwortet sein Gegenüber leicht verstimmt. »Sie müssen uns das halt dann nur unterschreiben, aber das kennen Sie ja.«

»Entschuldigen Sie«, grätsche ich in die Unterhaltung der beiden und wende mich an den Notarzt, »aber zuvor würde ich mich gerne kurz mit dem Herrn sprechen. Oder pressiert's?«

Der Angesprochene schüttelt den Kopf und geht zur Seite, wo er leise mit dem Sanitäter redet, den Blick dabei mit gerunzelter Stirn fest auf seinen Salzburger Kollegen mit der silbergrauen Mähne gerichtet.

Zufrieden bemerke ich, dass der Schorsch Fotos vom Unfallort macht, und widme meine Aufmerksamkeit dem Salzburger, der mittlerweile von der Ladefläche des Krankenwagens aufgestanden ist, trotz der Hitze sein Sakko übergezogen hat und sich den nicht vorhandenen Staub aus der Anzughose klopft.

Dabei würdigt er mich keines Blickes. Also räuspere ich mich laut und tippe mir dann mit der Hand kurz an meine Kappe. »Grüß Sie, Kommandant Aigner, Polizeiinspektion Koppelried. Haben S' wohl während dem Fahren ein bisserl am Handy herumgespielt? Könnte es sein, dass Sie dabei auch etwas zu schnell unterwegs waren? Wie viel PS hat der Wagen? Fünfhundert?«

Der Mann dreht sich zu mir, fährt sich mit der Hand durch die volle Lockenpracht und würde mich quasi gerne von oben herab mustern, ist aber mindestens einen Kopf kleiner als ich. »Na hören Sie mal, was sind das für Unterstellungen? Ich war vorschriftsmäßig unterwegs.«

»Keine Sorge, der Sachverständige wird das alles noch genau feststellen. Haben Sie Alkohol getrunken?«, muss ich routinemäßig fragen und seufze. Solche überheblichen Typen machen mir diesen ohnehin wenig aufregenden Job nicht gerade leichter.

»Jetzt machen Sie aber mal halblang«, nimmt er mir das sofort krumm, »es ist fünf Uhr nachmittags.« Genervt wirft er einen Blick auf seine teure Armbanduhr.

»Ich muss Sie das fragen, oder möchten Sie lieber ins Röhrl blasen?« Ich schnuppere unauffällig, aber Alkoholgeruch kann ich an ihm nicht wahrnehmen.

»Sie sind wohl nicht ganz bei Trost. Ich werde das bestimmt nicht tun!«, schreit mich der Typ ungehalten an.

»Dann können Sie auch gerne mit uns aufs Revier mitkommen«, entgegne ich und winke den Schorsch heran. Er nickt und steht keine zwei Minuten später mit dem Alkovortestgerät neben uns. Seine eindrucksvolle Erscheinung mit knapp zwei Metern und mindestens hundertdreißig Kilogramm Lebendgewicht lässt den arroganten Kerl sofort kapitulieren. Brav bläst er in das Messgerät.

In der Zwischenzeit treffen die Feuerwehr und die Techniker der Straßenverwaltung ein. Nach kurzer Begutachtung des ramponierten Radargeräts kommt einer der Feuerwehrler herangelaufen und erklärt uns atemlos, dass die Techniker die Stromleitung abklemmen müssten und wir uns daher schleunigst vom Acker machen sollten.

Wortlos hält mir der Schorsch das Testgerät unter die Nase. Von wegen kein Alkohol! Null Komma vier Promille. Gerade an der Grenze des Erlaubten, der Typ hat Glück.

»Ich war halt bei einem Geschäftstermin und musste ein

Glas Gin mittrinken. Mehr nicht. Hören Sie, meine Zeit ist wirklich kostbar, ich bin in Eile und sollte schon längst in Salzburg sein.« Ungeduldig wippt der Mann von einem Fuß auf den anderen.

Völlig unbeeindruckt ziehe ich gemächlich den Stift aus meinem Handy, und die Notizfunktion öffnet sich automatisch. »Name, Adresse? Das brauchen wir noch.« Ich lasse mich mit dem unsympathischen Kerl auf keine weitere Diskussion mehr ein.

»Dr. Christoph Trenkheimer, Salzburg, Imbergplatz 77A. Der neue Wohnpark mit Blick auf die Festung, gegenüber der Altstadt, natürlich oberste Etage«, erklärt er überheblich. Nobel, denke ich mir dabei, dort muss man sich erst mal eine Wohnung leisten können, geschweige denn ein Penthouse.

»Ich kenn das, wieder so ein Spießer-Bunker mehr, dem die schönen, altehrwürdigen Häuserl unserer Mozartstadt weichen mussten«, rümpft die Renate, die immer noch neben mir steht, ihre lange Nase.

Der schnöselige Fremde mustert ihre gelbe Flatterhose und ihr schwarz-weiß gestreiftes Shirt geringschätzig. »Und wer ist das bitte schön? Kommissarin Biene Maja? Nimmt die jetzt meine Aussage auf?«

Grinsend rücke ich mir mit dem Stift die Polizeikappe etwas nach hinten, während unsere Organistin empört die Hände in die Hüften stemmt und sich zwischen mich und den Mann im Anzug drängt. »Frechheit! Diese arroganten Schlipsträger! Bleifuß auf dem Gas, unschuldige Menschen auf der Straße gefährden und nicht mal eine Freisprecheinrichtung im Aut–«

»Vielen Dank für deine Hilfe, Renate«, unterbreche ich sie und schiebe sie sanft zur Seite, während der Mann so etwas Ähnliches wie »Dorfdeppen« murmelt. Dann wende ich mich streng an den Lockenkopf. »Ich an Ihrer Stelle würde mich einfach nur auf meine Fragen konzentrieren, denn Sie sind gefährlich nah an der Grenze zu einer Anzeige wegen Alkohol am Steuer, Herr Dr. Trenkheimer. Ich könnte auch einen Test am Alkomaten verlangen, allerdings bei uns in der Inspektion.«

Direkt gibt er sich kooperativer, und ich lasse mir seinen Führerschein zeigen. Den fotografiere ich mit unserer Polizei-App ab, damit die Unfallmeldung sofort im Zentralsystem gespeichert wird. In Windeseile nehme ich seine knappe Aussage auf, und dann räumen wir endlich alle das Feld für Feuerwehr und Techniker und machen uns auf den Weg zurück in Richtung Koppelried.

»So a Zipfi, so a depperter«, grunzt Gruppeninspektor Baumgartner neben mir auf dem Beifahrersitz. Mein Kollege verliert nie viele Worte. Er ist der Bruder meines besten Freundes und Vielleicht-irgendwann-mal-Schwagers Andi. Während der, seines Zeichens Gymnasiallehrer für Mathematik und Sport, sich seit einem halben Jahr bei meiner Schwester eingenistet hat, wohnt sein Bruder und mein Kollege, der gutmütige, schwergewichtige Riese Schorsch, immer noch bei seiner Mutter. Obwohl er die fünfzig schon längst überschritten hat.

»Da kann ich dir nur recht geben«, grinse ich breit, und mein Kollege verzieht seinen Mund ebenfalls zu einem Lächeln.

So fahren wir eine Zeit lang schweigend weiter, bis sich die Gerti über Funk bei uns meldet. Unsere Sekretärin heißt eigentlich Gertrude Schwaiger und ist seit Jahrzehnten die gute Seele der Inspektion, deren gesamte Organisation in Wahrheit sie schupft – nicht ich. Innerlich verfluche ich schon den Tag, an dem sie einmal in Pension gehen wird.

»Seids ihr schon fertig, Chef?«, hören wir ihre Stimme aus dem Funkgerät.

»Ja, Gerti. Gibt's noch was? Ich hab nämlich bald Dienstschluss und muss zu einer unglaublich wichtigen Einladung«, schmeichle ich ihr. Denn ich sollte bald mal meine Freundin und meinen Sohn vom Freibad abholen, weil wir heute Abend bei den Schwaigers zum Grillen eingeladen sind.

»Das geht sich locker aus, Chef«, lacht sie. »I muss dahoam eh noch die Salate vorbereiten. Aber die Mitzi aus dem Freibad hat grad eben ang'rufen, Erregung öffentlichen Ärgernisses. Da dürfte ein nackertes Mädel im Freibad herumspazieren.«

»Echt? Das wollen wir uns nicht entgehen lassen, was, Schorsch?« Vergnügt zwinkere ich meinem Polizisten zu, der verzieht den breiten Mund zu einem schiefen Grinsen, und dann steige ich aufs Gas.

An der Kassa erwartet uns eine entzürnte Mitzi, die Pächterin des Freibad-Büfetts. »Endlich seids ihr da!«, ruft sie uns schon von Weitem vorwurfsvoll entgegen. »Die Bachler Klara, die ist vor einer halben Stund da reinspaziert und hat sich pudelnackert auszogen. Die ausg'schamte Kanaille liegt seelenruhig beim Fünf-Meter-Turm, und die Burschen kriegen die Pappn nimmer zua. Saufrech ist das depperte Mensch, die hat mich glatt nur ausg'lacht, wie i sie rausschmeißen hab wollen. Ich sei nicht dazu befugt, hat die g'sagt. Aber die kann sich da bei uns net oafach ausziagn, net vor den ganzen Kindern. Wir sind a anständiges Bad.« Vor Wut wird ihr Gesicht krebsrot, und sie holt tief Luft. »Und der Loisl, dieses Waserl, traut sich gar nix. Er moant, wir müssten die Bachlerin in Ruh lassen, die hat zahlt, und in den Baderegeln würde halt nix von so an Verbot drinnenstehen. Dass i net lach. Was die ihren Eltern für a Schand macht. Die arme Herta und der arme Alfons, da bist du wirklich g'schlagen mit so oana Tochter. Rabenbratl, elendiges!«

Der Blick des alten Kassiers wandert kopfschüttelnd von der Büfett-Pächterin zu uns, und dann öffnet er uns wortlos die automatische Absperrung. Ich passe problemlos durch, aber der breite Schorsch muss sich ein wenig durch den schmalen Durchgang zwängen. Die Mitzi wartet nicht auf uns, sondern wälzt sich schon die Treppe hinunter ins Freibad. Da unten ist es rappelvoll, kein Wunder bei dem schönen Wetter. Es ist ein heißer Augusttag, es sind Schulferien, und die Badesaison ist in vollem Gange. Allerdings tut mir der hohe Geräuschpegel in den Ohren fast schon weh: Die Kinder kreischen, und die Jugendlichen spielen an jeder Ecke laute Musik mit ihren Handys. Weil ich auf diesen Tumult hier gar nicht stehe, bin ich froh, wenn sich meine Freundin opfert und brütend heiße Sommernachmittage mit meinem Sohn Felix hier verbringt.

Bei unserer Runde um das große Zwei-Meter-Becken kann ich sie auch schon entdecken. Sie ist einer der vielen Köpfe im Wasser, der hübscheste natürlich. Logisch.

Direkt neben ihr versucht sich mein Bub mit Kraulen und macht das wirklich schon recht gut. Nun sieht sie mich und winkt mir fröhlich zu. Dann deutet sie augenzwinkernd hinüber zum Becken für die Turmspringer, denn dort ist der Unruheherd.

Der Schorsch und ich wandern in unseren Sommeruniformen vorbei am Schwimmerbecken bis zum separaten Sprungbecken, wo rundherum mehrere Holzpritschen für die Badegäste angebracht sind. Hier tummelt sich in den Schulferien gerne die Koppelrieder Jugend.

Der Lois, unser Bademeister, steht unschlüssig vor einer dieser Pritschen und kratzt sich dabei am rechten Ohr. Sein Pfeiferl hängt über dem dicken braun gebrannten Bauch, seine weißen Bermudashorts hat er bis zu den tief hängenden Brustwarzen hochgezogen.

»Gut, dass ihr endlich da seids. I woaß nimmer, was i tun soll. Die Mitzi sitzt mir im Gnack, aber das Mädel macht doch nix, also net wirklich. I kann die net oafach so rausschmeißen, das ist doch die Tochter von unserem Bürgermoaster«, flüstert er uns zu und wischt sich dabei den Schweiß von der Stirn. Dann schielt er ängstlich zur Mitzi, die sich mit verschränkten Armen neben dem Schorsch platziert hat. Hinter ihr hat sich zur Unterstützung der halbe Koppelrieder Hausfrauenverein versammelt.

Dann erst entdecke ich die junge Frau.

Sie liegt auf die Ellenbogen gestützt auf dem Rücken, ganz allein auf einer der Holzpritschen, winzig kleine Kopfhörer in ihre Ohren gestöpselt. Ihre langen braunen Beine schwingen im Takt mit, und sie lächelt versonnen. Ein paar junge Burschen auf der Pritsche neben ihr starren sie mit offenem Mund an, aber das scheint ihr egal zu sein. Überhaupt alle rundherum starren die junge Frau an. Auch der Schorsch neben mir kriegt seinen Mund nicht mehr zu, und selbst die Mitzi neben ihm starrt böse und mit vor Aufregung immer noch hochrotem Kopf. Und ich starre wahrscheinlich auch.

Ich muss zugeben, so hatte ich die ältere Tochter unseres Bürgermeisters nicht in Erinnerung, als sie vor einigen Jahren irgendwohin zum Studieren gegangen ist. Auf der Straße hätte ich das früher unscheinbare Mädchen niemals wiedererkannt. Und um ganz ehrlich zu sein, noch nie habe ich einen so perfekten Busen auf einem so perfekten Körper in natura gesehen. Klaras Haut ist tief gebräunt, und die junge Frau trägt nichts weiter als eine leuchtend gelbe Bikinihose. Auf ihrem flachen Bauch glänzt auffällig ein goldenes Nabelpiercing, eine kleine Kugel. Dichtes pechschwarzes Haar umrahmt in einer frechen Kurzhaarfrisur ein ebenmäßig schönes Gesicht mit vollen Lippen und einer perfekt geschwungenen Nase. Ihr Augen werden von einer dunklen Sonnenbrille verdeckt. Hatte die Tochter unseres Bürgermeisters früher nicht langes brünettes Haar?, denke ich mir verwirrt.

Um irgendetwas zu tun, räuspere ich mich laut. Sehr laut. Endlich scheint sie Notiz von uns zu nehmen, zieht sich die Stöpsel aus den Ohren und legt sie auf ihr Badetuch. Geschmeidig wie eine Katze erhebt sie sich von der Pritsche und geht lässig auf uns zu. Direkt vorm Schorsch und mir kommt sie zum Stehen und nimmt die Sonnenbrille ab. Hellblaue Augen strahlen mich an.

»Schau an, der Herr Aigner. Immer noch so fesch wie vor fünf Jahren. Und der Herr Baumgartner, immer noch ... so groß.« Sie strahlt mich an, während ihr der Schalk regelrecht aus den Augen blitzt.

»Also, Fräulein Bachler ... äh, Klara«, räuspere ich mich

etwas verlegen und bemühe mich, meinen Blick nicht auf ihren nackten Oberkörper zu richten.

»Claire, lieber Raphi, die Klara habe ich Gott sei Dank hinter mir gelassen. Ich darf doch Raphi sagen, oder? Mittlerweile bin ich erwachsen und muss dich daher auch nicht mehr siezen.« Kokett drückt sie den Rücken durch und die eindrucksvolle Brust raus, wie ich aus dem Augenwinkel heraus wahrnehmen kann. Krampfhaft konzentriere ich mich auf ihre Augen, tiefer traue ich mich hier in aller Öffentlichkeit nicht zu schauen.

Dann reiße ich mich am Riemen und richte einen strengen Blick auf sie. »Also, Klara, äh, Claire, ich wäre dir verbunden, wenn du obenrum was anziehen könntest. Du weißt, das ist ein Familienbad, es gibt Baderegeln, und die Leute hier sind ... äh, nun ja ...« Ich stocke und komme mir selten dämlich vor. Aber einer muss schließlich reden. Der Schorsch bringt wie üblich den Mund nicht auf, der Bademeister kratzt sich immer noch nervös am Ohr, und die Koppelrieder Frauen haben, gänzlich solidarisch mit der Mitzi, allesamt abwartend ihre Arme verschränkt.

»Also, Sheriff, ich kenne die Baderegeln hier schon, seit ich lesen kann. Da gibt es keine einzige Stelle, an der geschrieben steht, dass man ein Bikinioberteil tragen muss.« Fragend blicke ich zum Bademeister, der hilflos mit den Schultern zuckt, die Augen ungeniert auf ihren blanken Busen geheftet.

»Nun ja, um des lieben Friedens willen würde ich dich freundlich darum bitten, den Leuten hier den Gefallen zu tun und –«

»Die Leute sind mir wurscht«, unterbricht sie mich, lässt uns alle einfach stehen und geht langsam zum Fünf-Meter-Turm. Sagte ich, sie »geht«? Die Bachler Klara schreitet vor sich hin und wiegt dabei die Hüften wie am Laufsteg, denke ich mir irritiert. Es geht gar nicht anders, man muss auf die zwei prallen, tief gebräunten Backen, nur getrennt von einem gelben schmalen Band, schauen, während sie bedächtig die Leiter des Sprungturms hochklettert.

»I ruaf jetzt den Alfons an, der soll seinen Gschrappen an die Ohrwascheln da rausziehen! Net amoi auf die Polizei kann man sich mehr verlassen«, schnaubt die Mitzi wütend, macht auf ihren weißen Gesundheitsschlapfen kehrt und verlässt das Areal um das Sprungbecken mit energischen Schritten. Dicht gefolgt vom erzürnten Koppelrieder Hausfrauenverein.

Bedauernd hebe ich beide Hände, während der Lois sich mittlerweile am spärlich behaarten Kopf anstelle des Ohrs kratzt und der Schorsch wie hypnotisiert auf den Sprungturm starrt.

Die Klara ist nämlich oben angekommen, geht zum Ende des Bretts und hüpft; aber nicht ins Wasser. Sie springt sich sozusagen ein, und der Busen rührt sich dabei kaum einen Millimeter vom Fleck. Dann reißt sie endlich die Arme in die Höhe und springt elegant kopfüber ins Wasser.

Ein paar Sekunden später taucht sie im Becken vor uns auf und zwinkert mir zu. »Ist dir etwa heiß geworden, Sheriff?« Direkt vor meinen Füßen stemmt sie sich mit beiden Händen an den Beckenrand und zieht sich hoch. Mit Schwung schüttelt sie sich das Haar aus, spritzt dabei mein Hemd nass und baut sich dann knapp vor mir auf. Sicherheitshalber trete ich einen Schritt zurück, denn alle Blicke rundherum sind neugierig auf mich gerichtet. Ein paar junge Burschen klatschen und johlen wie blöd.

Mir reicht's jetzt mit dem Theater. Ich schnappe mir das nächstbeste Badetuch, das auf der Holzbank hinter uns liegt, und hänge es ihr so über die Schultern, dass es den gesamten Oberkörper verdeckt. »So, junge Dame, genug Show für heute veranstaltet. Zieh dir gefälligst was Vernünftiges an oder geh nach Haus.«

Aber die Bürgermeistertochter grinst nur keck, kommt einen Schritt auf mich zu und streicht mir mit den gepflegten langen Nägeln ihrer schlanken Finger sanft über die Wange. »Nur weil du mich so nett drum bittest, Sheriff. Ich habe sowieso genug von dem Saftladen hier«, sagt sie, geht gut gelaunt zur Pritsche zurück, zieht sich ein enges weißes Shirt über den prallen Busen und schlüpft trotz der nassen Badehose in schwarze Shorts. Fröhlich summend packt sie ihr Badezeug zusammen und verlässt das Freibad. Nicht ohne mir davor provokant eine Kusshand zu schicken. Weg ist sie, und der Geräuschpegel steigt endlich wieder auf den Normalzustand an.

Mein Polizist hat nichts Besseres zu tun, als ihr immer noch mit offenem Mund hinterherzustarren, wohingegen sich unser Bademeister erleichtert mit der Hand den Schweiß von der Stirn wischt. »Gott sei Dank ist die endlich weg.«

»War das notwendig, Raphi?« Wie aus dem Nichts taucht meine Freundin, die Marie, in ihrem schwarzen Badeanzug neben mir auf, verschränkt die Arme und fixiert mich streng aus zusammengekniffenen Augen. »Musstest du so eine billige Show abziehen? Wo dein Sohn auch hier im Freibad ist?«

Ich? Wie bitte?, denke ich mir unschuldig.

Der Günther drückt mir eine Bierflasche in die Hand. Natürlich Rieglerbräu aus der Wirtshausbrauerei meiner Freundin, was sonst? Nachdem wir saftige Steaks, Unmengen von Salaten und abschließend den besten Kirschkuchen der Welt verspeist haben, betrachte ich wohlwollend die kleine Truppe am Tischtennistisch. Die liebe Gerti mit ihrer Engelsgeduld spielt schon zum dritten Mal ein Match mit meinem Buben, der ganz offensichtlich so gar kein Talent zum Pingpongspieler hat. Aber das stört ihn nicht, fröhlich kichernd trifft er höchstens einen von zehn Bällen.

Neben den beiden hockt die Marie im Gras, ihre langen blonden Locken hinter die Ohren geklemmt, und dreht versonnen ein Weißweinglas in der Hand. Ich befürchte, sie schmollt immer noch ein wenig wegen dieses dummen Vorfalls im Freibad. Da muss ich mir wohl heute Nacht ganz was Besonderes einfallen lassen, grinse ich in mich hinein.

Der Günther interpretiert das wohl anders. »Sag, Aigner.

Vorhin im Supermarkt hab i den Badewaschl troffen, und der hat mir erzählt, dass heut a Mordsaufruhr wegen der Bürgermeistertochter im Freibad g'wesen ist. Leider hätt die Polizei dem freizügigen Auftritt a Ende g'macht, hat er g'moant.« Er grinst anzüglich und prostet mir mit der Flasche zu.

»Dem kann ich nur zustimmen, die Bachler Klara hat sich ziemlich herausgemacht. So ein Fahrgestell habe ich überhaupt noch nie mit eigenen Augen gesehen«, grinse ich zurück.

»Wem sagst du das«, lacht er herzlich, sodass sein Bauch, der über die alten Bermudashorts hängt, wackelt, »mir hat's letztens a die Guck rausg'haut, als i beim Sägewerk war. Das kloane dicke Bachlermensch hat sich im wahrsten Sinne des Wortes zum Supermodel g'mausert.« Der Bachler senior ist nicht nur unser Bürgermeister, er besitzt auch ein großes Sägewerk am Ortsrand. Er ist wohl einer der reichsten, aber auch einer der knausrigsten Koppelrieder.

»Supermodel?« Zwei schmale Hände legen sich besitzergreifend auf meine Schultern. Die Marie ist hinter mir aufgetaucht.

»Sondermodell hab i g'moant. Autos, woaßt«, antwortet unser Gastgeber schlagfertig, »wir haben uns grad über Sportwagen unterhalten.«

»Es gab heute einen Verkehrsunfall mit einem nagelneuen Porsche Panamera. Fünfhundert PS hatte das Ding«, füge ich rasch hinzu und muss dabei nicht einmal lügen.

»Aha«, entgegnet meine Freundin und nimmt auf der Bank neben mir Platz, »und ich dachte schon, ihr unterhaltet euch über die junge Frau, die heute Nachmittag so einen Aufruhr im Freibad verursacht hat.«

»Die Nackerte im Bad?« Endlich gesellt sich auch die Gerti zu uns, weil sie klugerweise meinem Sohn den Tischtennistisch auf einer Seite hochgeklappt hat, damit er allein üben kann. Selbst ihre Geduld hat Grenzen. »Die Klara ist seit a paar Wochen wieder bei uns in Koppelried.« Sie schenkt sich auch ein Glas Wein ein und prostet uns zu. »Wie i am Nachmittag die Steaks vom Metzger abg'holt hab, hat mir unsere Fleischhauerin erzählt, dass die Bachlers ganz stolz auf ihre fesche ältere Tochter sind. Koa Wunder, die jüngere, die Vroni, die ist wirklich a schiache Heugeigen. Schau net so, Marie, i woaß, so was sagt man net. Aber es ist ja wahr, a Schönheit ist sie net grad. Die schaut doch aus wie ein unfertiger Bub.«

Während meine Freundin künstlich empört den Kopf schüttelt, grinse ich in meine Bierflasche. Bachlers jüngere Tochter Veronika ist beinahe so groß wie ich und enorm dünn. Aber das Schlimmste ist die unglaublich breite Nase, die aus ihrem Gesicht ragt. Unverkennbar ein unseliges Erbstück ihres Vaters, an dem man die beiden im Ort schon von Weitem erkennen kann.

»Die Kranz Anni, die Nachbarin von den Bachlers, war auch vorhin beim Metzger«, fährt unsere Gastgeberin unbeirrt fort. »Sie hat uns erzählt, dass die Klara für einen Doktor in Salzburg als Sprechstundenhilfe arbeitet und vorübergehend in Koppelried bleibt. Die wird den Mannsbildern im Ort noch gehörig den Kopf verdrehen, das sag i euch.«

»Hat die Tochter unseres Bürgermeisters nicht in München Medizin studiert?« Auch meine Freundin ist neugierig, ich merke es ihr an der Nasenspitze an.

»Ja, anfangs schon. Aber die Anni sagt, das Mädel sei unglaublich faul g'wesen. Der Bachler beschwert sich immer, dass er das viele Geld fürs Studium beim Fenster rausg'worfen hat, weil sie damit oafach von heut auf morgen aufg'hört hat. Kennst ihn eh, unsern Bürgermoaster, wenn der überhaupt amoi an Groschen lockermacht, dann hoaßt das was. Aber jetzt ist er trotzdem so richtig stolz auf seine fesche Klara, weil die Nasen-Vroni könnt er eh net herzeigen. Schau mich net so an, Marie, das hab net i g'sagt, sondern der Bachler selbst. Alle Leute im Ort nennen das Mädel so, zumindest hinter vorg'haltener Hand.« Die Gerti macht eine kurze Pause, weil sie nach ihrer heiß geliebten Zigarettenpackung auf dem Tisch greift. Nachdem sie sich eine davon angezündet hat, betrachtet sie schmunzelnd ihren Mann. »Da hat der steinreiche Kerl zwoa

Töchter, und beide können sich keine eigene Wohnung leisten, weil der Vater nix springen lasst. Net einmal seine Frau, die Herta, kann da was ausrichten. Die muss selbst beim Alfons um jeden Cent bitten und betteln.« Genussvoll nimmt unsere Gastgeberin einen tiefen Zug aus ihrer Zigarette und bläst den Rauch von uns weg. »Aber i verrat euch was, wir zwoa, oder besser g'sagt der Günther, kriegen die Klara fast jeden Tag bei unserem neuen Nachbarn zum Sehen. Besonders mein armer Ehemann, weil der arbeitet seit zwoa Wochen am Dach von der Sauna und kriegt's und kriegt's net fertig. Gell, Günther?« Sie zwinkert ihrem Mann neckisch zu und deutet dann mit der brennenden Zigarette auf die noch unfertige Outdoor-Sauna, die im gepflegten Garten der Schwaigers nahe der Hecke zum einzigen Nachbargrundstück aufgestellt wurde. Unsere beiden Gastgeber wohnen weiter draußen am Ortsrand.

»So a Schmarrn, die Gerti übertreibt schon wieder«, wehrt ihr Mann sofort ab, aber läuft dabei im Gesicht rot an. »Ihr wissts ja, in das große Architektenhaus bei uns gegenüber ist vor a paar Monaten der Lanner eingezogen. Und vom Dach der Sauna sieht man halt oafach weit über die Hecken in den großen Garten hinein. Da kann i gar nix dagegen machen.«

»Besonders dann net, wenn sich die Klara halb nackert am Pool rekelt, gell, Günther?«, stichelt seine Frau. »Die Klara wohnt nämlich seit Neuestem beim Lanner.«

»Der Lanner«, stöhnt meine Freundin auf und verdreht dabei ihre schönen blauen Augen.

Beim neuen Nachbarn unserer Gastgeber handelt es sich nämlich um den frischgebackenen Koppelrieder Notar Dr. Siegfried Lanner. Nachdem der alte Lechner sich nach über vierzig Jahren in den wohlverdienten Ruhestand begeben hat, kam er als Nachfolger aus der Stadt Salzburg in den Ort. Leider hat er weder die Güte noch den grundanständigen Charakter seines Vorgängers, wie ich schon so manches Mal habe feststellen müssen. Neben seinem Beruf ist er nämlich glühendes Parteimitglied der AHP, der Alternativen Heimatpartei. Mit dieser Truppe habe ich nichts am Hut, sie ist mir zu weit rechts orientiert. Leider finden sich auch in unserem kleinen Ort immer mehr Anhänger, und der Lanner konnte bei den Wahlen im Frühjahr sogar in den Gemeinderat einziehen, obwohl der Mann nicht mal ein Koppelrieder, sondern nur ein »Zuagroaster« ist.

Als Lokalpolitiker fühlt er sich berufen, seinen Wählerstamm zu erweitern, und organisiert ein von seiner Partei gesponsertes neues Bierzelt für unser Volksfest, das am Wochenende stattfinden wird. Unser altes Zelt wurde nämlich im letzten Jahr durch einen Sommersturm komplett zerstört. In dieser Angelegenheit hat er sich allerdings mit der Senior-Rieglerwirtin Erni angelegt. Denn seit ich denken kann, versorgt ausschließlich das Rieglerbräu die Volksfestbesucher mit Bier und deftiger Kost. Aber der Lanner hat mit einer großen Salzburger Stadtbrauerei einen Vertrag für ein neues Leihzelt samt Bereitstellung des Bierkontingents abgeschlossen und somit die beiden Rieglerwirtinnen, also die Erni und meine Marie, um die Einnahmen vom Volksfest gebracht. Seit Tagen hat Letztere mit ihm verhandelt, um wenigstens die Speisen ausrichten zu können. Als sie sich dann endlich mit dem Mann hat einigen können, hat wiederum die Seniorwirtin auf stur geschaltet: entweder Bier und Speisen oder gar nix.

»Oh Gott. Ich kann den Namen Lanner schon nicht mehr hören«, grinst meine Freundin. »Die liebe Erni hat ihn erst vorgestern aus dem Wirtshaus rausgeschmissen. Eigentlich wollte ich zwischen den beiden vermitteln, aber sie hat sich wieder mal so in Rage geredet, dass ich mich sogar schützend vor ihn stellen hab müssen, sonst hätte er sich eine saftige Ohrfeige von ihr eingefangen.«

»Welch melodische Stimme vernehmen meine Ohren? Einen Moment«, hören wir den Lanner auch schon vom Nachbargarten her. Keine Sekunde später lugt er über die halbhohe Hecke. »Dachte ich es mir doch, das kann nur das glockenhelle Lachen unserer schönen Rieglerwirtin sein. Entschuldigt die

Störung, Frau Marie, Gerti, aber ich konnte nicht widerstehen und musste einfach über den Zaun schauen.« Der Kerl wirft den Kopf in den Nacken, ohne dass sich seine kunstvolle Föhnfrisur dabei auch nur im Geringsten bewegt.

»Magst a Glaserl mit uns trinken, Sigi?«, ruft der Günther ihm zu, um sich gleich darauf zwei vernichtende Blicke einzufangen. Einen von seiner Frau, einen weiteren von meiner Freundin.

»Aber gerne doch, es dauert nur eine Minute, und ich bin bei euch.« Und schon ist der Nachbar nicht mehr zu sehen.

»Zuerst nachdenken und dann reden, Günther. Die arme Marie muss den lästigen Kerl ständig im Wirtshaus aushalten und jetzt auch noch bei uns. Also ist wohl leider Schluss mit der Gemütlichkeit«, seufzt die Gerti, zündet sich die nächste Zigarette an und wendet sich nach dem ersten tiefen Zug an meine Freundin. »Ich hoffe, der verdirbt uns net den Abend. Aber wenigstens ist er schön zum Anschauen, der Lanner, gell?«

»Das stimmt. Fesch ist der Mann schon«, bestätigt die Marie und zwinkert mir keck zu. Ist wohl ihre Retourkutsche für die Szene im Freibad heute Nachmittag, denke ich mir grinsend.

»Was ihr Weiber immer mit dem habts«, schüttelt der Günther verständnislos den Kopf. »Der mit seinem wallenden Haupthaar und dem ganzen Modeschnickschnack-Glumpert. So a eitler Geck –«

»Ich habe uns ein hervorragendes Tröpferl mitgebracht«, wird er auch schon vom Lanner selbst unterbrochen, der bereits an der Gartentür der Schwaigers steht. »Ein Riesling Smaragd Singerriedel, perfekt gekühlt. Echt österreichischer Wein und zweifellos einer der besten der Welt. Für unsere schöne Frau Wirtin ist mir nichts zu teuer.« Während der Lanner mit dem Knie umständlich gegen die Gartentür der Schwaigers drückt, balanciert er mit der linken Hand vier langstielige Weißweingläser und hält in der rechten eine Flasche Wein, umwickelt mit einer Kühlmanschette, wie eine Trophäe in die

Höhe. Großen Schrittes eilt er zu unserem Tisch heran und stellt alles ab. »Natürlich samt perfekt gekühlter Gläser aus meinem Weinschrank, damit der edle Tropfen seine Temperatur halten kann. Idealtemperatur neun bis maximal zwölf Grad. Alles andere wäre eine unverzeihliche Sünde bei diesem Rebensaft aus der schönen Wachau. Unter zweihundert Euro kommt man nicht an eine Flasche.« Stolz schaut er sich in der Runde um und wartet vergeblich auf Beifall. Ich stöhne innerlich auf, der Lanner ist einer der größten Angeber, die ich kenne.

»Aber geh, Sigi. Bei uns brauchst net so einituschen«, meint unsere Gastgeberin streng, greift aber bereitwillig nach dem ersten vom Lanner eingeschenkten Glas. »Aber fesch bist du heut wieder beinand, das muss i schon sagen.«

»Vielen Dank für das Kompliment, liebe Gerti«, dreht er sich eitel einmal um die Achse, damit wir ihn in seinem Outfit bewundern können. Der Mann trägt eine schmale weiße Hose aus einem dünnen Sommerstoff, ein Hemd in hellem Rosaton, um das ich in jedem Geschäft sofort einen Riesenbogen machen würde, und ein top gebügeltes hellgraues Leinensakko mit einem Stecktuch in derselben unmöglichen Farbe wie das Hemd. An den Füßen, natürlich ohne Socken, hat er weiche hellgraue Lederschuhe, die ziemlich teuer aussehen.

»Ich habe in Salzburg eine junge Modedesignerin entdeckt, der absolute Hammer, sag ich dir, Gerti. Ich kann euch gerne die Adresse geben. Es wäre wohl nicht das Verkehrteste, eure Männer mal von Grund auf neu einzukleiden«, schlägt der Mann vor, während er den Günther und mich herablassend mustert. Wir beide sitzen nämlich in gemütlichen, aber schon etwas ausgebeulten Bermudas und T-Shirts, die schon zahlreiche Sommer erlebt haben, am Gartentisch der Familie Schwaiger. Zu meiner Verteidigung kann ich anführen, dass ich nicht wie der Günther Schlapfen samt Tennissocken an den Füßen trage, sondern immerhin Flipflops, wenn auch billige aus Plastik.

»Den Raphi kannst du nur unter Androhung von Waffengewalt zum Shoppen mitschleppen, freiwillig betritt der niemals ein Modegeschäft«, lacht die Marie, und die Gerti stimmt mit ein.

»Dafür hab ich halt andere Qualitäten.« Mit leicht anzüglichem Grinsen lege ich den Arm um die Hüfte meiner Freundin.

Bevor ich sie an mich ranziehen kann, drückt uns der Lanner auch schon jedem ein eiskaltes Glas Wein in die Hand, zuerst natürlich der Dame, der er dabei tief in die Augen schaut. »Ja, so sind s' halt, die einfachen Leute. Muss es auch geben, damit wir anderen glänzen können, nicht wahr, Frau Doktor?« Ich habe wohl vergessen zu erwähnen, dass meine Freundin erst seit letztem Sommer Wirtin ist. Nach einer rekordverdächtig kurzen Ehe mit dem verstorbenen Rieglerwirt hat sie dessen Wirtshaus samt Brauerei geerbt. Davor hat sie jahrelang ihre eigene Werbeagentur geleitet.

»Aber Spaß beiseite, lasst uns doch auf die schönste Wirtin von ganz Salzburg trinken. Liebe Frau Marie, wenn Sie mir endlich das Du-Wort gestatten würden, dann hätte ich jetzt ein wunderbares Angebot für Sie. Eines, das unter Garantie auch die energische Frau Erni glücklich machen wird«, sagt der Lanner gut gelaunt und zwinkert dabei meiner Freundin unverschämt zu. »Meine Partei steht sowieso hundertprozentig hinter mir. Also konnte ich mit der Stadtbrauerei einen perfekten Deal aushandeln, denn der Geschäftsführer war mir noch einen Gefallen schuldig. Fifty-fifty, das Geschäft wird gerecht zwischen dem Rieglerbräu und der Stadtbrauerei geteilt, obwohl die das Bierzelt zur Verfügung stellt. Die Hälfte des berechneten Bierbedarfs darf also vom Rieglerbräu verkauft werden, für die Speisen kann ebenfalls das Rieglerbräu sorgen. Im Gegenzug muss die Frau Erni nur bereit sein, ihr Servierpersonal zu teilen. Na, ist das ein Deal?«

Freitag

Die Terrassentür wurde einfach aufgehebelt, sehr wahrscheinlich mit einem einfachen Schraubenzieher. An der Tür kann man sonst kaum Spuren einer Beschädigung entdecken. Dafür herrscht im Haus das reinste Chaos. Schränke und Schubladen sind geöffnet, der Inhalt liegt überall verstreut herum. Bilder und Deko wurden achtlos auf den Boden geworfen, wovon die Scherben auf dem Boden zeugen.

Die Villa und die kostbaren Möbel sind bereits sehr alt, aber stilvoll und gut in Schuss. Alles hier passt perfekt zum alten Lechner, unserem mittlerweile im Ruhestand befindlichen Notar.

Er steht mit traurigem Gesicht neben mir. »Herr Aigner, ich kann Ihnen beim besten Willen nicht sagen, wann genau das passiert sein könnte. Wenn ich mich recht erinnere, war ich vor etwa vier Wochen das letzte Mal im Haus, um nach dem Rechten zu sehen. Leider dürfte ich wie üblich vergessen haben, die Alarmanlage zu aktivieren. Ich komme mit diesem neumodischen Zeug einfach nicht zurecht. Nun, seit ich im Ort wohne, Sie wissen ja, Frau Annette, also meine ehemalige Sekretärin und ich ... also wir –« Der Mann stockt, es ist ihm offensichtlich etwas peinlich. Wahrscheinlich muss er sich erst daran gewöhnen, dass er jetzt eine neue Liebe an seiner Seite hat, nachdem seine Frau an Krebs verstorben ist. Aber ich kann es ihm gut nachfühlen. Denn obwohl meine Frau Sabine bereits seit über sechs Jahren tot ist, geht es mir mit der Marie manchmal ähnlich.

»Verstehe ich sehr gut«, nicke ich ihm aufmunternd zu.

Also fährt er fort: »Hier erinnert mich alles an meine verstorbene Gattin, und das ist nicht gut für Annette und mich.« Gedankenverloren streicht er sanft über die verstaubte Mahagoniplatte des Esstischs.

Ich räuspere mich. »Entschuldigen Sie, Herr Dr. Lechner, dürfte ich Sie bitten, vorerst nichts anzufassen? Es wird noch ein bisserl dauern, bis die Spurensicherung aus der Stadt da ist.« Der Hochgatterer Fritz und sein kriminaltechnisches Labor aus Salzburg sind zurzeit etwas überlastet. Vor allem aufgrund der vielen Einbrüche in den Ortschaften rund um die Stadt herrscht bei den Kollegen Hochbetrieb.

Erschrocken zieht der alte Notar seine Hand zurück. »Pardon, das hatte ich völlig vergessen. Wissen Sie, die alten Möbel bedeuten mir viel, und ich bin froh, dass wenigstens sie noch unversehrt sind.«

Mein Kollege, Bezirksinspektor Herbert Lederer, schaut sich eben im Obergeschoss um, während Gruppeninspektor Schorsch Baumgartner draußen nach Fahrzeugspuren sucht. Leider häufen sich die Einbrüche im Moment nicht nur rund um Salzburg, sondern vor allem auch in meiner kleinen Gemeinde. Als übereinstimmendes Ergebnis wurden Reifenspuren immer desselben Lieferwagenmodells einer bestimmten Fahrzeugklasse sichergestellt.

»Konnten Sie sich schon einen Gesamteindruck verschaffen, Herr Dr. Lechner? Wissen Sie bereits, was Ihnen fehlt?«, frage ich den alten Mann und öffne die Notizfunktion auf meinem neuen Diensthandy, um das Wichtigste mitzuschreiben. Ich finde diese Dinger viel praktischer als das ewige Herumschleppen eines kleinen Notizblocks.

»Leider habe ich in diesem Chaos noch keinen richtigen Überblick. Aber der Schmuck meiner Frau wurde mit Sicherheit entwendet, was mich persönlich sehr schmerzt. Den wollte ich meiner Schwiegertochter schenken, hätte ich das doch nur längst getan.« Traurig lässt er den Kopf hängen.

»Chef, im Schlafzimmer oben ist ein aufgebrochener Wandtresor, der komplett leer g'räumt ist.« Polternd kommt der Herbert die dunkle Holztreppe nach unten, wobei die Stufen laut unter seinem Gewicht ächzen.

»Du meine Güte, den habe ich in der Aufregung ganz vergessen.« Der Notar schlägt sich mit der flachen Hand gegen die Stirn. »Aber darin war nicht viel von Wert. Zwei- oder dreitausend Euro, mehr nicht … Oh mein Gott!« Erschrocken dreht sich der Mann zu mir. »Herr Aigner, meine Autoschlüssel und die Papiere.« Plötzlich bleich im Gesicht, läuft er für sein Alter unglaublich schnell in den Garten, sodass ich Mühe habe, ihn einzuholen.

Mit Schwung reißt er die Seitentür zu der alten Doppelgarage auf und verschwindet dahinter. Dann höre ich ihn nur mehr laut aufschreien.

Als ich eintrete, kauert der Notar wie ein Häufchen Elend auf dem Boden und streicht traurig mit der Hand über die blanken Fliesen. »Mein Adenauer«, jammert er, und ich ziehe ihn behutsam wieder in die Senkrechte. »Nein, das darf nicht wahr sein. Mein 300er SL Gullwing.« Er rauft sich mit den Händen seine immer noch üppige graue Mähne und schaut sich verloren in der leeren Garage um.

»Ihren Oldtimer? Den hatten Sie hier verwahrt?«, frage ich ihn verzagt und erstaunt zugleich. Jeder im Ort kennt seinen Mercedes mit den Flügeltüren, obwohl der alte Notar nur alle paar Jahre mit dem edlen Gefährt vorsichtig eine Runde durch Koppelried dreht. Ich schaue mich kurz um und entdecke nirgends eine Alarmanlage. Ich kann es kaum glauben, dass dieser sonst so umsichtige Mann seinen Oldtimer ohne jegliche Sicherheitsvorkehrungen in einer Hausgarage abgestellt hat.

Nervös holt er sein Handy aus der Brusttasche und wischt mit zittrigen Fingern darauf herum, bis er es mir unglücklich vor die Nase hält. Der Gegenstand, den ich auf dem Bildschirm sehe, ist mir wohlbekannt: ein alter cremeweißer Mercedes, die Flügeltüren geöffnet, man kann gut die wunderschönen alten Ledersitze erkennen. »Es war das Lieblingsstück meines Vaters, 300 SL Coupe, Gullwing«, sagt er mit weinerlicher Stimme. »Ein Sondermodell in Elfenbein mit blauem Leder, eines der allerletzten fahrtüchtigen Modelle mit Rudge-Zentralverschluss-Felgen. Ich lasse ihn jährlich um teures Geld von einem Könner warten. Mein Vater hat sich den Wagen im Jahr 1956 um dreißigtausend Mark aus Deutschland geholt. Das war damals unglaublich viel Geld, und er musste dafür sein gesamtes Erspartes aufwenden.«

»Wie viel ist der denn heute wert? So überschlagsmäßig?«, frage ich etwas zerknirscht, weil ich von seinem Verlust nun wohl selbst mitgenommen bin.

»Herr Aigner, um ehrlich zu sein, ich weiß es gar nicht genau. Ich vermute, dass der Wagen in Sammlerkreisen vielleicht eine Million Euro einbringen könnte, wenn nicht bereits mehr. Ich hoffe, Sie finden ihn wieder. Mein Sohn wird mir niemals verzeihen, dass ich dieses edle Stück nicht schon längst bei einer professionellen Sicherheitsfirma eingelagert habe.«

Mit dem gesamten Team, Gruppeninspektor Heinz Rohrmoser, Bezirksinspektor Herbert Lederer und dem Schorsch, stehe ich an der Pinnwand in unserem kleinen Besprechungsraum. Auf dem dunkelblauen Stoff habe ich einen Ortsplan angebracht und die Adressen der Häuser, in die bereits eingebrochen wurde, mit einem Pin mit rotem Kopf gekennzeichnet. Die sechste Nadel mussten wir heute in die Adresse der Villa des Notars stecken. Bei allen Einbruchsobjekten handelt es sich um große Gebäude eher am Ortsrand. Bevorzugt steigen die Täter in leer stehende Häuser ein, und davon gibt es in unserem kleinen Ort mittlerweile viele, die leider nur wenige Monate im Jahr als Feriendomizil bewohnt sind. Ein Paradies für Einbrecher.

Ferienhäuser in unserem Ort sind beliebt, weil Bürgermeister Bachler den Tourismus enorm angekurbelt hat. Nicht nur ein Wellnesshotel wurde angesiedelt, sondern die Wander- und Radwege zum nahen Nockstein, Klausberg und Gaisberg wurden auch attraktiver gestaltet und gemeinsam mit dem Salzburger Tourismusverband beworben. Ein kleiner, aber professioneller Mountainbike-Park und eine künstliche Eislaufbahn locken sommers wie winters immer mehr Touristen an.

Etwas entmutigt lasse ich den Kopf hängen. Gemeinsam mit unseren Kollegen aus Eugendorf haben wir schon vor einiger Zeit eine Sonderstreife eingerichtet, die mehrmals am Tag und vor allem in der Nacht die verschiedenen Straßen und die einzeln verstreuten Häuser der umliegenden kleinen Siedlungsgebiete kontrolliert. Allerdings bisher erfolglos, denn unsere beiden Inspektionen haben viel zu wenig Personal für eine flächendeckend wirksame Aktion.

»Vielleicht haben die Täter diesmal einen Fehler gemacht«, versuche ich trotzdem, wenigstens meine Männer zu motivieren. »Das Diebesgut, das die Einbrecher bisher mitgehen haben lassen, lässt sich problemlos an den Mann, sprich an den Hehler bringen. Aber für einen Oldtimer von diesem Wert braucht es Beziehungen zu professionellen Autoschiebern. Das stemmen kleine Diebesbanden niemals. Wahrscheinlich findet man für so ein teures Stück auch nicht so schnell einen Käufer.«

»Da muss i dich enttäuschen, Chef«, meint der Heinz grinsend, dabei ist sein Überbiss deutlich zu erkennen. »I hab vorhin mit den Kollegen vom LKA Salzburg telefoniert. Die haben mir g'sagt, dass es viele potenzielle Käufer für so ein Gustostückerl gibt. Illegal logischerweise. Das Auto lassen die sich mit speziell dafür ausgestatteten Lkws abholen, die mit Spezialfolie verklebt sind, damit man eventuell angebrachte GPS-Tracker net orten kann. Aber vielleicht sind die noch net so weit gekommen und mussten das teure Wagerl erst amoi irgendwo zwischenlagern. Unerkannt kannst du mit dem Ding sicher nicht durch Österreich gondeln.«

»Keine schlechte Idee, Heinz«, lobe ich ihn, »wir sollten gleich mal bei der alten Fabrik vorbeischauen. Die große Halle wäre gut dafür geeignet, was meint ihr?« Ende der 1970er wurde am Stadtrand, keinen Kilometer von der Notarsvilla entfernt, der Betrieb einer kleinen Kammgarnfabrik eingestellt.

Der Eigentümer hatte auf Textilproduktion in Tschechien umgesattelt, das Gebäude auf seinem Grundstück aber nie einreißen lassen. Mittlerweile ist die Fabrik zwar verwahrlost, aber noch immer nicht einsturzgefährdet.

Trotzdem werden wir den Fall wohl oder übel an die Experten im Landeskriminalamt abgeben müssen, die arbeiten in Autoschieber-Fällen eng mit Interpol zusammen.

»Chef?« Die Gerti steckt den Kopf zur Tür herein. »Der Weber. Der randaliert und tobt schon wieder, die Nachbarin hat grad bei mir ang'rufen. Kannst bitte schnell dorthin fahren, das kleine Mäderl ist sicher auch daheim, es sind ja Schulferien.« Sichtlich besorgt runzelt sie die Stirn. Der Weber ist rabiat, wenn er betrunken ist.

Also zögere ich nicht, greife nach meiner Polizeikappe auf dem Tisch, schicke den Schorsch und den Herbert auf Kontrollfahrt zur verlassenen Fabrik und bedeute dem Heinz, mit mir mitzukommen.

Gemeinsam brausen wir zu den Gemeindebauten. Die Adresse der Familie ist uns seit Langem wohlbekannt. Leider.

Noch bevor wir an die Tür klopfen, hören wir den brutalen Kerl schon lautstark herumbrüllen.

»Polizei!«, rufe ich. »Öffnen Sie sofort die Tür, Weber!«

Nichts tut sich, der Mann brüllt einfach weiter. Mein Kollege und ich schauen uns betreten an, die Frau in der Wohnung wimmert leise.

»Weber, machen Sie auf, sonst müssen wir uns gewaltsam Zutritt verschaffen! Wir gehen davon aus, dass sich Ihre Frau und Ihre Tochter in einer Notlage befinden! Weber! Verdammt!«, schreie ich, so laut ich kann. Mein Kollege greift sicherheitshalber schon nach seiner Glock im Holster.

Stille. Auf einmal ist es komplett ruhig in der Wohnung.

»Weber! Kruzifix noch mal!«, brülle ich noch lauter. »Öffnen Sie endlich!« Dabei taxiere ich die Wohnungstür genauer, ein billiges Modell, das sich nach innen öffnen lässt. Die kann ich sicher problemlos eintreten.

Aber das braucht es nicht, denn jemand dreht den Schlüssel im Schloss, und keine Sekunde später taucht Inge Weber vor unseren Augen auf. Ihr kurzer Haarschopf steht weit nach hinten ab, ganz offensichtlich wurde kräftig daran gerissen. Über ihrem rechten, vom Weinen verquollenen Auge macht sich ein Veilchen breit.

»Grüß Gott, Frau Weber. Sollen wir einen Krankenwagen rufen? Wo ist Ihre Tochter?«, frage ich sie leise. Hektisch wandert ihr Blick vom Heinz zu mir, aber sie antwortet nicht.

»Wir kommen jetzt rein. Gut so?«

Sie schluchzt auf und macht zaghaft einen Schritt zur Seite. Ich schreite voran, und mein Kollege geht knapp hinter mir; wir haben beide unsere Hände an der Dienstwaffe. Man weiß ja nie. Am Küchentisch, auf dem sich eine beachtliche Menge leerer Bierflaschen stapelt, wippt ihr Mann mit einer brennenden Zigarette im Mundwinkel auf einem Stuhl hin und her. Bekleidet nur mit einer weißen Rippunterhose.

»Ihre Tochter ist okay?«, frage ich die lädierte Frau noch mal, die zaghaft hinter uns die Küche betritt. Wieder nickt sie nur.

»Schleichtsss euch, Scheisssbullen! Das isss meine Wohnung, ihr habtsss da nigsss verloren«, lallt uns der Weber entgegen, versucht vergeblich, die Zigarette im übervollen Aschenbecher auszudrücken, nimmt einen langen Schluck aus der Bierflasche in seiner Hand, die er danach mit einem Ruck auf den Tisch knallt, und rülpst lautstark.

Ich trete zu ihm hin und beuge mich zu dem besoffenen Kerl hinunter. Sein penetrant nach Alkohol stinkender Atem schlägt mir ins Gesicht, und ich muss mich zusammenreißen, damit ich nicht zurückweiche. »Weber, halt die Goschen, sonst nehme ich dich sofort mit, verstanden«, brumme ich ihn an.

Dann wende ich mich an seine mit Sicherheit bessere Hälfte, aber leider kenne ich das Spiel schon. Es ist aussichtslos. »Wollen Sie Anzeige erstatten, Frau Weber?«

Betreten senkt sie den Blick. »Nein, bitte, der Hermann

hat sich eh schon wieder beruhigt. Er hat uns nix getan, es ist alles in Ordnung, Herr Aigner.«

»Und dein Auge, Inge?« Mein Kollege runzelt die Stirn. »Geh, sei doch g'scheit. Du darfst dir so was nimmer g'fallen lassen.«

»Nein, bitte, Heinz.« Sie wehrt mit den Händen ab. »Der Hermann hat nix getan, ich bin vorhin nur g'stolpert, wie ich von der Arbeit heimkommen bin. Das Küchenkastl war leider offen …«

Hinter uns bewegt sich etwas, und ich drehe mich um. In der Ecke am Fußboden kauert die kleine Tochter der Webers und schaut mich aus großen Augen an. Ganz eindeutig hat die Kleine Angst. Zumindest äußerlich wirkt sie unversehrt, stelle ich vorerst erleichtert fest.

Ich gehe rüber zu ihr und hocke mich vor sie hin. »Hat dir der Papa was getan, Chantal?« Das arme Kind kennt mich schon, schielt angsterfüllt zum Vater und schüttelt dann wortlos den Kopf. »Sollen wir dich zur Oma bringen?«

Das habe ich die letzten beiden Male mangels Alternative auch gemacht. Frau Webers Mutter wohnt nur ein paar Straßen weiter und ist eigentlich eine sehr nette Frau, aber wohl auch machtlos gegen den betrunkenen Tyrannen. Ihre einzige Tochter hat mit dem Weber leider einen grandiosen sozialen Abstieg hingelegt.

Die Kleine schaut noch mal zu ihrem Vater und wagt es nicht, sich zu rühren. Ich seufze und schicke die Frau mit dem Kind nach unten zum Streifenwagen.

Als die beiden die Wohnung verlassen haben, fauche ich den betrunkenen Ehemann an. »Weber, wenn ich noch ein einziges Mal zu euch kommen muss, dann nehme ich dich in Gewahrsam, und du musst in die Haftzelle. Egal, was deine Frau sagt, das ist mir dann wurscht. Hast du das kapiert?«

Der Mann grinst mich rotzfrech an und will nach der letzten vollen Bierflasche auf dem Küchentisch greifen. Flink schnappe ich sie mir und schupfe sie dem Heinz zu. Der öffnet das Ding gekonnt an der Kante der Arbeitsplatte und schüttet den gesamten Inhalt in den Abfluss der Spüle.

»Sssag, spinnssst denn du, du Trottel? Dasss war mein letztesss«, will der Weber kurz aufbegehren und springt vom Stuhl auf. Dabei schwankt er und muss sich auf dem Tisch abstützen.

Wütend gehe ich näher an ihn ran und stoppe nur etwa fünf Zentimeter vor ihm. Der kleine, stämmige Kerl weicht erschrocken zurück und lässt sich wieder auf den Stuhl fallen. »Hast du es endlich kapiert? Oder soll ich dich gleich mitnehmen?«, blaffe ich ihn an.

Betroffen schaut er vom Heinz zu mir. »I wollt dasss net – i hab sssie ja ssso gern, meine Ssswei, i hab sss' beide ssso gern –« Dabei quetscht er ein paar Krokodilstränen hervor.

»Hör endlich mit dem Saufen auf, Hermann.« Mein Kollege mustert den Mann angewidert. »Früher mal, da warst du ganz in Ordnung. Und jetzt? Schau nur, was aus dir g'worden ist, ein feiger Frauenschläger.« Der Weber senkt betroffen den Kopf, und wir verlassen die Wohnung. Mehr können wir leider nicht tun. Schon rein rechtlich sind uns die Hände gebunden.

Beim Streifenwagen nehme ich die Frau zur Seite, deren Veilchen am Auge bereits in allen Farben zu blühen beginnt. »Frau Weber, beim nächsten Mal nehme ich Ihren Mann mit, egal, was Sie uns an Ausreden auftischen, haben Sie verstanden? Denken Sie doch auch mal an Ihr Kind. Was wollen Sie denn machen, wenn der im Suff beginnt, auch Ihre Tochter zu schlagen?«, versuche ich ihr ins Gewissen zu reden.

Aber sie schaut mich nur unglücklich an, ihre Stimme klingt hysterisch. »Der Hermann würde der Chantal nie was antun. Niemals, die ist sein Ein und Alles.«

»Glauben Sie denn, er tut Ihrer Tochter nichts damit an, wenn er Sie vor den Augen der Kleinen windelweich prügelt? Das Kind ist doch wie gelähmt vor Angst, das sieht doch ein Blinder«, antworte ich mit bitterem Ton in der Stimme.

Mein Kollege hat das Mädchen bereits in den Wagen verfrachtet, wo es sich mit blassem Gesicht unglücklich an einem Stofftier festkrallt.

»Bitte, Herr Aigner, der Hermann war net immer so. Das ist die Arbeitslosigkeit, hint' und vorn fehlt uns das Geld. Er kriegt einfach keinen Job, egal, wie der sich bemüht.« Chantals offensichtlich unbelehrbare Mutter wirft mir einen flehenden Blick zu.

»Dann gewöhnen Sie ihm erst mal das Trinken ab, so wird das mit einem Job garantiert auch in Zukunft nichts.« Dieser Frau ist einfach nicht zu helfen.

»Wie denn, Herr Aigner? Wenn ich nur wüsst, wie«, bricht sie in Tränen aus.

Ich seufze und helfe ihr in den Wagen. Dann bringen wir die beiden zur Oma. Wenigstens die Chantal freut sich, weil sie mit einem Polizeiauto mitfahren darf. Obwohl ihre Mutter neben ihr auf der Rückbank immer noch leise schluchzt. Aber an diesen Anblick ist das Kind wohl längst gewöhnt.

Nachdem wir die beiden bei der geschockten älteren Frau abgegeben haben, machen wir uns auf den Rückweg in die Inspektion. Ich überlasse meinem Kollegen das Steuer und nehme auf dem Beifahrersitz Platz. Da wir durch die Dreißigerzone gondeln, platziere ich den Arm lässig im offenen Fenster. Wie sollte es anders sein, an der einzigen Ampel im Ort müssen wir halten.

»Na, so was! Schau an, unser fescher Dorfsheriff.« Neben mir auf dem Gehsteig kommt eine junge Frau zu stehen und beugt sich zu mir herunter. Es ist die Bachler Klara. Braun gebrannt in weiten Shorts und einem bauchfreien T-Shirt, das so kurz ist, dass man am perfekten Brustansatz gar nicht vorbeischauen kann. »Was für eine nette Überraschung. Sehe ich dich heute auf dem Volksfest? Reservierst du mir einen Tanz, Sheriff?« Sie spitzt kokett die Lippen, und zu meinem Glück schaltet die Ampel auf Grün.

»Mal sehen.« Lässig winke ich ihr zum Abschied kurz zu

und bedeute dem Heinz, der mit offenem Mund zu ihr rüberstarrt, weiterzufahren.

Langsam lässt mein Polizist den Wagen über die Kreuzung rollen und verkündet dabei voller Stolz: »Stell dir vor, diese Wahnsinnsbraut hab i gestern Abend beim Straubinger getroffen. I war mit dem Schorsch am Abend auf a paar Bier. Die jungen Burschen im Lokal sind um die Klara herumscharwenzelt, das kannst du dir gar net vorstellen. Aber sie hat sich zu uns an die Bar g'stellt, weil sie mich kennt. Woaßt, ihre Mutter ist die Firmgodi von unserer kloan Bettina. Dem Schorsch sind fast die Guck rausg'fallen.« Er schnalzt mit der Zunge.

Der Straubinger betreibt am Ortsrand einen kleinen Nachtclub mit lauter Musik, interessant vor allem für die Dorfjugend, die gern zum Tanzen hingeht.

»Chef, i muss dir was erzählen, aber sag's net weiter, gell. Schon gar net dem Schorsch. Also, die Klara hat schon a ordentliches Spitzerl g'habt und auf Teifi kimm aussa mit ihm g'flirtet. Woaßt eh, i selber tu ja nur schauen, weil sonst hätt i die liebe Not dahoam. Auf amoi hat das Mädel den Schorsch abg'schmust, koane zehn Sekunden, aber der arme Kerl war ganz hin und weg. Dann ist der depperte Lanner zur Tür reinkommen, und sie ist sofort fröhlich zu dem rüberg'wechselt. Der arme Schorsch war völlig perplex.«

Aha, denke ich mir. Deshalb hat uns der Lanner gestern in Gertis Garten zu meinem Glück schon nach etwa einer Stunde wieder verlassen. Er meinte, er hätte noch einen Termin.

Mein Polizist macht eine Pause, weil er den Streifenwagen vor der Inspektion parken muss. Nachdem er den Zündschlüssel abgezogen hat, löst er den Gurt, bleibt aber sitzen. »Also hab i den armen Kerl lieber hoambracht. Woaßt, i kann mich wirklich net erinnern, dass unser Schorsch jemals in aller Öffentlichkeit g'schmust hätt, net amoi mit der Brennerin. Aber der war spitz wie Nachbars Lumpi, wennst verstehst, was i moan«, zwinkert er mir zweideutig zu.

Eigentlich hatte unser Kollege nur ein einziges Mal in seinem Leben eine Freundin. Vor einigen Jahren war er etwa ein halbes Jahr mit der gut zehn Jahre älteren Brenner Rosl liiert, die ihn aber nach kurzer Zeit wieder abserviert hat. Schon verständlich, weil der Schorsch nicht gerade kommunikativ ist und immer noch bei seiner Mutter wohnt. Dort braucht er nämlich nicht zu reden, weil die Baumgartnerin kann das für zwei.

»Unser Kollege und die fesche Bachlertochter?« Ungläubig schüttle ich den Kopf.

Der Heinz öffnet die Fahrertür. »Kaum zu glauben, gell. Aber die Klara hat das natürlich überhaupt net ernst g'moant, für sie war das nur a Hetz. A junges Dirndl halt.«

»Jetzt mach doch endlich, Raphi!«, kommandiert die Gabi mich wie üblich herum. Meine Schwester ist eine angesehene Person in Koppelried, eine VIP sozusagen. Seit Ewigkeiten organisiert sie als Pfarramtssekretärin nicht nur die Pfarrei und alle zugehörigen Schäfchen, sondern auch unseren Pfarrer. Nachdem meine Frau Sabine kurz nach Felix' Geburt bei einem Autounfall ums Leben gekommen ist, hat sie bei mir ebenso die Zügel in die Hand genommen und mich und meinen Buben kurzerhand zurück ins Elternhaus nach Koppelried verfrachtet. In die kleine Wohnung unterhalb der ihren im Obergeschoss. Meine persönliche Einbuße bestand darin, dass ich vom vielversprechenden Kriminaler in der Stadt Salzburg auf provinziellen Inspektionskommandanten umsatteln musste, um besser für meinen Buben da sein zu können.

Seufzend stecke ich das weiße Trachtenhemd in den Bund der knielangen Hirschledernen, die schon mein Vater in jungen Jahren getragen hat, und zupfe die ärmellose graue Trachtenweste über dem weißen Kurzarmhemd zurecht.

Meine Schwester montiert inzwischen die Hosenträger auf Felix' kurze Trachtenlederhose. Im Gegensatz zu mir liebt mein Sohn seine Lederne. Bei jeder Gelegenheit schlüpft er in das widerstandsfähige Kleidungsstück. Allerdings muss er zum heutigen Anlass anstelle seines geliebten Spiderman-T-Shirts ein kariertes Trachtenhemd tragen. Was ihm wiederum nicht so behagt.

Ich ziehe die langen weißen Trachtenstutzen über die Waden und schlurfe missmutig vom Wohnzimmer in den Flur. Um mich als trachtige Witzfigur verkleidet in voller Größe im Wandspiegel betrachten zu können, muss ich allerdings zuvor die sperrige Fünfundzwanzig-Liter-Millibidschn etwas zur Seite schieben. Ein wahres Unding, das die Gabi in einem ihrer Dekorationsanfälle gemeinsam mit meinem Buben bemalt und zum Schirm- und Krimskramsständer umfunktioniert hat.

Gott sei Dank zwingt mich meine Schwester nur einmal im Jahr dazu, Tracht zu tragen, nämlich auf dem Koppelrieder Volksfest. Sonst wehre ich mich erfolgreich dagegen, da ich mir in Lederhosen immer furchtbar verkleidet vorkomme. Rasch greife ich nach meinen hellbraunen Sneakers und hoffe, dass sie es nicht bemerkt. Solche klobigen Trachtenschuhe wie die von meinem Vater kommen mir nicht an die Füße.

»Raphi! Auf keinen Fall die Turnschuhe, zieh die Haferlschuhe vom Papa an, die passen doch so super dazu!«, ruft mir die Gabi, die wie üblich ihre Augen überall hat, warnend aus meinem Wohnzimmer zu. »Apropos, wo bleibt denn der Andi mit ihm?« Sie wirft einen kurzen Blick auf ihre riesige Armbanduhr, steckt den letzten Träger fest und gibt meinem Sohn einen sanften Klaps auf den Lederhosen-Hintern. »Geh, bring deinem bockigen Vater die Haferlschuhe vom Opa. Die sind noch oben bei mir im Schuhschrank, ganz rechts.« Schadenfroh kichernd flitzt der Felix los und läuft über die knarrende Treppe ins obere Stockwerk in Gabis Wohnung, um gleich darauf mit den alten Latschen wieder vor mir zu stehen. »Papa, krieg ich heute Geld fürs Autodrom? Der Manuel sagt, man kriegt zehn Jetons zum Preis von acht.« Er hält mir zappelnd die Schuhe hin. Auf dem Koppelrieder Volksfest, das jährlich auf der großen, leer stehenden Wiese neben dem Friedhof stattfindet, werden die Kinder und Jugendlichen mit einem Autodrom, einem Ringelspiel und einem Tagada für das ultimative Rüttelerlebnis bespaßt.

»Nicht mal einen Cent, du Verräter«, ziehe ich den kleinen Kerl auf.

Enttäuscht starrt er auf die großen Trachtenschuhe, die er unschlüssig in seinen kleinen Händen hält.

»Dafür kriegst du genug Geld von mir. Damit kannst du auch deine Freunde einladen.« Fesch gewandet in ihrem knielangen Flachgauer Festtagsdirndl aus dunkler Seide mit dunkelroter Schürze, kommt meine Schwester in den Flur und streckt mir neckisch die Zunge entgegen. Woraufhin mir mein Bub triumphierend die alten Schuhe in die Hände drückt.

»Hier, Papa. Ich habe die meinigen auch brav angezogen und nicht blöd herumgezickt.«

»Herumgezickt?«, wiederhole ich ungläubig, mir scheint, mein Nachwuchs schaut zu viele Influencer-Videos auf YouTube. Da werde ich wohl mal regulierend auf seinem Handy eingreifen müssen.

Zufrieden grinst die Gabi übers ganze Gesicht und deutet wortlos mit ihren langen roten Fingernägeln auf meine Sneakers. Seufzend schlüpfe ich aus den bequemen Sportschuhen und quetsche meine Füße in die uralten Haferlschuhe aus hellbraunem Rauleder.

Da geht schwungvoll die Haustür auf, und mein bester Freund Andi poltert herein, den Schorsch und unseren Vater im Schlepptau. Die beiden Baumgartner-Brüder stecken brav wie ich in Lederhosen, der alte Aigner natürlich in seinem sündteuren, aber sehr eleganten Trachtenanzug samt Salzburger Trachtenhut.

Ehe wir es uns versehen, gibt der Andi meiner Schwester einen dicken Schmatz auf die Wange. »Entschuldige, Schatzl, aber der Franz hat im Seniorenheim seinen Hut net gleich g'funden. Wir haben beim Suchen helfen müssen.«

»Weil das Mitzerl mir immer alles verlegt. I find nia was,

wenn die zum Putzen da war«, rechtfertigt sich der Vater sofort vor seiner Tochter, während ihr Freund einen Schritt zurückgeht und sie ausgiebig bewundert.

»Fesch, Schatzl, das neue Dirndl steht dir ausgezeichnet – und die Frisur erst.« Meine Schwester hat ihr langes schwarzes Haar gekonnt zu einer Trachten-Haarkrone geflochten und schaut wirklich apart damit aus. Das fällt sogar mir als Bruder auf.

»Aber geh«, wehrt sie geschmeichelt ab, »im Geschäft haben s' mir den Stoff rauslassen müssen, weil ich schon wieder zugenommen habe. Es ist wie verhext, ich ernähre mich wie der Simon nur mehr von Gemüse und Salatblättern und nehme trotzdem ständig zu.« Unser deutscher Halbbruder aus Hamburg ist überzeugter Vegetarier. Und stimmt, die Gabi hat nach ihrem kurzen Diät-Trip vor einem halben Jahr mittlerweile wieder einiges an Kilos zugelegt.

»Gemüse?«, wundert sich mein Bub. »Und die viele Schokolade, die du ganz hinten in der Wohnzimmerkommode versteckt hast, von der ich mir nie was nehmen darf?«

»Verräter«, schimpft meine Schwester, »keinen Cent gibt es fürs Autodrom.«

»So ein Schmarrn.« Der Andi fasst ihr um die etwas breitere Hüfte. »Für mich kann es gar nie genug von dir geben. Felix, mach dir keine Sorgen ums Autodrom-Geld, du wirst heute noch genug Sponsoren finden. Unter anderem mich«, zwinkert er ihm verschwörerisch zu.

Beruhigt greift mein Bub nach der Hand seines Großvaters. »Komm, Opa, gehen wir voraus. Die Marie wartet bestimmt schon auf uns, sollen die anderen halt wie üblich zu spät kommen. Ich mag pünktlich sein.« Ein stolzes Lächeln zeichnet sich auf Vaters Gesicht ab, und er verlässt mit seinem Enkelsohn das Haus.

Mein Kind liegt allerdings völlig richtig mit seiner Feststellung, wie mir ein Blick auf die Wanduhr zeigt. Wir müssen uns sputen, in nicht mal mehr einer halben Stunde wird das

Volksfest mit dem symbolischen Bieranstich eröffnet. Natürlich wird den Leuten im Bierzelt auch schon davor Bier ausgeschenkt. Dieses Geschäft lässt sich die Erni nicht entgehen. Allerdings steht heuer bei der offiziellen Eröffnung nicht nur der Bürgermeister samt Gemeinderat auf der Bühne, sondern erstmals auch die Marie als neue Rieglerwirtin.

Das darf ich nicht verpassen, denke ich mir. Wir sind erst seit wenigen Monaten ein Paar, nachdem ich endlich meine Angst vor einer fixen Beziehung ablegen konnte. Und ich habe es bisher keinen Tag bereut. Manchmal befürchte ich allerdings, dass das für sie nicht immer so gilt, denn mein »Gschichtl« mit der Moni samt unübersehbarer Folgen hängt immer noch wie ein Damoklesschwert über uns. Schnell schiebe ich den unangenehmen Gedanken daran weg, weil damit möchte ich mich heute wirklich nicht auseinandersetzen.

Die Koppelrieder Blaskapelle spielt einen Tusch, und alle Augen richten sich nach vorne auf die große Bühne, die am Ende des wirklich riesigen Bierzelts aufgebaut ist. Das neue Zelt ist sicher dreimal so groß wie das alte, aber trotzdem zum Bersten voll. Unser Volksfest ist auch bei den Bewohnern der umliegenden Ortschaften beliebt. Wegen der Hitze musste bereits die ganze rechte Seitenwand des Zeltes hochgerollt werden, und trotzdem ist es immer noch brütend heiß hier drinnen.

Wir Aigners sitzen in der ersten Reihe, weil die Erni einen langen Biertisch nur für uns reserviert hat. Ich habe mich neben dem Hansl, Maries altem Onkel, niedergelassen und überlasse den Platz gegenüber vom Vater lieber meiner Schwester. Auch wenn wir uns im letzten halben Jahr nach dem gewaltsamen Tod der Liesl, meiner lang verschollenen Mutter, etwas nähergekommen sind, so weiß ich mir immer noch nicht recht viel mit ihm anzufangen. Da nehme ich schon lieber den Hansl, den alten Raunzer, in Kauf.

»Schau dir s' an, die alte Rieglerin«, sagt der auch schon mit vor Eifersucht triefender Stimme, während er sich den langen Bart zurechtzupft. Seit seine Nichte mit der Erni das Rieglerbräu leitet, lässt er kein gutes Haar an der alten Wirtin, die ihm seinen Platz als Maries Lieblingsverwandter streitig macht. Denn die Erni hat sich im letzten Jahr immer mehr zu einer Art Ersatzmutter für meine Freundin entwickelt.

»Steht da oben, als würde ihr das Bierzelt g'hören. Hätt mein Madl net so geduldig mit dem Lanner verhandelt, tät das Rieglerbräu da heut gar nix verkaufen.« Anstelle einer Antwort nicke ich ihm lieber nur freundlich zu und hefte dann meine Augen wieder stolz auf meine schöne Freundin. Im traditionellen dunkelblauen Dirndl mit der hellen Schürze und dem seitlich geflochtenen dicken Zopf sieht sie zum Anbeißen aus, erst recht neben all diesen skurrilen Typen aus unserem Gemeinderat. Allerdings kann man den Lanner auch nicht übersehen. In Lederhose, edler weiß glänzender Trachtenweste und sicher teurem, aber schon wieder rosafarbenem Trachtensakko steht er so dicht neben ihr, dass ich ihn im Normalfall sofort von dort wegdrängen würde. Wären wir nicht auf dem Volksfest und würde die Marie nicht auf einer Bühne stehen.

Unser Bürgermeister mit seiner unübersehbar dicken, knollenartigen Nase, dem der mit grüner Trachtenweste bespannte Bauch tief über die Lederhose hängt, zieht sich laut lachend den Trachtenjanker aus und drückt ihn dem verdutzten Eidenpichler in die Hand. Der Besitzer unseres Möbelladens ist Gemeinderat, weshalb er gemeinsam mit seinen anderen Kollegen von da oben auf uns herunterblickt. Unsere politisch engagierte Organistin Renate übrigens auch.

Wirkungsvoll für sein Publikum krempelt sich der Bürgermeister die langen Ärmel seines rot-weiß karierten Hemdes an beiden Armen hoch.

Auf dem heurigen Volksfest gibt es auf der Bühne gleich zwei Bierfässer auf jeweils einem Ganterbock. Das sind diese leicht abschüssigen Holztische, die das Bier in den Fässern schön fließen lassen. Hinter dem einen ist auf einer runden

Holzplatte das riesige Logo der Salzburger Stadtbrauerei angebracht. Daran hält sich ein Mann mit schwarzer Brille im gut sitzenden Trachtenanzug fest. Er ist sicher ein hohes Tier bei der Brauerei und offensichtlich begleitet von seinem Braumeister, der eine dicke Lederschürze über seiner Tracht trägt.

Hinter dem zweiten Fass ist hingegen das Logo des Rieglerbräus angebracht, zwei von Gerste umrahmte Hopfendolden. Daneben blickt die Erni im Festtagsdirndl stolz ins Publikum. An ihren kleinen Füßen die obligatorischen Birkenstockschlapfen, diesmal in elegantem Schwarz. Obwohl ihr die Marie seit Langem mit einem flotten Kurzhaarschnitt in den Ohren liegt, sind ihre grauen Haare wie üblich zu dem mir schon so vertraut gewordenen Dutt hochgebunden. Auch der Gerhard grinst von dort oben glücklich in die Menge. Als bayrischer Braumeister des Rieglerbräus hat er sich die Bühne redlich verdient. Sein Bier ist mittlerweile wohl das beste und aufgrund von Maries Vermarktungsgeschick auch überall in Salzburg erhältlich. Stolz hält er die vorher in kaltem Wasser eingelegten Schlegel und Zapfzeug in der Hand.

Selbstgefällig wie immer lässt sich der Bürgermeister von der Herta, seiner zierlichen Frau, die schwere Lederschürze über den Hals hängen. Obwohl sich der große Kerl nach unten bückt, muss sie sich trotzdem auf die Zehenspitzen stellen. Dann dreht er sich zum Publikum und richtet sich das einzige Mikrofon, das dort oben aufgebaut ist, auf seine Größe ein.

»Griaß enk, Koppelrieder!«, ruft er, so laut er kann. »I darf enk herzlichst auf dem diesjährigen Volksfest begrüßen!« Er macht eine Pause, und es folgen Gejohle und Geklatsche aus dem Publikum. »Meine Volkspartei hat wieder koane Kosten und Mühen gescheut, um enk drei schöne Tage zu bereiten.« Gut gelaunt winkt er nach unten zu einem Tisch in der ersten Reihe, an dem seine beiden Töchter sitzen. Die schöne Klara im hellgelben knappen Dirndl und die weniger schöne Vroni in Lederhosen und Trachtenhemd. Die ältere Bürgermeistertochter tut zunächst etwas übertrieben verwundert, kommt dann aber unter kräftigem Applaus auf die Bühne. Ihre jüngere Schwester, die Vroni, senkt verlegen den Blick in ihr Bierglas.

Unser Bürgermeister nimmt seine Tochter in Empfang, und sie dreht sich einmal kokett im Kreis, sodass sich der ohnehin schon kurze Dirndlrock noch weiter nach oben wölbt. Das Publikum klatscht, speziell die jungen Burschen pfeifen lautstark durch die Finger.

»Na, reißts enk zsamm«, grinst der Bachler und greift sich wieder das Mikrofon. »Mein fesches Dirndl ist einstimmig vom Festkomitee zu unserer diesjährigen Bierprinzessin g'wählt worden! Ein Hoch auf meine Klara!« Keine Minute später hängt unsere Organistin und Gemeinderätin Renate der Bürgermeistertochter feierlich eine blaue Schleife mit der goldenen Aufschrift »Koppelrieder Bierprinzessin« um, während die Musikkapelle einen Tusch spielt. Die kitschige Bierschaumkrone aus den letzten Jahren hat die junge Frau wohl erfolgreich zu verhindern gewusst.

»So, passt schon. Genug mit dem ganzen organisatorischen Klimbim.« Mit beiden Händen fuchtelnd drängt der Bürgermeister seine Tochter und die Gemeinderätin nach hinten. »Jetzt pressiert's aber schon, weil d'Leut wollen, dass endlich o'zapft wird. Vorab noch ein herzliches Dankeschön an die Salzburger Stadtbrauerei für das Sponsoring unseres neuen Bierzelts. Danke, Herr Dr. ... äh ... Wertenstein.« Der Bachler dreht sich zu dem Mann im gut sitzenden Trachtenanzug in der Reihe hinter ihm um und schüttelt ihm ausgiebig die Hand. Der versteht das wohl als Aufforderung und geht nach vorn zum Mikrofon, wo er ein Stück Papier aus der Hosentasche seines Trachtenanzugs fischt.

»Liebe Koppelriederinnen und Koppelrieder! Im Namen der Salzburger Stadtbrauerei habe ich eine kleine Rede zur Eröffnung des diesjährigen Volksfestes vorbereitet. Ich darf Sie herz–«

»Passt schon. Danke schön fürs Vorbereiten der Rede, sehr nett, Herr … äh … Wertendings«, wird er vom Bürgermeister unterbrochen und unsanft zur Seite geschoben.

Der Mann blickt irritiert zum Lanner, aber der zuckt nur bedauernd mit den Schultern und hievt sich eine der dicken braunen Lederschürzen über den Kopf.

»Wie ihr alle sicher schon wissts, gibt es heuer unseren Bieranstich im Doppel. Der Lanner Sigi wird a Fassl von unserem Sponsor der Stadtbrauerei zapfen und i natürlich ganz traditionell unser eigenes Bier. Weil wo kemmaten mir denn sonst hin, wenn bei uns net mit bestem Koppelrieder Rieglerbräu o'zapft wird!«, ruft der Bürgermeister Bachler wieder ins Mikrofon und lässt sich vom Publikum dafür ausgiebig beklatschen.

Feierlich übergibt ihm der Gerhard Schlegl das Zapfzeug. Der Andi und ich werfen uns einen kurzen Blick zu und pfeifen dann vor Begeisterung durch die Finger, genauso wie die Burschen vom FC Koppelried am Tisch hinter uns. Unser Braumeister hat's verdient.

Inzwischen beeilt sich der Lanner, zum Fass der Stadtbrauerei rüberzuhechten, und reißt dem dortigen Braumeister ungeduldig das Werkzeug aus der Hand. Damit läuft er zurück zum Mikrofon. »Die AHP, die Alternative Heimatpartei, freut sich gemeinsam mit der Salzburger Stadtbrauerei, das neue Bierzelt für Koppelried gesponsert haben zu dürfen.« Begleitet von ein paar müden Klatschern seiner glücklicherweise noch wenigen Anhänger begibt er sich zurück in Position vor das Bierfass und setzt das Zapfzeug stümperhaft einfach irgendwo an. Schon beginnt er, mit dem viel zu leichten Schlegel auszuholen und mehrfach wie wild dagegenzuklopfen. Doch der ungeübte Politiker schafft es einfach nicht, den Bierhahn hineinzutreiben, obwohl es schon gehörig spritzt.

Unser Bürgermeister schaut mitleidig zu ihm hinüber und feixt dann ins Mikrofon. »Tja, a Stodinger woaß halt net, dass man bei uns den Anstich einzählt, gell? Nur so klappt's. Helfts mir, Koppelrieder!« Die Menge stimmt ihm mit Gelächter und

Gejohle zu. Damit dreht er sich um und schreitet bedächtig auf das Rieglerbräu-Fass zu. Während die Einheimischen lautstark »Drei!« schreien, setzt er das Zapfzeug exakt in einer Flucht mit der Buchse für das Luftventil an. Bei »Zwei!« holt er mit dem schweren Schlegel gekonnt aus, und es braucht nur diesen einen kräftigen Schlag, um den Bierhahn ins Fass zu treiben. Mit dem zweiten, etwas weniger kräftigen Schlag lässt er ihn gut sitzen, und das Ding hält bombenfest. Während beim Bürgermeister nur ein klein wenig Bier herausgespritzt ist, ist die Lederschürze vom Lanner bereits von oben bis unten nass. Endlich erbarmt sich der Braumeister der Salzburger Stadtbrauerei, nimmt dem Lokalpolitiker den Schlegel aus der Hand und vollendet das Werk.

Noch bevor die Koppelrieder »Eins!« fertig gebrüllt haben, hat die Seniorwirtin Erni dem Bürgermeister den Maßkrug mit Rieglerbräu-Logo gereicht, er dreht den Zapfhahn auf und lässt das flüssige Gold effektvoll in den Krug laufen.

Während der bedauernswerte Braumeister der Stadtbrauerei noch mit dem schlecht eingeschlagenen Zapfzeug kämpft und es mit einem Keil sichern muss, hat der Bachler bereits die Krügel der auf der Bühne befindlichen Gemeinderäte und Gäste mit unserem heimischen Rieglerbräu gefüllt.

Selbst Dr. Wertensteiner zeigt Humor und lässt sich ein Rieglerbräu in seinen Stadtbrauerei-Krug einschenken. Nur der Lokalpolitiker Lanner wartet mit hochrotem Kopf vor seinem Braufass, bis auch daraus endlich Bier fließt.

Unser Bürgermeister tritt lachend ans Mikrofon und winkt dann Frau und Tochter an seine rechte und beide Rieglerwirtinnen an seine linke Seite. Schwungvoll streckt er den Bierkrug hoch über seinen Kopf, auch alle Leute im Bierzelt stehen von ihren Bänken auf. Jeder nimmt dabei sein Krügel trinkbereit in die Hand. Sogar der Felix und sein Freund Manuel neben mir tun es uns mit ihrer Kräuterlimonade gleich. Mit Inbrunst brüllt der Bachler ins Mikrofon: »Das Koppelrieder Volksfest ist eröffnet!« Alle prosten ihm zu, dann setzt er an, trinkt seinen Krug in einem Zug leer und holt sich sofort Nachschub. Noch mal tritt er an das Mikrofon. »Ein Hoch auf unseren Gerhard, den besten Braumeister von ganz Salzburg!« Tosender Applaus im Bierzelt, die Koppelrieder sind nicht mehr zu halten. Die Blasmusik spielt einen Tusch, und der Bachler stimmt mit tiefer Stimme an: »Ein Prosit, ein Prosit!« Die Dorfbewohner sind entfesselt, steigen auf die Bierbänke und stimmen mit ein. Selbst ich. »Der Ge-müt-lich-keit!«

»Ich glaub, ich schau mal nach Felix. Die Kinder haben sich seit gut einer Stunde nicht mehr bei uns blicken lassen«, meint die Marie und klingt etwas besorgt. Mein Bub hat sich gleich nach dem Bieranstich mit seinem besten Freund Manuel und fünf weiteren Lausbuben aus dem Staub gemacht. Wohlgemerkt, erst nachdem sie bei allen Anwesenden an unserem Tisch Geld für einige Runden Autodrom einkassiert haben.

»Vergiss es«, antwortet die Gabi an meiner statt. »Erst muss den Buben mal das Geld ausgehen, und dann kommen die wieder. Ich muss froh sein, wenn ich den kleinen Kerl heute spätnachts irgendwann zum Heimgehen einsammeln kann. Hoppala!«, ruft sie und schlägt sich lachend mit der Hand auf den Mund. »Ich muss mich erst daran gewöhnen. Jetzt übernimmst ja bald du, Marie.«

Stimmt, denn meine Schwester und der Andi sind unter die Häuslbauer gegangen. Mit einem Teil des beachtlichen Erbes von ihrem leiblichen Vater hat sie sich ein Einfamilienhaus bauen lassen, in das sie schon seit Wochen übersiedelt. In ihrer alten Wohnung über der meinen gibt es nur mehr ein paar vereinzelte Möbel und Umzugskartons.

Allerdings wird sie auch nach ihrem Auszug nur etwa fünfhundert Meter von unserem Elternhaus entfernt wohnen, und ich bin mir sicher, dass sie keine Gelegenheit auslassen wird, den Felix und mich ständig zu kontrollieren.

»Entschuldigt die Verspätung.« Neben uns taucht ein abgehetzter Buchinger auf und lässt sich mit seinem dicken Hintern auf den leeren Platz mir gegenüber plumpsen. Mein Freund und Ex-Kollege aus meiner Zeit beim LKA Salzburg trägt, wie sollte es anders sein, eine seiner braunen Jeans. Doch heute elegant kombiniert mit einem hellen Trachtensakko, das ihm ganz offenkundig bereits zu eng ist. Über dem Bauch kriegt er das Ding garantiert nicht mehr zu. »Die Erika kommt gleich nach«, keucht er. »Sie will die Lotti noch draußen auf dem Volksfest bei eurem Felix abladen und sucht ihn grad. Unsere Julia wollte partout nicht mitkommen, meine Frau hat über eine Stunde versucht, sie doch noch zu überzeugen, deswegen die Verspätung. Aber unsere Tochter hat wie üblich gewonnen, typisch Teenager. Ich sag euch, da kommt noch was auf euch zu, wenn der Felix in ein paar Jahren pubertiert. Marie, ich an deiner Stelle würde mir das mit dem Aigner lieber noch mal überlegen.«

»Da ist was dran, Markus«, lächelt meine Freundin.

»Untersteh dich«, entgegne ich gespielt entrüstet und drücke ihr einen dicken Schmatz auf den Mund.

»Bäähh! Nicht schon wieder schmusen, Papa«, taucht mein Bub neben uns auf und verzieht angewidert das Gesicht. Buchingers kleinere Tochter Charlotte und seinen Freund Manuel hat er im Schlepptau. »Wir brauchen noch etwas Geld. Bitte«, setzt er rasch hinten nach. »Die Lotti will mit uns an der Schießbude auf die Zielscheiben schießen. Sie behauptet, sie kann das viel besser als ich. Aber das glaub ich nicht.«

»Meine Töchter fressen mir noch die letzten Haare vom Kopf«, grinst der Buchinger vergnügt und holt zwei Scheine aus seiner Brieftasche hervor, die er meinem Buben in die Hand drückt. »Nehmt euch in Acht, Burschen. Meine Lotti schießt besser als Lucky Luke«, fügt er stolz hinzu.

»Wer?«, fragen der Manuel und der Felix wie aus einem Mund.

»Mein Papa sagt immer so altmodische Sachen. Kommt schon, ihr Loser. Gegen mich könnt ihr niemals gewinnen.« Die Lotti, die in ihrem frechen Kurzhaarschnitt und den praktischen Jeans anstelle einer Tracht wie ein Lausbub ausschaut, zwickt den beiden Freunden rasch nacheinander in den Bauch und rennt auch schon los, raus aus dem Zelt. Dicht gefolgt von den Buben.

»Hier seid ihr.« Schnaufend wie ein Walross lässt sich nun auch die Erika neben ihrem Mann nieder. Wobei, Walross ist wirklich ungerecht. Sie hat im letzten halben Jahr mächtig an Kilos verloren, das adrette Dirndl steht ihr ausgezeichnet. Ihr hübsches Gesicht wird von schulterlangem rotem Haar umrahmt. »Ich habe euch nicht gleich gefunden, dieses Bierzelt ist riesig. Aber nun brauche ich dringend was zu trinken bei der Hitze.«

»Bitte nimm mein Bier. Es ist noch unberührt, ich habe noch nicht davon getrunken«, entgegnet die Marie und schiebt rasch ihr Krügel vor die Angesprochene. Sie ist sichtlich erleichtert, das Gebräu loszuwerden, denn unsere Brauwirtin kann mit Bier nur wenig anfangen.

Die Volksmusikkapelle beginnt leider wieder zu spielen, und meine Schwester zerrt ihren Freund erbarmungslos auf die Tanzfläche. Der arme, tänzerisch völlig unbegabte Andi muss heute sicher so viel herumhopsen wie noch nie in seinem ganzen Leben.

»Raphi, magst du nicht auch tanzen?«, zwinkert mir meine Freundin schelmisch zu. Mein jährliches Tanz-Soll habe ich bereits in der Silvesternacht erfüllt, und das weiß sie ganz genau. Daher schüttle ich heftig den Kopf und versuche, so unschuldig wie möglich zu klingen. »Jetzt sind doch grad erst die Erika und der Markus angekommen.«

»Wegen uns braucht ihr euch nicht zurückzuhalten«, meint Buchingers Ehefrau sofort. »Wir benötigen sowieso mal eine Verschnaufpause, und danach muss der Markus seine ehelichen Pflichten als Tänzer erfüllen. Ein bisserl Bewegung schadet ihm eh nicht.« Neckisch klopft sie mit der flachen Hand auf seinen dicken Bauch, über den sich das Trachtenhemd spannt. Die Hirschknöpfe halten das Ding mehr schlecht als recht zusammen und geben den Blick auf seine beachtlich behaarte Wampe frei.

»Haha«, brummt mein Ex-Kollege trocken und winkt der Erni zu, die je fünf Maßkrüge in ihren unglaublich kräftigen Händen durch das Bierzelt schleppt. »Ich brauche vorher auch dringend Flüssigkeit, damit ich die Tanzwut meiner Holden ertrage.«

Sofort kommt die Senior-Rieglerwirtin angetrabt. Wie mit dem Lanner und der Stadtbrauerei vereinbart, arbeitet sie mit der gesamten Belegschaft des Wirtshauses im Service. Nur meiner Freundin hat sie mir zuliebe für heute freigegeben, wohl auch, weil Servieren nicht gerade die Stärke der jungen Wirtin ist. »Das Bier da ist zwar schon b'stellt, aber unser Herr Buchinger aus der Stadt kriegt es natürlich trotzdem, gell? Lassen S' es Eana schmecken.«

»Und wie! Sie schickt der Himmel, liebe Frau Erni«, bedankt sich der Buchinger und prostet uns zu. Auch der Schorsch auf der Bank neben uns prostet schweigsam mit seiner Maß zurück.

»Na, Marie? Wie habe ich das eingefädelt mit der Stadtbrauerei? Zufrieden?« Der Lanner kommt an unserem Tisch zu stehen, die hübsche Bürgermeistertochter Klara im Arm. Sie sieht tatsächlich wieder umwerfend aus. Ihr knappes gelbes Dirndl steht ihr samt der blauen Schleife über der Brust ausgezeichnet zur gebräunten Haut und dem dunklen frechen Haarschopf. Die schier endlos langen Beine stecken in unglaublich hohen, ebenso gelben Schuhen. Fröhlich kichernd macht sie sich vom Lanner los und beugt sich so über den Tisch vornüber, dass man an ihrem eindrucksvollen Dekolleté nicht vorbeischauen kann. Mein Ex-Kollege verschluckt sich fast an seinem Bier, während der arme Schorsch verlegen sein Gesicht im Maßkrug vergräbt. Und ich weiß, warum.

»Hallo, Sheriff. Du hast mir doch einen Tanz versprochen. Also los, hoch mit dir.« Ehe ich mich's versehen kann, werde ich schon von ihr hochgezogen.

»Äh ... ja ... nein ...«, stammle ich und werfe meiner Freundin, deren Lächeln einzufrieren droht, einen hilflosen Blick zu.

»Stell dich nicht so an, einen langsamen Foxtrott wird selbst ein Dorfsheriff wie du noch hinkriegen, oder?« Unsere diesjährige Bierprinzessin zieht mich einfach auf die Tanzfläche vor die Bühne. Bevor ich mich zur Wehr setzen kann, stapfe ich mit ihr auch schon mit irgendeinem ungelenken Tanzschritt vor und zurück, während der Sänger auf der Bühne »Marmor, Stein und Eisen« trällert.

»Na ja, Tanzen ist wohl nicht gerade deine Stärke«, lacht sie, übernimmt gekonnt die Führung und klimpert dabei mit den unnatürlich langen Wimpern. »Dafür bist du ein wirklich schöner Mann. Bei dir kann jeder Beauty-Doc einpacken, da ist kein Finetuning notwendig.«

Ich achte kaum auf ihre Worte, weil der Lanner mit meiner Freundin im Arm leichtfüßig und elegant an uns vorbeitänzelt.

»Seit wann bist du eigentlich wieder in Koppelried?«, frage ich, um irgendeine Unterhaltung zu beginnen.

»Erst seit ein paar Wochen«, antwortet sie und lehnt dann ihren Kopf ungeniert an meine Schulter. »Aber ich bleib garantiert nicht lange in dem Kaff, auch wenn mein Dad hier der Ober-Bürgermeister-Boss ist. Sobald ich eine leistbare Wohnung in Salzburg gefunden hab, bin ich weg. Wie hältst du das hier nur aus? Du hast doch früher auch einige Jahre in der Stadt gelebt, wenn ich mich noch recht erinnere.«

»Also, ich finde es hier gar nicht so schlecht«, murmle ich, schiebe sie wieder etwas von mir weg und beobachte nervös, wo der Lanner seine Hand auf Maries Rücken platziert hat.

»Da mein knausriger Dad für mich wie üblich keine Kohle rausrückt, habe ich einen Job bei einem der besten Beauty-Docs in Salzburg angenommen. Ich verdiene dort nicht schlecht, aber bis ich mir was Nettes in der Stadt leisten kann, wird es wohl noch eine Weile dauern.« Theatralisch rollt sie mit den Augen, schlingt dann beide Arme um meinen Hals und schmiegt sich eng an mich.

»Ich dachte, du wolltest Medizin studieren?«, frage ich, weil die Marie gestern davon gesprochen hat, und versuche, die Frau wieder auf etwas Abstand zu bringen.

»Ja, wollte ich, und dank Numerus clausus war es für mich easy, einen Studienplatz in Deutschland zu bekommen. Die Münchner Uni hat mich sofort genommen, je weiter weg von hier, desto besser. Allerdings habe ich bald die Lust am Studieren verloren.« Endlich geht sie von sich aus etwas auf Abstand, nimmt die Arme von meinem Hals, schaut mich keck an und lächelt dabei entwaffnend. »Mein Dad, geizig, wie er ist, hat sofort den Geldhahn abgedreht. Aber zum Glück habe ich den Beauty-Doc Bogi kennengelernt und konnte bei ihm in der Praxis arbeiten. Ein super Job, sag ich dir, weit besser bezahlt als irgendein blöder Oberarztposten in einem Krankenhaus.« Stolz zieht sie die Schultern nach hinten und streckt die wohlgeformte Brust heraus.

»Und warum hast du diesen tollen Job dann aufgegeben und bist zurück in unser sogenanntes Kaff?«, will ich jetzt doch wissen und schaffe es endlich, selbst die Führung zu übernehmen.

Schmunzelnd schlingt sie wieder die Arme um meinen Hals. »Bogis dämliche Alte hat dazwischengefunkt, wie es halt immer so ist. Also habe ich mir gedacht, schnuppere ich doch mal wieder Heimatluft, wer weiß, welch feschen Kerl ich hier so treffen kann. Nicht wahr, Sheriff?«

Bestimmt nehme ich ihre Arme von meinem Hals, fasse sie an der rechten Hand und um die Taille und drehe mich mit ihr so um die Achse, dass ich neben dem Lanner zum Stehen komme.

»Partnertausch«, sage ich knapp und schnappe mir meine Freundin mit einem gekonnten Griff um ihre schmalen Hüften.

Überrascht bleibt der Lokalpolitiker kurz stehen, greift sich dann die Bürgermeistertochter und tanzt mit ihr in einem großen Bogen von uns weg.

»Musste das sein?«, zischt mir die Marie leise zu.
»Musste was sein?«, frage ich zurück und bin mir diesmal wirklich keiner Schuld bewusst.
»Die Koppelrieder zerreißen sich sowieso schon das Maul wegen dieser peinlichen Szene im Freibad. Musstest du jetzt auch noch so aufreizend mit ihr tanzen? Hier vor allen Leuten? Komm, die starren uns alle an.« Energisch zieht sie mich an der Hand von der Tanzfläche zurück zu unserem langen Biertisch, an dem nur mehr der Schorsch und Maries Onkel Hansl zurückgeblieben sind. Während der eine gelangweilt in sein Krügel starrt, verfolgt der andere, mein Polizist, den Lanner und seine ausnehmend attraktive Tanzpartnerin mit traurigen Dackelaugen. Ich sollte echt mal ein ernstes Wort mit ihm reden, nicht dass er sich da in was verrennt, denke ich mir. Aber nicht jetzt, denn ich will meiner hübschen Freundin meine volle Aufmerksamkeit widmen. »Tut mir leid, Marie. Die Bürgermeistertochter hat mich total überrumpelt, ich schwör's«, versuche ich es mit meinem hoffentlich überzeugendsten Lächeln. »So ein junges Mädel kann dir nicht mal annähernd das Wasser reichen. Komm, schöne Frau, lass uns nach draußen gehen. Ich würde gerne eine kitschige Plastikrose für dich schießen, dir ein riesiges Lebkuchenherz kaufen und dann abseits vom Gelände ein wenig mit dir rumschmusen. Hinterher können wir meinetwegen auch den Felix suchen und ihn bei seinem Versuch stören, der frechen Lotti zu imponieren. Was meinst du?«

Sie lächelt und zieht mich wortlos aus dem brütend heißen Zelt.

Wir stehen mit dem Nachwuchs, der riesige Zuckerwattestangen in den Händen hält und genüsslich verspeist, auf dem bunten Brettersteg und beobachten die jugendlichen Raser, während laute Popmusik aus den Lautsprechern rund um das Autodrom dröhnt. Nachdem wir bereits alle Fahrgeschäfte durchhaben und die Kinder mehrmals beim Wettschießen an der Schießbude bewundern durften, konnten meine Freundin und ich die drei endlich zu einer Zuckerwatte-Verschnaufpause überreden.

»Raphi, da bist du ja!« Die Gerti kommt aufgeregt auf uns zugelaufen.

»Hallo«, grinse ich ihr freundlich zu, »ich hab dich heut noch gar nicht gesehen. Ich dachte schon, du und der Günther, ihr kommt gar nicht zum Bieranstich.«

»Der Schorsch!«, ruft sie atemlos, ohne auf das von mir Gesagte einzugehen. »Die Holzer-Brüder verdreschen ihn grad. Koaner hilft ihm, und der wehrt sich net einmal mehr. Alle stehen nur blöd herum und gaffen. Den Heinz hab i schon ang'rufen. Aber bis der und der Herbert da sind, kann das noch dauern.«

Ich bitte die Marie, dem Markus und dem Andi Bescheid zu geben, und sprinte mit der Gerti zur traditionellen Koppelrieder Cocktailbar, natürlich betrieben vom Staudinger, unserem Nachtclubbesitzer. Das kleine Barzelt ist direkt neben dem Bierzelt aufgebaut. Schon von Weitem sehe ich den Schorsch am Boden liegen, während die drei schwergewichtigen Holzer-Brüder, unangenehme Vertreter von Lanners rechter Stammwählerschaft, gleichzeitig auf ihn eintreten. Wären sie nicht so brutal, würden mich die Männer in ihren Krachledernen und mit den roten Trachtenwesten über den Bäuchen eher an die Wildecker Herzbuben erinnern.

»Schluss damit!«, brülle ich, bremse ab und komme gerade noch neben dem Schorsch zum Stehen. »Hört sofort damit auf!« Schützend stelle ich mich vor meinen Polizisten, der sich jammernd am Boden krümmt. Die Brüder halten tatsächlich kurz inne, aber nur weil der Lanner, der lässig mit der Bürgermeistertochter im Arm an der Cocktailbar lehnt, warnend die Hand hebt. »Mischen Sie sich nicht ein, Aigner. Der Baumgartner wollte meine Freundin nicht in Ruhe lassen und hat mich sogar bedroht. Da haben ihn meine Kumpel höflich aufgefordert zu gehen. Aber Ihr Kollege hat sofort wie wild um sich geschlagen, und die Herren mussten sich wehren. Eine kleine Dorfprügelei, weiter nichts.«

»Und dabei zu dritt auf einen Mann eintreten? Sehr mutig«, lache ich höhnisch auf und fange auch schon eine ab. Der jüngere Holzer-Bruder boxt mir mit seiner Rechten in die Magengrube, sodass ich kurz in die Knie gehen muss, weil mir die Luft wegbleibt. Nachdem ich mich wieder gefangen habe, hole ich mit der Faust aus und verpasse ihm einen Kinnhaken. Aber da hält mich schon der ältere Bruder hinten an beiden Armen fest, und der jüngere boxt mir noch einmal seelenruhig in den Magen. Was richtig schmerzt.

Währenddessen versammeln sich immer mehr Leute um uns, doch das scheint die drei noch mehr anzustacheln.

»Lassts den Chef in Ruh«, jammert der Schorsch, rappelt sich auf, zieht den jüngeren Holzer von mir weg und verpasst ihm einen rechten Haken, der sich gewaschen hat. Der Kerl fliegt sicher einen Meter nach hinten. Aber der mittlere und kleinste der Holzer-Brüder springt dem Schorsch von hinten auf den Rücken, krallt sich am Hals fest und schlägt mit der Faust auf seinen Kopf ein. Inzwischen kann ich mich endlich aus dem Griff meines Peinigers befreien und versuche, den kleinen Kerl von meinem Polizisten herunterzuzerren, aber der ältere Bruder nimmt mich schon wieder hart in den Schwitzkasten.

»Na wartet! Ihr elenden Feiglinge!«, höre ich schon von Weitem das laute Organ meiner Schwester. Keine fünf Sekunden später prügelt sie mit ihrer prall gefüllten Trachtentasche auf den älteren Holzer ein, der sich wimmernd die Hände über den Kopf hält. »Lass sofort meinen Bruder los, du Depp!«

Natürlich hat sie den Buchinger und den Andi zur Verstärkung mit dabei, die sich die restlichen Holzer-Brüder vornehmen. Aber auch die haben Kumpel, und weitere Fäuste schlagen auf uns ein. Durch das Geschrei der umstehenden neugierigen Koppelrieder angelockt, kommen immer mehr Leute aus dem Bierzelt. Auch die etwas angeheiterten Burschen vom FC sind darunter. Während ich mir irgendeinen Kerl, den ich gar nicht kenne, vom Leib halten muss, höre ich die Stimme unseres Stürmers Roman, Sohn von Bezirksinspektor Lederer. »Kommts, Burschen, wir helfen dem Herrn Aigner! Auf geht's!«, ruft er, und die halbe Fußballmannschaft wirft sich mit Hurra ins Getümmel.

Und schon habe ich komplett den Überblick verloren, bis ich endlich Herberts Pfeiferl vernehme. Er ist der Einzige von uns, der so ein Ding noch am Einsatzgurt trägt.

»Auseinand! Aber fix!«, brüllt Gruppeninspektor Heinz Rohrmoser, auch heute im Dienst. »Sonst fordere ich Verstärkung aus Salzburg an, und wir nehmen euch allesamt mit auf die Wach! Habts mich?«

Der Herbert pustet noch mal mit aller Kraft in seine Trillerpfeife, aber es nützt nichts. Im Gegenteil, ein paar schwere Kerle stürzen schon los auf den Heinz.

Ich beobachte, wie meine beiden Polizisten sich zunicken und rasch nach dem Pfefferspray greifen. Dann kann ich grad noch die Gabi aus der um sich schlagenden Menge herausziehen und uns beide in Richtung Bierzelt in Sicherheit bringen.

Da der Spray sofort wirkt, löst sich die Schlägerei so rasch, wie sie begonnen hat, wieder auf. Denn ab sofort ist jeder nur mehr mit sich selbst beschäftigt, wie man am Husten und Gejammere hören kann. Tränen rinnen nur so über die Wangen, und die meisten der grad noch groben Schläger halten reflexartig die Augen verschlossen.

»Verdammt noch mal!« Offenbar hat auch der Lanner etwas davon abbekommen, weil er sich unablässig die zusammengekniffenen Augen reibt und nach Luft schnappt, obwohl meine Polizisten sicher sparsam damit umgegangen sind. »Der Einsatz des Pfeffersprays war absolut unverhältnismäßig! Ich verklag Sie und Ihre verdammte Polizeibande, Aigner! Darauf können Sie sich verlassen!«, schreit er wie von Sinnen, aber ich ignoriere den Mann einfach.

»Diesen blasierten Kerl werden wir uns noch zur Brust nehmen, darauf kann der Trottel einen lassen.« Der Buchinger, ebenso ramponiert wie wir alle, kommt auf uns zu. Zwei Knöpfe hat es ihm am Hemd ausgerissen, die den Blick auf seinen behaarten Bauch freigeben. Gemeinsam mit einem ebenso zerzausten Andi hat er den schwer angeschlagenen Schorsch im Schlepptau. Meine Polizisten haben gut gezielt, denke ich mir grinsend. Denn meine drei Freunde haben offenbar kaum Pfefferspray abbekommen.

»Raphi!« Vor Entsetzen ganz bleich im Gesicht, kommt die Marie mit der Erika auf uns zugelaufen. »Oh mein Gott, wie du aussiehst. Tut es arg weh?« Sie drückt mich so fest an sich, dass mir gleich der Magen wieder wehtut. Erst jetzt spüre ich das Blut, das mir von der Stirn über das rechte Auge tropft. Ich wische mit dem Ärmel meines ehemals weißen Trachtenhemds darüber. Anerkennend betrachte ich Vaters Lederhose, der das Ganze nichts anhaben konnte. Für eine Schlägerei ist das Ding tatsächlich gut zu gebrauchen, denke ich mir.

»Nur ein paar kleine Kratzer, sonst nix. Der Raphi ist zäh«, antwortet die Gabi an meiner Stelle, die, selbst ordentlich lädiert, prüfend meine Stirn und Schläfen begutachtet. Ihr so schöner Haarkranz hat sich völlig aufgelöst, die Strähnen hängen ihr wild aus dem Zopf, die seidene Dirndlschürze ist zerrissen und das schwarze Dirndl vor Staub ganz grau.

»Schatzl!« Der Andi nimmt sie in die Arme und platzt fast vor Stolz. »Du hast wie eine Löwin für deinen Bruder gekämpft. Ich wusste gar net, dass du so einen Punch draufhast, der Holzer Willi macht garantiert eine Zeit lang einen Riesenbogen um dich. Ich bring rasch den Schorsch heim, aber dann steh ich dir zur Belohnung die ganze Nacht als Tanzsportgerät zur Verfügung.«

»Euch kann man wirklich koa Sekunde alloane lassen!« Kopfschüttelnd kommt die Senior-Rieglerwirtin aus dem Bierzelt, den Felix an der Hand, gefolgt von der Lotti und vom Manuel. »Nimm dir ein Beispiel an deinem Buben da, Aigner, der woaß, wie man sich benimmt.« Während mein Nachwuchs und seine Freunde von einem Ohr bis zum anderen grinsen, kommandiert uns die Erni auch schon wieder herum. »Los, rein da ins Zelt. Aber flott. Ihr kriegts jetzt alle a Gulaschsuppn und a Bier von mir. Aber Schnapserl gibt's koa oanziges mehr für euch Mannsbilder. Das macht nur rabiat, habts mich?«

Samstag

Nachdem uns die Erni gestern eine kräftige Gulaschsuppe serviert hat, haben wir uns rasch erholt, und es wurde noch ein lustiger und vor allem langer Abend. Erst gegen halb zwei Uhr früh konnten die Marie und ich einen völlig überdrehten Felix in sein Bett verfrachten.

Und die beiden können sich ausschlafen, während ich schon um sieben Uhr meinen Tagdienst antreten musste. Gemeinsam mit dem Rainer, der dankbar für die extra bezahlten Samstagsdienste ist. Da unsere Gerti natürlich eine Fünf-Tage-Woche und somit heute freihat, begnüge ich mich mit Kapselkaffee. Lässig lehne ich im gemütlichen Ledersessel hinter meinem Schreibtisch und blicke kurz auf die Armbanduhr, schon halb acht. Eigentlich sollte ich bereits mit dem Schorsch die fahruntüchtigen Alkoholleichen vom Volksfest daran hindern, als große Helden in ihren Limousinen und SUVs die Heimfahrt anzutreten. Aber mein Kollege hat sich noch nicht blicken lassen. Vielleicht haben ihn diese verdammten Kerle bei der Schlägerei doch mehr verletzt, als ich angenommen hatte.

Entweder mache ich mich allein auf den Weg zum Volksfest, oder ich frage in Salzburg wegen einer kurzfristigen Vertretung an. Während ich noch überlege, klingelt mein Telefon.

»Polizeiinspektion Koppelried, Inspektionskommandant Aigner. Was kann ich für Sie tun?«, rattere ich wie aufgezogen in den Hörer.

»Raphi? Bist das du?«, vernehme ich die krächzende Stimme der Baumgartnerin, Andis und Schorschs Mutter.

»Ja sicher, Christl. Wer sonst?«, grinse ich in den Hörer.

»Gut, dass i dich erwisch. Der Schorsch ist net da. Der Andi hat meinen Buben gestern am Abend vom Volksfest hoambracht, weil der sich g'schlägert hat. Stell dir vor, unser Schorsch und a Schlägerei, so was hat es doch noch nie geben. Aber heute

Morgen war der net in seinem Kabinett. Sein Bett ist unbenützt.« Die Baumgartnerin schluchzt kurz auf. »Sein Auto steht weder vorm Gartentor noch in der Garage. Der Andi, die Rotzpippn, geht net ans Telefon, der schlaft sicher noch seinen Rausch aus. Du musst mir helfen, da ist was passiert.« Die Stimme der sonst immer so gelassenen Baumgartnerin zittert vor Angst.

»Beruhig dich, Christl. Ich mach mich sofort auf die Suche nach ihm. Wirst schon sehen, es wird sich alles zum Guten aufklären. Wahrscheinlich hat er beim Andi und der Gabi übernachtet«, lüge ich ein wenig, um sie zu beruhigen. Bei den beiden hat er garantiert nicht die Nacht verbracht. Erstens gibt es das kleine Sofa in Gabis Wohnzimmer nicht mehr, weil es schon ins neue Haus übersiedelt ist. Und zweitens sind die beiden erst um vier Uhr früh nach Hause getorkelt und hätten mir dabei fast den Felix geweckt. Da war kein Schorsch dabei, den hätte ich bemerkt.

»Versprich mir, dass du ihn findest, Raphi«, jammert sie, und ich verspreche es ihr, während es auf der anderen Leitung im Wachzimmer penetrant läutet.

Nachdem ich aufgelegt habe, stellt mir der Rainer das Gespräch durch. Diesmal komme ich gar nicht dazu, mein Sprücherl herunterzurattern, denn es ist die Gerti, die hysterisch am anderen Ende der Leitung ins Telefon schreit. »Raphi, komm sofort zu uns! Der Lanner ist tot!«

Mein Kollege Heinz Rohrmoser steht vor dem Pool und unterdrückt nur schwer ein Gähnen. Ich musste ihn mangels Schorsch zur Verstärkung aus dem Bett holen, in das er sich wegen seines gestrigen Nachtdienstes gerade erst vor einer Stunde hat legen können. Neben uns zittert der junge Poolreiniger in nassen Bermudashorts, obwohl es schon am frühen Morgen sehr warm ist. Der Bursche zieht geräuschvoll etwas Rotz durch die Nase und blickt mich dann verunsichert an. »Zweimal im Monat komme ich frühmorgens reinigen, immer den zweiten Samstag und den letzten Mittwoch ist vereinbart.«

Er deutet auf die beiden Profi-Poolreinigungsgeräte, die auf den Fliesen neben uns abgestellt sind. »Ich hab mir alles zurechtgelegt und den Sauger eingesteckt. Erst als ich loslegen wollte, hab ich den da unten im Wasser treiben sehen.« Traurig richten sich seine Augen auf Lanners leblosen Körper. »Ohne nachzudenken, bin ich sofort reingesprungen, hab den Mann herausgezogen und wollte ihn beatmen. Erst da hab ich das Loch in seiner Brust bemerkt und bin gleich vor lauter Angst rüber zu den Nachbarn gelaufen.«

Die Gerti nickt und versucht, sich mit zittrigen Händen eine Zigarette anzuzünden. Ein Blick von mir reicht, dass sie es bleiben lässt.

Denn vor uns auf den eleganten steingrauen Fliesen, die den Pool umranden, liegt ein regungsloser, nur mit einem knappen Herrenslip bekleideter Lanner auf dem Rücken. Vorsichtig trete ich ein wenig näher heran und gehe vor dem Toten in die Hocke. Ich kann noch keine Leichenflecke auf dem gebräunten und eindrucksvoll bemuskelten Körper entdecken. Obwohl ich durch ständiges diszipliniertes Training meiner Pektoralismuskeln tatsächlich einen Hauch von Sixpack vorweisen kann, ist mir so ein ästhetisch perfekter Männeroberkörper noch nie unter die Augen gekommen. Niemals hätte ich dem schlanken Lanner eine so ausgeprägte Bauchmuskulatur unter seinen rosa Hemden zugetraut. Der Mann muss hart dafür trainiert haben, denke ich mir beeindruckt.

Seine hellgrauen Augen starren weit aufgerissen in den Himmel. Eine gründlich ausgewaschene Einschusswunde liegt direkt am Herzen, und nur wenn man ganz genau hinsieht, merkt man, dass das Wasser im Pool leicht rosa gefärbt ist. Sicher vom ausgetretenen Blut, obwohl die Filteranlage bereits einiges davon entfernt haben wird.

Bedächtig erhebe ich mich und widme unserer Sekretärin meine ungeteilte Aufmerksamkeit. »Sag, hast du in der Nacht ein lautes Geräusch gehört? Einen Schuss oder eine Art Knall?«

Sie schüttelt langsam den Kopf. »Aber nein, da hätt i dich doch sofort ang'rufen, Chef. I woaß doch, wie sich ein Schuss anhört. Mein Mann und i sind noch länger mit der Renate und ihrem Martin beim Fest g'hockt. Die Musik hat zwar nur bis halb drei g'spielt, aber danach war immer noch viel los. I glaub, wir sind erst so gegen halb fünf heimkommen und todmüd ins Bett g'fallen, der Günther schlaft immer noch seelenruhig. G'hört oder gar was Auffälliges g'sehen haben wir überhaupt nix. Es war alles wie immer. Bis mich der junge Herr da vor net einmal oaner halben Stunde direkt aus dem Bett g'läutet hat.« Sie deutet mit dem Kopf auf den Poolreiniger.

»Ich hab ziemlich Angst gehabt, Herr Chefinspektor. Der Mörder hätte ja noch im Haus sein können«, meldet sich der Bursche zu Wort, und der Heinz und ich schauen uns erschrocken an. Du meine Güte, wir Vollidioten haben wohl vor Müdigkeit vergessen, den Tatort zu sichern.

Rasch schicke ich die Gerti mit dem Poolreiniger rüber zu sich ins Haus. Dann erst betreten mein Polizist und ich vorsichtig Lanners große überdachte Holzterrasse. Rechts von den vier sperrangelweit aufgeschobenen Schiebetüren des Hauses befindet sich eine Gartenlounge-Garnitur mit dicker weißer Lederauflage und zahlreichen Kissen, auf der gut und gern zehn Leute Platz haben. Links davon ein wuchtiger Gartentisch aus Beton, umrandet von zehn ultramodernen, aber ungemütlich wirkenden Gartenstühlen. Die Terrasse ist blitzsauber, außer einem kleinen Schrank mit Schublade und Regalböden neben einer der Schiebetüren gibt es keine weiteren Möbel. Nur übergroße, dicht bepflanzte Blumentöpfe in Weiß. Auf dem Couchtisch der großzügigen Loungegruppe wurde ein Champagnerkübel mit einer geöffneten Champagnerflasche abgestellt, daneben drei langstielige, gut gefüllte Gläser.

Auf der rechten Seite des Sofas liegt akkurat zusammengefaltete Trachtenkleidung, Lanners rosafarbenes Sakko sticht mir sofort ins Auge.

Wortlos nicken mein Kollege und ich uns zu, ziehen unsere Waffen aus dem Holster und halten sie mit dem Finger am Abzug vor uns her. Vorsichtig betreten wir über die Terrasse das Haus. Der Raum, der sicher größer ist als meine gesamte Wohnung, wirkt wie ein Foto aus einem Wohnmagazin. Ein dunkler Holzfußboden reicht bis zur offenen Designerküche, die in strahlendem Weiß mit ihm um die Wette glänzt. Vor der Küche geht der Holzboden in großflächige dunkelgraue Fliesen über. Alles hier drinnen ist blitzsauber. Selbst auf der schwarzen Küchenplatte aus Glas kann man mit bloßem Auge nicht den kleinsten Staubpartikel, geschweige denn einen Fingerabdruck erkennen.

Im Wohnzimmerbereich mit einer grauen Steinwand bis hoch zur Galerie befindet sich nichts als eine mächtige weiße Polstergruppe, davor ein flauschiger Teppich. In der Mitte ist ein futuristisch anmutender Kamin angebracht, der von der Decke zu hängen scheint. Mein Kollege öffnet vorsichtig die einzige Zimmertür in diesem Raum, die in ein großzügiges Gästebad führt. Auch hier alles blitzsauber und nur wenig Schnickschnack.

Wir nicken uns noch mal zu und gehen langsam die frei schwebende Treppe hoch. Hinter der ersten Tür ist ein riesiges Bad mit eigener Sauna und abgetrenntem WC. Das Zimmer ist leer und picobello aufgeräumt.

Vorsichtig drücke ich die zweite Tür auf, und wir betreten ein Schlafzimmer.

Doch was ich hier sehe, haut mich schlichtweg um. Den Heinz wohl auch, denn wir lassen beide irritiert unsere Waffen sinken.

Im überdimensionalen Doppelbett liegt auf einer Art Tagesdecke der dicke Schorsch und streckt alle viere von sich. Bekleidet nur mit einer peinlichen roten Unterhose und weißen Trachtensocken. Neben ihm liegt eingerollt in Embryostellung die Bürgermeistertochter Klara Bachler, nackt, wie Gott sie schuf, während ihr zartes gelbes Dirndl, die blaue Schleife und

Schorschs übergroße Lederhose in trauter Eintracht auf dem Boden neben dem Bett hervorblitzen.

Im Garten wimmelt es nur so von Menschen in weißen Schutzanzügen. Während der Fritz, Chef der Salzburger Tatortgruppe, mit seinen Leuten draußen alles scannt, vermisst und fotografiert und im wahrsten Sinne des Wortes jeden Stein umdreht, warten mein Polizist und ich etwas verloren auf der überdachten Holzterrasse.

Bereits ein paar Minuten nach unserer Entdeckung ist der schwer verkaterte Buchinger mit seinem LKA-Kollegen Chefinspektor Hans Lienbacher eingetroffen. Die Tatortgruppe der kriminaltechnischen Abteilung hatten sie gleich im Schlepptau.

Links von uns versperren mir mein breiter Ex-Kollege und der schlanke Hans die Sicht auf den Baumgartner, der immer noch in roter Unterhose und weißen Trachtensocken vor ihnen auf einem der unbequemen Gartenstühle sitzt. Neben ihm eine völlig aufgelöste Bachler Klara, die eingewickelt in der Aludecke trotz des warmen Sommermorgens zittert.

Mit spitzen Fingern hält uns eine Spusi-Kollegin weißes Plastik entgegen. »Anziehen, sagt der Chef«, ordnet sie knapp an, »damit uns hier nicht alles kontaminiert wird.« Folgsam schlüpfen wir in die Overalls, und sie übergibt trotz der Hitze auch dem Buchinger und dem Hans erbarmungslos je einen Plastikanzug. Während sich mein Ex-Kollege umständlich in den Overall zwängt, bewege ich mich endlich rüber zu meinem Polizisten.

Seine bereits etwas ergrauten Haare stehen ihm kreuz und quer vom Kopf ab, sein dicht gekräuseltes Brusthaar über dem eindrucksvoll dicken Bauch ist hingegen völlig weiß. Schorschs Augen sind schwer gerötet, die Tränensäcke wirken noch größer als sonst. Mit eigenartigem Blick starrt er ins Leere, während ich mich zu ihm hinunterbeuge, aber sofort wieder zurückweiche. Er stinkt aus allen Poren unglaublich nach einem

Gemisch aus penetrant riechendem Schweiß und Alkohol. Als er sich ein wenig bewegt, beginnt der dünne Flechtsessel unter ihm gefährlich zu ächzen.

»Ihr drei setzts euch da aber nirgends hin, wir haben die Spuren noch net zur Gänze sicherg'stellt.« Mahnend hält uns der Fritz den Zeigefinger entgegen, während er mit ein paar seiner Kollegen an uns vorübereilt.

»Was haben Sie hier gemacht, Baumgartner?« Mein Ex-Kollege, der nun auch endlich im Plastikanzug steckt, schaut ihn fragend an. Aber der Schorsch sagt kein Wort. Er atmet nur schwer.

»Baumgartner, jetzt reden Sie doch. Was ist hier passiert?« Mein Polizist starrt an ihm vorbei zum Leichnam von Lanner, der bereits fachkundig von den Kollegen der kriminaltechnischen Abteilung untersucht wird.

»Frau … Fräulein … wie ist Ihr Name?«, versucht es mein Ex-Kollege nun bei der Bürgermeistertochter.

»Claire«, piepst sie mit einer schwachen Stimme, »Also, Klara Bachler.« Dann verfällt sie wieder in unbändiges Schluchzen.

»Sie hat sicher einen Schock«, merke ich leise an, worauf der Buchinger nur etwas Unverständliches brummt.

Also knie ich mich vor meinen Polizisten und lege ihm sanft die Hände auf die behaarten kräftigen Oberschenkel.

»Schorsch, komm zu dir. Wir müssen wissen, was hier passiert ist. Der Lanner ist ermordet worden, ist dir das klar?«, erkläre ich ihm langsam.

Seine Augen weiten sich entsetzt. »I …« Mehr bringt er nicht über die Lippen.

»Der Mann wurde erschossen. Ein glatter Herzschuss, wie es aussieht«, füge ich leise hinzu und nehme meine Hände wieder weg.

»I …«, versucht er es noch mal, aber es kommt einfach nicht mehr aus ihm heraus.

»Chef, bitte kommen Sie mal her!«, ruft eine Kriminaltechnikerin, die vor der Hecke zu Gertis Garten kniet, und der Hochgatterer Fritz läuft quer über den Rasen zu ihr hinüber. Keine zwei Minuten später kommt er zu uns zurück. In der Hand hält er eine Waffe, bereits in eine große Asservatentüte gesteckt. »Buchinger, meine Mitarbeiterin hat das g'funden. A Glock 17.« Er räuspert sich mit einem bedauernden Seitenblick auf mich. »Burschen, es tuat mir load, aber das ist eine Dienstwaffe. Eindeutig.«

»Das ist die meinige«, krächzt der Schorsch und sagt damit zum ersten Mal etwas, während die Bürgermeistertochter kurz zu schluchzen aufhört.

»Das müssen wir erst mal sachkundig feststellen lassen«, wende ich rasch mit einem besorgten Blick auf den Buchinger ein, aber der runzelt nur die Stirn.

Schon winkt der Fritz einem jüngeren Kollegen, der gleich darauf mit einem Koffer ankommt und ihn öffnet.

»Aigner, leider müssen wir testen, ob wir Schmauchspuren feststellen können.« Mit diesen Worten schiebt mich der Kriminaltechniker zur Seite. Sein Spusi-Kollege nimmt einen kleinen Metallstempel nach dem anderen aus dem Koffer, schält sie aus der Verpackung und reicht sie nacheinander seinem Chef, während der wiederum Schorschs rechte Hand nach vorne zieht und dessen Daumen und Zeigefinger damit abtupft. Jeden benutzten Stempel übergibt er wieder dem Spusi-Kollegen, der sie einzeln in Asservatentüten verpackt. Abschließend tupft der Fritz mit dem Stempel auch noch zwischen Ring- und Zeigefinger meines Polizisten.

»So.« Der Kriminaltechniker gibt auch den letzten Stempel ab. »Das war die klassische Methode, um ganz sicherzugehen. Aber auf a paar Hautstellen mach i auch noch oan von den modernen Schnelltests, gell. Geht ganz oafach.«

»I war das net«, krächzt der Schorsch. Seine Stimme scheint vom Alkoholgenuss mitgenommen zu sein. Außerdem glaube ich, Angst in seinen Augen zu erkennen.

Darum klopfe ich ihm beruhigend auf die Schulter. »Ich weiß

das, Schorsch. Mach dir keine Sorgen.« Mittlerweile bin ich aber selbst beunruhigt, obwohl ich es mir nicht anmerken lasse.

Seufzend rückt der Fritz zur Bachler Klara rüber. »Entschuldigen S' schon, Fräulein. Aber i muss das Gleiche jetzt a bei Eana machen.« Dort wiederholt er den Schmauchspurentest noch mal. Die junge Frau hat aufgehört zu weinen und verfolgt teilnahmslos mit leichenblassem Gesicht, was der Kriminaltechniker durchführt.

Schon von der Terrasse aus kann ich Professor Heinrich erkennen, den Chef des Instituts für Rechtsmedizin an der Universität Salzburg. Voller Elan betritt er den Garten durch das offene Tor. Er nickt uns freundlich zu, begibt sich aber gleich zur Leiche neben dem Pool. Fachmännisch kniet er sich neben den toten Lanner und kommandiert lautstark eine junge Spusi-Kollegin herum, die ihm assistieren muss.

»Buchinger, habts ihr unbedingt den Heinrich holen müssen? Wir hätten ihm die Leiche auch auf seine Pathologie bringen können, der pfuscht uns nur wieder überall rein.« Beleidigt verschränkt der Fritz seine Arme und wirft dabei meinem Ex-Kollegen einen vorwurfsvollen Blick zu. Der Heinrich und der Hochgatterer sind sich nicht wirklich grün, um es milde auszudrücken.

Aber mein Ex-Kollege zuckt nur bedauernd mit den Schultern, und der Kriminaltechniker kapituliert. Mit einem übertrieben lauten Seufzer auf den Lippen schickt er seine Leute ins Haus, um drinnen mit der Spurensicherung zu beginnen. Währenddessen bedeute ich dem Heinz, näher zu kommen, sozusagen als moralische Stütze für unseren Kollegen, aus dem im Moment sowieso nichts herauszukriegen ist. Dann geselle ich mich mit dem Buchinger zum Heinrich am Pool.

»Grüß Sie, Herr Professor, wieder mal bei uns im beschaulichen Koppelried?«, zwinkere ich ihm zu.

Der Mann grinst. »Also wenn wir in unserem schönen Salzburg so eine Dichte an Tötungsdelikten hätten wie Sie hier in der Provinz, dann gäbe es bald nur mehr Touristen und keine Salzburger mehr in der Stadt.« Schnalzend zieht er sich die Gummihandschuhe von den Händen, steht auf und reicht mir seine Rechte zum Gruß. »Herr Chefinspektor, Sie und der Herr Buchinger schauen heute aber gar nicht gut aus. Nicht dass einer von Ihnen bald selbst da unten vor mir liegt. Haha!« Der Professor lacht wie üblich schallend über seinen schlechten Witz.

»Die Todesursache ist wohl eindeutig, oder?«, brummt mein Ex-Kollege ohne die geringste Spur eines Lächelns im Gesicht. Auch er ist nicht der beste Freund des Pathologen.

Dieser wiederum rümpft nur seine Nase. »Sie sagen es, Buchinger. Einen so eindeutigen Herzsteckschuss können selbst Sie nicht übersehen. Aber keine Angst, mit meiner Hilfe werden Sie bald noch mehr erfahren, nachdem ich diesen beeindruckend muskulösen Brustkorb geöffnet habe. Allerdings müssen Sie sich etwas gedulden, da meine lieben Kollegen von der Tatortgruppe leider nicht so fix sind. Ich vermute, es wird noch dauern, bis man mir diesen Herren auf die Rechtsmedizin bringen kann.«

Wie auf Kommando taucht der Hochgatterer Fritz neben uns auf, den Metallkoffer mit den Proben für die Schmauchspuren in der rechten Hand.

»So fix, wie wir sind, davon kannst du nur träumen, Matthias«, zischt er dem Pathologen durch die fest aufeinandergepressten Lippen zu und wendet sich dann lieber an mich. »Also, die gemessene Atemalkoholkonzentration von deinem Polizisten ist net ganz so hoch, wie ich mir gedacht hab. Er hat noch immer etwa null Komma fünf Promille, aber bei seiner Statur, na ja. Man baut pro Stunde in etwa null Komma eins Gramm Alkohol pro Kilogramm Körpergewicht ab. Wenn der auf eurem Volksfest gestern so einiges g'soffen hat, dann könnte er bei seiner Größe und seinem Körperg'wicht Pi mal Daumen so um die oans Komma fünf Promille g'habt haben. Aber damit hat so a Kerl wie der noch koane Gedächtnis- oder Bewusstseinsstörungen.«

»Schau an, der Herr Techniker kann sogar kopfrechnen. Ich habe gedacht, du lässt nur mehr für dich arbeiten. Bei zwölf Untergebenen ist so was auch leicht möglich. Unsereiner muss da immer noch selbst ran. Du weißt, Fritz, man sollte der Jugend irgendwann ruhig auch mal den Vortritt lassen«, mischt sich der Professor ein und schenkt dem Kriminaltechniker ein süffisantes Lächeln.

Dieser atmet zweimal tief durch, bevor er ihm antwortet. »Genau, das sagt der Richtige, gell. Matthias, i bin zehn Jahr jünger als du. Du bist der, der auf dem Chefsessel festg'schraubt ist, obwohl die Baumann schon längst dort sitzen sollt.« Innerlich muss ich ihm zustimmen, die kompetente und empathische Pathologin wäre uns allen heute bedeutend lieber.

»So einen Sessel wie den meinen, den muss man sich erst mal verdienen, lieber Fritz. Das erfordert geballtes Wissen, Geschick und höchste Intelligenz. Das kommt nicht so oft vor, schon gar nicht beim Kriminalamt, gell?«

Bevor der entrüstete Fritz noch antworten kann, grätsche ich besser ins Gespräch der beiden Streithanseln, sonst gibt es hier wohl gleich den nächsten Mord. »Herr Professor, darf ich Sie bitten, meinem Kollegen Baumgartner noch etwas Blut abzuzapfen?«, frage ich. »Es wär mir sehr recht, wenn die toxikologische Abteilung es dann auf K.-o.-Tropfen oder Ähnliches untersuchen könnte. Ich will auf Nummer sicher gehen. Der Schorsch schaut mir nämlich arg mitgenommen aus.«

Wahrscheinlich nur weil der Fritz sofort bereitwillig zustimmt, schüttelt der Heinrich zu Fleiß den Kopf. »Herr Chefinspektor, Sie erinnern sich aber schon noch daran, dass wir für die Blutabnahme eines Verdächtigen einen Beschluss vom Staatsanwalt brauchen. Das sollte Ihnen selbst als einfacher Dorfpolizist noch ein Begriff sein –«

»Gefährdung des Untersuchungserfolges«, unterbricht ihn mein Ex-Kollege harsch. »Und damit bestimme ich als vorgesetzte Ermittlungsbehörde: Blut abnehmen, Heinrich, aber flott. Und zwar vom Baumgartner und der jungen Frau.«

»Auf Ihre rechtliche Verantwortung hin, Buchinger. Aber weil ich als Arzt stets korrekt handle, werde ich auch Urinproben nehmen. Viele Substanzen sind nach einer bestimmten Zeit lediglich so nachweisbar. Ich bin ja nicht so nachtragend wie gewisse andere Leut.« Beleidigt nimmt der Professor seinen Koffer in die Hand und zieht mit einem langen Seitenblick auf den Fritz von dannen.

Aber der strahlt übers ganze Gesicht und klopft meinem Ex-Kollegen anerkennend auf die Schulter. »Nächstes Mal, wenn i zu dem überheblichen Deppen da muss, dann nehm i dich mit, Buchinger.« Doch dann setzt er eine ernste Miene auf und stellt den Metallkoffer ab. Er kommt näher an uns heran und spricht mit so leiser Stimme, dass ich mich bemühen muss, alles genau zu verstehen. »Es ist wirklich blöd, Aigner. Aber dein Polizist hat Schmauchspuren an den Händen. Und zwar net der übliche Schmauch vom bloßen Anfassen, sondern der hat eindeutig vor Kurzem g'schossen. Die Frau übrigens sehr wahrscheinlich net. Bei ihm ist es aber eindeutig, der Tape-Lift-Test wird es meiner Meinung nach nur mehr bestätigen. Außerdem kommt der tödliche Schuss aus der Dienstwaffe von dem Burschen, daran besteht leider auch koa Zweifel.«

Mit einem Räuspern zieht mich der Buchinger kurz zur Seite. Seine sonst so mächtige Stimme klingt gedämpft. »Raphi, jetzt haben wir den Salat. Wir müssen umgehend den Staatsanwalt einschalten. Das wird eine saftige interne Untersuchung geben, davon kannst du ausgehen.«

Ich nicke, das ist mir natürlich selbst auch klar. »Deshalb möchte ich unbedingt noch mal mit dem Schorsch allein reden, bevor er in die Justizanstalt muss. Geht das für dich in Ordnung?«

Ohne zu überlegen, stimmt mein Ex-Kollege zu. »Gut, ich bringe ihn zuerst mal auf deine Inspektion. Unsere Leute ziehen wir da keinesfalls rein, der Hans soll hierbleiben und versuchen, irgendwas aus der Frau Bachler rauszukriegen. Nur wir zwei reden mit dem Baumgartner, verstanden?«

»Danke, Markus, so machen wir das.« Ich spüre, wie meine Lebensgeister langsam wieder erwachen.

Endlich sitzt der Schorsch in normaler Bekleidung vor uns, denn ich habe den Heinz vorher noch rasch zu seinem Spind geschickt. Sein Trachtenoutfit hat die Spusi zur Untersuchung mitgenommen, und seine Mutter wollte ich noch nicht mit der ganzen Sache konfrontieren, nicht, bevor mir selbst klarer geworden ist, was hier eigentlich passiert ist. Also habe ich dem Rainer aufgetragen, ihr vorerst nur das Nötigste am Telefon mitzuteilen, damit sie wenigstens darüber im Bilde ist, dass wir ihren Sohn gefunden haben.
»Baumgartner, so sind S' doch endlich vernünftig. Ich kann Sie nimmer lange hierbehalten, ich muss Sie aufs LKA bringen lassen. Sonst haben wir die Interne früher am Hals, als wir uns das wünschen. Die wird sowieso bald überall hier herumschnüffeln«, jammert der Buchinger.
Doch mein Polizist bleibt eisern bei seinem Schweigen.
Verdammt, mir reicht's. Seit einer Stunde reden wir dem Mann gut zu, und der rührt kein Ohrwaschl.
»Kruzifix, Baumgartner!«, schreie ich ihn zur Abwechslung an. »Wenn du net sofort dein Maul aufbringst, dann wirst du mich noch kennenlernen! Red endlich, aber flott!«
Der Schorsch verzieht sein breites Gesicht zu einer schmerzverzerrten Grimasse und greift sich langsam mit der dicken Pranke an den Kopf. »Chef, schrei doch net a so. I hab Schädelweh«, sagt er endlich.
»Baumgartner, wenn du uns nicht gleich alles erzählst, werde ich noch lauter!«, setze ich noch eins drauf.
Da greift er nicht nach dem Wasserglas, sondern nach dem Literkrug, den der Rainer vorhin hereingestellt hat. Durstig leert er den ganzen Krug, ohne ihn auch nur ein Mal vom Mund abzusetzen. Nachdem er ihn zurück auf den Besprechungstisch gestellt hat, wischt er sich langsam und bedächtig mit dem Handrücken über den Mund.

»I woaß doch net, was passiert ist.« Seine Stimme ist von der offenbar alkoholgeschwängerten Nacht immer noch stark angeschlagen. »I kann mich an fast gar nix mehr erinnern.« Er wirft einen etwas beschämten Seitenblick auf den Buchinger, den ich mit der Hand wegscheuche. Mein Ex-Kollege kapiert sofort und platziert seinen dicken Hintern etwas abseits von uns auf das Fensterbrett.

»Eigentlich woaß i nur mehr, dass mich der Andi vom Volksfest hoambracht hat, weil mir die Holzer-Brüder ordentlich in den Magen getreten haben. Weil i so aufkratzt war, bin i zum Straubinger in die Disco.« Wieder macht er eine Pause. Sprechen fällt ihm an sich schon schwer, aber heute ist es eindeutig eine Qual für ihn.

»I woaß nix mehr, i schwör's. Es ist, wie wenn das Licht ausgangen wär.«

»Weswegen hast du dich mit diesen depperten Holzer-Brüdern geschlägert, Schorsch? Was ist da draußen an der Cocktailbar passiert?«, frage ich ihn, um wenigstens etwas herauszukriegen, bevor ihn der Buchinger aufs LKA bringen muss.

Nachdenklich kratzt sich mein Polizist am Kopf und lässt sich wieder Zeit, bevor er mit einem bittenden Blick auf mich gerichtet antwortet. »I woaß es nimmer so genau, Chef. Nur mehr, dass es wegen der Claire war. Hast du noch was zum Trinken für mich? I hab so an Durscht.«

Genervt gehe ich zu meinem Schreibtisch und hole eine der mittlerweile bacherlwarmen Mineralwasserflaschen von gestern. Die Gerti stellt dort frühmorgens immer zwei Liter ab, damit ich genug trinke. Der Schorsch nimmt sie dankbar an und leert auch diese Flasche, auch wenn er diesmal ein paarmal absetzen muss.

»Schorsch, warum um Himmels willen hattest du denn deine Dienstwaffe bei dir? Du weißt doch ganz genau, dass die über Nacht in den Waffenschrank muss«, bohre ich weiter nach und mache mir im selben Augenblick Vorwürfe, weil ich das so gut wie gar nie kontrolliere. Es gibt eine Liste am

Panzerschrank in der Inspektion, in die wir eintragen müssen, wann wir unsere Pistolen rein- und rausnehmen. Dummerweise schaue ich mir diese Liste nur noch ab und zu an, denn irgendwann hat der Schlendrian bei uns Einzug gehalten.

Verzagt hebt der Schorsch die Hände. »I hab s' im Auto g'habt, im Handschuhfach. Woaßt, i bin gestern erst drauf kommen, dass i den Einsatzgurt noch um die Uniform hab, wie i schon dahoam war. Da hab i mir dacht, i leg oafach alles ins Handschuhfach. Am Samstag hätt i es eh wieder im Tagdienst gebraucht.«

»Du hast deine Dienstwaffe samt Einsatzgurt einfach so im Auto gelassen? Draußen? Über Nacht? Am Parkplatz vom Volksfest?«, entfährt es mir ungläubig und wohl eine Spur zu laut, denn mein bereits deutlich geknickter Polizist zuckt merklich zusammen.

Wortlos lässt er die Hände sinken und nickt schuldbewusst.

Verdammt, das wird für uns alle auf der Inspektion Konsequenzen haben.

»Wo ist dein Auto jetzt, Schorsch? Wir haben deinen Multipla bei Lanners Haus nirgends entdecken können.« Ich muss mich wirklich zusammenreißen, dass ich ihn nicht noch mehr anfauche.

»Vielleicht vorm Straubinger seinem Nachtclub?«, antwortet er zaghaft. »I bin mit dem Auto dorthin g'fahren, kann aber sein, dass i damit auch zum Lanner bin.«

»Betrunken«, unterbreche ich ihn unwirsch.

»I hab net so viel trunken, Chef, i schwör's«, jammert er.

Mein Ex-Kollege rutscht nun doch von der Fensterbank, kommt zu uns rüber und schiebt mich etwas zur Seite. »Baumgartner, wie kommt es, dass Sie Schmauchspuren an den Händen haben? Ihr letztes Übungsschießen hatten sie vor über einem Monat, von da her können die Spuren nicht stammen. Haben Sie gestern geschossen?«

Verunsichert schaut er vom Buchinger zu mir und beißt sich auf die Unterlippe. Um mich etwas abzureagieren, stehe ich auf, hole die zweite Mineralwasserflasche von meinem Schreibtisch und stelle sie mit einem Knall vor ihn auf den Tisch. »Trink«, sage ich mit bitterer Stimme.

Er lässt sich nicht zweimal bitten, öffnet die Flasche, aber lässt dieses Mal nur mehr einen großen Schluck durch seine Kehle rinnen. Dann stellt er sie wieder auf dem Tisch ab und heftet seinen Blick auf die weißen Sportschuhe an seinen riesigen Füßen, die ihm der Heinz aus dem Spind geholt hat.

»I kann mich beim besten Willen net dran erinnern. Außer dass ihr mich heut früh aufg'weckt habts und i auf oamoi neben der komplett nackerten Claire g'legen bin, woaß i gar nix mehr.«

Mit einer Hand parke ich parallel vor dem Haus der Baumgartners zwischen Gabis und Andis Autos ein. Der Schorsch ist bereits in der Justizanstalt in Untersuchungshaft. Da die Indizien im Moment leider so erdrückend sind, können wir nichts dagegen machen. Außerdem hat sich unser dienstbeflissener Staatsanwalt bereits mit dem BAK, dem Wiener Bundesamt zur Korruptionsprävention und Korruptionsbekämpfung, in Verbindung gesetzt. Wenn der Verdacht eines Tötungsdeliktes bei einem Polizisten besteht, dann muss unverzüglich eine interne Untersuchung eingeleitet werden. In Kürze wird es in unserer kleinen Inspektion wohl hoch hergehen, denke ich mir seufzend.

Während ich aus bloßer Feigheit vor der Unterredung mit Schorschs Mutter noch zaudere, endlich aus dem Wagen auszusteigen, wird die Fahrertür auch schon von außen aufgerissen, und meine von der Körpergröße her viel kleinere ältere Schwester zieht mich heraus.

»Komm endlich da raus, Raphi. Wir haben keine Ahnung, was tatsächlich passiert ist, und du bleibst einfach stundenlang im Wagen hocken und lässt uns im Haus drinnen im eigenen Saft schmoren.« Keine fünf Minuten bin ich hier gesessen, ich schwöre es.

Rasch steige ich aus dem Wagen und eile mit der Gabi durch den Garten auf den schmalen Windfang vor dem alten Haus zu.

»Den Felix hab ich zu Manuels Eltern gebracht, die werden mit den Kindern am Nachmittag noch mal das Volksfest besuchen. Ich hol ihn am Abend wieder ab«, setzt sie mich dabei kurz ins Bild.

Dann ergreift sie die Haustürklinke, hält aber inne, bevor sie sie nach unten drückt.

»Was auch immer passiert ist. Du hilfst dem Schorsch doch, oder?« Ihre Augen heften sich fest auf mich.

»Aber sicher, Gabi. Ich werde alles tun, was ich kann«, bestätige ich ihr. Denn ich stehe tief in der Schuld meines Polizisten. Als damals mein Bub entführt worden war, war er der Einzige, der das Versteck erraten hat. Nicht auszudenken, was dem Felix ohne ihn passiert wäre.

Meine Schwester atmet erleichtert auf und öffnet die Tür. Mit energischem Schritt geht sie voran durch den schmalen Flur in dem mir so vertrauten Haus. Ich weiß nicht, wie oft ich schon hier drinnen war. Da der Andi mein bester Freund ist, seit ich denken kann, war ich als Kind wohl öfter bei den Baumgartners als bei meinem Vater zu Hause.

Am Ende des Flurs betreten wir durch die offene Terrassentür den kleinen Hinterhof, wo der Andi mit seiner Mutter am alten, weiß lackierten Metalltisch sitzt. Vor ihnen stehen ein Saftkrug und drei gefüllte, bunt bedruckte Gläser, die offenbar noch nicht angerührt wurden.

Artig lege ich meine Polizeikappe auf dem Tisch ab, fahre mir unsicher durch das Haar und reiche dann der mich bange anschauenden Christl die Hand, die sie fest drückt.

»Los, Raphi, sag schon, was passiert ist. Haben die meinen Buben schon eing'sperrt?«

»Nur Untersuchungshaft, Christl«, nicke ich betreten. Meine Schwester nimmt neben ihrer Schwiegermutter in spe Platz. Ich tue es ihr gleich und setze mich neben den Andi.

»Wart, ich hol uns was Stärkeres«, meint mein bester Freund. »Das brauch ich jetzt dringender als deinen Hollersaft, Mama.«

Er steht auf, geht ins Haus und kommt nicht mal eine Minute später mit vier Bierflaschen zurück. Die Baumgartnerin und meine Schwester winken ab, aber ich greife dankbar danach. Dienst hin oder her, das ist mir im Moment wurscht. Der Andi schnappt sich den alten Flaschenöffner, der immer im unbenützten Aschenbecher liegt, und kippt den Kronenkorken zuerst von meiner Flasche, bevor er auch seine öffnet. Beinahe gleichzeitig nehmen wir beide einen kräftigen Schluck.

»Eigentlich hätt i jetzt mit dem Buben wie jedes Jahr in Rimini auf Urlaub sein sollen. Aber heuer hat's mich oafach net g'freut. Wären wir doch nach Italien g'fahren, dann wär das alles net passiert. Daran bin ganz alloane i schuld.« Mit unglücklichem Gesicht dreht Andis Mutter das Saftglas vor ihr am Tisch hin und her.

»Geh, Mama«, sagt die Gabi, die die Baumgartnerin bereits so nennt, obwohl sie noch nicht mit deren Sohn verheiratet ist. Behutsam legt sie ihren Arm um die Frau. »Du kannst dir doch net die Schuld daran geben, so ein Schmarrn. Man weiß doch nie vorher, was passiert.«

»Ja, was ist denn eigentlich genau passiert?«, will mein bester Freund wissen.

In knappen Worten berichte ich den dreien, dass wir heute Morgen unseren Kollegen zusammen mit der Bürgermeistertochter im Bett des Mordopfers aufgefunden haben. In welchem Zustand, erspare ich seiner Mutter. So schonend wie möglich erkläre ich, dass der Lanner mit Schorschs Dienstwaffe ermordet wurde und Schmauchspuren an den Händen unseres Polizisten gefunden wurden. »Er kann sich leider kaum noch an irgendetwas erinnern«, schließe ich und fixiere dabei betreten die Bierflasche vor mir auf dem Tisch.

»Ich kann das nicht glauben, Raphi. Der war doch noch völlig klar im Kopf, als ich ihn heimgebracht hab. Ich kenn meinen Bruder doch. Noch niemals war der so blunzenfett, dass er sich an nix mehr erinnern kann. Unmöglich.« Heftig schüttelt der Andi den Kopf und dreht ihn dann zu seiner Mutter. »Mama, hast du ihn denn in der Nacht nicht mit dem Auto wegfahren g'hört?«

Verzagt hebt die Christl beide Hände. »Du woaßt doch, i schlaf wie a Stoa. I hab ihm Jod auf die paar Kratzer von der Schlägerei getupft, und er hat sich gleich in sein Kabinett verzogen. Er wollt sich net amoi mehr mit mir die große Show der Volksmusik im Fernsehen anschauen.«

Mein bester Freund greift sich mit der flachen Hand auf die Stirn. »Wenn die Mama Volksmusik schaut, dann nur in voller Lautstärke. Da hat die ganze Siedlung was davon, aber die Leute sind das schon gewohnt.«

»Außerdem waren die Pollingers, die Nachbarn von der Mama, gestern auch auf dem Volksfest. Die beiden haben wir doch um halb zwei an der Cocktailbar getroffen. Weißt du es nicht mehr, Andi?«, ergänzt meine Schwester.

»Doch, ich kann mich an alles erinnern«, nickt er etwas verhalten grinsend.

Seine Mutter sagt kein Wort, greift nach Andis Bierflasche und trinkt nun doch daraus. Dann wischt sie sich den Mund mit ihrem Schürzenzipfel trocken.

»Raphi, mein Bub hat noch nie Schwierigkeiten g'macht, der kann doch niemandem was zuleide tun. Der ist doch grad a so, wie sein Papa war, a durch und durch guter Gendarm.« Ihre Augen schimmern verdächtig, während sie die Hand auf Andis Arm legt. Der alte Baumgartner war ein guter Vater und auch mir ein väterlicher Freund. Außerdem war er ein hervorragender Polizist und hat nicht nur in seinem älteren Sohn, sondern auch in mir den Wunsch geweckt, zur Polizei zu gehen.

»Mein Schorsch hat den Lanner net erschossen, Raphi. Dafür leg i meine Hand ins Feuer«, fährt sie mit glasigen Augen fort.

»Das weiß ich doch, Christl«, entgegne ich beschwichtigend.

Aber da klopft sie schon wütend mit ihrem dicken Zeigefinger auf den Tisch. »Dieses depperte Bachlermensch hat eam den Kopf verdreht. Der Schorsch hat mir erst gestern beim Frühstück erzählt, er glaubt, die würd sich für ihn interessieren. I hab dem Bub ordentlich den Kopf waschen müssen, der hat doch koa Ahnung von den Weibsbildern.« Als würde sie sich daran festhalten müssen, greift sie nach Andis Arm. Hilflos wandert ihr Blick von ihm zu mir. »Sagts das dem Buben bitte net, aber so a fescher Kampl wie mein Andi oder du, Raphi, war mein Schorsch halt leider nie. Und reden kann der a net, während man dem Andi oft das Mundwerk extra daschlagen müsst.«

»Oh ja, Mama. Wie recht du hast«, bestätigt meine Schwester leidenschaftlich, was meinen besten Freund erstaunt aufsehen lässt.

»Apropos«, meint der, »die Gabi und ich waren gestern noch mal an der Cocktailbar, nachdem ihr gegangen seid. Dort haben wir den Holzer Willi angetroffen, und er hat sich bei der Gabi entschuldigt –«

»Und wie der sich entschuldigt hat«, unterbricht ihn meine Schwester triumphierend. »Er hat mir sogar versprochen, dass ich einen Sondersonder-Spezialrabatt krieg, wenn ich mir den Kaminofen fürs Wohnzimmer bei ihm kaufe.« Zwei der Holzer-Brüder sind Kaminofenbauer.

»Ja, Schatzl, sollst du auch kriegen«, grinst der Andi bis über beide Ohren verliebt in Richtung meiner Schwester. »Aber während du ununterbrochen mit der Frau Pollinger getratscht hast, hat mir der Willi erzählt, wie es überhaupt zu der Schlägerei gekommen ist.«

»Und wie?«, fragen die Gabi und ich wie aus einem Mund.

»Der Lanner hat sich an der Cocktailbar angeregt mit so einem affektierten Kerl unterhalten. Ein Lockenkopf wie du, sagt der Willi. Die Klara hat wohl aus purer Langeweile mit dem fetten Willi geflirtet, und den Lanner hat das offensichtlich nicht gestört, was sie wiederum ziemlich geärgert haben muss. Also hat sie begonnen, ihn verbal zu attackieren.«

»Verbal was?« Die Christel schaut verwirrt zu ihrem Sohn.

Aber der fährt nur grinsend fort: »Einen eitlen Gecken, Waschlappen, Muttersöhnchen und so was in der Art hat sie ihn lautstark geschimpft, bis ihm offenbar die Hutschnur geplatzt ist. Er hat sie wie eine lästige Fliege von sich weggeschubst. Ganz sanft, hat der Willi behauptet. Aber der Schorsch ist sofort ausgeflippt, hat den Lanner am Kragen gepackt und angeschrien, er soll die Klara gefälligst in Ruhe lassen. Nun, und weil unser Möchtegern-Politiker sonst von meinem Bruder verdroschen worden wäre, sind die drei Holzis für den Feigling eingesprungen. Quasi ein Freundschaftsdienst.«

Interessant. Mit dem Holzer Willi und seinen Brüdern sollte ich mich besser auch noch mal unterhalten, denke ich mir.

Die Baumgartnerin trinkt ihren Hollersaft auf ex aus und knallt das Glas wütend auf den Tisch zurück. »Wie i schon g'sagt hab, das Bachlermensch hat meinen armen Schorsch verhext, diese Kanaille.«

Mit einem Ruck steht sie auf, watschelt um den Tisch und lässt sich erschöpft auf den Stuhl neben mir nieder. Dann krallt sie ihre Fingernägel fest in meinen nackten Oberarm, denn natürlich trage ich bei der Hitze nur mein Kurzarm-Polizeihemd. »Du musst was tun, Raphi. Du musst meinem Buben helfen. Der ist doch ein guter Gendarm. Wenn s' den bei der Polizei rausschmeißen, dann hat der gar nix mehr vom Leben. Außer seiner Arbeit kennt er doch nix.«

So behutsam wie möglich löse ich ihre Finger von meinem Arm. »Ehrensache, Christl. Bevor der Schorsch nicht rehabilitiert ist, geb ich keine Ruh. Das schwör ich dir.«

»Der Raphi findet den Mörder bestimmt. Wenn das einer kann, dann mein Bruder«, übersetzt ihr die Gabi mit stolzgeschwellter Brust. »Der Schorsch kommt bald wieder heim, du wirst schon sehen, Mama.«

Um mir noch mehr Vorschusslorbeeren meiner Schwester zu ersparen, greife ich rasch nach meiner Polizeikappe und stehe auf. »So, jetzt muss ich aber los. Ich melde mich bei euch, sobald es etwas Neues gibt.«

Nachdem ich mit dem Inspektionskommandanten von Eugendorf vereinbaren konnte, dass sie uns bei den Einsätzen beim Volksfest aushelfen, fahre ich zurück auf unsere Wache. Dabei mache ich den Umweg ans andere Ortsende zum Nachtclub vom Straubinger. Aber ich kann den Fiat Multipla vom Schorsch nirgends entdecken.

Der Nachtclub ist um diese Zeit natürlich geschlossen, also kann ich leider nicht mal die Danuta, Straubingers polnische Bardame, befragen.

»Servus, Chef«, begrüßt mich ein völlig zerknitterter und unausgeschlafener Heinz in der Inspektion, den ich sofort nach Hause schicke, damit er sich ausruhen kann. Das Volksfest endet am Sonntag sowieso nach dem Frühschoppen, das heißt, spätestens morgen Nachmittag gegen fünf müsste der ganze Spuk vorbei sein. Und am Montag tritt dann endlich unsere neue Kollegin ihren Dienst an. Nachdem ich einige Kämpfe mit der Landespolizeidirektion ausgefochten habe, hat man mir doch noch eine Planstelle gewährt.

Selbst bereits völlig k. o., verfasse ich ein genaues Gedächtnisprotokoll des Tatorts. Wer weiß, wofür ich das später brauchen kann. Dann schreibe ich noch rasch Schorschs Multipla zur Fahndung aus, stelle die Telefonanlage nach Eugendorf um und mache mich auf den Heimweg.

Mit geschlossenen Augen döse ich in der Badehose auf dem Liegestuhl auf meiner Terrasse vor mich hin und genieße die letzten Sonnenstrahlen der immer noch warmen Abendsonne. Zu meinem Glück herrscht rund um mich absolute Ruhe. Mein Bub ist bei seinem Freund, meine Schwester wohl bei der Baumgartnerin, und die Marie arbeitet auf dem Volksfest. Verdammt, ich muss mich unbedingt auf das Wesentliche konzentrieren, doch ich schaffe es nicht, zu viele Gedanken schwirren mir durch den Kopf. Seufzend öffne ich die Augen und lasse meinen Blick über den Garten schweifen. Meine Freundin hat mich im Frühjahr sogar dazu gebracht, endlich neuen Rasen auszusäen, um der Steppe hinter unserem Haus den Garaus zu machen. Und nun sieht es hier tatsächlich wieder richtig gut aus. Denn die Marie hat im Gegensatz zu meiner Schwester und mir einen überaus grünen Daumen bewiesen, überall Gräser und Blumen gepflanzt und ist damit nicht nur für den Felix und mich, sondern auch für unsere vernachlässigten Grünflächen eine wahre Bereicherung.

Mein Blick heftet sich auf ihre grünen Gummistiefel in der hinteren Ecke der Terrasse, direkt neben den kleinen gelben meiner Schwester. Es scheint, als wäre sie hier schon zu Hause. Leider sieht es nur so aus, denn solange die Sache mit der Moni nicht geklärt ist, wird sie es sich hier auf keinen Fall heimisch machen wollen.

Dabei ist meine Marie eine Frau, wie man sie sich nur wünschen kann. Sie ist gebildet, intelligent, überaus hübsch, und als wäre das nicht schon genug, gibt es als Draufgabe noch das Rieglerbräu. Was Besseres hätte mir gar nicht passieren können.

Krampfhaft versuche ich mich wieder auf den Fall zu konzentrieren. Die hübsche Klara hat den wohl unfreiwilligen Junggesellen ordentlich um den Verstand gebracht, denn mein Polizist hat tatsächlich keine Ahnung von Frauen. Da muss ich seiner Mutter zustimmen, denke ich mir. Immer schon war der große Bruder meines besten Freundes Andi trotz seiner beeindruckenden Körpergröße ein enorm schüchterner Mensch, erst recht dem weiblichen Geschlecht gegenüber.

Warum er wohl so aufgebracht den Lanner angegriffen hat? Wenn man einen Menschen nicht provozieren kann, dann auf jeden Fall den gutmütigen Schorsch, denke ich mir seufzend, während mein Magen ein lautes Knurrgeräusch von sich gibt.

In der ganzen Aufregung heute habe ich tatsächlich vergessen, feste Nahrung zu mir zu nehmen.

Etwas schwerfällig wälze ich mich aus dem Liegestuhl und stapfe barfuß über die Terrassentür ins Wohnzimmer, wo sich links die kleine Kochnische befindet. Ein Blick in den Kühlschrank lässt mich verzagen. Verdammt, ich habe schon wieder vergessen einzukaufen. Bequemerweise essen der Felix und ich immer bei der Gabi, wobei ich natürlich für ihre Einkäufe aufkomme. Dummerweise ist der Kühlschrankinhalt in Gabis Wohnung über mir auch schon ins neue Haus übersiedelt.

Da höre ich, wie meine Haustür leise geöffnet und geschlossen wird. Habe ich schon erwähnt, dass die, wie sicher in neunzig Prozent der Koppelrieder Haushalte, fast nie verschlossen ist? Ich halte kurz inne. Also wenn das meine Schwester und der Felix wären, hätte ich deren Geplapper schon von der Gartentür her vernommen. Und die Marie klopft immer noch an. Leider, obwohl sie sich hier eigentlich schon längst wie zu Hause fühlen sollte.

Spontan entschließe ich mich, die Kühlschranktür leise zu schließen, denn mein Besucher hat sich immer noch nicht bemerkbar gemacht. Wer weiß, die Einbrecher haben schon ein paarmal tagsüber zugeschlagen. Obwohl was sollte gerade die hier in unser altes Haus locken?

Sicherheitshalber öffne ich eine Schublade und nehme das alte Nudelholz vom Vater heraus, für das ich sowieso noch nie eine Verwendung gefunden habe. Meine Dienstwaffe ist nämlich ordnungsgemäß im Panzerschrank in der Inspektion verwahrt.

Langsam schleiche ich mich rüber zur Tür in den Flur und lasse das Nudelholz auch gleich wieder sinken. Vor meinem Wandspiegel steht etwas nach unten gebückt die junge Klara in knappen Jeans-Hotpants und zupft sich seelenruhig ihr bauchfreies Top rund um den wohlproportionierten Busen zurecht.

Lässig meine Arme samt Nudelholz verschränkend, räuspere ich mich vernehmlich. »Hast du keinen Spiegel daheim, Klara?«

Erschrocken fährt sie herum, sodass ihr die Träger der großen Handtasche von der Schulter rutschen. Sie schiebt das Ding wieder zurück und hält sich dann die Hand vor die Brust. »Hast du mich erschreckt, Raphi. Musst du dich so anschleichen?«

»Sag mal, spinnst du? Entschuldige, aber das ist mein Haus, junges Fräulein. Also, was willst du hier?«

»Wolltest du mich damit verhauen?«, lächelt sie zaghaft, ohne auf meine Frage einzugehen, und zeigt auf das Nudelholz in meiner Hand. »Denn dann darfst du dich nicht wundern, wenn ich mich hier gleich wie zu Hause fühle. Mein Dad hat meine Schwester und mich auch immer mit solchen Hilfsmitteln verdroschen.«

»Nicht schön«, grinse ich schief. Von Leuten, die ihre Kinder schlagen, halte ich gar nichts, um das gleich mal klarzustellen. »Was willst du hier, Klara? Kannst du nicht wie jeder normale Mensch anklopfen?«

»Also erstens habe ich das mehrmals getan, nur du hast es nicht gehört«, behauptet sie. »Zweitens will ich mit dir über den Sigi reden, und drittens heißt es ›Claire‹, mein Süßer, ›Clai-re‹. Bitte merk dir das«, erklärt sie frech und quetscht sich dann an mir vorbei rein ins Wohnzimmer. »Es geht wohl hier entlang in diesem prächtigen Anwesen?«, kichert sie und verschwindet auch schon durch die Terrassentür in Richtung Garten. Ihrer guten Laune nach zu schließen, dürfte sie der Mord am Lanner nicht so sehr mitgenommen haben, denke ich mir etwas irritiert.

Ich lege das Nudelholz auf der kleinen Ikea-Kommode im Wohnzimmer ab, hole zwei kalte Colaflaschen aus dem Kühlschrank und folge ihr nach draußen.

Dort hat sie es sich schon auf der Sitzbank in unserer Gartenlaube, die ich vor vier Wochen neu gestrichen habe, bequem gemacht. Ich nehme ihr gegenüber Platz und stelle die Getränke vor uns ab.

Mit ihrer schmalen Hand greift sie danach und prostet mir zu. »Hübscher Garten, Sheriff. Glaubt man gar nicht, wenn man diesen alten Schuppen von vorne sieht.«

»Deswegen bist du aber nicht hier, oder?«, frage ich neugierig.

Sie nimmt einen kräftigen Schluck aus der Flasche, stellt sie dann auf den Tisch zurück und beugt sich beinahe mit dem ganzen Oberkörper zu mir rüber. »Natürlich nicht. Der Mord am Lanner hat mich ganz schön mitgenommen, und ich möchte lieber mit dir darüber reden. Das ist doch wohl klar, denn du bist Polizist, ein Hiesiger, und ich kenn dich schon lang.«

»Okay, das verstehe ich«, entgegne ich und platziere lässig meinen rechten Arm auf der Rückenlehne. »Auch ich hab durchaus Interesse daran zu erfahren, was gestern Nacht passiert ist.«

Die hübsche junge Frau lehnt sich zurück, was ihre Oberweite in noch besseres Licht rückt. Dann beginnt sie von sich aus zu erzählen. »Das ist es ja, ich befürchte, dass ich dir nicht wirklich helfen kann und du alles selbst rausfinden musst. Denn ich hab leider ein totales Blackout. Das Letzte, woran ich mich erinnern kann, ist, dass wir im Nachtclub vom Straubinger so richtig abgefeiert haben. Ich hab keine Ahnung mehr, wie ich in Sigis Haus, geschweige denn in seinem Bett gelandet bin. Noch dazu mit diesem strunzdepperten Fettwanst Baumgartner. Niemals im Leben hätte ich das nüchtern gemacht.«

Besser, ich übergehe ihre letzte Äußerung, denke ich mir etwas angespeist.

Sie scheint meinen Stimmungswandel bemerkt zu haben, und ihr Gesicht nimmt einen ernsten Ausdruck an. »Ehrlich, Raphi, ich würde selbst gern wissen, was gestern passiert ist. Der arme Sigi. Niemand hat so ein Ende verdient, schon gar nicht er. Wir waren alle in wunderbarer Feierlaune, und dann ist er plötzlich tot. Und ich lieg da oben in seinem Schlafzimmer und kriege es nicht mal mit. Das kann doch alles nicht wahr sein, oder?«

»Was heißt wir? Wer hat mit euch beim Straubinger gefeiert?«, will ich von ihr wissen.

Sie kraust ihre hübsche Nase, und ihr gerade noch ernster Blick verwandelt sich in Sekundenschnelle in einen kecken. »Also, du enttäuschst mich. Das haben mich deine langweiligen Kollegen aus Salzburg auch schon gefragt.« Sie lächelt und fährt dann wieder eine Spur ernsthafter fort. »Natürlich der Lanner, zwei dieser ungehobelten Holzis samt ihren Schnecken und der Chris. Das ist mein neuer Chef aus Salzburg. Ach ja, und meine Schwester, die Vroni, die ist irgendwann auch mit allen ihren Fußballer-Freunden nachgekommen. Aber zu denen hatten wir kaum Kontakt.«

»Wie kommt es, dass du an diesem Abend ein Blackout hattest? Betrunken hast du mir auf dem Volksfest nicht gewirkt, eher das Gegenteil.« Skeptisch mustere ich die junge Frau.

Gleichmütig zuckt sie mit den Schultern. »Ja mei, ich hab halt beim Straubinger ein paar Gin Tonic zu viel getrunken. Die haben es in sich, das kannst du mir glauben. An der Bar wird das reinste Gift gemixt, sag ich dir.« Versonnen dreht sie an der kleinen goldenen Kugel, die im Nabel ihres flachen, gut trainierten Bauchs steckt. »Außerdem hab ich gestern kaum was gegessen. Mach ich immer, um meine Figur zu halten, weißt du? Und Sport treib ich auch täglich«, zwinkert sie mir unbekümmert zu und beugt sich diesmal so weit über den Tisch, dass der feste Busen aus dem engen Top zu springen droht. »Dir kann ich es ja sagen. Aber nicht fürs Protokoll, gell?« Tadelnd bewegt sie den Zeigefinger hin und her. »Der Sigi hatte Koks für uns dabei. Nicht viel, nur für ihn, den Chris und mich. Da muss ich es wohl in Kombination mit dem Gin etwas übertrieben haben. Anders kann ich es mir selbst nicht erklären. Ich trinke eigentlich nie zu viel und hab mich immer im Griff. Aber die Erinnerung an gestern ist wie weggewischt.« Ein wenig zu laut seufzend lehnt sie sich wieder zurück.

»Kannst du dich noch an die Schlägerei auf dem Volksfest erinnern? Was ist genau passiert?«, versuche ich es andersrum. »Hat der Schorsch ... der Baumgartner tatsächlich grundlos auf den Lanner eingeschlagen?«

Nachdenklich runzelt sie die Stirn, hebt das Kinn an und blickt in den strahlend blauen Himmel. So als suchte sie dort die Antwort. »Der Sigi war so ein Hosenscheißer«, erklärt sie mir schließlich. »Also, wir waren zu siebent an der Cocktailbar. Der Sigi, der Chris und ich. Auch die zwei Holzis und ihre Schnecken. Keine Ahnung, wie die Frauen heißen, das hab ich mir nicht gemerkt. Trotzdem hat mich der kleine Dicke, ich glaub, es war der Willi, ständig angemacht, bis ihm mein Chef deutlich gemacht hat, dass er das bleiben lassen soll. Chris ist weit mutiger, als es der Sigi je war. Obwohl dem die Holzis kein Haar gekrümmt hätten, im Gegenteil, die sind nahezu hündisch an seinen Lippen gehangen –«

»Wieso?«, unterbreche ich sie neugierig.

»Ach, der Sigi und sein Heimatgeschwafel-Scheißdreck.« Sie macht eine wegwerfende Handbewegung. »Ich kann das nicht hören und schalte immer sofort auf Durchzug, wenn er anfängt, seine Vorträge zu halten. Darum war mir ziemlich langweilig, und ich hab sogar versucht, mich mit dem fetten Baumgartner zu unterhalten. Aber der dumme Riese hat kaum einen zusammenhängenden Satz herausgebracht. Da hab ich rasch die Lust verloren und bin wieder rüber zum Sigi.« Mit verärgerter Miene zieht sie ihre dunklen Augenbrauen zusammen. »Ich weiß, man spricht so nicht über einen Toten. Aber ich kann es trotzdem nicht anders ausdrücken, dieser Arsch hat sich von mir gestört gefühlt und mir brutal einen Stoß versetzt, stell dir das mal vor.« Sie schüttelt verständnislos den Kopf, trinkt von der Colaflasche und betrachtet dabei geistesabwesend den Minipool, den ich heuer für meinen Buben im Garten genau unter der alten Buche mit dem kleinen Baumhaus aufgestellt habe.

»Was ist danach passiert, Klara?«, hole ich sie ungeduldig wieder aus ihren Gedanken zurück.

»Claire«, entgegnet sie mir leicht genervt. »Die dicke Klara gibt es nicht mehr, merk dir das endlich. Also gut, Sigi hat mich mit voller Wucht von sich weggestoßen, sodass ich beinahe kopfüber nach hinten gefallen wäre, hätte mich der Baumgartner nicht blitzartig aufgefangen. Aber ich war so wütend auf alles und jeden und hab dem dicken Kerl einfach aus dem Bauch heraus eine saftige Ohrfeige verpasst.« Sie stellt die Colaflasche auf dem Tisch ab, und eine leichte Röte zieht sich über ihre braun gebrannten Wangen. »Hinterher hat es mir leidgetan, aber ich musste mich einfach am Nächstbesten abreagieren. Der Baumgartner war völlig perplex, und der Sigi hat sich furchtbar lustig über ihn gemacht. Aus reiner Provokation hat er dann so getan, als würde er mit dem Fuß nach mir treten. Doch so stümperhaft, da musste sogar ich lachen. Aber der dumme dicke Kerl hat das nicht gecheckt. Sogar die Holzis haben es kapiert und mitgelacht.«

»Nun ja, wirklich lustig scheint es mir nicht gewesen zu sein«, werfe ich ein, aber sie tut meinen Einwand bloß mit einer Handbewegung ab.

»Du bist wohl auch so spaßbefreit wie dein dicker Polizist. Denn der hat den Sigi plötzlich am Hemdkragen gepackt und zu sich hochgezogen. Du weißt ja, wie groß der Baumgartner ist. Der Sigi hat gezappelt und gejammert wie ein Baby. Tja, und dann haben die Holzis den Lanner aus seiner Lage befreit und wie wild auf den Baumgartner eingeprügelt.« Die junge Frau schlägt ein Bein über das andere und bedenkt mich mit einem langen Wimpernaufschlag. »Irgendwann warst plötzlich du da. Ich muss sagen, ganz schön mutig, Sheriff. Einfach zwischen den fetten Baumgartner und die Holzi-Hohlköpfe zu hechten. Übrigens hast du gar keine schlechte Figur bei der Schlägerei abgegeben, Hut ab.«

Etwas verlegen greife ich nach meiner Colaflasche. Auf meine Beteiligung an der Schlägerei bin ich nicht gerade stolz.

Sie schmunzelt über meine Reaktion und fährt dann fort zu erzählen. »Als deine Polizisten mit dem Pfefferspray gekommen sind, hab ich mich sofort aus dem Staub gemacht. Der Chris war schon vorher abgehauen, der steht nicht auf Schlägereien. Nur der Sigi war noch an der Bar, weil er sich prächtig amüsiert hat. Obwohl mitgekämpft hätte der Schlappschwanz nie.«

Als wäre sie sich erst jetzt ihrer Worte bewusst geworden, hält sie sich etwas zu dramatisch die Hand aufs Herz. »Bitte entschuldige meinen Ausdruck, aber es ist wirklich wahr. Ein Held war der arme Sigi nie. Jedenfalls, als sich alle wieder halbwegs vom Pfefferspray in den Augen erholt haben, sind wir dann in den Nachtclub gefahren. Ich glaub, es war so gegen zehn oder halb elf. Keiner hatte mehr Lust auf den Dorfquatsch. Sigi hat Chris angerufen und überredet, auch dorthin zu kommen, und dann hatten wir es ziemlich lustig. Der DJ hat coole Musik gespielt, und ich hab viel getanzt. Sigi hat Schampus und Gin spendiert, und dann ist da leider nur mehr das Riesenloch in meinem Kopf. Warum ganz offenbar gerade der Baumgartner in dieser Nacht mit zu uns nach Hause gekommen ist, ist mir wirklich ein Rätsel. Du musst das alles rausfinden, Raphi«, sagt sie freiheraus und schnappt nach ihrer großen braunen Tasche.

»Du, ich muss mal kurz. Wo finde ich das stille Örtchen?«, schält sie sich aus der Bank, und ich erkläre ihr den Weg.

Nachdenklich schaue ich der hübschen jungen Frau hinterher, denn ich habe keine Ahnung, ob sie die Wahrheit erzählt hat oder nicht.

Erst nach gut fünfzehn Minuten kommt sie wieder zurück. Typisch Frau, denke ich mir. Dreist nimmt sie diesmal direkt neben mir Platz. Instinktiv rücke ich sofort ein Stück ab. Aufdringlichkeiten kann ich nicht leiden, auch wenn sie von so einer Schönheit kommen.

»Weißt du, wo der Multipla vom Baumgartner ist?«, frage ich sie nüchtern.

Die Bürgermeistertochter macht ein erstauntes Gesicht. »Was für ein Multi-Dings?«

»Das Auto vom Baumgartner, der große dunkelrote Fiat«, kläre ich sie auf.

Ahnungslos zuckt sie mit den Schultern. »Ach so, das hab ich nicht gesehen.«

»Sag mal, Klara … äh, Claire. Mochtest du den Lanner eigentlich? Ich meine, ihr wart doch ein Paar, oder?«, frage ich die junge Frau.

Erstaunt sieht sie mich von der Seite her an. »Aber natürlich mochte ich ihn. Wir haben uns zwar erst ein paar Wochen näher gekannt, aber der Sigi war ein ganz lieber und äußerst großzügiger Mensch. Ich hab mich prächtig mit ihm verstanden, wir waren wirklich ein tolles Team. Aus diesem Grund will ich unbedingt wissen, wer ihm das angetan hat.«

Spricht man so über jemanden, mit dem man eine Liebesbeziehung hatte? Allerdings ist die Klara noch sehr jung, und dieser Lanner war doch ein paar Jährchen älter, denke ich mir. Vielleicht hat er sich mehr davon versprochen, als es für die junge Frau überhaupt gewesen war.

»War der Lanner nun dein Freund, oder war er es nicht?«, frage ich geradeheraus.

Sie kichert leise, rückt dabei näher an mich ran und greift mir auf den nackten Oberschenkel, da ich immer noch in der Badehose hier sitze. »Keine Angst, Sheriff. Der Sigi und ich waren eher ›*friends with benefits*‹. Er war schön, keine Frage, aber in Wahrheit nicht mein Typ. Für zwischendurch allerdings total okay. Andernfalls würde ich als gebrochene Frau vor dir sitzen, oder? Kurz gesagt, ich hab ihn gerngehabt, aber er war eher so ein Fall für Tinder. Halt ein bisschen Spaß und dann wieder weiterwischen. Wenn du verstehst, was ich meine. Bei dir wär das allerdings schon ganz was anderes.«

Ich nehme ihre Hand bestimmt von meinem Bein. »Klara, oder von mir aus auch Claire. Warum hast du vor drei Tagen in aller Öffentlichkeit beim Straubinger mit dem Baumgartner geschmust?«

Verblüfft schaut sie mich an. »Ui, der Sheriff ist doch ein

guter Schnüffler.« Doch dann fährt sie mit ernster Stimme fort: »Wegen einer Wette mit dem Sieder Hannes vom FC, den kennst du doch. Der Kerl hat doch glatt gemeint, ich würde mich niemals trauen, mit dem verklemmten Baumi zu schmusen, so nennen die jungen Leute hier deinen Polizisten. Aber ich lass mir so was nicht zweimal sagen. Und ich mach immer, was ich will.« Sie rückt so nah an mich ran, dass ich vor lauter Wegrücken schon am Rand der Bank ankomme. Aber es irritiert sie nicht. Ganz im Gegenteil, denn sie lässt ihren schlanken Zeigefinger langsam an meiner nackten Brust nach unten gleiten und stoppt zum Glück vorm Bund meiner Badehose. »Apropos. Beeindruckende Bauchmuskulatur für einen Dorfsheriff.«

»Da bist du also!«

Die Marie steht in Jeans und T-Shirt auf meiner Terrasse, ihren gepackten Weekender in der Hand. Wie üblich, wenn sie vorhat, hier zu übernachten. Den eisigen Blick in ihren blauen Augen kann ich bis hierher spüren.

»Du hast mein Klopfen nicht gehört«, sagt sie verärgert, stellt die Tasche ab und verschränkt die schlanken Arme.

Ich schäle mich sofort aus der Gartenbank heraus. »Äh, die Klara und ich haben uns wegen dem Mord am Lanner unterhalten. Der wurde gestern Nacht in seinem Haus umgebracht.« Nervös fahre ich mir mit der Hand durch die schon wieder viel zu langen Locken. »Es ist wichtig, wegen dem Schorsch, weißt du? Die Klara war am Tatort. Sie ist, äh, war die Freundin vom Lanner«, rede ich mich wie aufgezogen um Kopf und Kragen.

»Aber nein«, schüttelt die Bürgermeistertochter unschuldig lächelnd den Kopf, »der Sigi und ich waren nur ›*friends with benefits*‹, das hab ich dir doch gesagt, Raphi.« Dabei wirft sie mir einen koketten Blick samt dazu passendem Wimpernaufschlag zu, steht auf und kommt auf mich zu. »Ich muss sowieso los, meine Mum wird sich nach dem ganzen Trubel schon Sorgen um mich machen.«

Ich hingegen stehe da wie ein Depp, während mir die junge

Frau zum Abschied einen Kuss auf die Wange haucht. Dabei flüstert sie mir ins Ohr. »Armer Sheriff, du weißt ja, wo du mich findest.« Endlich rauscht sie ab.

»Lass mich dir erklären.« Energisch mache ich ein paar Schritte auf meine Freundin zu, die immer noch mit verschränkten Armen auf der Terrasse steht.

»Du brauchst mir gar nichts zu erklären«, faucht sie mich an. »Ein Aigner ändert sich offenbar nie. Die Leute haben schon recht: einmal Hallodri, immer Hallodri.«

»Es ist nicht, wie du denkst«, rattere ich Idiot diese abgedroschene Phrase herunter. »Ich will rausfinden, was beim Lanner in der Mordnacht passiert ist. Du hast doch sicher schon davon gehört, oder?« Bei uns spricht sich selbst die kleinste Kleinigkeit wie ein Lauffeuer herum, geschweige denn ein Mord.

Meine Freundin nickt kaum merklich. »Raphi, ehrlich gesagt finde ich es reichlich überzogen, was du in den letzten Tagen mit dieser jungen Frau veranstaltest. Zuerst die peinliche Szene im Freibad, gestern dein Balztanz beim Volksfest und jetzt hier im Garten eine private Befragung in Form eines Stelldicheins. Sag, hältst du mich wirklich für so blöd?«

Mein Versuch, sie zu umarmen, schlägt fehl, weil sie mich unsanft von sich wegschiebt. »Ich kann doch nix dafür. Sie ist uneingeladen in mein Haus spaziert, hat nicht mal angeklopft, sich dafür ausgiebig im Flurspiegel bewundert und ist dann einfach in meinen Garten marschiert.«

»Und deswegen musstest du sie gleich so anschauen?«

»Wie anschauen? Ich hab sie doch gar nicht angeschaut«, verteidige ich mich. Verflixt, muss sie denn immer so kompliziert sein. »Ich hab bloß die Gelegenheit beim Schopf gepackt und sie zum gestrigen Abend befragt. Mehr nicht. Wenn mein Polizist in einen Mord verwickelt ist, darf ich offiziell nicht ermitteln. Aber ich kann den Schorsch auch nicht im Stich lassen, ohne ihn hätte ich letzten Sommer meinen Felix niemals so rasch wiedergefunden.«

Sie seufzt und nimmt endlich die gegrätschten Arme auseinander. »Das verstehe ich doch, Raphi. Aber musst du bei schönen Frauen deine Ermittlungen immer gleich unter vollem Körpereinsatz angehen? Ich dachte, wir hätten das alles schon ausgestanden, gerade wegen Moni –«

»Oje, bitte fang nicht schon wieder von der Sache mit der Moni an«, unterbreche ich sie etwas zu schroff und bereue es auch gleich wieder.

»Sache?« Sie schaut mich entgeistert an. »Wie kannst du bloß so etwas sagen, Raphael Aigner? Das ist keine Sache.« Mit einem Ruck hebt sie ihre Tasche auf und schüttelt mitleidig den Kopf. »Eigentlich wollte ich dir heute Abend beistehen, wegen der ganzen Misere mit eurem Schorsch und weil ich weiß, oder dachte zu wissen, wie dich das mitnimmt. Aber ich glaube, das lasse ich besser bleiben. Ich wünsche dir noch einen schönen Abend.« Wütend macht sie am Absatz kehrt und verlässt über den Garten mein Haus.

Mir bleibt nichts anderes übrig, als ihr wie ein begossener Pudel hinterherzuschauen.

Sonntag

Während meine Polizisten beim Frühschoppen auf dem Volksfest sicher schon einige Führerscheine von alkoholisierten Lenkern einkassiert haben, telefoniere ich an meinem dienstfreien Tag zu Hause mit dem Buchinger. Meine Schwester verbringt den Tag mit dem Felix und seinem Freund Manuel im Fuschlseebad, weil ihr nach dem Mord am Lanner die Lust auf das Volksfest gehörig vergangen ist. Aber wohl auch, weil der Andi mit seiner Mutter nachmittags endlich den Schorsch in der Justizanstalt besuchen darf.

Mein Ex-Kollege kann mir leider wenig berichten, was ich nicht schon selbst herausgefunden habe. Im Gegenteil, über das Geschehen an der Cocktailbar bin ich besser im Bilde.

»Tja, euer Bürgermeistertöchterchen war bei uns leider nicht so auskunftsbereit wie beim feschen Dorfpolizisten«, zieht er mich auf. »Aber eure Raufbrüder wollte ich sowieso noch befragen, wenn mir nicht bald die Zügel aus der Hand genommen werden.«

»Apropos«, antworte ich, »wird das Innenministerium den Fall übernehmen?«

Er lacht kurz gehässig auf. »Zum Glück arbeiten die Mühlen beim BAK langsam. Also hab ich kurzerhand die Soko Baumgartner eingerichtet, irgendwer muss sich ja darum kümmern.« Das Bundesamt zur Korruptionsbekämpfung ist eine Einrichtung des Bundesministeriums, die polizeiintern bei Verdachtslagen mit strafrechtlichem Tatbestand die Ermittlungen leiten muss.

»Am BAK werden wir sowieso nicht vorbeikommen, Markus«, entgegne ich ihm seufzend.

»Ich weiß, aber bis die goscherten Wiener in die Gänge kommen, versuche ich noch so viel wie möglich rauszufinden. Eure Dorfschönheit werden wir uns noch näher anschauen müssen. Übrigens, deren Fahrgestell ist nicht von schlechten Eltern.«

Da ich keine Lust habe, mich über den Körperbau der Bürgermeistertochter zu unterhalten, verabschiede ich mich von ihm. Zurzeit gibt es für mich andere Prioritäten, vor allem nachdem ich gestern eine einsame Nacht in meinem Bett verbringen musste.

»Halt, hiergeblieben!« Die Erni hieht mich am T-Shirt zu sich runter, weil ich die kleine Frau übersehen habe, was mir noch nie passiert ist.

Die Koppelrieder scheint der Mordfall nicht zu stören, das Volksfest ist nach wie vor bestens besucht. Obwohl das offizielle Ende des Frühschoppens schon überschritten wurde, ist das Bierzelt immer noch gerammelt voll. »Zeit wird's, dass d' endlich kommst. Wie hast es denn jetzt wieder vergrault, das Mädel?« Mit einem Ruck stellt sie die acht Maßkrüge auf dem Tisch ab und haut dem Burschen, der dort sitzt, vorsichtshalber gleich eine auf die Finger. Der hätte es sowieso niemals gewagt, danach zu greifen. Mit strengem Blick stemmt die Senior-Rieglerwirtin die Arme in die Hüften. »Oiso, was hast denn wieder ang'stellt, Aigner?«

Mit einem möglichst unschuldigen Blick hebe ich abwehrend beide Hände. »Gar nichts, Erni. Ich schwör's bei allem, was mir heilig ist. Es war nur eine saudumme Situation –«

»Aha, schon wieder oane von den depperten Weibern. Aigner, du schaust leider viel zu gut aus für a Mannsbild, das ist a Problem«, seufzt sie. Dann erbarmt sie sich doch meiner und deutet mit dem Finger auf die linke Seite des Bierzelts. »Da drüben ist sie. Geh schon hin und mach's wieder gut, weil sonst ist die Marie net zum Aushalten.« Mit beiden Händen greift die kleine Frau nach den Maßkrügen und wieselt trotz der schweren Last leichtfüßig davon.

Ich hingegen mache mich auf meinen diesmal völlig unverdienten Canossagang und gehe rüber zur provisorischen

Schankanlage des Rieglerbräus. Dort, wo die Marie gemeinsam mit dem Kellner Gregor und dem neuen Lehrmädchen wie am Fließband ein Bier nach dem anderen zapft. Gut gefüllte Maß- und Halbekrüge stehen aufgereiht auf den zur Schank umfunktionierten Biertischen zur Abholung bereit. Obwohl mich meine Freundin schon von Weitem entdeckt hat, schaut sie nicht mal auf, als ich vor ihr stehe.

»Marie, wir müssen reden«, quetsche ich zwischen den Zähnen hervor. »Bitte«, füge ich mit einem hoffentlich herzerweichenden Blick hinzu.

Sie deutet mit ernster Miene auf einen der letzten freien Tische ganz hinten im Zelt. »Wart dort auf mich. Ich komm dann, wenn ich Zeit hab.«

Rasch schnappe ich mir eines der Halbekrügel und mache mich aus dem Staub.

Die Musik spielt nicht mehr, unglücklicherweise singen die Koppelrieder nun selbst. Und zwar mehrfach aus unterschiedlichen Richtungen. Von überall her kann man fröhliches Gegröle vernehmen. Neben dem Standard-Bierzeltsong »Prosit der Gemütlichkeit« glaube ich die Salzburger Landeshymne, aber auch das jahreszeitlich etwas unpassende »Schifoan« herauszuhören. Da ich nichts weniger leiden kann als lautstarkes Gekreische, wünsche ich mich eigentlich weit weg von hier. Aber ein Mann muss da durch, wenn es um die Frau geht, die er liebt.

Als ich den Krug zum Trinken ansetze, haut mir jemand von hinten kräftig auf die Schulter, und ich verschütte gut ein Drittel des edlen Gebräus auf meine Jeans. Na super!

»Aigner, du Falott!« Neben mir steht der Heininger, unser Fleischhauer, mit einem Maßkrug in der dicken Pranke. Ungeniert platziert er sogleich sein großes Hinterteil neben mich und schiebt mich dabei tiefer in die Bank rein.

Uns gegenüber nimmt ein ebenso angeheiterter Eidenpichler, unser Möbelladenbesitzer und neuerdings auch Gemeinderat, Platz. Natürlich auch er mit einer Maß Bier in der Hand. Die beiden prosten mir zu, und ich proste zurück. Nachdem wir uns alle mit dem Handrücken den Schaum vom Mund abgewischt haben und uns der Fleischhauer mit einem ausgiebigen Rülpser beglückt hat, beugt sich der Möbelladenbesitzer mit deutlich vernehmbarer Alkoholfahne über den Tisch zu mir herüber. Benommen muss ich etwas zurückweichen.

»Sag, Aigner, was ist denn da passiert mit dem Lanner? Hat euer Schorsch den tatsächlich auf dem G'wissen?«

»I könnt eam das net verdenken«, lacht der Heininger und schlägt sich vor Gaudi mit der flachen Hand auf den Oberschenkel. »Dem unsympathischen Lanner hätt i so manches Mal gern selbst den Hals umgedreht. Und net nur i, vor allem meine Oide. Die hat den Kerl net ausg'halten. Zum Ausgleich hat die Martha eam immer die abg'laufene Wurscht einpackt, dem Deppen ist das nie aufg'fallen. Sag, hast ihn vorgestern beim Bieranstich g'sehen? So deppert kann sich nur a Stodinger anstellen.« Die beiden kriegen sich vor Lachen kaum mehr ein.

»Na ja, aber ob man ihn deswegen gleich umbringen muss?«, werfe ich grinsend ein.

»Im Ernst«, meint unser Möbelladenbesitzer fidel, »dass sich der unsere fesche Bürgermeistertochter anlacht, hätte ich mir nie gedacht.«

»Weil du dir wie alle anderen auch gedacht hast, der Lanner ist a warmer Bruder«, lacht der Heininger und nimmt wieder einen kräftigen Schluck von seiner Maß, logischerweise ein Rieglerbräu.

»Übrigens, was du an dem Abend mit der feschen Katz auf dem Parkett hingelegt hast, war auch net schlecht«, zwinkert mir der Eidenpichler anerkennend zu. »Was sagt denn deine Marie dazu, wenn du öffentlich so provokant mit einer anderen tanzt? Offene Beziehung, was? Ganz modern?« Neugierig mustert er mich, aber ich habe nicht vor, ihm zu antworten.

»Kennt ihr die Bachler Klara gut?«, frage ich die beiden Dorfdeppen stattdessen.

»Sie ist das Patenkind von meiner Martha«, erklärt mir der Fleischhauer stolz. »Früher war das Dirndl so a dickes, kloanes Bummerl. Aber seit die aus München z'rückkommen ist, schaut die aus wie aus an Hochglanzmagazin.«

»Genau!«, schreit der Eidenpichler, weil es hier im Bierzelt so laut ist. »Wegen der Klara haben unsere Fußballer vorgestern beim Straubinger net einmal mehr die Marlene registriert.«

Fragend schaut ihn der Heininger an. »Welche Marlene?«

»Na, das Lenerl, das saubere Dirndl von unserer Renate, die bei mir im G'schäft ihre Lehre macht.«

»Du warst Freitagnacht beim Straubinger?«, frage ich ihn neugierig.

»Ja sicher, mit der halben Mannschaft vom FC. Der Karl ist doch einer von meinen besten Spezln.« Der Huber Karl ist nicht nur Obmann vom Fußballclub, sondern auch Trainer für alle Altersklassen beim FC Koppelried. Auch für die Juniorklasse, in der seit Neuestem mein Sohn mitspielt.

»Mein Spezl ist der Karl auch, i war auch dabei!«, schreit der Heininger fast beleidigt.

»Habt ihr dort den Schorsch gesehen?«, steigt mein Interesse an der Unterhaltung.

Der Eidenpichler macht ein dummes Gesicht und zuckt mit den Schultern, aber der Fleischhauer nickt. »Ja sicher, der ist hinten ganz alloane g'sessen und hat nur Augen für die Klara g'habt. Aber die hat lieber mit den Burschen vom FC getanzt, sind auch weit fescher, unsere Kicker.«

»Und den Lanner hat es nicht gestört, dass sich seine Freundin mit den Fußballern vergnügt?«, will ich von ihm wissen, während sich zwei Paare, die ich nicht kenne, ohne zu fragen, zu uns an den Tisch quetschen. Einer der beiden dicken Männer rückt so eng an mich ran, dass ich zwischen ihm und unserem gut genährten Fleischhauer richtiggehend eingekeilt bin.

Doch der rührt sich keinen Millimeter und macht eine abweisende Handbewegung. »Aber geh, der hat sich ganz intensiv mit so an Lackaffen unterhalten. Der hat gar net g'merkt, wie's seine Klara rundgehen hat lassen. Aber für uns zwoa ist so a Dirndl viel zu jung, die Barfrau Danuta wär da schon eher unser Fall, was, Eidenpichler?« Die beiden prosten sich augenzwinkernd zu.

»Habt ihr zufällig bemerkt, wann und mit wem der Lanner das Lokal verlassen hat?«

Beide schütteln zu meinem Leidwesen im Duett ihre Köpfe.

»Koa Ahnung, Aigner«, meint der Heininger bedauernd. »Wir haben mit dem Karl nur oan Gin Tonic getrunken, weil die in der Cocktailbar auf der Festwiesn kannst net saufen. Dann sind wir wieder z'rück aufs Fest, weil wenn i länger wegg'wesen wär, dann hätt i mir von der Martha was anhören können. Meine Oide will beim Volksfest allerweil nur tanzen. Bin i froh, dass die Musi heute nimmer spielt.«

»Sag, Heininger, habt ihr den Fiat vom Schorsch auf dem Parkplatz vorm Straubinger gesehen?«

»Den schiachen Multipla?«, lacht der Eidenpichler. »Auf dem Parkplatz war der net, aber direkt vorm Eingang ist das Vehikel g'standen. Ich würde sagen, der Schorsch hat es grad noch bremsen können.«

»Genau.« Heiter stimmt unser Fleischhauer in das Lachen seines Freundes mit ein. »Wie wir zurück zum Fest gegangen sind, haben der Hannes und der Roman, die zwoa Kicker vom FC, dem Schorsch auf die Autoreifen g'schifft. Solche Saubarteln, die Buben!«

»Raphi?« Genau im richtigen Moment werde ich von der Marie erlöst. Erleichtert erhebe ich mich und klettere über die Bierbank nach hinten in die Freiheit. Dabei werfe ich unabsichtlich den Jägerhut vom Kopf des Sitznachbarn hinter mir, da die Tische so eng aneinandergestellt sind. Es ist der alte Haubner, der sich umdreht, während ich den Hut vom dreckigen Boden aufhebe und versuche, den Staub runterzuklopfen. Er sitzt mit seinen beiden Söhnen und deren Frauen am Tisch hinter uns. Eine davon ist seine ehemalige Todfeindin, unsere Organistin Renate. Entgegen seiner sonst so ruppigen Art lacht er fröhlich. »Mei, Aigner, lass das bleiben, der Huat muss eh bald amoi das Zeitliche segnen. Hoffentlich noch vor mir.«

»Geh, Vater, so ein Blödsinn. Du bleibst uns noch lang erhalten«, entgegnet ihm die Renate fröhlich. Vater? Ich traue meinen Ohren nicht. Noch vor einem halben Jahr haben sich die beiden Streithanseln nicht riechen können. Manchmal geschehen doch noch Zeichen und Wunder, selbst in Koppelried, denke ich mir und muss grinsen.

»Hochachtung, Frau Marie!«, schreit der alte Haubner auch schon meiner Freundin zu. »Das Rieglerbräu wird von Volksfest zu Volksfest besser!«

»Danke, ich gebe Ihr Kompliment gerne an unseren Braumeister weiter. Der wird sich freuen«, lächelt sie geschmeichelt.

»Genau, da kann sich die Salzburger Stadtbrauerei mit ihrem Gschloder schleichen, was, Vater?«, ruft der Xandl, der jüngere der beiden Haubnersöhne.

Ich will ihm eigentlich noch zustimmen, aber die Marie zieht mich bestimmt am T-Shirt-Ärmel nach draußen.

»Gehen wir zu mir heim, da können wir ungestört reden«, meint sie, nachdem wir dem Geschrei und Geplärre im Bierzelt endlich entkommen sind.

»Nein, einen kurzen Moment noch«, schüttle ich den Kopf und führe sie an der Hand zum nächsten Marktstand. »Nachdem ich letztens nachwuchsbedingt nur Zeit hatte, dir eine Plastikrose zu schießen, muss ich unbedingt noch ein weiteres Versprechen einlösen.« Nach kurzer Begutachtung greife ich zielsicher nach einem der großen Lebkuchenherzen, die von der Decke des Marktstandes baumeln. Das Ding hat wohl nur auf mich gewartet. Nachdem ich es bezahlt habe, hänge ich es grinsend meiner Freundin um den Hals. »Damit es jetzt ganz offiziell ist: Meins schenk ich nur dir, sonst niemandem.«

Neugierig hebt sie es an, um die Inschrift aus weißem Zuckerguss lesen zu können. »Salzburger Männerherz« steht dort, von roten Zuckergussherzen umrahmt. Kitschig, denke ich mir, aber es scheint zu wirken.

Montag

Ich drücke der schönen Frau neben mir einen langen, sanften Kuss auf den Mund.
»Lass mich bitte noch schlafen«, sagt sie gedehnt, ohne die Augen zu öffnen. »Es war ein wirklich anstrengendes Wochenende.« Montag ist Ruhetag im Rieglerbräu, da muss sie nicht zur Arbeit.
Also wälze ich mich so behutsam wie möglich aus dem Bett und betrachte sie noch eine Weile, während ich in meine Uniform schlüpfe. Ihre langen blonden Locken sind kreuz und quer über dem Kopfpolster verteilt. Meine Freundin sieht selbst verschlafen noch richtig gut aus, denke ich mir und bedaure es zutiefst, dass ich auf die Inspektion muss. Erstens, weil heute der Dienstantritt unserer neuen Kollegin ist, und zweitens, weil ich unbedingt mit dem Buchinger reden muss, ob es im Fall Baumgartner schon eine Entscheidung des Innenministeriums gibt.

Zu meinem Erstaunen hat die gesamte Mannschaft bereits um sieben Uhr den Tagdienst angetreten. Heute selbstverständlich ohne den Schorsch. Meine Leute warten nicht nur gespannt auf die neue Polizistin, die uns vom Landeskriminalamt zugewiesen worden ist, sondern vor allem auf meinen Bericht über den Fall um ihren Kollegen. Also erzähle ich ihnen, was wir bisher herausgefunden haben, und verspreche der Gerti hoch und heilig, dem Schorsch aus der Misere zu helfen. Noch bevor ich mir ein zweites Häferl Kaffee genehmigen kann, geht die Tür zur Inspektion schwungvoll auf, und eine junge Frau mit brünettem Kurzhaarschnitt und einem Gesicht voller Sommersprossen betritt in Uniform das Wachzimmer. Vor unserer Besucherklappe bleibt sie stehen, während alle unsere Augen neugierig auf sie gerichtet sind.

Etwas verlegen atmet sie tief durch und sagt dann laut und deutlich. »Revierinspektorin Luise Hager meldet sich zum Dienst.«

Rasch gehe ich auf sie zu, öffne die Klappe und reiche ihr meine Hand, die sie kräftig schüttelt. »Chefinspektor Aigner, ich bin hier der Kommandant. Herzlich willkommen auf unserer Inspektion. Wir haben dich schon sehnsüchtig erwartet, weil wir Verstärkung dringend gebrauchen können.«

»Luise, du kannst oafach nur Chef zu eam sagen«, brummt der Herbert freundlich mit seiner tiefen Stimme. »Das machen wir alle. Außerdem sind wir alle per Du, auch mit dem Chef. Eh kloa.« Es folgt ein kräftiges Händeschütteln mit allen Anwesenden.

»I hab extra Kirschkuchen für dich gebacken«, freut sich die Gerti und drückt der jungen Frau gleich einen Kaffee samt Kuchenteller in die Hand, auf den der Rainer schon lange gespitzt hat. Auch unser Praktikant schiebt montags Dienst. Wir waren letzten Sommer seine erste und sind nun wieder seine letzte Station, bevor er demnächst sein zwölfmonatiges Verwaltungspraktikum, das ihn an unterschiedliche Polizeiinspektionen geführt hat, beenden wird.

Die Neue, die aus dem Salzburger Stadtteil Aigen kommt, ist mir auf Anhieb sympathisch. Locker plaudert sie mit uns und gewöhnt sich im null Komma nix an das Duwort. Eigentlich hätte sie lieber in der Stadt eine Dienststelle antreten wollen, gesteht sie freimütig, aber es würde ihr schon jetzt recht gut bei uns gefallen.

Nachdem wir jeder mindestens drei Stück Kuchen verspeist haben, läutet zum ersten Mal das Telefon. Da der Rainer fürs Abheben zuständig ist, spuckt er davor noch rasch einen Kern, der sich wohl in den Teig verirrt hat, in den Papierkorb.

»Polizeiinspektion Koppelried, Rainer Trenkheimer. Was kann ich für Sie tun?«, sagt er brav sein Sprüchlein auf.

»Ja, Herr Chefinspektor ... einen Moment bitte, Herr Chefinspektor.« Dann hält er die Hand vor die Sprechmuschel und dreht sich zu uns. »Chef, der Herr Buchinger wäre für Sie dran. Er sagt, es ist dringend. Soll ich ihn in Ihr Büro durchstellen?«

»Der Rainer ist der Oanzige, der sich net Du zum Chef sagen traut. Ist halt noch a junger Bub, gell«, meint der Manfred beinahe entschuldigend zur neuen Kollegin.

Ich überlasse meine Leute sich selbst und spaziere lässig in mein Büro, um den Anruf meines Ex-Kollegen entgegenzunehmen. Dabei schließe ich die Tür hinter mir, was ich sonst eher selten tue.

»Markus, was gibt's?«, frage ich neugierig ins Handy.

»Was es gibt?«, schreit mich der Buchinger an. »Wegen deines gampigen Polizisten ist bei uns die Hölle los! Die Arschlöcher haben mir den Fall komplett aus der Hand genommen. Abgezogen wurde ich, ohne Kompromisse. Sag, hast du gestern nicht euer deppertes Bezirksblattl gelesen? Der Scheißartikel, der heute sogar im Salzburger Tagblatt abgedruckt ist, hat mir gerade noch gefehlt.«

Ich habe keine Ahnung, wovon er spricht. »Beruhige dich, Markus. Welcher Artikel?«

»So ein verfluchtes Schmierblatt! Lauter Schwachsinn steht dadrinnen. Wart, ich schick dir den Link. Aber unser Staatsanwalt hat vor Angst die Arschbacken nicht mehr zusammenbekommen und heute früh um umgehende Unterstützung durch das BAK angesucht. Die mussten nach der ganzen Zeitungsschmiererei natürlich prompt reagieren und schicken heute einen Wiener Staatsanwalt und eine Kriminalbeamtin, die die Leitung der Ermittlungen übernehmen werden, mit meinen Leuten.« Der Buchinger bekommt am anderen Ende der Leitung kaum mehr Luft, so regt er sich auf. Hoffentlich kriegt mir der jetzt keinen Herzkasperl. »Hast du gehört, mit meinen Leuten! Unser Salzburger Staatsanwalt und ich, wir sind draußen. Arschlöcher, elendige! Wenn ich Glück hab, dann darf ich der guten Frau nächste Woche eventuell die Wurstsemmeln in der Mittagspause holen!«

»Wart doch erst mal ab«, versuche ich ihn zu beruhigen. »Vielleicht sind die beiden auch völlig in Ordnung, und man kann vernünftig mit ihnen zusammenarbeiten.«

»Genau!«, schreit er mich unbeherrscht an. »Du träumst wohl von warmen Eislutschern, Aigner. Von dieser Kriminalbeamtin erzählt man sich, dass sie eine herrschsüchtige Xanthippe ist.« Seine Stimme überschlägt sich fast, aber dann reißt er sich doch etwas zusammen. »Also, ich wart mal, bis die beiden hier ankommen. Die muss ich mir anschauen. Danach ruf ich dich an. Übrigens bin ich für dich ab sofort nicht mehr auf dem Diensthandy erreichbar, denn die depperten BAKler werden bald überall herumschnüffeln. Auch auf unseren Handys.« Wums, damit hat er auch schon aufgelegt.

Es vergehen einige Minuten, bis ich endlich die Nachricht mit dem Link zum Zeitungsartikel erhalte. Natürlich von Buchingers Diensthandy.

Unterhalb der Überschrift »Bekannter Salzburger Regionalpolitiker ermordet« befindet sich ein Foto eines breit in die Kamera grinsenden Lanner.

Neugierig lese ich weiter.

In der Nacht von Freitag auf Samstag wurde der beliebte Regionalpolitiker S. Lanner, 36, in seinem Haus in einer kleinen Gemeinde im Flachgau ermordet.

Beliebt? Na ja, denke ich mir und lese wieder weiter.

Die ortsansässige Polizei wurde frühmorgens von einer Reinigungskraft verständigt, die den Mann erschossen in seinem eigenen Pool aufgefunden hat. Am Tatort befand sich neben der 26-jährigen Lebensgefährtin des Politikers auch der ortsansässige 54-jährige Polizist Georg B., mit dessen Dienstwaffe das Opfer unseren Informationen nach erschossen wurde. Georg B. wurde noch am Tatort festgenommen. Details zum Tathergang sind bisher

nicht bekannt. Bis dato hat die Salzburger Polizei zu dem Mordfall noch keine Pressemeldung veröffentlicht. Nach Auskunft eines Informanten wurde der unter Tatverdacht stehende Polizist entgegen allen Vorschriften nach seiner Festnahme nicht umgehend im LKA Salzburg verhört, sondern in die örtliche Inspektion gebracht, in der der Verdächtige selbst seinen Dienst verrichtet. Somit drängt sich die Frage auf, ob der Verdächtige sich hinsichtlich Schilderung des Tathergangs mit seinen Kollegen und Vorgesetzten vor einer offiziellen Einvernahme abgestimmt hat. Denn erst knapp drei Stunden nach der Festnahme am Tatort kam es zur Vernehmung beim LKA Salzburg, von wo Georg B. auch umgehend in Untersuchungshaft in die Justizanstalt Puch bei Hallein überstellt wurde.
Die Objektivität und Unvoreingenommenheit der Salzburger Behörden in diesem aufsehenerregenden Fall mit einem Verdächtigen aus den eigenen Reihen darf also arg bezweifelt werden. Es stellt sich die dringliche Frage, ob Paragraph 47 StPO, Befangenheit von Kriminalpolizei und Staatsanwaltschaft bei Amtsmissbrauch mit Verdacht eines Tötungsdeliktes durch einen Polizisten, von unserer Salzburger Polizei eingehalten wird. Nur eine unabhängige Untersuchung, gerade im Lichte der jüngsten Vorwürfe hinsichtlich Amtsmissbrauches und Polizeigewalt in der Bundeshauptstadt Wien, könnte Staatsanwaltschaft und Polizei der Stadt Salzburg wieder ins rechte Licht rücken. Derzeit erscheint dies jedoch zweifelhaft.
Wir werden weiter über den brisanten Fall berichten. (M. Rebhandl)

Kruzifix! Wer hat diesen Reporter so überaus genau informiert? Wie heißt der Kerl noch mal? Ich schaue wütend aufs Handy. Rebhandl. Noch nie gehört.

Wenn ich noch was rauskriegen will, bevor diese BAK-Frau bei uns herumschnüffelt, dann muss ich mich jetzt aber sputen.

Ich springe unbeherrscht aus meinem Chefsessel, dass das Leder nur so kracht, und reiße die Tür ins Wachzimmer auf. »Gerti!«, schreie ich eine Spur zu laut. Alle Blicke richten sich erstaunt auf mich, also fahre ich sofort mit der Stimme wieder etwas runter. »Ruf mir diese trotteligen Holzer-Brüder an. Ich will alle drei morgen Vormittag bei mir im Büro vorstellig haben.« Dann setze ich meine Polizeikappe auf und brause mit dem Streifenwagen zu Bachlers Sägewerk. Ich möchte unbedingt wissen, wer dieser Chris, also Klaras neuer Chef, ist und wo ich ihn finden kann.

Während ich den Streifenwagen langsam in die Zufahrt zum Sägewerk rollen lasse, kann ich durch die geöffnete Seitenscheibe schon die lauten Sägegeräusche hören. Das Werk unseres Bürgermeisters liegt etwas außerhalb, wohl um Probleme mit Anrainern zu vermeiden. Im unpassendsten Moment klingelt wieder mal mein Handy. Verdammt, es ist die Moni, aber ich drücke sie weg. Dafür habe ich im Moment keine Zeit.

Dann parke ich den Wagen vor dem Bürogebäude, das direkt ans private Wohnhaus der Bachlers angrenzt. Nach den paar Stufen auf der kurzen Treppe betrete ich über die Glastür das Büro, während eine automatische Klingel angeht. Die Frau hinter dem modernen Holzschreibtisch schaut neugierig hoch. Es ist die Vroni Bachler, Klaras Schwester, wie ich unschwer an der breiten Nase im Gesicht erkenne. Allerdings habe ich in letzter Zeit so viel Negatives über ihr Aussehen gehört, dass ich richtiggehend enttäuscht bin. In Wahrheit ist ihre Nase nicht mal halb so schlimm wie der schwer gerötete und mit vielen Verdickungen verzierte Riechkolben ihres Vaters. Das Ding in ihrem Gesicht hat nur einen sehr breiten Nasenrücken, der von der Nasenwurzel bis zur Nasenspitze nahezu geradlinig verläuft und im schmalen Gesicht einfach zu viel Platz einnimmt. Der zu klein geratene, dünnlippige Mund darunter macht es auch nicht gerade besser. Bei einem Burschen wahrscheinlich weniger auffällig, aber für ein Mädchengesicht doch etwas ungraziös.

»Grüß Sie, Herr Aigner. Wie kann ich Ihnen helfen?«, fragt sie mich freundlich und steht auf. Die hagere junge Frau mit dem brünetten Kurzhaarschopf ist beinahe so groß wie ich. Und total flachbrüstig, stelle ich mit Kennerblick fest.

»Servus, Vroni, ist deine Schwester zufällig zu Hause?«, frage ich.

Sie kommt um den Schreibtisch herum und schüttelt mir freundlich die Hand. »Nein, die Klara ist schon in der Arbeit. Nach dem Schockerlebnis Freitagnacht ist Ablenkung wohl das Beste für sie.«

»Apropos Freitagnacht«, wiederhole ich langsam. »Hat sie dir erzählt, was passiert ist?«

Die junge Frau fährt sich mit der Hand durch das struppige Haar. »Meine Schwester hatte ein Blackout, mehr weiß ich leider auch nicht.«

»Vom Koksen?«, frage ich streng und beobachte sie dabei aufmerksam.

Doch sie blickt mir fest in die Augen. »Kann schon sein, aber davon weiß ich nichts. Ich hab mit solchem Zeugs nix am Hut.«

»Sag, warst du in dieser Nacht nicht auch im Nachtclub?« Neugierig mustere ich sie, und ihre Wangen beginnen sich leicht zu röten.

»Darf ich Ihnen einen Kaffee anbieten, Herr Aigner?«, sagt sie anstelle einer Antwort und macht sich an der Kapselmaschine an der Besucherbar zu schaffen. Während sie zwei Kaffee herunterlässt, klettere ich auf einen der vier Barhocker.

»Ich bin in dieser Nacht mit den Fußballern zum Straubinger gekommen. Wir wollten coole Musik anstelle der Jodeltruppe vom Volksfest hören. Also, ich versteh mich recht gut mit dem Roman und bin daher manchmal mit den Burschen vom FC unterwegs. Sie wissen, der Sohn von Ihrem Kollegen, dem Herrn Lederer. Aber nicht, was Sie jetzt denken.« Hoch konzentriert starrt sie auf die Kaffeemaschine.

»Ich denk gar nichts«, entgegne ich freundlich und nehme das Kaffeehäferl in Empfang.

»Der Roman und ich sind früher miteinander in eine Klasse gegangen, müssen Sie wissen. Wir beide lieben Kino, im speziellen Marvel, falls Ihnen das was sagt.« Sie zeigt kurz auf ihr T-Shirt mit der weißen Aufschrift auf einem roten Balken und hält mir dann eine Schale gefüllt mit Würfelzucker- und Kaffeeobers-Packungen hin, aber ich lehne dankend ab.

»Und ob, mein Felix durchlebt grad eine ausgeprägte Spiderman-Phase«, grinse ich dem Mädchen zu, und sie wagt wieder hochzusehen. »Weißt du, wann und mit wem deine Schwester das Lokal verlassen hat?«

Sie nimmt sich die zweite Tasse und rührt ganze vier Stück Würfelzucker hinein. »Nein, ich bin kurz vor zwei mit dem Roman gegangen. Der hatte so viel getankt, dass er nicht mehr grad stehen hat können. Also hab ich ihn mit seinem Auto heimgefahren und bin dann zu Fuß weiter zu mir. Ist ja nicht weit, keine zehn Minuten. Ich hatte nichts getrunken, Alkohol interessiert mich nicht.«

»Und deine Schwester, hatte die auch schon zu viel getankt?«

Gleichgültig zuckt sie mit den Schultern. »Ich weiß nicht. Die Klara tut oft so, als wäre sie betrunken, obwohl sie noch stocknüchtern ist. Damit trickst sie dann die dummen Kerle aus. Jedenfalls war sie die ganze Zeit über auf der Tanzfläche und hat sich von den Burschen begaffen lassen.«

»Kanntest du eigentlich den Lanner gut?«, frage ich sie und nehme vorsichtig einen Schluck von dem heißen Gebräu.

»Kaum.« Die junge Frau räuspert sich und zieht die hellen Brauen zusammen. »Ich kann mit seiner Partei nix anfangen, solche Leute und deren verquere Wertvorstellungen verstehe ich einfach nicht. Aber meine Schwester war eng mit ihm befreundet. Die Mama hat ihn sogar schon hin und wieder zu unseren Familienessen eingeladen.« Sie richtet den Blick in ihre Tasse und seufzt. »Ein Schwafler vor dem Herrn, was seine politischen Ansichten betroffen hat. Aber der Papa hat sich prächtig mit ihm verstanden, der schwafelt auch so gerne. Ein Politiker für eine seiner Töchter wäre ihm wohl sehr lieb, selbst wenn der nicht von der eigenen Partei kommt.«

»Sag, kennst du den neuen Chef deiner Schwester? Ein gewisser Chris, der Freitagnacht auch beim Straubinger gewesen sein soll.« Neugierig betrachte ich die jüngere Tochter des Bürgermeisters und finde sie überhaupt nicht so unattraktiv, wie alle behaupten. Im Gegenteil, sie scheint klug zu sein und wirkt sympathisch.

Sie grinst breit. »Der Oldie mit der wilden Lockenmähne? Keine Ahnung, wie der heißt, aber Klaras Chef ist angeblich der angesagteste High-Society-Beauty-Doc von Salzburg.«

»Oh, wir haben Besuch?« Die zierliche Frau Bürgermeisterin, Vronis Mutter, betritt durch eine Tür das große Büro. Langsam trippelt die Herta an die Bar heran, stellt sich ein wenig auf die Zehenspitzen und schüttelt mir fest die Hand. »Servus, Aigner. Furchtbar, was dem armen Sigi passiert ist, furchtbar. Eine Tragödie. Und so was bei uns in Koppelried. Als wär das Drama mit deiner seligen Mutter letztes Silvester net schon schlimm genug für unser beschauliches Koppelried gewesen«, jammert sie gleich los. »Wenn ich nur daran denk, dass mein armes Mädel in dieser Nacht am selben Ort gewesen ist, wo auch der Mörder war, dann wird mir ganz angst und bang zumute.« Die Frau unseres Bürgermeisters greift nach einer Kaffeetasse, die ihr die Vroni hinschiebt, und ihre Hände zittern ein wenig dabei.

Offen gesagt, daran habe ich noch gar nicht gedacht. Der Täter könnte tatsächlich Angst haben, dass der Schorsch oder vor allem die Klara ihn gesehen und womöglich sogar erkannt haben könnte.

»Dabei haben wir den Sigi so gerng'habt«, fährt die Herta unbeirrt fort, während sie wie ihre jüngere Tochter auch vier Stück Zucker in die kleine Tasse rührt. »Der Sigi war so ein gescheiter Mann, dazu auch noch so fesch. Er hat unserer Klara diese richtig gut bezahlte Stelle bei seinem Freund vermittelt. Unser armes Kind, was soll sie jetzt bloß machen? Ohne abgeschlossene Ausbildung? Der Mann wär doch so eine gute Partie gewesen, auch wenn er nicht bei den Schwarzen, sondern nur bei der Heimatpartei war.«

»Gut, dass du es ansprichst, Herta. Kannst du mir Namen und Adresse des Arztes geben, bei dem deine Tochter arbeitet?« Langsam ziehe ich den Stift aus meinem Handy, und die Notizfunktion öffnet sich automatisch.

»Ästhetik-Center Salzburg am Imbergplatz, gar nicht zu verfehlen, du musst einfach Richtung Unfallkrankenhaus fahren und den Schildern folgen. Eine sehr schöne Praxis, direkt im neuen Wohnpark. Die weiße Fassade ist teilweise mit unserem Holz verkleidet, alles verglast mit Blick auf die Salzach und die Altstadt.«

Wieso kommt mir das bloß so bekannt vor?

»Herzlich willkommen im Ästhetik-Center Salzburg«, begrüßt mich eine ausnehmend hübsche dunkelhaarige Frau im strahlend weißen und kurzen Kleid. Lächelnd steht sie hinter einem verglasten Pult, das den Blick auf makellos schöne Beine freigibt. »Wie darf ich Ihnen helfen?«, fragt sie völlig unbeeindruckt von meiner Uniform.

»Chefinspektor Aigner«, stelle ich mich vor und halte ihr meinen Dienstausweis vor die Nase, den sie aufmerksam begutachtet. »Ich würde gerne Frau Bachler sprechen, die seit Kurzem bei Ihnen arbeitet. Es geht nur um eine Auskunft.«

Bedauernd hebt die junge Frau ihre in Form gezupften Augenbrauen. »Das tut mir leid, aber Claire ist heute leider nicht zur Arbeit erschienen.«

»Urlaub?«, frage ich verwundert, hatten es mir Klaras Mutter und Schwester doch vorhin noch anders berichtet.

»Nein, leider nicht. Denn sonst hätte ich rechtzeitig einen Ersatz organisieren können. So kurzfristig ist das immer schwierig und geht auf Kosten der Kolleginnen.« Sie zeigt sich nun doch etwas verärgert.

»Nun, kann ich dann bitte kurz mit dem Herrn Doktor sprechen?« Der Mann ist auch der eigentliche Grund meines Besuches.

»Tut mir leid«, meint die junge Frau noch mal. »Der Herr Doktor hat heute eine Operation im Universitätsklinikum und ist nicht da.« Sie schielt kurz auf den Bildschirm vor sich. »Aber morgen könnte ich Ihnen einen Termin um elf Uhr dreißig anbieten.«

Besser als nichts.

»Sehr schön«, lächelt sie bezaubernd, »ich schreibe Ihnen nur rasch eine Terminkarte, die Sie morgen bitte wieder mitbringen. Darf ich Ihnen inzwischen vielleicht unseren Botox-Flyer zur Durchsicht anbieten, man kann nie früh genug damit anfangen, sich sein jugendliches Aussehen zu erhalten.« Mit einem Griff auf den Tresen schnappt sie sich den Prospekt und hält ihn mir vor die Nase. Neben dem Foto eines völlig faltenfreien Mannes im undefinierbaren Alter steht in Großbuchstaben »Sanfte Schönheit. Natürliches Ergebnis mit hochwertigem Botulinum«.

Grinsend lehne ich ab. Ich und Botox, das wäre ja noch schöner, denke ich mir. Da brummt das Handy, ich ziehe es aus meiner Hosentasche und werfe einen kurzen Blick auf das Display. Schon wieder die Moni. Rasch lasse ich das Mobiltelefon wieder zurückgleiten, denn dafür habe ich im Moment keine Nerven.

Eine Minute später drückt mir die Empfangsdame eine elegante weiße Karte mit meinem Termin in die Hand. »Ästhetik-Center Salzburg, Dr. Christoph Trenkheimer« steht darauf in verschnörkelter blauer Schrift.

Du meine Güte, der Porsche Panamera in unserem Radarkasten fällt mir wieder ein. Jetzt weiß ich, warum mir diese Adresse so bekannt vorgekommen ist.

Kurz nach ein Uhr mittags befinde ich mich im Garten des heute geschlossenen Rieglerbräus und löffle wie die Marie mir gegenüber eine herzhafte Gulaschsuppe. Der letzte Rest vom Koppelrieder Volksfest, trotzdem gut, wie alle von Ernis Speisen. Mein Bub wollte nicht mit, weil er lieber seiner Tante beim Transportieren der letzten Umzugskartons ins neue Haus hilft.

Die Senior-Rieglerwirtin kommt mit den unter ihrem Arm eingeklemmten Bezirksnachrichten, einem Kugelschreiber und einer Tasse Kaffee an unseren Tisch.

Da sie die Lesebrille auf der Nase hat, tippe ich auf das wöchentliche Kreuzworträtsel, eine ihrer liebsten Freizeitbeschäftigungen.

»Ist das eigentlich die Ausgabe mit diesem wenig schmeichelhaften Artikel über den Mordfall Lanner und unsere Inspektion?«, frage ich sie neugierig, bevor ich ein Stück von der krossen Semmel abbeiße.

Mit ruhiger Hand stellt sie den Kaffee am Tisch ab, legt den Kugelschreiber daneben und nimmt Platz. Dann schlägt sie zielsicher eine Seite der Zeitung auf und klopft mit ihren knochigen Fingern auf das Foto vom Lanner, das ich bereits im Internet gesehen habe. Mit grimmigem Gesicht legt sie das Blatt vor mich hin.

»Unglaublich, was da drinsteht ... die arme Christl. Ihr Bub, der gutmütige Depp, der war das nie und nimmer. Das sag i dir, so wahr ich Rieglerin heiße. Da musst du unbedingt was unternehmen. So was können wir Koppelrieder net auf uns sitzen lassen, schon gar net auf unserem kreuzbraven Gendarmen.«

Da ich den Artikel schon kenne, reiche ich die Zeitung an meine Freundin weiter, die neugierig und kopfschüttelnd liest, während sie weiter ihre Suppe löffelt.

»Ich muss rausfinden, wer dieser Rebhandl ist. Er oder sie ist an Informationen gekommen, die eigentlich niemand haben sollte«, sage ich mehr zu mir als zu den beiden und schiebe den mittlerweile leeren Suppenteller von mir weg.

»Aber geh! Da brauchst du gar nix mehr rauszufinden, Bub.

I woaß, wer das ist.« Stolz grinst mich die Erni mit ihren pfiffigen kleinen Augen an. »Das ist der Mike, der Freund von der Schwester von unserer Franziska. Koa Koppelrieder, nur a Stodinger.« Sie hält kurz inne, wohl um es spannender zu machen. Die Franziska ist eine der langjährigen Kellnerinnen des Rieglerbräus.

»A dürres Bürscherl ist der, mit an Goaßbart und lange Zodn. Woaßt eh, so dünne Spaghettihaar, wie's heutzutag die jungen Leut tragen. Der holt öfter mit der Barbara gemeinsam die Franziska von uns ab, drum kenn i den. A Parasit, sag i dir, der sich bei den Aschauers eing'nistet hat, im Kinderzimmer von der Barbara. Weil der nix verdient und sich koa anständige Wohnung in der Stadt leisten kann. Koa Wunder bei dem Kas, den der schreibt.«

»Von mir aus, dann versuch halt dein Glück, Aigner. Aber i sag dir, da könnt eine Bombe neben dem Bett einschlagen, die zwoa täten das net hören. Vor drei Uhr nachmittags steht meine Barbara in den Ferien nie auf.« Der Aschauer Sepp, Franziskas und Barbaras Vater, hat mich zur Zimmertür seiner älteren Tochter gebracht und beobachtet neugierig, wie ich mehrmals energisch anklopfe.

»Wer is'n da?«, vernehmen wir endlich eine krächzende Frauenstimme.

»Barbara, komm raus! Der Herr Aigner von der Polizei ist wegen deinem depperten Lackl da!«, schreit mir der Aschauer ins Ohr und dreht sich dann zu mir. »Am liabsten würd i den rausschmeißen und gar nimmer zu uns reinlassen, aber dann hätt i einen Krieg mit der Barbara und ihrer Mutter, den i niemals gewinnen könnt.«

»Ich komm ja schon. Einen Moment noch«, krächzt die Frauenstimme. Erst nach einer gefühlten Ewigkeit geht die Tür von innen auf, und wir haben Aschauers Tochter im übergroßen T-Shirt vor uns. Das kurze braune Haar steht ihr kreuz und quer vom Kopf ab, und sie gähnt ausgiebig, ohne sich dabei die Hand vor den Mund zu halten. Mit beiden Händen reibt sie sich die Augen und schaut uns dann erstaunt an. »Griaß Eana, Herr Aigner. Was gibt's denn so Dringendes, dass wir mitten in der Nacht aufstehen müssen?«

Neben ihr taucht ein dürrer junger Mann in viel zu großen Shorts auf, die ihm locker auf den Hüften sitzen und den Blick auf den Bund seiner Unterhose freigeben. Sein Brustkorb ist kaum vorhanden, und der Bauch wölbt sich nach innen, dafür ist sein Rücken gebogen wie ein Angelhaken. Dünne blonde Strähnen hängen ihm tatsächlich wie Spaghetti ins aknenarbige Gesicht, das durch die hohe Stirn und das Ziegenbärtchen am Kinn noch länger wirkt, als es ohnehin schon ist. Wo hat denn dieses attraktive Mädel da bloß hingeschaut, denke ich mir verblüfft.

»Macht das die Polizei in Koppelried immer so? Unbescholtene Bürger in ihrem Urlaub einfach aus den Federn jagen, aber einen Mörder schützen, nur weil er aus den eigenen Reihen kommt? Was?« Er verschränkt die dünnen Arme und schaut mich rotzfrech an. »Kommst da mit deiner Uniform hereingeschneit und glaubst, uns geht deswegen der Arsch auf Grundeis, Bulle? Hä?«

»Mit Ihrer Uniform.« Laut betone ich das zweite Wort und halte ihm meinen Dienstausweis vor die Nase. »Wir kennen uns nicht, und ich kann mich nicht erinnern, Ihnen das Duwort angeboten zu haben. Aber ich hätte ein paar Fragen an Sie, Herr Rebhandl. Und zwar im Zusammenhang mit dem Mord an Siegfried Lanner, über den Sie anscheinend so überaus gut informiert sind.«

Er lehnt sich lässig mit verschränkten Armen an den Türrahmen. »Pressefreiheit, Bulle, davon habt ihr in eurem Dorfdeppenverein wohl noch nichts gehört, was?«

»Reiß dich zsamm, sonst verpass i dir a Watschn, dass dir drei Tag lang der Schädel wackelt«, mischt sich Barbaras Vater vor Wut schnaubend ein, bevor ich auch nur ein Wort entgegnen kann.

»Aschauer, könntest du mich mit den beiden jungen Leuten allein lassen?«, bitte ich ihn, weil seine Anwesenheit hier nur mehr kontraproduktiv ist. Etwas unwillig, aber doch kommt er meiner Aufforderung nach.

»Sag, Barbara, können wir irgendwo ungestört reden?«, erkundige ich mich bei dem jungen Mädchen. Sie nickt und führt mich raus auf die Terrasse, ihren Freund hat sie dabei gegen seinen Willen im Schlepptau.

Dort angekommen, nimmt er mit verschränkten Armen am Gartentisch mir gegenüber Platz und fixiert mich finster. »Ich kenn eure Methoden. Letztens auf einer Demo in Wien, da haben uns deine Kollegen voll mit Schlagstöcken und Pfefferspray attackiert. Das macht ihr gern, gell? Mit dem verdammten Zeug habt ihr auf eurem Hillbilly-Festival auch die arglosen Bürger verschreckt, gell? Kommst du mir jetzt auch so, wenn ich meine Aussage verweigere? Was aber mein gutes Recht ist.«

»Also gut, ich merk schon, du willst unbedingt per Du mit mir sein. Meinetwegen, Rebhandl, ich bin da nicht so«, grinse ich den Kerl an.

Er dreht sich wütend zu seiner Freundin um, die rechts von ihm Platz genommen hat, und hebt beide Hände. »Denen passt mein Artikel nicht, hab ich dir gleich gesagt. Mit der Wahrheit kann dieser rechte Anti-Menschenrechts-Verein, der sich Polizei schimpft, nur schwer umgehen. Aber in unserem Land herrscht immer noch Pressefreiheit, ich lass mich von keinem Exekutivbeamten einschüchtern.«

»Führ dich net so deppert auf, lass ihn doch erst mal seine Fragen stellen.« Seine Freundin rollt genervt mit den Augen. »'tschuldigung, Herr Aigner. Der Mike ist oft voll der Honk.«

»Braucht der gar nicht. Ich weiß auch so, dass der mir jedes Wort im Mund umdrehen wird. Brutale dörfliche Polizeigewalt«, meint der junge Mann beleidigt.

»Du benimmst dich wie ein Kleinkind, Mike. Lächerlich«, zischt sie ihn böse an und versetzt ihm einen unsanften Stoß in die Rippen. »Bei uns in Koppelried gibt's keine Polizeigewalt, du Idiot. Red jetzt mit dem Herrn Aigner, der ist echt okay.«

Der junge Mann setzt eine überhebliche Miene auf und zieht einen Beutel Tabak aus der Hosentasche seiner langen Bermudashorts. Mit gespreizten Fingern fischt er auch noch Zigarettenpapier aus der Packung, dreht damit gekonnt eine Filterlose und zündet sie an. »Von mir aus, aber nur meinem Baby zuliebe. Dann stell halt deine Fragen, Bulle.«

»Kanntest du den Ermordeten persönlich?« Ich bin immer noch freundlich zu ihm.

»Den kannte der nicht, dafür aber dessen Freundin. Die Bachler-Bitch«, antwortet seine Freundin für ihn. »Der Mike baggert die Alte ständig so megapeinlich an, dass man gar nicht mehr hinschauen kann.«

Empört schüttelt der junge Reporter den Kopf. »Babsi, das stimmt ja gar nicht. Die anderen machen das, aber ich nicht. Ich hab so was doch nicht nötig, ich hab ja dich, Baby.«

»Pah! Dass ich nicht lache. So tief in den Hintern bist du der in letzter Zeit gekrochen, dass einem allein vom Zuschauen schlecht geworden ist.« Mit gerunzelter Stirn zieht sie beide Knie an die Brust, umschlingt sie mit den Armen und wippt im Stuhl vor und zurück. »Herr Aigner, Sie können sich gar nicht vorstellen, was die Burschen beim Straubinger alles veranstaltet haben, nur um mit der Bürgermeistertussi ins Gespräch zu kommen. Dabei ist sie eine hinterfotzige –«

»Babsi! Das stimmt doch nicht, Claire ist voll die Nette, und das weißt du«, unterbricht der Ziegenbart seine Freundin.

»Was heißt hier nett? Die Bitch ist eine Volksmatratze«, regt sich die Barbara auf, und ich lehne mich abwartend zurück. Mal schauen, was da noch Interessantes kommt.

»Sei nicht unfair, Claire hat niemanden außer dem Lanner wirklich an sich rangelassen. Du disst die doch nur, weil sie die total hübsche Checkerbraut ist«, entgegnet der Rebhandl empört.

»Im Gegenteil. Du bist der Nullchecker hier«, blafft seine

Freundin zurück und platziert wütend die nackten Füße wieder auf den Boden. »Herr Aigner, die Bachler Klara ist ein Originalperlhuhn vom Beauty-Doc, alles zurechtgeschnipselt, nichts Natur. Mehr ist nicht dahinter. Dabei hat die früher nicht viel besser ausgesehen als die Nasen-Vroni. Wobei, das ist ungerecht, denn die Nasen-Vroni ist im Gegensatz zu ihrer Schwester wirklich eine Nette. Aber eine, die weniger gut ausschaut, interessiert euch Kerle überhaupt nicht, gell, Mike? Die Bachler Klara hat sich nur deswegen an den Lanner rangemacht, weil der zwar schon etwas Gammelfleisch ist, aber eins mit fetter Brieftasche. Solche Typen können ihr die luxuriösen Auftritte und das teure Gesichts- und Bodytuning finanzieren. Sonst würde die doch niemals so ausschauen. Denn ihr Vater ist genauso ein Knauserer wie meiner. Bevor der auch nur den kleinsten Schein herausrückt, musst du tausendmal auf Knien bitten und betteln. Und arbeitsscheue Armutschkerle wie den Mike greift die Bachler-Bitch nicht mal mit der Kneifzange an.«

»Du bist doch nur eifersüchtig. Bei der Klara ist alles bio und natur, nix Beauty-Doc. Das sagst du nur, weil dein Alter so ein Knauserer ist und dir die Brust-OP nicht bezahlen will, die du gerne hättest.«

»Red nicht so über den Papa, du Hasenhirn!«, faucht seine Freundin, während ihr Gesicht dunkelrot anläuft.

»Seit wann war die Klara denn fix mit dem Lanner zusammen? Du schreibst doch in deinem Artikel, dass sie seine Lebensgefährtin war. Also sollte da wohl mehr gewesen sein, oder?«, unterbreche ich die beiden in ihrem Geplänkel.

Desinteressiert zuckt der Ziegenbart mit den Schultern und beugt sich dann nach unten, wo er den Zigarettenstummel auf dem Terrassenboden ausdrückt. »Keine Ahnung, hat sie mir nicht erzählt. Aber die hat bei ihm gewohnt –«

»Sie ist erst vor ein paar Wochen wieder in Koppelried aufgetaucht. Leider. Vorher war die irgendwo in Germany«, fällt ihm seine Freundin ins Wort. »Aber hier hat sie sich gleich den schönen Heimatfuzzi Sigi gekrallt.«

»Sagt mal, habt ihr Gruppeninspektor Baumgartner am letzten Freitag das erste Mal beim Straubinger gesehen? Oder war er davor auch schon öfter mal im Nachtclub?«, frage ich die beiden jungen Leute.

»Der Killer?«, grinst mich der Rebhandl frech an und handelt sich damit prompt eine Kopfnuss seiner Freundin ein.

»Eigentlich kaum, aber letzte Woche gleich zweimal. Irgendwann unter der Woche war er mit Ihrem Kollegen, dem Herrn Rohrmoser, da und dann halt letzten Freitag. Aber an diesem Abend ist der nur hinten am Tisch im Eck gesessen und hat sich nicht vom Fleck gerührt«, erklärt sie mir. »Dafür war die Bitch umso auffälliger. Die hat sich auf der Tanzfläche so verrenkt, dass man schon glauben musste, ihr springt der unechte Busen aus dem Top. Unsere dämlichen Kicker vom FC hat sie mit ihrem Blechpickel hypnotisiert.« Verwirrt blicke ich von der Babsi zum Ziegenbart.

»Nabelpiercing«, übersetzt er gnädig. »Aber ja, es stimmt schon. Claire macht die Jungs zuerst immer heiß, lässt dann aber keinen ran«, meint er mit versöhnlichem Blick auf seine Freundin. »Wenn die in letzter Zeit beim Straubinger war, dann nur mit dem Lanner. Allerdings jetzt, wo sie danach gefragt haben, also beim Speichelhockey haben wir die zwei nie gesehen.« Ratlos überlege ich mir, was das bedeuten könnte. Verflixt, ich verstehe teilweise gar nicht mehr, wovon die beiden reden. Mir schwant Übles, wenn ich mir meinen Felix in der Pubertät vorstelle.

»Herumschmusen«, übersetzt diesmal die Barbara. »Mit dem Lanner nicht, das stimmt. Aber unlängst war sie mal ohne ihn da. Da hab ich sie beim Reingehen zufällig mit dem Hannes auf dem Parkplatz erwischt. Die beiden haben wild geschmust.«

»Der Sieder Hannes?«, frage ich etwas skeptisch nach. Unter unserer Dorfjugend ist er nicht eben der Attraktivste.

»Ja, tatsächlich, *good old Horseface*-Hannes«, bestätigt mir die Barbara grinsend. »Sonst war sie eigentlich nur mit dem Lanner unterwegs. Und obwohl niemand von uns den schmierigen Typen leiden kann, hat jeder brav die Runden mitgekippt, die der für alle geschmissen hat. Außer mir, ich kann solche Schleimer nicht ertragen. Ach ja, und die Nasen-Vroni auch nicht, die hat nämlich Charakter im Gegensatz zu ihrer Schwester.« Übermütig streckt die Barbara ihrem Freund die Zunge heraus.

»Das mit dem Sieder, das glaub ich dir nicht. Claire hatte niemals was mit diesem Vollhonk«, lässt der Rebhandl eine gute Portion Eifersucht in seiner Stimme erkennen.

Mit verärgertem Blick wendet sich seine Freundin an mich. »Claire«, äfft sie den Freund nach und verdreht die Augen. »So lässt sie sich von den Burschen nennen, aber für mich ist sie immer noch die dumme Klara. Mir egal, ob der Mike mir das glaubt oder nicht. Aber es ist wahr. Eigentlich war sie an besagtem Abend nicht mit dem Sieder, sondern mit dem Zipflinger Charlie beim Straubinger verabredet. Denn der hat mir brühwarm gesteckt, dass sie ihm wiederum erzählt hat, der Lanner sei eigentlich schwul und benötige sie nur als Aufputz wegen seiner konservativen Partei.«

»Echt?« Neugierig mustere ich das hübsche Mädchen und muss unwillkürlich an das rosafarbene Trachtensakko des Politikers denken. Das Gespräch mit den beiden jungen Leuten wird immer interessanter.

»Nix als Hirnblähungen vom Zipflinger. Die hatte schon was Handfestes mit dem Lanner, das können Sie mir glauben. So wie dieser Rechtspopulist unsere Claire immer mit den Augen ausgezogen hat, so schaut keiner, der auf Männer steht«, winkt der Ziegenbart ab. »Nur weil ein Mann gern Pastellfarben trägt, ist der noch lang nicht schwul. Alles schäbige Vorurteile. Der Zipfi, unser Schönling, ist nur sauer, weil sie ihn nicht rangelassen hat.«

»Aber den Sieder hat sie rangelassen«, werfe ich ein.

»Was noch zu beweisen wäre«, murmelt der Reporter leise und will sich eine neue Zigarette drehen, die ihm sofort von der Barbara aus der Hand gerissen wird.

»Du sollst hier nicht so viel rauchen. Das mag der Papa nicht«, keift sie ihn an und schiebt trotzig die Unterlippe nach vorne. »Der Zipflinger Charlie hat mir erzählt, die Bachler-Bitch würde den Lanner nur ausnutzen, so wie sie es halt mit allen Typen macht. Die will nur an seine Kohle ran, nichts weiter. Sobald sie sich eine für ihre hohen Ansprüche geeignete Wohnung in Salzburg leisten kann, hat sie dem Lanner den Laufpass geben wollen.«

»Wie gesagt, alles nur Hirnblähungen vom Zipfi«, wiederholt der Ziegenbart verstimmt, »der Lanner und die Claire waren ein Paar und haben sich wirklich mögen. Und Punkt. Das hat doch ein Blinder gemerkt. Dein Bullenkollege war mordseifersüchtig auf den Heimatfuzzi. Die ganze Freitagnacht über hat er die Frau nur angehimmelt. Irgendwann hat sie sich erbarmt und ihn zu sich an die Bar geholt. Euer fetter Schrittschwitzer, Pardon, euer Bulle, der Baumi, hat nur mehr selig gegrinst.«

»Sie hat ihn an die Bar geholt? Und wie hat der Lanner darauf reagiert?« Sehr gut, denke ich mir, endlich hat jemand an besagtem Abend die drei zusammen gesehen.

»Der hat sich so angeregt mit dem Kerl neben ihm unterhalten, der hat den Baumi erst mal gar nicht bemerkt, glaub ich.«

»Ja! Weil der auf Männer stand«, wirft die Barbara grinsend ein.

»Unsinn. Alles nur dumme Gerüchte.« Energisch schüttelt der Ziegenbart seinen langen Kopf. »Ich würde eher behaupten, die haben sich einfach nur mit dem Bullen versöhnt, ihr wisst schon, wegen dieser Schlägerei am Volksfest. Der Lanner hat irgendwann sogar die Hand um die Schulter vom Baumi gelegt und eine Flasche Champagner bestellt.«

»Könnt ihr euch erinnern, um welche Uhrzeit die drei den Straubinger verlassen haben?«

Nachdenklich zupft der Reporter an seinem Bart, bevor er mir dann doch noch antwortet. »Leider nicht. Denn die Babsi war den ganzen Abend schon so angepisst auf mich, dass ich keine Lust mehr auf Party gehabt hab. Wir sind gegen eins oder halb zwei heimgegangen, da waren alle noch da. Das Lokal war um die Zeit rappelvoll. Es wird sich bestimmt jemand finden lassen, der mehr als wir gesehen hat.«

»Du scheinst mir ein schlauer Kerl zu sein, Rebhandl. Wie wär's, wenn ich dir mal eine Information geben würde, damit du faktenbasierte Recherche betreiben kannst«, versuche ich den jungen Burschen zu ködern.

Es scheint zu wirken, verwundert schaut er mich an. »Sehr gerne. Wenn Sie das für mich tun würden ...« Auf einmal kann er mich doch siezen.

»Aber nur, wenn du mir verrätst, wer dir gesteckt hat, dass der Baumgartner vor seiner LKA-Vernehmung bei uns in der Inspektion war.«

»Stimmt es also doch«, freut sich der Kerl, schüttelt aber dann bedauernd den Kopf. »Tut mir leid, aber meine Informanten gebe ich nicht preis. Unter keinen Umständen.«

»Aber ich.« Barbaras Stimme klingt immer noch gehässig, und der Ziegenbart reißt erschrocken die Augen auf.

»Nein, Babsi. Das kannst du nicht machen.«

»Und ob ich das kann«, sagt sie bestimmt. »Am Samstag haben wir ein paar meiner Studienkollegen getroffen, unter anderem den Thomas. Der Mord am Lanner war natürlich Gesprächsthema Nummer eins. Thomas' kleiner Bruder macht ein Praktikum bei euch, also hat der Mike all das sozusagen beinahe aus erster Hand erfahren.«

Na warte, dem Rainer werde ich was erzählen, denke ich mir nun doch etwas aufgebracht. Was fällt dem dummen Burschen ein, Polizei-Interna auszuplaudern!

Da mir die zwei Streithanseln nicht mehr berichten können, verabschiede ich mich und wandere durch den Garten zurück zum Streifenwagen.

Schnaufend holt mich der Reporter beim Gartentor ein.

»Nachdem Sie jetzt über alles Bescheid wissen, könnten Sie

mir doch Ihre Information geben? Deal?«, murmelt er etwas kleinlaut.

»Hmmm.« Ich tu so, als würde ich scharf nachdenken.

»Bitte, Herr Inspektor.«

»Chefinspektor«, korrigiere ich ihn und setze ein ernstes Gesicht auf. »Wenn du mir versprichst, in Zukunft etwas genauer zu recherchieren, bevor du einen Artikel verfasst.«

Mit gespanntem Blick nickt der Bursche eifrig.

»Weißt du, wenn du dich hier in Koppelried etwas besser umhören würdest, könntest du herausfinden, dass Gruppeninspektor Baumgartner ein absolut integrer Polizist ist, der keiner Fliege etwas zuleide tun kann. Also, in welche Richtung würdest du recherchieren, wenn ich dir sagen würde, dass der arme Kerl meinen Informationen nach sehr wahrscheinlich von jemandem hereingelegt worden ist?«

Der junge Mann denkt kurz nach und schaut mich dann mit gerunzelter Stirn an. »Mann, Sie meinen, jemand hat den Bullen ausgetrickst?«

Zurück im Streifenwagen, läutet wieder mal das Handy, und ich nehme das Gespräch an. Es ist mein Ex-Kollege vom LKA, der Markus Buchinger.

»Aigner!«, schreit er aus der Freisprecheinrichtung. »Ich muss dich warnen, dieses impertinente Pygmäenweib ist auf dem Weg zu dir. Ich kann nicht lang reden, weil ich einen Termin bei unserem Staatsanwalt hab. Die Frau Obergscheit, die übrigens aus Linz stammt, hat mir grad gnädigerweise gestattet, dass ich bei der Soko ein bisserl mitspielen darf. Allerdings nur als ihr Handlanger. Meinen Leuten hat dieser Trampel einen Vortrag gehalten, dass sie für diesen Fall von meinen Weisungen nicht nur entbunden sind, sondern nix machen dürfen, was ich ihnen anschaffe. Stell dir das vor! Die blöde Kuh hat mich vor allen Kollegen bloßgestellt.« Seine Stimme überschlägt sich fast vor Ärger. »Das lass ich mir nicht gefallen. Ich beschwere mich beim Staatsanwalt, so kann die nicht mit mir umspringen. Also nur kurz: Sie war beim Baumgartner in der U-Haft und hat dem Kerl noch weniger entlocken können als wir zwei. Nämlich gar nix. Die war fuchsteufelswild und kommt jetzt zu euch auf die Inspektion, weil sie deine Leute befragen will. Das depperte Weib hat sich voll und ganz auf euren Polizisten eingeschossen, noch ohne überhaupt mit den Ermittlungen begonnen zu haben. Sehr professionell«, empört er sich und legt auch schon wieder auf.

»Rainer!«, blaffe ich unseren Praktikanten an, als ich das Wachzimmer betrete, in dem alle Kollegen, einschließlich der Neuen, versammelt sind. »Ab in mein Büro! Ich hab kein Hühnchen, sondern ein ausgewachsenes Hendl mit dir zu rupfen!« Sofort zieht unser Praktikant den Kopf ein und versteckt sich hinter seinem Bildschirm. Mir scheint, der ahnt bereits, worum es geht. Aber schon springt die Gerti vom Schreibtisch auf und stellt sich mir in den Weg.

»Das geht net, Chef«, flüstert sie und deutet auf meine offen stehende Bürotür.

»Sicher geht das.« Bestimmt schiebe ich sie zur Seite.

»Nein«, entgegnet meine Sekretärin entschieden und breitet vor dem Eingang zu meinem Büro beide Arme aus, sodass ich nicht vorbeikann. »Du hast Besuch. Da ist jemand drin. I hab die gesamte Mannschaft auf der Inspektion versammeln lassen müssen.« Sie hat ihre Stimme immer noch so heruntergeschraubt, dass ich sie kaum verstehen kann. »Chefinspektorin Gscheitmeier vom BAK Wien«, sagt sie laut und setzt dann flüsternd nach: »Dernamsstzdewidifsstafsag.«

»Wie bitte?« Irritiert bleibe ich nun doch stehen.

»Dernamsstzdewidifsstafsag«, wiederholt sie zischend, was nichts an meinem verständnislosen Blick ändert.

»Der Name passt zu der wie die Faust aufs Aug!«, entfährt es ihr nun eine Spur zu laut.

»Also, Chefinspektor Aigner, sperren S' doch Ihre Ohrwascheln auf. Selbst ich habe es schon verstanden«, vernehme ich eine tiefe, beinahe männlich klingende Frauenstimme aus meinem Büro. »Nun kommen S' endlich rein und schließen S' auch gleich die Tür hinter sich! Verstanden?« Diese Art von Befehlston ist mir zwar durch meine Schwester wohlbekannt, aber jemand anderem gestatte ich den nicht.

Also schiebe ich die Gerti noch mal sanft zur Seite und betrete neugierig mein Büro. Natürlich ohne die Tür zu schließen.

In meinem Ledersessel am Schreibtisch sitzt eine kleine Frau mit schwarzem Haar, das im nicht eben flotten Prinz-Eisenherz-Schnitt ein schmales, blasses Gesichtchen umrahmt. Der kleine Kopf auf den überaus schmalen Schultern der Frau reicht nicht mal bis zum Anfang der Kopfstütze meines Sessels hoch. Der Buchinger hat nicht übertrieben, sie scheint wirklich klein zu sein.

»Mit wem habe ich das Vergnügen?«, frage ich, obwohl ich die Antwort natürlich schon kenne.

»Chefinspektorin Gscheitmeier, eingefleischte Oberösterreicherin und ursprünglich LKA Linz, seit fünf Jahren beim BAK Wien. Darf ich Ihnen auch Staatsanwalt Probst vorstellen?« Damit ist der hagere Mann hinter ihr gemeint, den ich erst jetzt bemerke. Die kleine Frau klettert von meinem Bürostuhl und marschiert in einer altmodischen Bundfaltenhose, die unterhalb einer schmalen Taille einen breiten Hintern und voluminöse Oberschenkel unvorteilhaft umspannt, rund um meinen Schreibtisch. Birnenfigur nennt meine Schwester diesen Körperbau, falls ich mich richtig erinnere. Die Linzerin streckt mir ihre kleine Hand entgegen, die ich immer noch freundlich schüttle. Sie ist maximal einen Meter fünfundfünfzig groß, mein Felix ist nur wenig kleiner.

»Inspektionskommandant Aigner, grüß Sie«, stelle ich mich höflich vor.

»Stellen Sie Ihr Licht nicht unter den Scheffel. Chefinspektor und langjähriger Kriminalpolizist am LKA Salzburg. Ich weiß immer, wer mein Gegenüber ist«, blafft sie mich schnippisch mit ihrer tiefen Stimme anstelle einer Begrüßung an.

»Stellen Sie sich vor, Frau Gscheitmeier, auch ich weiß immer, mit wem ich es zu tun habe. Ich habe Sie bereits erwartet.«

»Chefinspektorin, wenn ich bitten darf.« Die Frau zieht mit saurer Miene ihre Mundwinkel weit nach unten. »Ich bin schon davon ausgegangen, dass Sie Ihr Busenfreund Buchinger rechtzeitig ins Bild setzt. Keine Angst, ich bin auch bestens über Ihre Ex-Kollegenschaft und langjährige Freundschaft informiert.«

»Also, ich bin eigentlich kein sehr ängstlicher Typ«, entgegne ich grinsend und reiche dem hageren Staatsanwalt meine Hand. Der Mann mit der ungesunden grauen Gesichtsfarbe und der schwarzen Hornbrille schüttelt sie fest und lässt dabei nur einen Grunzlaut vernehmen.

Währenddessen klettert sie zurück auf meinen Ledersessel. »Wenn ich in Koppelried ermittle, werde ich Ihr Büro benötigen, Herr Kollege. Ich hoffe, Sie haben nichts dagegen.«

Ich zucke lässig mit den Schultern. »Darf ich Ihnen vielleicht gleich auch noch eine Tasse Kaffee servieren?«, frage ich ironisch.

Aber sie geht sofort darauf ein. »Nein danke, ich trinke nie Kaffee. Aber ein Schalerl Tee hätte ich gerne. Am besten Schwarztee, nur mit Milch und ohne Zucker.«

Also nicke ich der Gerti zu, die die Linzerin mit finsterem Gesicht vom sicheren Türrahmen aus mustert.

»Von mir aus.« In meiner Sekretärin kocht es wohl schon ein wenig. Widerwillig macht sie sich auf den Weg zur kleinen Kaffeeküche neben unserem Wachzimmer.

Mangels Schreibtischplatz setze ich mich auf einen der vier Stühle am kleinen Besprechungstisch und schlage lässig ein Bein über das andere.

»War's das, oder kann ich Ihnen sonst noch irgendwie zu Diensten sein?«, frage ich und schenke der schnippischen Chefinspektorin dabei ein herausforderndes Lächeln.

Der Wiener Staatsanwalt schaut unschlüssig zu seiner Kollegin, offenbar weil ich ihm keinen Platz anbiete. Aber die Linzerin ignoriert ihn und fixiert mich aus zusammengekniffenen Augen. »Natürlich. Nicht nur können, sondern müssen. Ich werde Sie und Ihre Belegschaft heute zum Mordfall Siegfried Lanner vernehmen. Das sollte Ihnen wohl allen ein Begriff sein.«

»Eine Vernehmung?« Schön langsam geht mir die unangenehme Person ordentlich auf die Nerven. »Mir wäre es lieber, wenn Sie das als Befragung bezeichnen würden. Meine Kollegen hier sind keine Beschuldigten.«

»Ganz wie es Ihnen beliebt, Chefinspektor. Wie wir das Kind nennen, ist mir gelinde ausgedrückt ziemlich wurscht.« Ihr Tonfall ist mehr als gschnappig und gefällt mir gar nicht.

Da betritt die Gerti wieder mein Büro und stellt mit Schwung ein kleines Tablett mit Kanne und Tasse vor ihr ab, sodass der Tee überschwappt. »Also wirklich, können S' Eana net benehmen? Bei uns da auf dem Land ist man höflich zueinander. So was nennt man gute Erziehung, Sie Gschaftlhuaberin.«

»Mischen Sie sich nicht in meine Amtshandlungen ein, gute Frau. Ich möchte mich jetzt mit Ihrem Vorgesetzten unterhalten. Allein«, kommt unbeeindruckt aus dem verkniffenen Mund der Linzerin. Mit einer Handbewegung will sie meine Sekretärin verjagen, und die schnappt vor Empörung tief nach Luft.

»Gerti, bitte«, greife ich rasch ein, bevor sie endgültig explodiert. »Wenn ich etwas brauche, dann ruf ich nach dir, gut?« Widerwillig verlässt sie mein Büro und schließt die Tür mit einem lauten Knall hinter sich.

Verblüfft schaut ihr die Gscheitmeier hinterher, hat sich aber gleich wieder im Griff und attackiert mich weiter.

»Chefinspektor Aigner, ich bin bereits bestens über Sie informiert. Nach einem Lehramtsstudium haben Sie beruflich umgesattelt und waren dann nach Ihrer Ausbildung trotz, sagen wir, etwas unorthodoxer Methoden einer der vielversprechendsten Kriminalpolizisten am LKA Salzburg. Sie hatten eine hervorragende Aufklärungsquote. Vor ein paar Jahren haben Sie auf eigenen Wunsch wegen eines persönlichen Trauerfalls das LKA Salzburg verlassen und hier die Stelle als Postenkommandant angetreten. Wie Sie dazu gekommen sind, ist mir allerdings ein Rätsel. Danach waren Sie jedenfalls für längere Zeit völlig unauffällig, bis Sie im vorigen Jahr gleich in zwei Mordfällen in diesem kleinen Ort persönlich involviert waren. In diese Fälle haben Sie sich inoffiziell und illegal eingemischt, weil Ihr Busenfreund Buchinger wohl beide Augen ganz fest zugedrückt hat. Der Mann hat nicht nur unbefugt Ergebnisse an Sie weitergegeben, sondern sogar gemeinsam mit Ihnen ermittelt.« Mit einem süffisanten Lächeln auf den Lippen schenkt sie sich Tee in die Tasse und kommt damit an meinen kleinen Tisch, wo sie mir gegenüber Platz nimmt. »Chefinspektor Aigner, um es gleich vorab mal klarzustellen. Ich finde nichts widerwärtiger als Kollegen, die ihre Machtposition ausnützen und glauben, sie könnten sich über Recht und Ordnung stellen.«

»Dem kann ich nur beipflichten«, entgegne ich gelassen.

»Aus diesem Grund werde ich in diesem Mordfall ganz akribisch ermitteln. Polizisten, die Kollegen bei einer Straftat nicht nur decken, sondern die Sache vielleicht sogar noch vertuschen wollen oder gar Beweismittel vernichten, müssen meiner Meinung nach aus dem Verkehr gezogen werden«, merkt sie kaltschnäuzig an.

Nun geht sie mir doch etwas zu weit. »Und was wollen Sie Chefinspektor Buchinger und mir damit unterstellen?«

»Überhaupt nichts. Ohne Beweise unterstelle ich niemandem etwas. Aber Ihnen persönlich werfe ich absolut begründet schon mal die erste, überaus gefährliche Schlampigkeit vor«, sagt sie und reckt sich im Stuhl, um ein wenig größer zu wirken. »Warum konnte Gruppeninspektor Baumgartner seine Dienstwaffe privat so mir nix, dir nix bei sich haben? Die Soko konnte mir keinen Antrag vorlegen, mit dem Sie ihm das Mitführen der Dienstwaffe außerhalb der Dienstzeiten genehmigt hätten.«

Bevor ich noch antworten kann, wendet sie sich an den Staatsanwalt, der immer noch unentschlossen neben unserem Tisch steht. »Probst, protokollierst du mit?«, sagt sie im Befehlston zu ihrem Vorgesetzten.

Der zuckt mit den Schultern und schüttelt den Kopf. »Aber nein, sicher nicht.«

»Dann hol diesen jungen Burschen rein, der soll das machen. Er scheint mir nicht so aufsässig wie die Frau zu sein.« Seufzend verschwindet der Wiener Staatsanwalt durch die Tür, um wenige Augenblicke später mit dem Rainer zurückzukommen. Letzterer trägt einen großen Notizblock plus Kugelschreiber wie Schild und Lanze vor sich her.

Nachdem die beiden neben uns Platz genommen haben, blickt der Bursche tiefrot im Gesicht auf mich. »'tschuldigung Chef, wegen der Sache –«

»Passt schon, wir reden später. Schreib du einfach nur mit«, unterbreche ich ihn rasch, damit er vor den Ohren der Linzerin nichts Unüberlegtes ausplaudert. Mit gerunzelter Stirn beugt er sich tief über den Block, hält den Kugelschreiber in Startposition und beginnt wohl vorsichtshalber schon jetzt aus allen Poren zu schwitzen.

»Los, Chefinspektor Aigner, beantworten Sie meine Fra–«

»Bitte heißt das Zauberwort, Chefinspektorin Gscheitmeier«, unterbreche ich sie uncharmant.

Aber meine Reaktion scheint ihr Vergnügen zu bereiten. »Meinetwegen. Bitte beantworten Sie meine Frage«, grinst sie übers ganze Gesicht.

Ich berichte von unserer Liste im Waffenschrank und dass meine Kollegen dort jede Entnahme und Lagerung ordnungsgemäß ein- und austragen.

»Ihr Vertrauen scheint mir wohl nicht berechtigt gewesen zu sein. Sie haben eine Sorgfaltspflicht Ihren Mitarbeitern gegenüber, Chefinspektor, die haben Sie ganz offensichtlich nicht erfüllt. Ich hab mir die aktuelle Liste schon von ihrer Sekretärin geben lassen. Der letzte Eintrag von Gruppeninspektor Baumgartner war Freitagmorgen. Allerdings nur eine Entnahme, am Abend gab es keinen Eintrag für eine Lagerung. Das hätte Ihnen spätestens Samstagmorgen auffallen müssen.«

»In diesem Fall muss ich Ihnen leider zustimmen. Ein klares Versäumnis meinerseits«, gebe ich ein wenig zerknirscht zu. Verdammt, ab sofort werde ich diese verflixte Liste jeden Tag kontrollieren, schwöre ich mir.

»Hat Gruppeninspektor Baumgartner seine Waffe oft unberechtigterweise nach Dienstschluss mit nach Hause genommen?« Ihr finsterer Blick durchbohrt mich fast. »Was frage ich überhaupt: Sie können es ja gar nicht wissen, nachlässig und schlampig, wie Sie agiert haben.«

»Diesen Vorwurf muss ich mir wohl oder übel auch gefallen lassen. Ich werde die Konsequenzen tragen.«

Die Frau macht eine abfällige Handbewegung und schmeißt dabei beinahe ihre Teetasse um. »Pah! Konsequenzen tragen. Nichts als leere Worthülsen.« Kruzifix, diese Gscheitmeier geht mir mittlerweile schon ziemlich auf den Sack!

Bedrohlich langsam beuge ich mich über den Tisch näher an sie ran. »Jetzt reißen Sie sich mal ein wenig zusammen, Frau Kollegin. Ganz offen gesagt mache ich seit zwei Jahren keine Kontrollen mehr beim Waffenschrank. Schlicht und einfach, weil ich volles Vertrauen in meine Mannschaft habe. Die Eintragungen im Vier-Augen-Prinzip haben mir gereicht. Als Gruppeninspektor Baumgartner Freitagfrüh seine Glock aus dem Schrank genommen hat, war Kollege Rohrmoser anwesend und hat abgezeichnet. Sie können das gerne in der Liste nachkontrollieren.« Lässig lehne ich mich im Stuhl zurück und schlage wieder ein Bein über das andere. Erst dann fahre ich fort. »Und ja, Samstagmorgen ist mir nicht aufgefallen, dass eine Waffe im Schrank fehlt. Liebe Frau Gscheitmeier, bis heute Morgen musste ich mit einer Mannschaft von nur drei Polizisten drei weit verstreute Gemeinden betreuen. Seit Kurzem darf ich dabei auf ganze vier Mitarbeiter zählen.«

Ihre Augen funkeln mich böse an. »Erstens interessieren mich Ihre Personalprobleme nicht, und zweitens bin ich nicht Ihre liebe Frau, wenn ich bitten darf. Keine Sorge, Aigner, ich werde Ihren Verstoß melden.«

»Nur zu«, fordere ich sie auf und verziehe meine Lippen zu einem herablassenden Lächeln.

Krampfhaft umklammert sie die Teetasse, sodass ihre Fingerknöchel weiß hervortreten. »Ihr Kollege Baumgartner hatte am Abend der Tatnacht nachweislich Kontakt zum Mordopfer.«

»Wie wohl beinahe jeder Koppelrieder und noch zahlreiche Salzburger aus dem Umland. Siegfried Lanner war wie wir alle beim Bieranstich zur Eröffnung unseres jährlichen Volksfests auf der Festwiese am Ortseingang. Praktischerweise gleich neben dem Friedhof.« Ich gebe zu, die letzte Bemerkung war unangebracht, musste aber sein.

Wortlos hält die Linzerin dem Staatsanwalt die flache rechte Hand hin, und der zieht sofort einen Bericht aus seiner ledernen Aktentasche, den er ihr reicht. Nachdem sie kurz darin geblättert hat, schiebt sie mir das Ding mit einer aufgeschlagenen Seite über den Tisch. Triumphierend verschränkt sie die Arme. »Nicht alle Volksfestbesucher waren am besagten Abend in eine Schlägerei mit dem Mordopfer verwickelt. Aber Ihr Polizist Baumgartner. Sie übrigens auch, gemeinsam mit Ihrem Busenfreund Buchinger. Chefinspektor Aigner, Sie sollten sich was schämen, sich in Ihrer Vorbildfunktion öffentlich mit den Leuten zu prügeln, die Sie eigentlich schützen müssen.«

Nun ja, was soll ich darauf antworten, die Frau kommt offensichtlich nicht vom Land. »Sollte ich in Ihren Augen dadurch verdächtig sein, dann haben Sie vergessen, mich über meine Rechte aufzuklären. Übrigens hat sich Dr. Lanner nicht mit uns geprügelt, sondern uns dabei nur vergnügt zugesehen«, grinse ich die blöde Urschel frech an.

Entsetzt weitet sie die Augen, und dem armen Rainer tropft der kalte Schweiß von der Stirn.

»Ich habe mit keinem Wort erwähnt, dass ich Sie verdächtige. Mir geht es um die Handlungen des Hauptverdächtigen, Ihres Polizisten. Keine Angst, ich werde mir auch die junge Frau, die ebenfalls am Tatort war, noch näher anschauen. Ich weiß, wie man ermittelt«, schnaubt sie durch die kleine Nase im schmalen Gesicht. »Ich möchte mir ein Bild davon machen, inwiefern diese Dorfschlägerei mit dem Mord zusammenhängen könnte. Laut den Akten wurde diese durch einen Streit zwischen dem Mordopfer und Ihrem Polizisten ausgelöst. Und da Sie und auch dieser überaus unfreundliche Chefinspektor Buchinger in die Sache involviert waren, befrage ich Sie dazu. Punkt.« So ein Schmarrn, denke ich mir, mein gewissenhafter Ex-Kollege hat die Volksfest-Schlägerei für den Akt wohl genauestens protokolliert. Leider.

»Apropos unfreundlich. Wie ich mit meinen eigenen Augen sehen hab können, wurde Gruppeninspektor Baumgartner gleich von drei Männern angegriffen. Also habe ich nichts als meine Pflicht getan und diese Herren aufgefordert, nicht mehr brutal auf meinen Kollegen einzutreten. Ich weiß nicht, wie das bei Ihnen in der Stadt ist, aber bei uns auf dem Land wird der Aufforderung einer Amtsperson nicht immer gleich Folge geleistet. Im Gegenteil, so eine behördliche Einmischung stachelt andere an, sich an dem Handgemenge zu beteiligen.« Ich berichte dieser unangenehmen Person, was ich über die Schlägerei weiß. Dabei lasse ich auch nicht unerwähnt, dass ich mir die drei Holzer-Brüder für morgen auf die Inspektion bestellt habe, weil sie es sowieso herausfinden wird.

»Und keine Sorge, bei dieser Befragung geht es um die Schlägerei und Körperverletzung an Gruppeninspektor Baumgartner. Sein Bruder hat bei uns Anzeige erstattet«, schwindle ich und hoffe, sie will den Nachweis nicht sofort sehen. Die Frau hört mir aufmerksam zu. Wenn ich mich nicht täusche, sollen die verzogenen Lippen wohl sogar ein Lächeln darstellen.

»Erzählen Sie mir keinen Unsinn, von wegen Anzeige. Aber gut, dass Sie mir Arbeit abnehmen, bei dieser Befragung bin ich morgen natürlich dabei.« Dann wendet sie sich, ohne mich eines weiteren Blickes zu würdigen, an den Wiener Staatsanwalt Probst. »Ich bin vorerst fertig mit Chefinspektor Aigner. Hol mir nacheinander die anderen Kollegen rein.«

Gehorsam kommt die Memme von Staatsanwalt ihrer Aufforderung nach und betritt wenig später zusammen mit der Gerti mein Büro.

»Sie können gehen«, sagt die Gscheitmeier unfreundlich zu mir und bedeutet meiner Sekretärin, Platz zu nehmen. Aber sie hat die Rechnung ohne den Wirt, sprich ohne die Gerti gemacht.

»Der Chef bleibt da«, bestimmt die nämlich, »ohne den sag i koa Wort, verstanden?«

Die Linzerin atmet tief durch, zuckt dann mit den Schultern und bedeutet meiner Mitarbeiterin noch mal, auf dem einzigen noch freien Stuhl Platz zu nehmen. Somit muss der Staatsanwalt wohl oder übel stehen bleiben.

Aber meine Sekretärin schüttelt nur bockig den Kopf. »I mag lieber stehen. I hab heute Kreuzweh und muss eh den ganzen Tag über sitzen.«

»Dann bleiben Sie halt in Gottes Namen stehen«, entgegnet die Gscheitmeier gereizt. Das sind wohl die Nerven, muss ich verstohlen grinsen. »Haben Sie bemerkt, dass die Dienstwaffe von Gruppeninspektor Baumgartner im Waffenschrank fehlt?«

»Dazu hätt i am Samstag hier sein müssen. Ja, glauben S', i hab in meiner Freizeit nix anderes zu tun, als am Wochenende in die Arbeit zu kommen?«, antwortet unsere Verwaltungsangestellte schnippisch.

»Nun ja, das ist richtig.« Die Linzerin räuspert sich etwas verlegen. »Frau Schwaiger, hat sich Ihr Kollege Baumgartner in den letzten Tagen mit Ihnen über das Mordopfer oder dessen Lebensgefährtin unterhalten?«

Die Gerti stemmt provokant die Hände in die Hüften. »Lebensgefährtin? Dass i net lach. Die Bachler und der Lanner haben ein Gspusi g'habt, mehr net. Und der Schorsch, der red nie viel und sagt gleich gar nix. Braucht es aber auch net, wir mögen den auch so. Und jetzt passen S' auf, weil jetzt erzähl i Eana einmal was. Der Schorsch ist der gutmütigste Mensch, den i kenn. Bevor der wen anderen erschießt –«

Sie wird von der Linzerin jäh unterbrochen. »Frau Schwaiger, Ihr Kollege war stark alkoholisiert –«

»Na und?«, fällt ihr wiederum die Gerti ins Wort. »Der Schorsch trinkt beim Frühschoppen mindestens fünf Halbe und geht immer noch kerzengrad hoam. Mir lassen uns da net von irgendwelchen damischen Wienern an Mord in die Schuh schieben.«

»Mäßigen Sie sich im Ton. Aber augenblicklich, Frau Schwaiger. Übrigens komme ich aus Linz und nicht aus Wien«, versucht die Chefinspektorin ruhig zu bleiben und atmet dabei tief durch. Aber der Rainer fängt plötzlich an zu kichern und kriegt sich kaum mehr ein. Ein eisiger Blick der Gscheitmeier lässt ihn allerdings wieder verstummen.

Davon aufgestachelt, stemmt meine Sekretärin die Hände in die Hüften. »Ob Wienerin oder Linzerin, das ist mir doch wurscht. Von Eana lass i mich net beleidigen. Wenn die Salzburger Polizei was von mir wissen will, dann sollen s' g'fälligst auch an Salzburger schicken. Meinetwegen sogar an Stodinger, von mir aus auch den Herrn Buchinger. Aber mit Eana red i nimmer.« Mit diesen Worten stapft sie aus dem Büro und knallt die Tür hinter sich zu.

»Aber…«, stammelt die Gscheitmeier und starrt ihr perplex hinterher. Täusche ich mich, oder grinst jetzt der Staatsanwalt?

Gleich geht die Tür wieder schwungvoll auf, und der Heinz kommt unaufgefordert herein.

»Was haben Sie mit unserer Gerti g'macht? Die ist ja ganz

verstört«, sagt der zur Linzerin, während er neben mir Platz nimmt und ihr dann über den Tisch die Hand schüttelt. »Gruppeninspektor Rohrmoser.«

»Sie wollen wohl auch, dass Ihr Vorgesetzter bei Ihrer Befragung anwesend ist, oder? Also, was können Sie mir zu Ihrem Kollegen Baumgartner erzählen?«, rattert die Gscheitmeier genervt herunter. Schön langsam beginne ich mich köstlich zu amüsieren.

»Sicher, i hab koa Geheimnis vorm Chef«, grinst mein Polizist und zeigt dabei seine schiefen Zähne. »Und der Schorsch, der ist a Spitzenkollege, gell. Red net viel, aber a herzensguter Mensch. Es gibt nix an ihm auszusetzen. Außer an seinen Blähungen, die stinken gewaltig.«

»Ja, das stimmt. Das hält man im Wachzimmer kaum aus, weil man dort so schlecht lüften kann«, bestätigt der Rainer und steckt nach einem fassungslosen Seitenblick der Chefinspektorin den hochroten Kopf gleich wieder in seinen Notizblock.

»Ich meinte im Zusammenhang mit dem Mordfall an Siegfried Lanner.« Die bisher so forsche Stimme der Linzerin klingt bereits etwas hilflos.

»Ach so«, grinst der Heinz unbeirrt weiter, »da gibt's koan Zusammenhang. Der Lanner war im Gemeinderat, dem seine Partei würd i übrigens nie wählen. Und der Schorsch hat mit dem meines Wissens a nix am Huat g'habt, koaner von uns. Kann i wieder gehen?«

Die Gscheitmeier schluckt zweimal vernehmlich, bevor sie antwortet. »Kollege Rohrmoser, war Gruppeninspektor Baumgartner wegen Frau Bachler auf diesen Herrn Lanner eifersüchtig? Hat er jemals mit Ihnen über diese junge Dame gesprochen?«

Nachdenklich legt mein Kollege beide Hände auf den Tisch und schüttelt dann langsam den Kopf. »Na, der Schorsch red nix, hab i Ihnen doch schon g'sagt. Übrigens, Kollegen san mir zwoa koane, gell.« Der Rainer kichert wieder, diesmal verhaltener.

»Danke schön, Gruppeninspektor Rohrmoser. Das war's fürs Erste, Sie können gehen.« Ein Blick in das Gesicht der Frau verrät mir, sie ist kurz vorm Verzweifeln. Mit stoischer Ruhe holt der Staatsanwalt unsere Neue, die Luise, ins Büro. Ich will das Missverständnis gleich aufklären, aber die Gscheitmeier bedeutet mir mit einer Handbewegung zu schweigen. Na gut, dann eben nicht.

Als sich die junge Frau gesetzt hat, steht die Chefinspektorin auf, holt sich die Teekanne von meinem Schreibtisch, schenkt sich nach und stellt die immer noch gut gefüllte Kanne auf dem Tisch ab.

Bereits etwas angeschlagen, leert sie die komplette Tasse in einem Zug, so als ob es sich um etwas Stärkeres handeln würde. Ich hoffe, die Gerti hat ihr einen nervenberuhigenden Tee gekocht.

»Revierinspektorin Hager«, beginnt sie, aber diesmal um ein Vielfaches freundlicher im Ton, »Ihr Kollege Baumgartner, wie würden Sie ihn denn charakterlich beschreiben?«

»Also ... äh ... ich«, stammelt die neue Kollegin und wird unter den Sommersprossen rot.

»Trauen Sie sich nicht zu sprechen, weil Ihr Chef dabei ist? Soll ich ihn rausschicken?«, meint die Linzerin wieder etwas motivierter und verzieht den Mund angestrengt zu einer Art Lächeln.

»Äh ... ja. Also nein, natürlich nicht. Ich mein, ich kenn den Kollegen Baumgartner gar nicht, weil ich hab erst heute früh meinen Dienst in dieser Inspektion angetreten.«

Die Linzerin schließt kurz die Augen und scheucht dann wortlos die junge Polizistin hinaus. Genervt keift sie den armen Rainer an. »Los, junger Mann, lesen Sie mir noch mal die Aussage von Chefinspektor Aigner vor. Die Stelle, an der er ausführlich über die Schlägerei berichtet hat.«

Auf Rainers Stirn bilden sich schlagartig zahlreiche Schweißperlen, und er blättert wie wild im Notizblock nach vorn und nach hinten.

Sie klopft ungeduldig mit den Fingern auf die Tischplatte.
»Na? Wird's bald?«

Vor Schreck fällt ihm der Kugelschreiber auf den Fußboden, und der Bursche kriecht samt Block unter den Tisch, um ihn aufzuheben.

»Kommen Sie da sofort wieder hoch und lesen Sie mir endlich diese verdammte Stelle vor. Dafür brauchen Sie keinen Kugelschreiber«, blafft ihn die Gscheitmeier ungehalten an.

In Panik fährt er mit einem Ruck hoch und donnert mit dem Kopf gegen die Tischplatte. Dadurch schmeißt es die Teekanne um, und der hoffentlich schon abgekühlte Inhalt ergießt sich über das rechte Hosenbein der Linzerin, die sofort mit einem Satz aufspringt.

»Aua!«, schreit der Rainer schmerzerfüllt.

»Verflucht!«, schreit die Gscheitmeier.

Mit einer Hand greife ich nach dem tollpatschigen Kerl und ziehe ihn unter dem Tisch hervor. Danach hebe ich sein Geschreibsel vom Boden auf. Auf dem Papier ist nichts weiter zu erkennen als vereinzelte Buchstaben, Wörter und undefinierbare Zeichen in einer krakeligen Schrift. Unser Praktikant blickt mich verschämt an, sein pickeliges Gesicht ist glühend rot.

Nun ist es so weit, die Linzerin scheint endgültig mit ihrer Geduld am Ende zu sein. Unsanft entreißt sie mir den Block.

»Geben S' schon her. Das kann doch nicht so schwer sein.« Geräuschvoll blättert sie in dem nicht vorhandenen Protokoll, und ihre Augen treten dabei immer weiter hervor. »Das gibt's nicht. Was haben Sie denn die ganze Zeit über gemacht? Sie haben ja gar nichts mitgeschrieben!« Wütend klappt sie den Block zu und schmeißt ihn mit Schwung auf die Tischplatte.

Mit weinerlicher Stimme antwortet ihr der Bursche. »Ich kann doch nicht so schnell schreiben, wie Sie reden. Außerdem muss ich dauernd überlegen, wie man was schreibt. Ich hab's nicht so mit der Rechtschreibung, das hab ich diesem Herrn aber gesagt.« Zuerst deutet er mit dem Zeigefinger auf den

BAK-Staatsanwalt und verschränkt dann bockig die Arme. »Ich hab ihn gewarnt, aber er wollte mir nicht glauben.«

Die Linzerin atmet zum wiederholten Male tief ein und aus. »Raus hier, junger Mann. Und zwar flott, bevor ich mich vergesse.«

Das lässt sich der Rainer nicht zweimal sagen und ergreift aufatmend die Flucht.

Indessen zieht der Staatsanwalt einen Packen Taschentücher aus seiner Anzugjacke und reicht ihn der Chefinspektorin. Mit starrem Blick tupft sie mit mehreren Papiertaschentüchern gleichzeitig über das nasse Hosenbein.

»Ihre Inspektion ist ein absoluter Sauhaufen. Es wundert mich nicht, dass niemand bemerkt hat, dass die Dienstwaffe eines Kollegen fehlt. Aber ich frage mich, wie Sie mit dieser Truppe hier überhaupt irgendwelche Strafdelikte aufklären können.«

»Beleidigen Sie meine Leute nicht, Frau Gscheitmeier«, weise ich die Frau ruhig, aber bestimmt zurecht.

»Chefinspektorin«, korrigiert sie mich seufzend, »ich bin umzingelt von lauter Dorfdeppen.«

»So, jetzt ist aber Schluss«, meldet sich der Staatsanwalt Probst zum ersten Mal zu Wort, während er seelenruhig seine Unterlagen in die Aktentasche zurückpackt. »Du beruhigst dich erst mal wieder, und dann fahren wir zurück aufs LKA nach Salzburg. Aber zuvor gehen wir noch irgendwo was essen, mir kracht der Magen, und ich hab einen Mordshunger.«

Sie schnaubt noch mal wild durch die Nase, sagt aber kein Wort mehr.

Vielleicht ist der Staatsanwalt gar nicht so eine Memme, denn er verabschiedet sich mit einem festen Händedruck von mir. »Auf Wiederschauen, Herr Aigner. Vielen Dank für Ihre Geduld. Respekt erwirbt man sich, den erschreit man sich nicht. Meine Hochachtung, ich hätte wohl niemals so gelassen wie Sie reagiert.«

»Papa, die Tante Gabi hat erlaubt, dass ich Elektroquads fahren darf, aber nur, wenn du dabei bist. Der Manuel war mit seinen Eltern in der Flachau und sagt, das ist so geil!« Mein Bub ist durchs Wohnzimmer auf die Terrasse gestürmt und setzt sich mit Schwung auf meinen nackten Bauch. Weil mich dieser Tag doch etwas geschafft hat, habe ich mir die Freiheit genommen, in den frühen Abendstunden nach einer kurzen Abkühlung in unserem provisorischen Minipool auf dem Liegestuhl noch etwas vor mich hin zu dösen.

»Papa, wann hast du deinen nächsten freien Tag? Können wir da in die Flachau fahren? Glaubst du, die Marie wird auch mit uns mitkommen?«

»Frühestens Ende nächster Woche, ich hab im Moment viel Arbeit«, antworte ich und schiebe den kleinen Kerl von mir runter. Seit die Erni ihn so oft es geht mit ihrer Wirtshausküche füttert, hat mein Sohn ganz offensichtlich an Gewicht zugelegt.

Den Felix lässt das allerdings kalt. Flugs schlüpft er aus seinen Bermudashorts, die er einfach auf dem Boden liegen lässt. Darunter kommt seine Badehose zum Vorschein.

»Ist okay, Hauptsache, du vergisst es nicht«, meint er großzügig. »Komm mit ins Wasser, Papa. Lass uns um die Wette tauchen.« Mit diesen Worten zerrt er mich an der Hand vom Liegestuhl und läuft voraus zum Pool, den ich vor ein paar Wochen aufgestellt habe. Das Ding ist zwar nur einen Meter zwanzig hoch, hat aber vier Meter Durchmesser. Genau das Richtige für meinen Buben, um darin herumzuplanschen. Er klettert auf die Leiter und springt mit einem Satz hinein, sodass die Blechumrandung gefährlich wackelt und das Wasser über den Beckenrand schwappt. Grinsend folge ich ihm und steige etwas vorsichtiger in das filigrane Ding, wo er mich gleich von oben bis unten nass spritzt. Also tauche ich unter, schnappe den frechen Kerl an den Beinen und ziehe ihn unters Wasser. Natürlich nur, um gleich wieder mit ihm hochzutauchen, sodass er nicht nur das verschluckte Wasser ausspucken, sondern auch nach Luft schnappen kann. So tollen wir eine Zeit lang herum, bis wir uns jeder eine der bunten Poolnudeln schnappen und uns faul darauf herumtreiben lassen.

»Du, Papa, darf ich oben vom Baumhaus in den Pool springen?«, meint er übermütig.

»Auf keinen Fall«, verbiete ich ihm sofort. Sein kleines Baumhaus mit der einziehbaren Strickleiter habe ich schon letztes Jahr gemeinsam mit dem Andi in etwa drei Metern Höhe in unserer alten Buche montiert. Ein Sprung von dort in den seichten Pool könnte schlimm ausgehen, erkläre ich meinem Buben.

Er zuckt nur mit den Schultern und taucht kurz mit dem Kopf unter Wasser. »Ich hab keine Angst.«

»Angst wäre in diesem Fall aber nicht das Verkehrteste, Felix«, entgegne ich ihm.

Nachdem er seinen nassen Haarschopf ausgeschüttelt hat, schaut er mich fragend an. »Wenn man Angst hat, kann man sich deswegen in die Hose machen? Also nur, wenn man ein Mädchen ist?«

»Ja klar kann man das. Auch wenn man ein Bub ist. Sogar als Erwachsener. Wie kommst du jetzt dadrauf?« Langsam rudere ich neben ihn hin.

»Also, du kennst doch die Chantal Weber, oder? Die kleine Blonde aus meiner Klasse.«

Ich nicke. Erst vor ein paar Tagen musste ich ihren randalierenden Vater zur Räson bringen.

Mein Sohn wischt sich mit der einen Hand das von der Stirn tropfende Wasser weg, während er sich mit der anderen an der Poolnudel festhält. »Ich hab auf dem Volksfest die Chantal getroffen. Sie war die ganze Zeit allein vorm Autodrom und hat nur zugeschaut. Geredet hat niemand mit ihr, genauso wie in der Schule.« Verlegen lässt er sein Kinn auf die Schwimmhilfe aus Plastik sinken. »Da hat sie uns leidgetan, und die Lotti hat sie in ihrem Wagen mitfahren lassen. Aber dann ist plötzlich der Papa von Chantal aufgetaucht und hat sie einfach aus dem fahrenden Wagen gezerrt. Sie soll für diesen Dreck kein Geld zum Fenster rauswerfen, hat er geschimpft. ›Dreck‹ hat er gesagt, nicht ich. Der ist so blöd, der Mann«, regt er sich auf. »Die Chantal ist ganz starr vor ihrem Papa gestanden und hat sich in die Hose gemacht. An ihren nackten Beinen ist das Pipi nur so runtergelaufen. Alle haben gelacht, der Manuel und ich auch.« Wie immer, wenn er sich schämt, vermeidet er den Blickkontakt zu mir. »Die Lotti hat mit uns geschimpft und gemeint, die Chantal kann nix dafür, die würde sich halt so vor ihrem Papa fürchten. Aber das ist doch nicht normal, dass man sich vor seinem Vater so fürchtet, dass man sich vor allen Leuten in die Hose macht. Bloß weil der schimpft, oder?«

»Nein, das ist nicht normal«, antworte ich ihm. »Und die Lotti hat übrigens recht, jemanden auszulachen, der Angst hat, ist weder schön noch mutig.«

Nachdenklich rudert er mit den Beinen ein Stück von mir weg, den Blick immer noch aufs Wasser gerichtet. »Ich weiß ja, Papa. Es hat mir hinterher sofort leidgetan. Drum bin ich dann zum Herrn Weber rübergelaufen und hab ihm gesagt, er soll seine Tochter nicht so anschreien, wir hätten sie eingeladen. Doch der hat dann mich angebrüllt, wenn ich nicht sofort verschwinde, wird er mir die Ohren lang ziehen und eine Watschn geben. Und dann ist er weg und hat die Chantal hinter sich hergezogen.« Jetzt reicht es mir endgültig mit dem Kerl, ich nehme mir fest vor, ihm demnächst einen Besuch abzustatten.

»Hier seid ihr beide.« Vor uns am Beckenrand taucht lächelnd die Marie auf. Sofort verlässt mein Sohn den Pool über die wackelige Leiter, um sie gleich darauf nass, wie er ist, fest zu umarmen.

»Bleibst du heute Abend bei uns, Marie? Dann könnten wir doch Würstel grillen. Tante Gabi hat sicher auch Hunger, wir haben zu Mittag nur eine Pizza für alle drei bestellt, weil der Andi den Herd falsch rum angeschlossen hat.«

»Ja, ich übernachte heute bei euch. Aber nur, wenn du dich

gleich mal abtrocknest«, lächelt meine Freundin. Und während mein Sohn komplett nass auf die Terrasse flitzt und sich in mein Badetuch wickelt, kommt sie näher an den Pool ran. »Moni hat bei mir angerufen, weil sie dich den ganzen Tag über nicht erreicht hat. Sie meint, du sollst dich endlich mal bei ihr melden. Der Termin ist in zwei Wochen, und sie möchte sich bloß mit dir darüber unterhalten, wie ihr alles gemeinsam über die Bühne bringen könnt.«

»Mach ich schon irgendwann«, brumme ich und tauche mit dem Kopf unter Wasser.

Als ich wieder an die Oberfläche komme, steht die Marie immer noch vor mir und setzt eine ernste Miene auf. »Raphi, den Kopf in den Sand oder auch nur ins Wasser zu stecken hilft gar nichts. Du musst dich dem endlich mal stellen, so wird es für uns beide auch nicht grad einfacher. Denk doch wenigstens an deinen Sohn.«

Dienstag

»Also, Aigner. Es tut uns wirklich load. Aber du woaßt ja, wie das auf an Volksfest so ist. Da fliegen halt schnell amoi die Fäust.« Der Holzer Willi wagt einen kurzen Seitenblick auf die Gscheitmeier, die diesmal ohne Staatsanwalt, aber dafür mit Chefinspektor Hans Lienbacher neben mir sitzt. Den Hans hat sie offenbar ins Herz geschlossen, weil sie zu ihm ungewöhnlich freundlich ist. Wenn ich ehrlich bin, ist sie heute aber auch für meine Leute und mich um einiges zugänglicher als gestern. Auch bei der Befragung hält sie sich im Hintergrund und überlässt mir das Feld.

Sein älterer Bruder, der Pauli, springt sofort auf den Zug auf. »Eigentlich war unser Kamerad, der Lanner, schuld. I woaß, man red net schlecht über Verstorbene. Aber der und sein abg'schleckter Freund aus der Stadt haben den Schorsch die ganze Zeit über sekkiert, weil die Claire a bisserl auf unseren Willi abg'fahren ist. Unser jüngster Bruder ist halt a Feschak.« Stolz fährt er dem Genannten kräftig mit der Hand über den Scheitel. »Aber den Baumgartner hat man sowieso noch nie provozieren können.«

»Sagen Sie, Herr Holzer, womit hat Dr. Lanner denn versucht, den Polizisten zu reizen?«, meldet sich die Gscheitmeier erstmals zu Wort.

»Sie müssen wissen, Frau Inschpektor, dem Schorsch sind wegen der feschen Claire die Guck aus dem Kopf g'fallen«, antwortet nun der Rudi, der mittlere der drei Brüder. »Aber der Lanner hat ihn nur ausg'lacht, so a schiacher Lackl wie er würd bei oaner wie der Claire niemals landen können.«

»Oiso, i hätt die Oide sofort abschleppen können. Die hat sich dem Lanner nur deswegen wieder an den Hals g'hängt, weil sie bei mir net landen hat können. Die Frau von an Freund ist für mich tabu«, meint der jüngste der dicken Brüder in einem Anfall von völliger Selbstüberschätzung. »Ja, und deswegen hat der das Dirndl so brutal von sich wegg'stoßen, dass i mir dacht hab, der haut ihr dabei die Zähne aus. Das zierliche Weiberl hat's richtiggehend nach hinten gedreht, aber euer Schorsch war fix. Hat sie sofort aufg'fangen. Und stell dir vor, die depperte Trutschn hat ihm a Watschn geben statt dem Lanner. Der und der Stodinger haben sich halb tot drüber g'lacht, und der Lanner hat dann noch oans draufg'setzt und so getan, als würde er auf die Claire hintreten. Da ist dem Baumgartner der Kragen platzt. Er hat ihn beim Krawattl packt und ihm g'sagt, dass man net auf Frauen hinhaut. Unser Kamerad hat sich vor Angst fast in die Hosen g'macht.«

»Tja, und weil wir ihn doch schon recht lang kennen ...«, springt der Rudi wieder ein.

Gefolgt von Paulis nächster Wortspende: »Und da wir halt eben Parteifreunde sind ...«

»Haben wir ihm helfen müssen. Ehrensache«, ergänzt Willi, der Jüngste. »Woaßt, Aigner, dem Lanner seine Füße haben total in der Luft gezappelt. Zuerst haben wir bloß g'lacht, aber er hat vor Wut g'schrien, wir sollen dem Schorsch zoagn, was Kameradschaft in unserer Heimatpartei hoaßt. Und so was lassen wir uns net zwoamoi sagen, gell, Burschen?«

»Sie sollten Ihren Kameradschaftsbegriff schleunigst überdenken, wenn Sie nicht irgendwann mal in einer Zelle übernachten wollen. Zu dritt auf einen Polizeibeamten losgehen, der eine Frau schützen will. Wo gibt's denn so was?«, knurrt die kleine Linzerin die Brüder mit ihrer gewaltigen Stimme an. Beinahe gleichzeitig schauen die drei verunsichert von ihr zu mir.

»Da kann ich der Frau Chefinspektorin nur zustimmen«, nicke ich streng. »Ihr könnt froh sein, wenn euch der Schorsch nicht wegen Körperverletzung anzeigt. Aber sagt mal, zwei von euch waren danach mit dem Lanner und der Klara beim Straubinger. Könnt ihr mir sagen, wann und mit wem die beiden das Lokal verlassen haben? Oder seid ihr vielleicht im

Anschluss sogar mit zu ihnen nach Hause? War mein Kollege auch dabei?«

Der Pauli schüttelt heftig seinen dicken Kopf. »Na, wir haben uns schon kurz nach zwölf wieder vom Acker g'macht, weil die Freundin vom Willi wegen der Claire so eifersüchtig war und die meinige aufg'stachelt hat. Außerdem g'fallen uns Schlager besser als diese Bummbumm-Musik im Nachtclub. Also sind wir z'rück aufs Volksfest, und unsere Weiber sind dann irgendwann früher hoamg'fahren. Aber das hat uns net g'stört, ganz im Gegenteil. Übrigens, es gibt a Menge Leut, die uns dort g'sehen haben, die könnts alle fragen.«

»Werden wir, keine Sorge«, bestätigt Chefinspektor Hans Lienbacher und notiert sich die Namen der Volksfestgäste, die ihm die beiden Brüder abwechselnd nennen.

»Und wo wart ihr zur Tatz–«, ich stocke, weil ich ja noch nicht mal weiß, wann genau der Lanner erschossen wurde. Der Informationsfluss zwischen dem LKA und mir ist im Moment nicht gerade der beste.

»Genau«, springt die kleine Linzerin mit der tiefen Stimme für mich ein. »Wo waren Sie zwischen drei und vier Uhr früh? Immer noch auf dem Volksfest?«

Der Pauli schaut blöde drein, aber der Willi grinst triumphierend. »Erst nach vier sind wir hoamg'fahren, weil da war kaum mehr jemand auf dem Fest. Ganz sicher. Der Pauli hat nimmer fahren können, also bin i ans Steuer. Aber leider hat uns der Lederer, euer Kollege, gemeinsam mit dem Rohrmoser Heinz aufg'halten. I hab ins Röhrl blasen müssen, und der Lederer hat mir den Führerschein zupft. Dann haben uns die zwoa hoambracht, weil koaner mehr fahren hat dürfen.« Ganz offensichtlich freut sich der dicke Kerl und grinst dreist in die Runde. »I würd sagen, das ist amoi a gutes Alibi, was, Burschen?«

Der Holzer Pauli kratzt sich nachdenklich am Kopf. »Aber weil du jetzt so fragst, Aigner. Unsere Weiber sind sicher a Stunde früher hoamg'fahren, die waren schon so müd. Ja, und die Meinige muss beim Haus vom Lanner vorbei. Sie hat mir erzählt, dass bei dem noch überall das Licht brennt hat und sogar a Taxi dort vorm Gartentürl g'standen ist.«

Natürlich haben wir Paulis Freundin, die in der Bäckerei arbeitet, gleich einen Besuch abgestattet. Die Frau hat die Geschichte nicht nur bestätigt, sondern uns auch berichtet, dass es sich um einen Wagen des Unternehmens »Salzburg Taxi« aus der Stadt gehandelt hat. Sie und Willis Freundin haben das Fest nach drei Uhr verlassen. Nachdem sie die andere Frau noch nach Ebenau gefahren hat, ist sie später an Lanners Haus vorbeigekommen. Die exakte Uhrzeit werden wir garantiert noch mit Hilfe des Taxiunternehmens herausfinden.

Da den beiden Chefinspektoren schon beim Bäcker der Magen gekracht hat, habe ich sie hinterher zum Kirchenwirt zum Mittagessen geschickt. Aber nicht nur deswegen, sondern auch, damit ich mir in Ruhe den Rainer zur Brust nehmen kann.

Der Bursche kauert wie ein zum Tode Verurteilter im Stuhl vor meinem Schreibtisch, während ich ihm wegen der Sache mit dem Rebhandl gehörig den Kopf wasche. In sich zusammengesunken, starrt er betreten auf den Fußboden.

»Chef, es tut mir so leid. Noch nie hab ich irgendwas weitererzählt, ich schwöre es. Aber mein Bruder hat mich so genervt, weil er nach dem Mord am Lanner so über die Polizei hergezogen ist. Da hab ich ihm gesagt, dass der Schorsch nicht mal einer Fliege was zuleide tun könnte und dass Sie und der Chefinspektor aus der Stadt schon ausführlich mit ihm geredet hätten und auf jeden Fall den wahren Mörder finden würden. Ich hab mir doch nix dabei gedacht.« Geräuschvoll schnieft er durch die Nase. »Ich wollte dem Schorsch auf keinen Fall schaden und konnte doch nicht ahnen, dass mein depperter Bruder alles brühwarm einem Reporter weitererzählt. Ich schwör es, bei allem, was mir heilig ist«, fügt er pathetisch hinzu. »Das mach ich wieder gut, Chef. Dem Rebhandl geig ich meine Meinung. Notfalls hau ich dem sogar eine rein.«

Mir entfleucht ein Grinsen, da würden ja wahrhaftig zwei Giganten aufeinandertreffen. »Niemandem haust du eine rein«, mache ich ihm klar und bemühe mich, dabei noch halbwegs streng zu klingen. »Aber du wirst in deinen letzten zwei Wochen bei uns kein Wort mehr über die Arbeit hier verlieren, kapiert? Und nun verschwinde aus meinem Büro und schieb deinen Dienst weiter.«

Hocherfreut springt er auf und hebt die Hand wie zum Militärgruß an die Schläfe. »Verstanden, Chef! Rainer Trenkheimer meldet sich gehorsam zum Dienst zurück!«

Damit will er auch schon ins Wachzimmer sausen, aber ich rufe ihn zurück. Nicht nur, weil mir grad eingefallen ist, dass ich den Termin um elf Uhr dreißig im Ästhetik-Center völlig verschwitzt habe, sondern vor allem, weil mir noch etwas anderes aufgefallen ist.

Ich ziehe die schon etwas zerknüllte Terminkarte aus der Hosentasche meiner Uniform. »Ästhetik-Center Salzburg, Dr. Christoph Trenkheimer« steht da in verschnörkelter blauer Schrift drauf.

»Rainer, ganz etwas anderes. Sag, kennst du einen Dr. Christoph Trenkheimer in Salzburg? Einen Schönheitschirurgen?«

Blitzartig läuft der Bursche rot im Gesicht an, schaut nach rechts und nach links und schließt dann leise die Tür zum Wachzimmer. »Wenn ich Ihnen einen Rat geben darf, Chef. Lassen Sie sich bloß nix von dem machen, der hat erst unlängst meine Mama komplett verpfuscht. Eigentlich wollte die sich nur die Lippen aufspritzen lassen, aber dann hat sie drei Tage lang ausgesehen, als hätte sie einen Gartenschlauch mitten im Gesicht. Mein Vater hat sich fürchterlich beim Doktor aufgeregt, und die Mama hat erst danach ihr Geld wieder zurückbekommen. Fünfhundert Euro, stellen Sie sich das vor, obwohl sie eh schon einen Rabatt bekommen hatte.«

»Das tut mir wirklich leid für deine Mutter, Rainer. Aber

kennst du den Mann jetzt oder nicht?«, frage ich etwas verwirrt.

»Das ist mein Onkel Chris, der Cousin von meinem Vater. Aber der Papa kann ihn in Wahrheit nicht so gut leiden, weil der so ein Angeber ist. Nach dem Malheur mit der Mama erst recht nicht. Aber der Onkel Chris ist stinkreich, obwohl der Papa ihn ›Brüstlmacher‹ schimpft.« Rainers Gesicht nimmt eine noch ungesündere Farbe an, als es ohnehin schon hat.

Interessant, denke ich mir, vielleicht kann ich die Hilfe unseres Praktikanten in diesem Fall noch mal brauchen.

Bevor ich ihm das sagen kann, läutet mein Handy, eine unbekannte Nummer, und ich schicke den Rainer raus.

»Sag, Aigner, schaust du denn gar nimmer auf dein Handy?«, poltert der Buchinger auch schon los. »Ich hab dir schon zig Nachrichten geschickt. Schmeiß dich in Zivil und beweg deinen Arsch nach Salzburg. Ich hab eine Überraschung für dich.« Nachdem er mir eine Adresse genannt hat, legt er auch schon auf.

Also tausche ich die Uniform gegen Jeans und T-Shirt aus meinem Spind, obwohl ich nicht weiß, wofür das gut sein soll. In Ermangelung eines privaten Autos, weil die Gabi unseren Familien-BMW zum Übersiedeln der letzten Kartons benötigt, setze ich mich in den Streifenwagen und brause im nächsten Moment los.

»Fräulein, kommen S' bitte mal kurz her!«, ruft der Buchinger der ältlichen Kellnerin zu, die schon eine gefühlte Ewigkeit bewegungslos an der Bar hängt und auf den altmodischen Deckenventilator starrt, der bei jeder Drehung gefährlich ächzt.

Langsam bewegt die Frau zuerst den Kopf und dann auch irgendwann sich selbst. Sie schlurft träge auf unseren Tisch mit den unbequemen Holzbänken zu, die vorne und hinten jeweils durch hohe Lehnen von den anderen Tischreihen getrennt sind. Wie eine Art Separee, damit man sich ungestört unterhalten kann.

»Schauen Sie sich einmal dieses Häferl genauer an. Fällt Ihnen da was auf?« Mein Ex-Kollege tippt mehrmals mit seinem dicken Zeigefinger auf den Tassenrand.

»Naaa …«, kommt es lang gezogen aus dem Mund der Frau, und schon will sie wieder kehrtmachen.

»Stopp!« Bevor sie sich auch nur einen halben Meter entfernen kann, hält der Buchinger sie einfach an ihrer Kellnerschürze zurück. Seufzend dreht sich das ältliche Fräulein wieder zu ihm, und er lässt sie los.

»Ja mei, was gibt's denn auf dem Häferl schon großartig zum Sehen?«

»Lip-pen-stift«, sagt mein Ex-Kollege gedehnt, »ganz eindeutig. Da ist Lippenstift am Häferl. So, und nun schauen Sie sich einmal genau meine Lippen an.« Er tippt sich mit dem Finger mehrmals auf seinen Mund.

Sie zuckt mit den Schultern und schaut fragend zu mir. Die Frau hat keine Ahnung, was der Buchinger von ihr will. Ich übrigens auch nicht.

»Können Sie darauf irgendwo Lippenstift entdecken?«, fährt mein Ex-Kollege genervt fort.

Als sie völlig verwirrt den Kopf schüttelt, drückt ihr der Buchinger zufrieden das Kaffeehäferl in die Hand, auf dem ich nicht die geringste Lippenstiftspur entdecken kann.

»Sehen Sie. Und deswegen will ich noch mal frischen Kaffee, aber aus einem sauberen und vor allem unbenützten Häferl. Verstanden?«

Obwohl die Kellnerin immer noch mich anschaut, geht sie aber dann doch mit dem Häferl in der Hand zum Tresen. Dort schüttet sie den Inhalt nur in eine andere Tasse um, die sie an unseren Tisch bringt und vor dem Buchinger abstellt.

»Na bitte, geht doch«, brummt der erfreut, nachdem er das Kaffeehäferl von allen Seiten akribisch begutachtet hat.

Dann wendet er sich grinsend an mich. »Ihr habt die Gscheitmeier gestern echt fertiggemacht. Zuerst der schweigsame Schorsch beim Verhör und dann der Besuch bei euch.

Frau Breitarsch war danach komplett schmähstad. Nur der BAK-Staatsanwalt hat noch mit uns gesprochen.«

»Dieser Probst ist vielleicht gar nicht so schlimm«, muss ich schmunzeln, »und vielleicht entwickelt sich die Linzerin ja noch zum Positiven. Heute Morgen war sie mir schon fast sympathisch.«

»Sympathisch?«, wiederholt mein Ex-Kollege und rollt mit den Augen. »Du fällst wirklich auf alles auch nur annähernd Weibliche rein, selbst wenn es ausschaut wie ein Dreieck. Ich bin jedenfalls immer noch zum kaffeekochenden Seppl degradiert, dessen Dienste sie partout nicht in Anspruch nehmen will. Aber die Frau unterschätzt meine Verbindungen.« Die Augen meines Ex-Kollegen leuchten auf.

»Apropos Verbindungen, wieso darf ich dich ab sofort nur mehr auf Erikas Handy anrufen?«, will ich von ihm wissen.

Mit spitzen Fingern hebt er die Kaffeetasse hoch und trinkt mit skeptischem Blick daraus. Nachdem er sie wieder auf dem Tisch abgestellt hat, schüttelt er mitleidig den Kopf. »Aigner, Aigner. Das ist doch sonnenklar. Damit uns diese Funsn keinerlei Verbindung mehr nachweisen kann. Mit dem BAK im Rücken ist die so gschwind an unseren Diensthandys dran, so schnell kannst du gar net schauen.«

»Und für die Erika ist das okay, wenn du ständig ihr Handy mit dir herumschleppst?«, bezweifle ich stark.

Mein Ex-Kollege lässt einen tiefen Seufzer vernehmen. »Na ja, um ehrlich zu sein, sie hat es mir nur einmal kurz geborgt. Mittlerweile habe ich leihweise das Wertkartenhandy von meiner Lotti. Die verlangt nur einen Zwanziger pro Woche dafür.« Nachdem er zuerst verstohlen nach rechts und dann nach links geschaut hat, kommt er über den Tisch näher an mich ran. Ein Flüstern gelingt ihm mit seiner polternden Stimme kaum: »Im Vertrauen, Aigner. Seit die Erika mir auf das eigentlich nicht mal erwähnenswerte Gspusi mit der Rita draufgekommen ist, hab ich wirklich ein hartes Leben zu Hause«, bedauert er sich selbst.

»Nicht erwähnenswert? Du kannst froh sein, dass die Erika dich nicht rausgeschmissen hat, weil du dich damals wie ein billiger Dorfcasanova verhalten hast«, sage ich ihm die Wahrheit unverblümt ins Gesicht.

»Wer im Glashaus sitzt, sollte besser nicht mit Steinen werfen. Du schau lieber mal, dass du die Geschichte mit dieser Moni auf die Reihe kriegst. Sonst ergreift deine Marie noch schneller die Flucht, als du schauen kannst.« Nicht schlecht, eins zu null für den Buchinger, denke ich mir etwas zerknirscht und nehme mir vor, die Moni heute Abend endlich zurückzurufen.

Aber mein Ex-Kollege fährt auch schon unbeirrt fort: »Nicht genug, dass mich meine Frau zweimal die Woche ins Fitnessstudio schleppt. Seit Monaten ist sie immer wieder abends unterwegs, und ich muss auf unsere Mädels aufpassen.« Mit finsterem Gesicht lehnt er sich so schwungvoll zurück, dass die gesamte Holztrennwand hinter ihm ächzt. »Aber frag mich nicht immer so über mein Privatleben aus. Zurück zu meinem Mordfall, denn den geb ich nicht so schnell an Frau Inspektor Breitarsch ab.«

Dann endlich berichtet er mir, was die Soko bisher herausgefunden hat. Natürlich setzen ihn seine Leute über alles in Kenntnis, auch wenn sie es offiziell nicht dürfen.

Lanners Freund, der Schönheitschirurg Christoph Trenkheimer, ist kurz vor zwei Uhr von einem Taxi abgeholt worden. Die polnische Barfrau Danuta hat ausgesagt, dass er sich davor mit dem Lanner gestritten und von ihr verlangt hat, ein Taxi zu rufen. Da unsere einzige Koppelrieder Taxifahrerin mit den Volksfestbesuchern komplett ausgelastet war, musste sie extra eines aus Salzburg kommen lassen. Die Soko hat die Aussage beim Taxifahrer überprüft, der den Mann leider ohne Umschweife direkt zu seinem Penthouse am Imbergplatz gebracht hat und ihn um exakt zwei Uhr zwanzig auch noch im gläsernen Aufzug nach oben fahren gesehen hat.

Gemäß Aussage einiger Gäste hat der Lanner gemeinsam

mit der Bürgermeistertochter und meinem Polizisten den Nachtclub auf jeden Fall bereits vor halb drei verlassen. Die Barfrau behauptet, es sei keine halbe Stunde nach dem Abgang vom Trenkheimer gewesen. Außerdem hat sie ausgesagt, dass sowohl der Schorsch als auch die Klara bereits stark angetrunken waren. Danach wurden die drei allerdings von niemandem mehr gesehen. Wenn sie sich also direkt mit dem Auto zu Lanners Haus aufgemacht haben, dann müssen sie dort etwa fünf Minuten später eingetroffen sein, denn der Straubinger befindet sich am selben Ortsende, wo es auch zum Architektenhaus geht. Und das BMW-Cabrio, mit dem unser Mordopfer auf das Volksfest und danach zum Nachtclub gefahren ist, haben die Kollegen in seiner Garage sichergestellt.

Als ungefähre Tatzeit vermutet die Pathologie zwischen drei und vier Uhr früh, da die genaue Bestimmung durch das Treiben des Toten im Poolwasser erschwert wird. Mehr zur Tatnacht selbst konnte die Soko bisher aber noch nicht herausfinden.

Jedenfalls hatte der Lanner aus seiner beruflichen Tätigkeit ein beachtliches Sümmchen von knapp vierhunderttausend Euro auf seinem Bankkonto, welches nun wohl seine Mutter und seine einzige Schwester erben. Raubmord kann man trotzdem sehr wahrscheinlich ausschließen, da das Mordopfer laut Aussage seiner Mutter kaum Wertsachen zu Hause aufbewahrt hat. Er hatte noch nicht mal einen Tresor im Haus.

Auch die Auswertung des Handys des Opfers hat nichts Verwertbares ergeben. Der Herr Politiker war äußerst vorsichtig, was schriftliche Kommunikation betraf. Alle Nachrichten und SMS wurden offenbar sofort nach Erhalt oder Übermittlung akribisch gelöscht. In seinem Haus gab es für das Handy weder Sicherungen am PC noch auf einer Festplatte. Selbst am Notebook hat die Soko nur Berufliches und einige private Mails an seine Schwester gefunden.

Auch sonst war der Mann digital nur wenig umtriebig,

außer ein paar hohlen Wahlversprechen auf Facebook, die hier in Koppelried sowieso niemand liest, gibt es keine Einträge von ihm in irgendwelchen anderen Social-Media-Portalen. Seine auffällige Zurückhaltung im Onlineverhalten war wohl eine Folge der peinlichen Chat-Affäre unter Wiener Politikern, denke ich mir bedauernd.

Auf eine längere oder gar innige Beziehung zur Bürgermeistertochter lässt ebenso nichts schließen. Überhaupt scheint er der einzige Politiker weit und breit zu sein, der tatsächlich eine blütenreine Weste gehabt hat.

Auch seine Parteifreunde sprechen nur in den höchsten Tönen von ihm, wie mir der Buchinger berichtet. Seine beiden Parteikollegen aus Koppelried haben sich in der Tatnacht bis um fünf Uhr früh auf dem Volksfest vergnügt. Keiner davon konnte bisher in den Kreis der Verdächtigen aufgenommen werden, alle Alibis wurden überprüft.

Also bleibt leider immer nur noch der Schorsch als Verdächtiger.

»Das gibt es doch nicht, dass es keinen einzigen dunklen Fleck zu finden gibt. Der Kerl war sechsunddreißig, aus vermögendem Elternhaus, unverheiratet, hatte keine Kinder und war beruflich ein Streber vor dem Herrn, der wohl auch mit Hilfe seiner Parteifreunde auf einen lukrativen Notarposten gehievt worden ist. Seine Mutter ist übrigens die Witwe des ehemaligen Geschäftsführers der Salzburger Stadtbrauerei«, zwinkert mir der Buchinger vertraulich zu. Aha, deswegen also das Sponsoring für das neue Koppelrieder Bierzelt.

»Die Frau ist jedenfalls fix und fertig. Von einer Beziehung zur Bürgermeistertochter wussten allerdings weder sie noch die Schwester. Die Mutter meint, ihr Sohn hätte für ein Privatleben keine Zeit gehabt, da er beruflich und in der Partei so engagiert gewesen wäre. Und eure Dorfschönheit schwört Stein und Bein, in der Tatnacht ein totales Blackout gehabt zu haben und sich an nichts zu erinnern«, stöhnt mein Ex-Kollege und kratzt sich dabei am Ohr. »Aber unsere selbst ernannte neue Chefin wird die junge Frau für eine weitere Einvernahme noch mal ins LKA einladen.«

Der Hochgatterer Fritz, Leiter der kriminaltechnischen Abteilung am LKA Salzburg, betritt so laut grüßend das spärlich besuchte Lokal, dass wir unsere Köpfe gleichzeitig in seine Richtung drehen.

»Na, so a Zufall aber auch«, grinst er und nimmt neben uns Platz, »dass i euch zwoa da treff.«

»Wirklich unglaublich«, entgegne ich und zwinkere ihm dabei zu, während der Mann schon ein Notebook aus dem Sportrucksack zieht, den er auf dem Stuhl neben sich abgestellt hat. Das ist also Buchingers Überraschung.

»Woaßt, Aigner, das ist oans meiner Stammlokale«, lacht der Fritz und winkt der Kellnerin, die, man glaubt es kaum, schon an unseren Tisch geschlurft kommt.

»Wirklich? Ich hab Sie bei uns aber noch nie gesehen«, meint die Frau erstaunt.

»Ja mei, i hab halt so a Allerweltsgesicht. Einen Mokka hätt ich gern bitte«, entgegnet der Hochgatterer, und sie serviert ihm mit irritiertem Blick das gewünschte Getränk.

Nachdem der Kriminaltechniker seinen ersten Schluck genommen hat, wendet er sich mit ernster Miene an mich. »Die Sache mit eurem Polizisten tut mir wirklich load, Aigner. Aber die Schmauchspuren an seinen Händen stammen eindeutig net nur vom Halten einer Waffe. Euer Mann muss g'schossen haben, wohin auch immer.«

»Habt ihr beim Haus irgendwo einen zweiten Einschuss oder eine zweite Patronenhülse gefunden?«, frage ich ihn, denn das wäre doch schon mal ein Anfang.

Der Fritz nickt. »Aus der Waffe sind garantiert zwei Schüsse abg'feuert worden, Aigner. So viel kann ich schon mal sagen. Und wie du richtig vermutet hast, wir haben zwoa Patronenhülsen g'funden. Oane vorm Pool und oane vor der Terrassn. Die zweite ist nimmer am ursprünglichen Auswurfort g'legen. Da ist nämlich dein Polizist mit seinen Quadratlatschen draufg'stiegen. Vielleicht hat er die dort sogar absichtlich wegkicken wollen. Aber uns entgeht nix. Das zweite Geschoss haben wir im Flachdach über der Terrasse sicherg'stellt. Das ist dort stecken geblieben.«

Ich habe es gewusst, denke ich mir erfreut. Der Schorsch hat mit Sicherheit den Schuss ins Dach abgegeben, deshalb die Schmauchspuren. Davon bin ich überzeugt. Jetzt muss ich es nur noch beweisen.

»Leider liegt das Haus so weit draußen, außer deiner Sekretärin gibt es keine direkten Nachbarn, die irgendwas hätten hören können«, brummt der Buchinger.

Während der Kriminaltechniker sein Notebook aufklappt, strahlt er von einem Ohr zum anderen. »Wie es der Zufall so will, hab i unsere ersten Ergebnisse dabei.« Grinsend schaltet er das Ding an.

Dann zeigt er uns anhand von Fotos, dass auf der Brust des Toten beim Einschussloch keine Ablagerungen und keine Stanzmarke der Waffenmündung festgestellt werden konnten. Was auch daran liegen könnte, dass der Leichnam einige Stunden im Wasser gelegen hat. Die Kriminaltechnik geht trotzdem davon aus, dass es sich um einen Fernschuss gehandelt hat, aber nur aus etwa zwei bis drei Metern. Anhand einer modernen Animation demonstriert er uns, wie der Lanner durch die Wucht des Aufpralls der Kugel nach hinten in das Becken katapultiert wurde. Mit einem einzigen Schuss wurde er direkt ins Herz getroffen, was auf einen erfahrenen Schützen schließen lässt. Das spricht leider für meinen Polizisten.

»Fritz, habt ihr schon das Ergebnis aus der Toxikologie?«, frage ich hoffnungsfroh. Ich könnte mir gut vorstellen, dass man meinem Polizisten etwas Verbotenes ins Getränk gemischt hat. Auch übermäßiger Genuss von Alkohol setzt meinen schwergewichtigen Kollegen nicht derart außer Gefecht, das kann ich mir beim besten Willen nicht vorstellen.

Leider schüttelt der Kriminaltechniker bedauernd den Kopf. »Wir haben das toxikologische Gutachten noch nicht, die brauchen dort immer unglaublich lange. Fragt am besten noch mal bei der Baumann von der Pathologie nach. Die ist die Erste, die das kriegt.« Er nimmt einen kleinen Schluck vom Mokka, bevor er weiterspricht. »Das Holster zur Dienstwaffe haben wir leider net g'funden, und auch der Multipla von deinem Kollegen ist immer noch spurlos verschwunden.«

In Lanners Haus selbst gab es leider nicht viel zu finden, wie uns der Bericht zeigt, während wir drei konzentriert unsere Köpfe ins Notebook stecken. Neben einer umfangreichen Sammlung teurer Weine fand man ein paar wenige Bücher, vorwiegend Fachliteratur, einige wenige Fotos seiner Eltern, seiner Schwester und deren Kinder. Dafür eine Unmenge an teurer Kleidung und Schuhen vom Lanner, auch ein paar wenige von der Bürgermeistertochter. Die Trachtenkleider, die mir draußen auf der Terrasse ins Auge gestochen waren, stammten tatsächlich auch nur von ihm. Es sieht ganz danach aus, als hätte er sie selbst dort ausgezogen und ordentlich zusammengefaltet auf der Lounge abgelegt.

Im Schlafzimmer hatte der neue Notar sehr wertvolle Armbanduhren, die immer noch in ihren Schatullen liegen. Schon deshalb kann man einen Raubmord ausschließen, denke ich mir. Sonst gab es nur Dinge des täglichen Gebrauchs in dem Haus zu entdecken. Dafür aber ganze Schränke voll mit Herrenkosmetika. Unser Mordopfer muss tatsächlich unglaublich eitel gewesen sein. Von Klara hingegen hat man nur eine Zahnbürste, ein paar Hautcremes und Schminkutensilien gefunden. Nichts weiter. So richtig wohnlich dürfte sie sich beim Lanner also noch nicht eingerichtet haben.

Weiter gab es keinerlei persönliche Dinge. Wenn ich da an die unzähligen Umzugskartons meiner Schwester denke, vollgestopft mit lauter Krimskrams, die der Andi und ich ins neue Haus transportieren mussten. Kein Vergleich.

Auf der Terrasse wurden erwartungsgemäß seine Schuhabdrücke sowie die von Schorschs und Klaras Trachtenschuhen sichergestellt. Die drei zugehörigen Paar Schuhe selbst waren ordentlich in dem kleinen Schuhschrank neben der rechten äußeren Terrassentür abgestellt. Allerdings hat die Spurensicherung noch Abdrücke von zwei weiteren unterschiedlichen Sportschuhprofilen entdeckt, beide Schuhgröße dreiundvierzig.

Alle Gläser, die sich am Tisch der Lounge-Gruppe befanden, waren mit Champagner gefüllt gewesen, aber es hatte noch niemand daraus getrunken. Auf Flasche und Gläsern wurden wieder nur die Fingerabdrücke des Mordopfers festgestellt. Offenbar wollte er den Champagner seinen Gästen anbieten, hat es aber nicht mehr gemacht. Der edle Sprudel ist noch in der toxikologischen Abteilung und wird auf eventuell beigemengte Substanzen geprüft.

»Weil wir grad drüber reden. Unsere Beamten haben die junge Dame bei der Befragung am Samstag noch einem freiwilligen Alkotest unterzogen. Viel Alkohol hatte sie nicht im Blut, aber die Frau ist meiner Meinung nach auch untergewichtig. Laut Auskunft der Pathologin Baumann gibt es keine bestimmte Trinkmenge, ab der ein Blackout einsetzen kann. Eine Kombination von Koks und Alkohol kann das auch noch begünstigen. Und obwohl wir noch kein Ergebnis von der Toxikologie haben, hat sie dir den Drogenkonsum ja mittlerweile gestanden«, erklärt uns der Buchinger.

»Tja, da kommen wir net weiter. Aber vielleicht hilft euch das. An oaner von den drei Terrassenschiebetüren haben wir Einbruchsspuren sicherg'stellt. Die Tür wurde mit einem handelsüblichen Schraubenschlüssel aufgehebelt. Allerdings sind die Spuren älter, also bereits vor eurem Mord dadraufgekommen. Denn am Türrahmen hat jemand stümperhaft mit weißem Nagellack drüberg'färbelt, was schon ziemlich gut eingetrocknet war.«

Nagellack? Das klingt mir doch sehr nach unserer Bürgermeistertochter. Aber wer weiß, was in Reinigungsdamen so vorgeht, wenn sie annehmen, etwas beim Putzen ruiniert zu haben.

Der Buchinger schaut interessiert vom Hochgatterer zu mir. »Der Vermieter des Hauses hat uns übrigens erzählt, dass die Alarmanlage schon seit Langem defekt ist und nicht scharfgeschaltet werden kann. Die Reparatur ist erst für nächste Woche geplant.«

»Bei uns in der Inspektion wurde in den letzten Wochen auch kein Einbruch beim Lanner angezeigt, davon wüsste ich«, ergänze ich.

Mit verschwörerischem Blick öffnet der Kriminaltechniker eine Liste mit vielen Links. »I hab noch was für euch. Der Vickerl, unser IT-Spezialist, hat a bisserl in den Browserdaten rumgegraben. Das Mordopfer hat die zwar auch regelmäßig g'löscht, aber vorm Vickerl ist auf einem Computer nix sicher. Während er sonst nur harmlose Urlaubsfotos und Fotos von seinen Parteiveranstaltungen g'speichert hat, war er im Internet wohl doch ein bisserl umtriebiger. Im wahrsten Sinne des Wortes. Privat war euer Doktor ein bisserl ein Schweinderl und hat beinahe täglich Pornos g'schaut. Zum Glück nix Illegales.«

»Homoerotisches? Durchtrainierte Muskelmänner und so?«, frage ich neugierig nach, weil mir die Bemerkung von Rebhandls Freundin wieder in den Sinn kommt.

»Stimmt«, meldet sich der Buchinger zu Wort. »Hat der nicht auf eurem Volksfest so ein rosarotes Jopperl getragen?«

Kollege Hochgatterer nickt bedächtig. »Na ja, er hat schon viele solche Männersachen g'schaut, aber auf eine eindeutige Tendenz zum eigenen Geschlecht würde ich aus seinem Klickverhalten net unbedingt schließen. Es ist halt das Übliche, das sich das normale Hetero-Durchschnittsopfer an Pornos reinzieht. Im Vergleich zu dem, was wir sonst alles finden, eigentlich harmlos.«

Er tippt mit dem Finger auf die Liste am Bildschirm. »Aber vielleicht schaust du es noch mal mit deiner Soko durch, Buchinger.«

»Meine Soko?«, wiederholt mein Ex-Kollege bitter. »Im Moment sind mir leider die Hände gebunden, Fritz. Bei uns bestimmt Frau Oberwichtig aus Linz oder, besser noch, Frau Inspektor Breitarsch.«

»Oje, die hab i auch schon kenneng'lernt«, lacht der Fritz. »Die hat mich gestern Abend wegen dem Baumgartner g'nervt. Sie hat oafach net glauben mögen, dass euer Polizist auf seinem Diensthandy nur die polizeiinternen Apps installiert hat und noch net a oanziges Mal damit ins Internet g'schaut hat.«

Da der Schorsch mit jeglicher Technik auf Kriegsfuß steht und schon Schwierigkeiten mit der Kaffeemaschine unserer Inspektion hat, kann ich das nur bestätigen.

»Diese depperte Gscheitmeier geht mir so was von auf den Sack!«, regt sich mein Ex-Kollege wieder auf. »Wenn die noch länger so stümperhaft meinen Job machen will, dann kann ich für nix mehr garantieren.«

»Und Sie und Ihr Sack können es besser, Chefinspektor Buchinger?«, vernehmen wir plötzlich eine tiefe, uns allen mittlerweile bekannte Stimme und schauen erstaunt in die Richtung, aus der sie kommt.

Die eben vom Buchinger mit sehr uncharmanten Namen bezeichnete Frau steckt ihren Kopf mit der strengen Prinz-Eisenherz-Frisur hinter einer der Trennwände zwischen den Tischreihen hervor und mustert uns mit funkelnden Augen. Gemächlich steht sie auf und kommt langsam zu uns rüber. Mit ungerührtem Blick setzt sie sich neben meinen blöd dreinschauenden Ex-Kollegen, und der rutscht sofort zur Seite. Neben dem bulligen Kerl wirkt die Linzerin so schmächtig wie ein Schulkind.

»Wie lange sind Sie schon hier?«, frage ich, denn irgendeine an den Haaren herbeigezogene Rechtfertigung hilft in unserer Lage wohl nichts mehr.

»Lange genug«, antwortet sie mit strengem Blick.

»Woher wussten Sie, dass wir uns hier treffen?« Mein Ex-Kollege bringt vor Staunen seinen Mund nicht mehr zu.

Die Linzer Chefinspektorin deutet mit dem Kopf auf mich. »Dieser Dummkopf eines Dorfpolizisten ist hier zwar in Zivil angetanzt, aber vorhin fröhlich und ganz allein im Dienstwagen am Gastgarten des Wirtshauses vorbeigerauscht, in dem ich grad meine Suppe gelöffelt hab. Also hab ich eins und eins zusammengezählt, aufs Mittagessen verzichtet, mir Chefinspektor Lienbacher geschnappt und bin ihm gefolgt. Und bevor Sie mich fragen, der junge Mann sitzt brav im Auto und muss auf mich warten. Reine Vorsichtsmaßnahme, ich konnte nicht riskieren, dass mich Ihr loyaler Kollege schon vorab verrät, Buchinger. Ich wollte mir anhören, was Sie so zu besprechen haben. Mir kann man nämlich nicht so schnell was vormachen, meine Herren.« Damit hat sie eindeutig recht, denke ich mir. Und meine Achtung vor der kleinen Frau steigt massiv.

Unser Kriminaltechniker wetzt unruhig neben mir auf der Bank hin und her. »Oiso, Frau Chefinspektor, es tuat mir load. I hab so was noch nie g'macht.«

»Dieses Gespräch hier ist einzig und allein auf mein Drängen hin zustande gekommen«, springe ich sofort ein. »Ich wollte über den Ermittlungsverlauf informiert werden und hab die beiden da mit hineingezogen. Das geht alles auf meine Kappe –«

»Blödsinn!«, blafft sie mich an. »Es ehrt Sie, dass Sie die alleinige Verantwortung übernehmen wollen, aber bitte tun S' mich nicht für dumm verkaufen. Wenn mich Kollege Hochgatterer auch nur annähernd so wie Sie beide über die Ergebnisse in Kenntnis gesetzt hätte, wär ich schon erheblich weiter.«

»Moment amoi. I hab Eana den Bericht schon gestern früh vorbeigebracht, aber Sie haben koa Zeit für mich g'habt. Außerdem ist das Ehrensache. Der Aigner ist seit über fünfzehn Jahren ein völlig integrer Kollege. Wenn i dem net helfen tät, dann könnt i nimmer in den Spiegel schauen. Verstehen Sie so was überhaupt?« Mit finsterem Gesicht schüttelt der Fritz heftig den Kopf und deutet mit dem Zeigefinger auf mich. »Wenn dem Aigner sein schmähstader Polizist diesen Politiker auf dem Gewissen hat, dann fress i an Besen. Das gneißt doch a Blinder.«

Auch der bisher ebenfalls »schmähstade« Buchinger meldet sich zu Wort, wenn auch im Gesicht rot wie eine Tomate. »Genau. Also wenn ich Sie mit meinen wirklich … äh …« Er muss sich räuspern, um weitersprechen zu können. »Wenn ich Sie mit meinen entbehrlichen Ausdrücken beleidigt hab, dann tut mir das leid, und ich entschuldige mich dafür. Aber was den Mordfall betrifft, ist es doch sonnenklar, dass man diesen einfältigen Baumgartner reingelegt hat. Das sollten Sie herausfinden, anstelle akribisch Indizien gegen ihn zu sammeln.«

»Das würde ich ja gerne tun, wenn Sie mich nicht ständig dabei behindern würden, Chefinspektor. Ihre Leute rühren doch keinen Finger, ohne es vorher zigmal hinterrücks mit Ihnen abzustimmen. Egal, was ich denen anschaffe«, faucht ihn die kleine Frau an, und er rückt noch weiter von ihr ab.

»Also wirklich! So eine Unverschämtheit. Lassen Sie mein Team aus dem Spiel. Meine Mitarbeiter sind allesamt Profis und wissen allein, was sie tun müssen. Denen braucht niemand was anzuschaffen, die brauchen nur Rückhalt und Unterstützung. Keine plärrende Chefin, die im Befehlston herumkommandiert.« Nun ja, denke ich mir, wenn ich ehrlich bin, ist er ziemlich oft ein plärrender und seine Leute herumkommandierender Chef. Aber das verrate ich natürlich nicht.

Zornig stemmt die kleine Linzerin die Arme in die Seite. Ihre tiefe Stimme bebt vor Wut. »Wie ich mit Untergebenen arbeite, geht Sie einen Scheißdreck an, Buchinger. Ihr Team und Sie sind mir unterstellt. Und damit basta. Und Ihre untergriffigen Aussagen meinen Körperbau betreffend können Sie sich sonst wohin stecken. Ich nenn Sie auch nicht einen wamperten Quadratschädel oder Chefinspektor Breitarsch, obwohl die Bezeichnung zu Ihnen noch weit besser passt als zu mir.« Eins zu null für die Frau, denke ich mir. Auch der Hochgatterer muss grinsen, bemerke ich. Obwohl er versucht, es mit eingezogenem Kopf zu verbergen.

Meinem Ex-Kollegen hingegen bleibt die Luft weg, und er

läuft schon wieder so rot im Gesicht an, dass ich befürchte, es wird ihm gleich aus den Ohren dampfen.

»Wo die Gscheitmeier recht hat, hat sie recht, Buchinger. Also reg dich ab«, greife ich daher rasch ein.

Mein Ex-Kollege holt tief Luft, überlegt es sich dann wohl doch anders und kratzt sich verlegen am Kopf. »Wenn's doch wahr ist. Diese Linzerin ist die Sache völlig falsch angegangen.«

»Dann lasst uns die Sache gemeinsam richtig angehen«, schlage ich vor. »Wir sind alle daran interessiert, dass dieser Mordfall korrekt aufgeklärt wird. Wenn auch aus anderen Beweggründen. Was meinen Sie, Chefinspektorin Gscheitmeier?« Ich strecke ihr die Hand entgegen, sie überlegt kaum eine Sekunde und schlägt ein.

»Gut, dann lasst uns alle Karten offen auf den Tisch legen. Sie sind ein Mann mit Handschlagqualität, Aigner, das hab ich inzwischen bemerkt.«

»Das bin ich ja wohl auch. Obwohl ich ein wamperter Quadratschädel bin«, brummt der Buchinger beleidigt, und die Chefinspektorin lächelt zum ersten Mal wirklich sympathisch.

»Ich, lieber Kollege, beurteile Menschen nie nach ihrem Äußeren. Sollten Sie sich auch angewöhnen, führt zu besserer Menschenkenntnis«, grinst sie und wendet sich dann noch mal an mich. »Mein gestriger Auftritt tut mir wirklich leid, Chefinspektor Aigner. Aber nachdem Ihr Polizist Baumgartner bei meiner Befragung mit keinem einzigen Wort herausgerückt ist, war ich auf hundertachtzig.« Seufzend beißt sie sich kurz auf die Lippe und schaut mir dann direkt in die Augen. »Ganz ehrlich gesagt hab ich befürchtet, bei Ihnen in Koppelried ist es so, wie ich es leider schon mehrfach bei ländlichen Inspektionen erlebt habe. Nämlich, dass in diesen eingeschworenen Gesellschaften Fakten aus falsch verstandener Loyalität mit einem Kollegen einfach nicht mehr zählen. Aber nachdem ich heute bei Ihrer Befragung dieser drei Witzfiguren dabei war und Ihnen allen hier eine Weile lang zugehört habe –«

»Belauscht, nicht zugehört.« Auch wenn ich mein charmantestes Lächeln dabei auspacke, das muss ich richtigstellen.

»Sie haben recht. Nachdem ich Sie hier belauscht habe, möchte ich mich für meinen gestrigen Auftritt aufrichtig entschuldigen. Eigentlich wollte ich Sie alle nur auf Herz und Nieren prüfen und hab mich dabei wie eine unprofessionelle, hysterische Kuh verhalten. Sie können mir glauben, der Probst hat mir danach ordentlich den Kopf gewaschen. Ganz offenbar gibt es auch noch Inspektionen auf dem Land, wo die Objektivität hochgehalten wird und die Wahrheit herausgefunden werden will. Also, Chefinspektor Aigner, was Sie persönlich betrifft: Sie sind ab sofort dabei, allerdings nicht offiziell, was Sie wohl verstehen werden. Aber daran sind Sie offenbar schon gewöhnt.« Schmunzelnd zwinkert sie mir zu und widmet dann meinem Ex-Kollegen ihre volle Aufmerksamkeit. »Und noch mal zu Ihnen, Buchinger, heute Abend erklären wir Ihrem Team gemeinsam, dass wir beide ab sofort gleichberechtigt zusammenarbeiten«, meint sie großzügig. »Also fast gleichberechtigt, im Zweifelsfall entscheide natürlich ich. Aber davor mach ich mich mit Ihnen und Ihrem Freund Aigner auf den Weg in die Pathologie. Eigentlich habe ich meinen Besuch dort allein angemeldet, denn der Bericht ist nämlich seit gestern Abend fertig.«

Wenn ich ehrlich bin, habe ich im Moment gar keine Lust auf den selbstverliebten Chefpathologen, aber ich mache mich brav mit den beiden Kollegen auf den Weg in den Stadtteil Mülln zur Gerichtsmedizin auf dem Universitätsgelände.

Ich habe Glück. Denn anstelle von Professor Heinrich holt uns seine Vertretung, die kurvige Mittfünfzigerin Dr. Baumann, beim Portier ab und begrüßt uns freundlich. Als sie mich entdeckt, streckt sie mir erfreut die Hand entgegen. »Herr Aigner, schön, Sie wiederzusehen. Auch wenn es sich bei unseren Zusammenkünften immer um Mord und Totschlag drehen muss«, schmunzelt sie und fächelt uns dann mit einem

Akt in ihrer rechten Hand zu. »Kommen Sie doch, lassen Sie uns zu Fuß rüber in das Bistro im LKH spazieren, ein bisschen frische Luft schadet mir nie. Ich hatte heute noch kein Mittagessen, und ich bin schon ziemlich hungrig.«

Das lassen wir uns nicht zweimal sagen. Vor allem der Buchinger atmet erleichtert auf, weil ihm schon seit ewigen Zeiten in den Räumlichkeiten der Pathologie immer schlecht wird. Auch die Gscheitmeier nickt erfreut, denn die hab ich vorhin um ihre Suppe gebracht.

Im Bistro angekommen, bestellt die Pathologin gleich beim Betreten viermal Pasta della Casa beim Kellner. »Lachsnudeln ist hier das beste Gericht, das können Sie mir glauben«, erklärt sie und steuert auf einen freien Platz am Fenster zu. »Herrlich, so eine Mittagspause im gut gekühlten Restaurant, oder nicht?«

Sie erwartet sich keine Antwort, und der junge Kellner stellt eine Karaffe Wasser und vier Gläser vor uns ab. »Äh, ich hätte lieber eine Cola«, sage ich zu ihm, und meine beiden Kollegen schließen sich an.

»Frau Dr. Baumann, ich muss mich Ihnen zuerst mal vorstellen. Chefinspektorin Gscheitmeier im Auftrag des BAK Wien. Um es gleich klarzustellen, ich bin aber keine Wienerin, sondern aus dem schönen Linz. Gott sei Dank«, erklärt unsere neue Kollegin.

Mit einem freundlichen Lächeln auf den hellrosa geschminkten Lippen schüttelt ihr die Pathologin kräftig die Hand. »Sehr angenehm. Ich hab schon einiges über Sie gehört«, sagt sie und zwinkert dabei kaum merklich dem Buchinger zu, der schon wieder rot anläuft. Ist wohl heute nicht gerade sein Tag, denke ich mir etwas schadenfroh.

»Wenn's vom Kollegen Buchinger kommt, dann kann es ja nur Gutes gewesen sein«, grinst die kleine Linzerin und klopft ihm mit der rechten Hand fest auf die Schulter. Nein, sie schlägt ihn schon fast, würde ich sagen.

»Sie gefallen mir, Chefinspektorin.« Schmunzelnd nimmt

die Baumann dem Kellner gleich eines der dampfenden kleinen Nudelgerichte mit lachsfarbener Soße und kleinen Tomatenstücken und Blüten verziert ab, die er uns serviert, und schnuppert mit Genuss daran. Während sie ihre Bandnudeln gekonnt auf die Gabel dreht, schabe ich unauffällig den Blumengarten herunter. So etwas muss ich nun wirklich nicht essen.

Unsere Linzer Kollegin wickelt beinahe das gesamte, wirklich sehr überschaubare Gericht auf einmal auf die Gabel und steckt sie sich in den Mund. Hastig kaut sie an der für eine Mundfüllung doch großen Portion, schluckt sie herunter und spült dann mit ihrem Getränk nach. Dann legt sie zufrieden ihr Besteck auf die Seite und wischt sich den Mund mit der Serviette ab. »Wirklich delikat, Sie haben recht.«

Die ist beim Essen noch schneller als ich, stelle ich verblüfft fest. Auch der Buchinger, dem kaum eine einzige Nudel auf der Gabel picken bleibt, starrt sie erstaunt an.

»Liebe Frau Doktor, bitte spannen Sie mich nicht so auf die Folter, was steht in dem Bericht?« Die Linzerin lässt sich von unseren verwunderten Blicken nicht beirren.

Konzentriert dreht die Pathologin erneut ein wenig Pasta mit der Gabel auf und träufelt sich von der auf dem Teller befindlichen Zitronenscheibe etwas Saft darüber. Bevor sie sich den Bissen in den Mund schiebt, antwortet sie. »Leider nicht viel. Wirklich auffällig ist nur der saubere Herzsteckschuss. Klar begrenzte Wundränder an der Einschusswunde, wegen des gechlorten Poolwassers kaum mehr Pulverreste am Abstreifring. Die Kriminaltechnik sagt, die Schussdistanz betrug etwa zwei oder drei Meter, was ich bestätigen kann. Am Rücken ist die Kugel übrigens sehr knapp unter der Haut stecken geblieben, aber eben nicht wieder ausgetreten.« Sie wirft mir kurz einen bedauernden Blick zu und schiebt sich dann die Gabel in den Mund. Der Buchinger und ich haben unsere Miniportionen bereits vertilgt, ehe sie mit dem Kauen fertig ist. »Es wurde die linke Herzkammer getroffen, und das bedeutet, der Mann hatte keine Chance. Der Herzbeutel, also die Stelle, wo das Herz eingebettet ist, füllt sich dabei sehr schnell mit Blut. Ein Herzkreislauf ist nicht mehr möglich, das mit Sauerstoff angereicherte Blut wird nicht mehr durch den Körper transportiert. Das Opfer war aufgrund der zerfetzten Herzkammer mit Sicherheit nach wenigen Sekunden tot, es gibt auch keinerlei Anzeichen für den Eintritt des Todes durch Ertrinken. Nun, falls der Mann Glück hatte, war er durch den Schock auch sofort bewusstlos. Hätte ihn das Projektil allerdings in die rechte Herzkammer getroffen, hätte er gute Überlebenschancen gehabt. Aber wahrscheinlich wäre er dann wohl ertrunken, wenn ihn niemand aus dem Wasser gezogen hätte. Wie gesagt, nichts Aufregendes. Leider, Herr Aigner.« Damit stoppt sie ihre fachlichen Ausführungen und klopft mir mitfühlend auf den Arm. Mit einem verzückten Ausdruck in den Augen wickelt sie sich die nächste Gabel mit zwei Nudeln auf.

»Und der genaue Todeszeitpunkt liegt wie von Professor Heinrich geschätzt tatsächlich irgendwo zwischen drei und vier Uhr?«

Sie zuckt mit den Schultern und schluckt den Bissen hinunter. »Ja, Herr Aigner. Aber der Pool macht es uns auch hier ein wenig schwierig. Der Körper lag gute drei Stunden im Wasser. Ich würde ja wagen zu behaupten, dass die Tatzeit eher gegen drei Uhr, spätestens halb vier liegt. Aber der Professor will sich in diesem Fall lieber nicht festlegen, was ich auch nachvollziehen kann.« Sie schiebt sich schmunzelnd die letzte Gabel in den Mund. »Übrigens, das Mordopfer hatte teure pektorale Implantate.«

»Wie bitte?« Vor Staunen bleibt der Gscheitmeier der Mund offen stehen. »Der Kerl hatte Silikonbrüste?« Dachte ich es mir doch, dass an diesem unglaublich durchtrainierten Oberkörper etwas faul ist. Lanners Männerkörper war zu perfekt, um wahr zu sein.

Frau Dr. Baumann legt die Gabel zur Seite und lacht. »Aber

nein. Oder doch, so ähnlich. Die Brustimplantate bei Männern sind nicht wie bei Frauen mit Silikon gefüllt, sondern aus hartem, weniger flexiblem Plastik, damit nichts auslaufen kann und es sich wie ein stählerner Brustkorb anfühlt. Die operative Brustvergrößerung war gut gemacht, nicht zu übertrieben, es wirkte tatsächlich recht natürlich. Ich vermute, dass das Opfer sich auch Implantate im Bereich der Knie und unterhalb der Oberschenkelmuskeln hat platzieren lassen. Seine Beine sind für seinen doch recht drahtigen Körperbau viel zu muskulös. Aber das hab ich mir nicht näher angesehen. Hat auch nichts mit der Todesursache zu tun.«

»Was es alles gibt. Unglaublich. Die Welt steht nimmer lang, wenn sich auch schon die Männer falsche Brüste machen lassen.« Völlig perplex schüttelt mein Ex-Kollege den Kopf.

»Schrecklich«, sagt die Pathologin und meint dabei nicht die Implantate, sondern deutet auf ihren leeren Teller. »Seit ich versuche, mir das Rauchen abzugewöhnen, könnte ich nur noch essen. Bringst du uns bitte noch was von eurem saftigen Schokokuchen, Hugo?«, ruft sie dem Kellner an der Bar zu, der ihr wissend zunickt und uns allen in Windeseile je einen Kuchen, großzügig bedeckt von einer Riesenportion Schlagobers, bringt.

»Übrigens, der Tote hatte einen deftigen Schweinsbraten im Magen, etwas Alkohol, aber nicht schlimm«, erklärt sie uns weiter, während sie ein großes Stück des zugegeben wirklich appetitlich aussehenden Kuchens verspeist. »Und ein wenig Kokain im Blut. Nicht viel, aber genug, um den letzten Abend gut gelaunt verbringen zu können.«

»Das toxikologische Gutachten ist endlich fertig?«, frage ich hoffnungsfroh. »Und mein Kollege, was wurde bei ihm im Blut gefunden? Haben Sie dazu auch schon ein Ergebnis erhalten?« Außerdem hoffe ich, dass endlich klar ist, dass irgendjemand dem Schorsch eine chemische Substanz ins Getränk gemixt hat. Das würde vieles erleichtern. Vor Aufregung stelle ich den Kuchenteller von mir weg. Der Buchinger greift sofort gierig danach und schiebt sich auch meinen Kuchen noch rasch in den Mund.

»Herr Aigner, wo denken Sie hin?«, grinst sie mich an. »Wenn Sie an einem Fall dran sind, dann weiß ich immer als Erste über alles Bescheid.« Sie lächelt kokett, sticht dabei seelenruhig ein Stück von ihrem Kuchen ab und lässt es sich genüsslich im Mund zergehen. »Entschuldigen Sie, aber ich muss es einfach so spannend machen. Also bei dem Polizisten hat man am Morgen nach dem Mord noch null Komma fünf Promille Blutalkoholkonzentration gemessen. Aber in seinem Blut und vor allem im Urin hat das Labor noch etwas anderes gefunden. Gammahydroxybuttersäure oder auch GHB, also K.-o.-Tropfen. In Kombination mit Alkohol muss der Mann völlig wehrlos gewesen sein. Um ehrlich zu sein, mich wundert es nicht, dass Ihr Kollege sich an nichts mehr erinnern kann, Herr Aigner. Die Reaktionsfähigkeit wird bei einer solchen Kombination erheblich beeinträchtigt, Gleichgewichtsstörungen treten auf, Muskelerschlaffungen sind möglich, und Verwirrtheit bis hin zum totalen Blackout tritt ein. Im Übrigen bezweifle ich, dass man in so einem Zustand überhaupt noch eine Waffe korrekt halten kann, geschweige denn mit nur einem Schuss perfekt mitten ins Herz trifft. Auch wenn man ein geübter Schütze ist.« Ähnlich einem chirurgischen Eingriff trennt die Pathologin mit einem exakten Schnitt ein weiteres Stück vom Kuchen ab. »Im Urin der jungen Dame ist übrigens auch GHB festgestellt worden, allerdings in weitaus geringerer Konzentration. Im Champagner, der auf dem Tisch der Terrasse stand, konnte kein GHB nachgewiesen werden. Es hat daraus auch niemand getrunken, sagt die Kriminaltechnik.« Aha, die K.-o.-Tropfen erklären nun wohl auch Klaras Blackout, obwohl sie kaum Alkohol getrunken hat. Somit müssen wir denjenigen finden, der beide mit dieser Droge außer Gefecht gesetzt hat. Vielleicht doch der Doktor mit dem Lockenkopf?

Während die Kollegen sich auf den Weg zur Landespolizeidirektion im Süden der Stadt machen, fahre ich zurück nach Koppelried und parke den Streifenwagen vor der Inspektion. Da ich noch ein paar Stunden Dienst schieben muss, schlüpfe ich wieder in die Uniform, plaudere bei einem raschen Kaffee mit der Gerti und verziehe mich dann ins Büro. Neugierig blättere ich in der aktuellen Ausgabe des Salzburger Tagblattes, um zu sehen, ob mein neuer Freund Ziegenbart sich wieder mal in unserer Sache schriftlich verewigt hat.

Tatsächlich werde ich gleich auf Seite zwei fündig.

»Neueste Entwicklungen im Mordfall um den Flachgauer Lokalpolitiker S. Lanner« steht diesmal über einem Artikel ohne Foto. Neugierig lese ich weiter.

Laut Pressemitteilung des LKA Salzburg wurde der Mordfall um den Flachgauer Lokalpolitiker an das BAK, das Wiener Bundesamt zur Korruptionsprävention und Korruptionsbekämpfung, übergeben. Im immer noch unbewiesenen Mordverdacht gegen den Flachgauer Polizisten ermittelt nun eine Beamtin des BAK, die gebürtige Oberösterreicherin Chefinspektorin D. Gscheitmeier, gemeinsam mit dem Wiener Staatsanwalt F. Probst.
Das Duo Gscheitmeier und Probst erlangte bereits vor zwei Jahren mediale Aufmerksamkeit. Im Verdachtsfall gegen Harald H., einen leitenden Kriminalbeamten des Landeskriminalamts Linz, konnten die beiden anhand zahlreicher Beweise einen Sumpf an Korruption und Amtsmissbrauch aufdecken. Harald H. wurde damals in einem aufsehenerregenden Prozess in allen Anklagepunkten vom Landesgericht Linz für schuldig gesprochen und unehrenhaft aus dem Polizeidienst entlassen. Gscheitmeier gilt in Polizeikreisen als ausgesprochen hartnäckige und integre Ermittlerin. Wir berichten weiter in diesem Fall. (M. Rebhandl)

Schau an, denke ich mir, ihre Hartnäckigkeit kann ich schon mal bestätigen. Neugierig suche ich im Internet nach dem Fall Harald H. Tatsächlich, der Leiter des Drogendezernats war offenbar selbst tief in die Drogengeschäfte in der oberösterreichischen Landeshauptstadt verstrickt. Er wurde wegen Bestechlichkeit, Verletzung von Dienstgeheimnissen, Geldwäsche und Betrug von Gscheitmeier überführt und anschließend vom Gericht verurteilt. Der Mann hatte regelmäßig sensible Informationen an zwei konkurrierende Drogenbosse der Unterwelt weitergegeben und im Gegenzug dafür Gefälligkeiten in Form von Geld und anderen sehr pikanten Leistungen erhalten. Wie es aussieht, hat die Linzer Kollegin damals tatsächlich saubere Arbeit geleistet.

Äußerst zufrieden über diese Erkenntnis scrolle ich im Bericht, den mir der Fritz zwar inoffiziell, aber nun mit Zustimmung der Gscheitmeier auf einem Datenstick übergeben hat dürfen.

Wie ich mir schon dachte, kommen Lanners Familienangehörige nach allen bisherigen Erkenntnissen nicht als Verdächtige in Betracht. Deren Alibis sind hieb- und stichfest.

Obwohl die junge Klara auch am Tatort gewesen war, spricht bisher einfach kein Indiz gegen sie. Ihre Fingerabdrücke wurden weder auf der Waffe gefunden, noch hatte sie Schmauchspuren an den Händen. Auch kann man ihr nicht vorwerfen, sie habe Spuren beseitigen wollen, denn im gesamten Haus wimmelt es nur so von ihren und Lanners Fingerabdrücken. Nicht weiter verwunderlich, da sie die letzten Wochen bei dem Mann gewohnt hat. Tja, und nachdem sie selbst mit K.-o.-Tropfen aus dem Verkehr gezogen worden ist, scheidet sie wohl als Täterin aus.

Das grobe Profil von Schorschs Trachtenschuhen hat auf der Terrasse eindeutige Spuren hinterlassen. Ebenso wie Klaras hochhackige Trachtenpumps. Kein Wunder, da war noch genug Staub und Dreck von der sandigen Volksfestwiese darauf zu finden. Also liegt es nahe, dass eine der beiden weiteren

Spuren mit Schuhgröße dreiundvierzig zum Täter gehören muss. Wer in Lanners Umfeld hat diese Schuhgröße und kann ganz nebenbei auch noch gut mit einer Waffe umgehen?

Das Klingeln meiner Nebenstelle unterbricht meine Gedanken.

»Chef, es ist der Notar für dich. Ich mein, unser ehemaliger Notar, der Herr Dr. Lechner«, korrigiert sich die Gerti rasch und stellt den Anruf durch. Du meine Güte, den Mann und seinen gestohlenen Oldtimer habe ich wegen der Mordsache fast vergessen.

»Grüß Sie Gott, Herr Aigner. Ich hoffe, ich störe Sie nicht?«, vernehme ich die angenehme Stimme des höflichen alten Herrn.

»Ich wollte mich nur erkundigen, ob die Fahndung und die von mir ausgesetzte Belohnung von zehntausend Euro schon etwas bewirkt haben. Ich möchte die Hoffnung nicht aufgeben, denn ich hänge aus privaten Gründen sehr an dem Wagen. Außerdem macht mir die Versicherung Schwierigkeiten.« Er seufzt, und ich kann mir schon vorstellen, warum die Versicherung in diesem Fall nicht zahlen will. Das Auto hatte weder einen GPS-Tracker, noch war es in der einfachen Garage auch nur irgendwie abgesichert gewesen.

»Tut mir leid, Herr Dr. Lechner. Wir mussten Ihren Fall an das Landeskriminalamt Salzburg weitergeben. Aber die Kollegen sind Spezialisten für Autoschieberbanden und stehen in engem Kontakt mit Interpol. Wenn uns jemand erfolgreich bei der Suche helfen kann, dann diese Leute. Sobald irgendwelche Auskünfte bei uns eingehen, werde ich Sie umgehend informieren.« Mehr kann ich ihm leider nicht sagen. Denn die Aufklärungsquote ist bereits bei Autodiebstählen von alltäglichen Marken minimal, und einen zahlungskräftigen illegalen Käufer dieses Goldstücks werden wir mit großer Wahrscheinlichkeit niemals entlarven können.

»Vielen Dank, Herr Aigner. Das beruhigt mich etwas. Mir ist auch klar, dass Sie aufgrund des Mordes am armen Dr. Lanner im Moment sowieso kaum Zeit für meinen Gullwing haben werden.«

»Kannten Sie ihn durch die Übergabe Ihres Notariats etwas näher?«, frage ich ihn neugierig. Erst im Frühjahr hat das Mordopfer seine Kanzlei übernommen, wenn ich mich richtig erinnere.

»Nicht wirklich«, beeilt er sich zu antworten. »Der junge Mann kam aus der Stadt und war ein gewissenhafter Notar. Ein guter, wage ich zu behaupten. Ich persönlich hätte mich zwar gefreut, wenn mein Sohn unseren Sprengel zugewiesen bekommen hätte, aber ich konnte das leider nicht beeinflussen. Die Notariatskammer hat Dr. Lanner dem Justizministerium vorgeschlagen, und er ist es dann auch geworden. Wie gesagt, außer einer kurzen Amtsübergabe hatte ich mit dem Mann nichts zu tun. Um ehrlich zu sein, er war auch kaum an meiner Hilfe interessiert. Ich hätte gerne noch ein wenig mit ihm zusammengearbeitet, aber er wollte alles von Grund auf neu organisieren.« Der alte Herr lässt einen lauten Seufzer vernehmen. »Ich hab gar nicht damit gerechnet, dass mir meine Arbeit so fehlen würde. Aber nun hat sich das Blatt wieder gewendet. Trotz meiner Pensionierung hat mich die Notariatskammer gebeten einzuspringen, bis ein neuer zuständiger Kollege feststeht. Was ich mit Freuden angenommen habe, die Arbeit lenkt mich auch von meiner Misere mit meines Vaters Gullwing ab.«

»Sagen Sie, abgesehen von den Koppelriedern, wer wusste eigentlich davon, dass Sie eine derartige Rarität besitzen?« Vielleicht müssen wir die Sache einfach anders angehen, denke ich mir. Es könnte durchaus sein, dass die Einbrecher diesen sündteuren Wagen nicht zufällig entdeckt haben, sondern ihn gezielt im Auftrag eines Oldtimerliebhabers gestohlen haben.

»Kaum jemand. Sie müssen wissen, ich fahre weder zu Oldtimertreffen noch zu ähnlichen Veranstaltungen. Nur meine besten Freunde wissen von dem Auto, und die werden in den letzten Jahren leider allmählich rarer.« Er räuspert sich. »Aber warten Sie, weil Sie jetzt gefragt haben, fällt es mir wieder ein. Vor gut einem Jahr hat mich ein Freund kontaktiert, der von meinem Mercedes weiß. Er meinte, er habe einen ernsthaften Interessenten für das gute Stück, einen Sammler und sehr vermögenden Juristen mit eigener Kanzlei. Allerdings kam der Mann aus Deutschland, Hamburg, glaube ich mich zu erinnern. Ich habe natürlich sofort abgelehnt und somit auch kein Angebot erhalten, aber mein Freund hat mir den Namen dieses Mannes genannt. Warten Sie.« Er macht eine kurze Pause, um nachzudenken. »Ich glaube, er hieß Jürgen Hagenbach. Ganz sicher bin ich mir nicht, aber ich kann gerne noch mal bei meinem Freund nachfragen, wenn ich damit irgendwie behilflich sein kann.«

»Tun Sie das unbedingt, Herr Dr. Lechner. Wir sollten allen möglichen Hinweisen nachgehen, denn die Aufklärungsrate bei Autodiebstählen ist leider äußerst gering.« So leid es mir auch tut, ich muss ihn darüber in Kenntnis setzen.

Seufzend lege ich auf, nachdem wir uns verabschiedet haben, und widme mich wieder dem Bericht der kriminaltechnischen Abteilung.

Doch da läutet schon wieder ein Telefon, diesmal ist es mein Handy.

»Hallo, Bruderherz«, tönt Simons dunkles Timbre an mein Ohr. »Ich habe eben mit unserer Schwester geplaudert und dachte, es sei an der Zeit, auch deine Stimme mal wieder zu hören. Was macht Felix, der kleine Racker?«

»Alles bestens, Simon. Uns geht's gut, nur steck ich momentan leider in einem heiklen Fall rund um einen meiner Polizisten und hab wenig Zeit. Aber ich vermute, die Gabi hat dir sowieso schon davon berichtet«, antworte ich knapp und hoffe, ich kann das Gespräch damit abkürzen. Mein Bruder ist nämlich einer dieser Langzeit-Telefonierer, unter einer Stunde geht bei ihm kaum was. Wahrscheinlich weil er als Anwalt immer alles so gründlich hinterfragen muss.

»Hat sie natürlich, es geht um ihren Beinahe-Schwager,

diesen dicken Polizisten. Aber Gabi meint, du wirst den Fall schon lösen«, lacht er. »Trotzdem hat sie mir aufgetragen, dir wegen Moni ordentlich ins Gewissen zu reden. Unsere Schwester sagt, du steckst schon den Kopf in den Sand, sobald nur die Sprache auf die junge Frau kommt. So kenne ich dich gar nicht, du ziehst doch sonst nicht sofort den Schwanz ein. Obwohl das hättest du in diesem speziellen Fall wohl besser von Anfang an tun sollen.«

»Ha, ha, ha. Guter Witz, Simon«, entgegne ich trocken. Erst letzten Winter haben wir beide erfahren, dass wir Brüder sind. Eigentlich nur Halbbrüder. »Ich hab im Moment einfach anderes im Kopf, denn ich bin meinem Polizisten so einiges schuldig.«

»Raphael, ich will dich auf keinen Fall nerven, dafür sorgt sowieso unsere Schwester«, zieht mich mein Bruder auf, fügt aber dann mit etwas ernsterer Stimme hinzu: »Solltest du wegen Moni jemanden zum Reden oder einfach nur zum Zuhören brauchen, du weißt, wie du mich erreichst. Zur Not steig ich für dich auch in den nächsten Flieger von Hamburg nach Salzburg. Jederzeit, Bruderherz.«

Ich freue mich über sein Angebot und sage ihm das auch. »Warte noch kurz.« Etwas fällt mir dann doch noch ein. »Du kennst doch die meisten Juristen und Anwälte in deiner Speicherstadt, oder? Sag, ist dir ein Jürgen Hagenbach bekannt? Angeblich sehr vermögend, eigene Kanzlei und ein eifriger Sammler alter und wertvoller Autos.«

»Sicher doch«, kommt es wie aus der Pistole geschossen. »Aber der Mann heißt nicht Jürgen. Sein Name ist Jörn Hagenbach. Er hat die größte Kanzlei hier in der Stadt, und ja, der Mann ist ein absoluter Oldtimer-Freak. Ich glaube, der hat an die zwanzig alte Wägelchen in seiner Garage stehen.«

Muss eine große Garage sein, denke ich mir nun doch etwas beeindruckt. Also berichte ich ihm von dem gestohlenen Mercedes Gullwing und bitte ihn, diesem Hagenbach etwas auf den Zahn zu fühlen. Wer weiß, vielleicht hat man selbst in

Hamburgs Sammlerkreisen von einem illegalen Angebot dieser absoluten Rarität gehört. Es kann zumindest nicht schaden.

Nachdem wir uns endlich verabschiedet haben, richte ich meine Aufmerksamkeit wieder auf den Bericht auf dem Bildschirm.

»Lass mich zum Aigner rein, Gerti!«, höre ich plötzlich die Stimme der Bürgermeistergattin Herta Bachler im Wachzimmer. Kruzifix noch mal, kann ich mich heute gar nicht auf meine Arbeit konzentrieren, denke ich mir. Schon fliegt die Tür zu meinem Büro auf, und die Herta, ihre Tochter Vroni im Schlepptau, stürmt herein.

»Aigner, gut, dass du da bist. Ich muss mit dir persönlich reden.« Keuchend lässt sich die kleine, schmächtige Frau auf den Stuhl vor meinen Schreibtisch fallen, während die groß gewachsene Vroni dahinter der Mutter fürsorglich die Hände auf die Schultern legt.

»Meine Klara«, schluchzt sie, »meine Tochter ist verschwunden! Es ist ihr etwas passiert. Ich weiß das, eine Mutter spürt so was.«

»Geh, Mama, bitte.« Die Vroni hebt unglücklich die Augenbrauen. »Ihr wird schon nix passiert sein. Die wird irgendwo bei Freunden untergetaucht sein. Das hat sie doch schon oft gemacht.«

»Nein, nein, nein! Ich hab überall bei ihren Freunden angerufen. Niemand weiß, wo mein Kind ist.« Völlig verzweifelt schüttelt die kleine Frau heftig den Kopf. »Aigner, meine Tochter ist Montagfrüh zur Arbeit gefahren, dort nie aufgetaucht, und seitdem haben wir nichts mehr von ihr gehört. Das hat sie noch nie gemacht. Noch niemals, ich schwöre es.«

»Sie ist noch nicht mal zwei Tage weg«, versucht die Vroni nicht ganz unberechtigterweise zu beschwichtigen. Obwohl ihre Schwester sich eigentlich zu unserer Verfügung halten muss, traue ich dem kleinen Biest zu, sich einfach abgesetzt zu haben. Soweit ich in letzter Zeit mitbekommen habe, war ihr alles lieber, als zu Hause zu sein.

»Meine Klara würde doch niemals freiwillig ihren Job in der Schönheitsklinik hinschmeißen. Das Kind hat über zweitausend Euro netto verdient. Für nur zweiunddreißig Stunden die Woche«, schluchzt die Herta, kramt in ihrer schwarzen Tasche nach einem Taschentuch und schnäuzt sich dann geräuschvoll hinein.

»Wisst ihr sicher, dass sie heute auch nicht an ihrem Arbeitsplatz erschienen ist?«

»Ja«, nickt die Vroni betreten. »Die Mama hat heute schon fünf Mal mit diesem Beauty-Center telefoniert. Der Papa meint ebenfalls, dass sie übertreibt.« Dann beißt sie sich doch etwas entmutigt auf die Lippen. »Sie glauben doch nicht auch, dass meiner Schwester etwas passiert sein könnte, oder?«

Ich hole der Vroni einen Stuhl und bitte die beiden, mir noch mal genau zu erzählen, wann und wo sie die Klara zum letzten Mal gesehen haben. Nach einem kargen Frühstück am Montagmorgen, nämlich nur ungesüßten Tee, erfahre ich, wurde sie von zwei Arbeitern des Sägewerks mit dem Lieferwagen mit nach Salzburg genommen. Kurz vor der Staatsbrücke haben die beiden die junge Frau gegen halb neun Uhr aussteigen lassen. In einem kurzen grünen Kleid, hohen braunen Sandaletten und mit einer großen Ledertasche in derselben Farbe. An ihrem Arbeitsplatz ist sie aber nicht angekommen, wie ich mich gestern selbst überzeugen konnte.

»Ich hatte nach dem Mord am Lanner schon so ein ungutes Gefühl, Aigner. Ich sag dir, ich überleb das nicht, wenn meinem Kind was zugestoßen ist«, stammelt die Frau unseres Bürgermeisters und bricht gleich darauf wieder in Tränen aus.

»Mach dir keine Sorgen, Herta.« Da sie mir wirklich leidtut, stehe ich rasch vom Schreibtisch auf, hocke mich vor sie hin und ergreife ihre eiskalte rechte Hand. »Wir werden deine Tochter finden. Ich gebe sofort eine Vermisstenmeldung raus und ruf beim LKA an.« Nachdem ich mich wieder erhoben habe, drehe ich mich zur Vroni. »Bring deine Mutter heim. Am besten rufst du auch gleich den Dr. Hopfner an. Ich melde mich bei euch, wenn ich etwas weiß, versprochen.« Der Hopfner ist unser alter Gemeindearzt und wird schon irgendetwas Beruhigendes für die Herta in seiner Tasche dabeihaben, denke ich mir.

Obwohl die junge Frau lächelnd nickt, ist ihr Gesicht mittlerweile doch recht bleich geworden. Vorsichtig zieht sie ihre Mutter vom Stuhl hoch und geleitet sie fest an sich gedrückt hinaus ins Wachzimmer.

Ich will sofort den Buchinger informieren, überlege es mir aber anders und rufe die Gscheitmeier an.

»Danke, Aigner«, sagt sie, nachdem sie mir aufmerksam zugehört hat, und ihre tiefe Stimme klingt besorgt. »Hoffentlich ist der jungen Frau nichts passiert. Ihr Kollege, der Buchinger, hat schon recht. Ich hätte mich nicht so auf Ihren Polizisten einschießen dürfen. Der Fall ist noch nicht gelöst, und es erscheint auch mir immer klarer, dass man Ihren Kollegen reingelegt hat.«

»Deinen Kollegen«, antworte ich. »Bei uns in Salzburg ist man mit Leuten, die man für okay befindet, immer per Du, Gscheitmeier.«

»Gut, Aigner«, freut sie sich offensichtlich, »dann machen wir das auch so. Ich werde hier alle Hebel in Bewegung setzen, damit wir die junge Frau finden. Die Staatsbrücke ist kein verlassener Feldweg, da muss sie gestern von jemandem gesehen worden sein. Wenn du dich auch noch etwas umhören würdest, wär uns gut geholfen.«

Sie macht eine kurze Pause, als würde sie überlegen, und spricht dann weiter. »Wart, ich hab auch noch eine interessante Neuigkeit für dich, Aigner. Die Kollegen haben den Taxifahrer ausfindig gemacht, der in der Mordnacht diese Fahrt zu Lanners Haus übernommen hat. Und stell dir vor, sein Fahrgast war dieser Trenkheimer, der Fahrer hat den Doktor auf unseren Fotos erkannt. Die ganze Aktion schaut mir doch sehr danach aus, als hätte er sich ein Alibi verschaffen wollen. Denn der erste von der Bardame gerufene Taxifahrer hat ihn um zwei Uhr zwanzig vor seinem Schönheitstempel abgesetzt. Etwa eine Stunde später hat er sich auf den Weg zum nahen Taxistand beim Landesgericht am Rudolfsplatz gemacht. Der zweite Taxler hat ihn wieder zurück nach Koppelried gefahren und sollte vor dem Haus unseres Mordopfers auf ihn warten. Der Doktor ist keine fünf Minuten später mit bleichem Gesicht durch die Gartentür gelaufen gekommen, und exakt um drei Uhr dreiundvierzig hat sich das Taxi wieder auf den Weg zurück in die Stadt gemacht. Zeitlich passt alles perfekt in die mögliche Tatzeit. Außerdem passt es auch zur Aussage der Freundin von Paul Holzer.«

Nachdem ich aufgelegt habe, bin ich in zwei Sätzen im Wachzimmer. »Gerti, gib sofort eine Vermisstenmeldung auf. Die Bachler Klara ist verschwunden.« Ich informiere sie kurz über die Details und drehe mich dann zum Heinz, der eben mit einer Tasse aus der Kaffeeküche kommt. »Du hör dich bitte ein wenig in Koppelried um. Vielleicht hat sie jemand in den letzten zwei Tagen im Ort gesehen.« Gruppeninspektor Rohrmoser nickt, und die Gerti schlägt vor Schreck die Hände über dem Kopf zusammen. Bevor sie jedoch noch irgendwie antworten kann, platziere ich schon meinen Hintern auf Rainers Schreibtisch. Nun will ich auf keinen Fall mehr warten, Eile ist angesagt, denke ich mir.

»So, Columbo. Ich hätte wieder mal einen wichtigen Einsatz für dich, damit du die Sache mit dem Schorsch wiedergutmachen kannst.«

Unser pickeliger Praktikant springt erfreut von seinem Bürosessel auf. »Wie kann ich Ihnen helfen, Chef? Soll ich den Rebhandl doch verdreschen?«

»Red keinen Unsinn. Pack dich zusammen und schnapp dir dein Zeug«, sage ich nur, »ich erklär dir alles unterwegs.«

»Chef, wenn Sie bitte ganz langsam fahren würden. Mir wird so leicht schlecht im Auto.« Der Rainer, seinen Rucksack, eigentlich eine Art schwarzer Turnbeutel, zwischen den Beinen festgeklemmt, hält sich mit beiden Händen verkrampft am Haltegriff über der Beifahrertür fest. Und das, obwohl ich das Auto noch nicht mal gestartet habe.

»Reiß dich zusammen«, sage ich streng, »uns pressiert's. Es ist gleich sechs, und die Praxis von deinem Onkel schließt bald.« Natürlich habe ich mich zuvor auf der Website des Ästhetik-Centers informiert.

»Was wollen Sie denn vom Onkel Chris?«, blickt mich der Bursche erstaunt an und vergisst, sich weiter am Griff festzuhalten.

»Ich gar nichts. Du wirst zu ihm reingehen und ihm sagen, du seist wegen deiner Praktikumsstelle vom LKA beauftragt worden, seiner Angestellten Klara Bachler die Vorladung zur Zeugeneinvernahme in der Mordsache Lanner persönlich zu überbringen. Sag einfach, du hättest dir gedacht, du könntest sie ihr gleich hier übergeben, dann müsstest du nicht extra nach Koppelried fahren.« Ich drücke dem verdutzten Burschen einen leeren Amtsbriefumschlag in die Hand, den ich mir vorher von Gertis Schreibtisch stibitzt habe. »Sag deinem Onkel, niemand beim LKA weiß, dass er mit dir verwandt ist, deshalb kannst du ihm das alles stecken. Dann sag ihm, dass die Polizei nicht an sein Alibi mit dem Taxifahrer glaubt. Es gibt eine Aussage, dass er in der Mordnacht vor Lanners Haus gesehen worden ist. Und dann erzähl ihm von Gerüchten, dass der Lanner homosexuell gewesen sein soll –«

»Was? Schwul?«, ruft der Rainer entsetzt und läuft unter den ganzen Wimmerln im Gesicht rot an. »So was kann ich nicht sagen. Glauben Sie ja nicht, mein Onkel gibt mir auch nur irgendeine Antwort. Der redet doch nie mit mir, ich glaub, der weiß nicht mal, wie ich heiße.«

»Verzapf keinen Unsinn«, antworte ich und konzentriere mich auf die Straße. »Pass genau auf, wie er reagiert. Du musst dir auch alles merken, was er sagt, damit du es mir so originalgetreu wie möglich wiedergeben kannst.«

»Nein, Chef«, wimmert der Bub, »unmöglich. Ich merk mir überhaupt nie was. Und mitschreiben kann ich auch nur, wenn jemand ganz langsam spricht. Sie habens doch selbst gesehen. Wenn S' wissen wollen, was mein Onkel sagt, dann müssen S' mich schon verkabeln.«

»Womit soll ich dich denn verkabeln, Rainer? Wir sind eine kleine Polizeiinspektion und kein Geheimdienst.« Ich biege auf die Zufahrt zur Autobahn auf, und dabei kommt mir eine Idee. »Nun gut, hör zu: Du rufst mich an, bevor du das Gebäude betrittst, und lässt das Handy, ohne es abzuschalten, in deinem Turnbeutel verschwinden. So kann ich live mithören, was dein Onkel zu sagen hat.«

Ich schaue auf die Uhr und steige aufs Gas, damit uns der Kerl nicht entwischt. Den Burschen neben mir höre ich nur mehr laut stöhnen, während er sich wieder am Haltegriff festkrallt.

»Bitte ... Chef ... Herr Aigner ...«, stammelt er und schluckt dabei schwer, »mir wird auf der Autobahn immer so schlecht ...«

Eine Querstraße von dem neuen Wohnpark entfernt, warte ich neben unserem Praktikanten, der sich redlich bemüht, sich in eine Mülltonne zu übergeben. Aber es kommt nicht mal ein einziger Tropfen aus seinem Magen. Nachdem er keine Anstalten macht, mit der sinnlosen Würgerei aufzuhören, packe ich ihn am Arm. »Hör endlich auf, Rainer. Die Klinik deines Onkels schließt in fünf Minuten.«

Unser Praktikant erhebt sich mit kreideweißem Gesicht und kramt aus seinem Turnbeutel eine Packung Papiertaschentücher heraus, mit denen er sich innen und außen mehrmals den Mund abwischt.

»Rainer!« Schön langsam reißt mir der Geduldsfaden.

»Ich geh ja schon.« Mit offensichtlichem Widerwillen setzt sich der Bursche langsam in Bewegung, nachdem ich ihm den blauen Briefumschlag noch mal in die Hand gedrückt habe.

»Ruf mich an!«, schreie ich ihm noch nach, er fischt umständlich sein Handy aus der Hosentasche und ruft mich tatsächlich an. Ich kann grad noch sehen, dass er es in seinem Beutel verschwinden lässt, bevor er um die Ecke biegt.

Gott sei Dank, denke ich mir erleichtert, während ich in den Wagen einsteige und mir das Handy ans Ohr drücke; wenigstens kann ich etwas hören. Hoffentlich habe ich mit dem Burschen keinen großen Fehler gemacht, kommt mir wohl etwas zu spät in den Sinn.

Da vernehme ich auch schon, wie er offenbar durch die Glasdrehtür geht und das Ästhetik-Center betritt. Seine Sportschuhe quietschen laut auf dem Parkett. »Entschuldigung. Ich bin der Rainer und komm vom LKA. Also niemand beim LKA weiß, dass er mein Onkel ist, soll ich sagen.« Was sagt der Bursche da? Mir wird heiß, und ich muss die obersten Knöpfe meines Hemdes aufmachen.

»Darf ich fragen, wer Ihr Onkel ist? Und wen ich melden darf?«, höre ich eine etwas ratlose weibliche Stimme.

»Mein Name ist Rainer Trenkheimer, ich bin der Onkel ... nein, der Neffe vom Herrn Doktor ... niemand weiß, dass er mein Onkel ist«, stammelt unser Praktikant verwirrt, und mir wird angst und bang. Was habe ich da bloß angestellt?

»Rainer? Ja sag mal, was machst du denn hier?« Ich vernehme die eloquente männliche Stimme, die mir noch vom Porscheunfall mit dem Radarkasten in Erinnerung ist.

»Äh, ich komm vom LKA ... niemand weiß, dass du mein –«

»Vom Landeskrankenhaus? Was hattest du dort zu suchen?« Zum Glück unterbricht ihn die männliche Stimme unwirsch.

»Äh, nein, vom Landeskriminalamt ... niemand weiß ... äh, du weißt doch von meinem Praktikum, Onkel Chris.«

»Welches Praktikum?« Die Stimme des Onkels klingt ein wenig genervt. Verständlicherweise.

»Also ich mach ein einjähriges Verwaltungspraktikum beim Landeskriminalamt. Ich hab letztes Jahr im August begonnen und bin bald fertig. Es war recht interessant, denn ich durfte bei verschiedenen Polizeiinspektionen in ganz Salzburg mitarbeiten. Danach kann ich dann –«

»Wie schön, Rainer, das kannst du mir gern auch ein andermal erzählen. Ich hab's eilig. Grüße an deine hypochondrische Mutter, der es sicher schon wieder besser geht, nachdem ich deinem knausrigen Vater die fünfhundert Euro für das teure Hyaluron zurückzahlen hab müssen.«

»Nein, wart bitte! Onkel Chris!« Ich höre, wie Rainers Sportschuhe nur so auf dem Parkett dahinquietschen und dann lang nichts mehr. Endlich vernehme ich einen Piepton und ein Geräusch, als würde der Bub im Aufzug stehen. Anschließend wieder nichts und dann eine Türklingel.

»Bleib gefälligst stehen. Du machst mir mit deinen billigen Schuhen lauter schwarze Streifen in den teuren Boden.« Das ist wieder Rainers Onkel. »Was willst du denn eigentlich von mir? Los, red schon, ich hab nicht den ganzen Tag Zeit.«

»Also, ich soll dir die Vorladung persönlich überbringen. Wegen der Zeugenaussage vom Taxifahrer. Dein Alibi.« Der Bursche ist nicht nur ganz außer Atem, sondern verzapft weiterhin nur Schwachsinn.

»Welcher Taxifahrer?« Irre ich mich, oder klingt der Mann auf einmal etwas aufmerksamer?

»Der Taxifahrer ist schwul«, sagt der Rainer, und ich bin versucht, mein Handy aus purer Verzweiflung aus dem Fenster zu werfen. Der Angstschweiß bricht mir aus, und ich stelle mich schon mal geistig drauf ein, dem jungen Kerl gleich zu Hilfe kommen zu müssen.

»Wie bitte?«, höre ich diesen Trenkheimer sagen.

»Entschuldige, Onkel Chris. Aber ich soll deiner Freundin diesen Brief bringen. Vom LKA, eine Vorladung für sie, nicht für dich.« Glücklicherweise besinnt sich der Bursche endlich eines anderen, atme ich auf.

»Welcher Freundin, Rainer? Bist du noch ganz bei Trost? Du kannst doch so etwas nicht sagen. Wenn dich deine Tante hört, glaubt sie sonst was.«

»Nicht deine Freundin. Du machst mich ganz verwirrt, Onkel Chris. Deine Bachler Klara. Sie muss eine Zeugenaussage wegen des Mordes an einem Politiker machen. Der war auch schwul und mit dir in einem Nachtclub, und du warst in Koppelried –«

»Natürlich, auf diesem Dorfdeppenfest«, unterbricht ihn sein Onkel.

»Nein, du warst am Tatort!«, ruft der Rainer verzweifelt.

»Rainer, hör um Himmels willen auf zu reden. Halt endlich dein Maul«, zischt ihn der Mann aggressiv an. »Und gib mir verflucht noch mal diesen verdammten Brief. Meine Angestellte ist im Moment nicht in der Klinik, aber sobald ich sie sehe, gebe ich ihr das Schreiben.«

»Nein! Das ist ein RSa, ein behördlicher Brief, der muss persönlich übergeben werden!«, ruft der Rainer verzweifelt.

»Gib schon her!«, schreit sein Onkel.

»Nein! Ich muss dir noch was sagen!«, schreit der Bursche zurück.

»Rainer?« Auf einmal höre ich eine Frauenstimme. »Was für eine Überraschung, du warst schon lange nicht mehr bei uns.«

»Hallo, Tante Ulla!«

»Magst du auf einen Tee reinkommen? Kaffee trinkst du nicht, soweit ich mich erinnere, oder?« Seine Tante klingt freundlich.

»Nein danke, Tante Ulla. Ich muss nur diesen Brief vom LKA an die Bachler Klara übergeben. Persönlich. Eine Vorladung zur Zeugeneinvernahme wegen des Mordfalls an dem Politiker«, kommt es mit einem Mal ganz klar aus seinem Mund. Geht doch.

»Oh ja, der arme Sigi. Mein Gott. Wir konnten es gar nicht fassen, dass ihm jemand so etwas Grausames angetan hat. Aber wegen unserer neuen Angestellten muss ich dich enttäuschen. Die junge Dame ist seit zwei Tagen nicht mehr zur Arbeit erschienen und hat sich auch nicht bei uns gemeldet. Wie es aussieht, hat sie schon nach ein paar Wochen wieder das Handtuch geworfen.«

Es ist kurz still, dann höre ich die Frau weitersprechen. »Oder sie hat Sigi umgebracht und nicht dieser grässliche Polizist«, sagt sie entsetzt. »Mein Gott, Chris, das wäre furchtbar, wenn wir eine Mörderin bei uns beschäftigt hätten. Ich hab dir gleich gesagt, dass ich dieser Claire nicht traue. Aber dein Freund hat sich dieses dumme Trutscherl partout nicht mehr ausreden lassen wollen. Und du hast auch nicht auf mich gehört.«

»Ach hör doch mit dieser ewigen Leier auf, Ulla. Und du, Rainer, du verschwindest am besten. Aber flott«, sagt der Mann in einem äußerst unfreundlichen Ton. Ich kann hören, wie eine Tür laut zugeknallt wird. Dann folgt nur mehr das Geräusch von hart auf den Boden aufschlagenden Sportschuhen.

Keine fünf Minuten später steht unser Praktikant atemlos neben dem Streifenwagen. Keuchend drückt er mir das blaue Kuvert durch die offene Seitenscheibe in die Hand und beugt sich zu mir nach unten. »Ich hab's verbockt. Ich hatte Sie ja gewarnt, Chef.«

»Darf ich heute im neuen Haus schlafen? Bitte, Papa!« Mein Bub hüpft aufgeregt von einem Bein aufs andere. Ich schaue zu ihm hoch, da ich auf dem Garagenboden knie und den Vorderreifen meines Mountainbikes wechsle. Erst vor ein paar Tagen habe ich mir einen Nagel eingefahren und hatte noch keine Zeit, den Fahrradschlauch zu ersetzen.

»Die Gabi übernachtet heute schon im Haus?«, frage ich erstaunt. Gestern erst haben die beiden den endgültigen Umzug verschoben, weil die Schlafzimmermöbel doch nicht geliefert worden sind.

»Die sogenannte Einweihungsübernachtung«, grinst meine Schwester, die in ihren ausgelatschten Hausschlapfen die Garage betritt und genüsslich an einem Schokoriegel knabbert.

»Wenigstens die Wohnlandschaft wurde heute Morgen gebracht, und der Felix, der Andi und ich wollen die ausziehbare große Couch einweihen. Quasi wie zelten im eigenen Haus.«
»Biiiitte, Papa. Das ist voll spannend. Der Andi macht ein Lagerfeuer in der Feuerschale im Garten, und wir werden Würstel grillen. Auf Stöcken. Und im Haus gibt es noch keine Vorhänge vor den Fenstern, und man kann in der Nacht die Terrassentüren offen lassen. Das ist dann so, als würde man draußen schlafen. Außerdem wird der große Pool von Tante Gabi heute eingelassen, und der ist in der Nacht beleuchtet«, sprudelt es aufgeregt aus meinem Sohn heraus, während er mir mit seinen kleinen Händen hilft, das Bike festzuhalten, damit ich das Rad wieder einspannen kann.

»Gegen das Riesenschwimmbad deiner Tante bin ich mit meinem wackeligen Planschbecken machtlos«, schmunzle ich.

Die Gabi lacht und verspeist dabei den letzten Rest des Riegels. »Wer hat, der hat, kleiner Bruder. Der Felix hat mich sowieso lieber als dich.« Wie üblich zieht sie mich auf und streckt mir boshaft die schokoverschmierte Zunge entgegen.

»Gar nicht wahr«, protestiert mein Nachwuchs, »ich hab euch beide gleich lieb. Aber heute Nacht will ich trotzdem bei Tante Gabi schlafen.«

»Geht klar, Felix. Aber nur, wenn du dir abends und morgens brav die Zähne putzt.« Ich fahre ihm mit der nicht mit Fahrradöl verschmierten Hand über den Kopf, was er so gar nicht mag. Aber da er das Rad mit beiden Händen festhält, muss er meine zärtliche Geste über sich ergehen lassen.

»Sowieso, ohne lässt mich Tante Gabi nie ins Bett. Wir waren übrigens heute Vormittag bei der Urli-Oma in Linz. Ich soll dir ausrichten, du sollst dich auch mal wieder bei ihr blicken lassen. Sie weiß gar nimmer, wie du ausschaust.« Hilfsbereit, wie er ist, hält mein Bub für mich immer noch das Mountainbike, während ich Luft in den Schlauch nachpumpe.

»Stimmt, Raphi. Die Oma ist schon sauer. Sie sagt, sie telefoniert öfter mit dem Simon, als sie dich zu Gesicht bekommt. Du warst das letzte Mal vor fünf Wochen bei ihr«, bohrt meine Schwester nach. Unsere Großmutter mütterlicherseits verbringt ihre alten Tage pumperlgesund in einem Seniorenheim in der Stadt Linz. Da auch sie wie mein Bruder Simon erst vor einem halben Jahr wieder in mein Leben getreten ist, muss ich mich erst langsam an die kleine dominante Person gewöhnen. Obwohl, denke ich mir vergnügt, eigentlich ist sie ganz wie meine Schwester.

»Da gibt's nix blöd zu grinsen«, meint die und verpasst mir wie üblich eine lieb gemeinte Tachtel auf den Hinterkopf. »Ich hab die Marie gebeten, dass sie dich bei nächster Gelegenheit zusammenpacken und zur Oma bringen soll. Sonst stirbt die alte Frau noch, bevor sie dich das nächste Mal zu Gesicht bekommt.« Bei diesen Worten muss meine Schwester auch selbst grinsen.

»Die Urli-Oma stirbt?« Voller Neugierde wandert Felix' Blick zwischen uns beiden hin und her, und ich schüttle rasch den Kopf.

»Nein, die Urli-Oma überlebt mit Sicherheit die meisten von uns.«

»Übrigens«, sagt die Gabi streng und klackert mit ihren langen Fingernägeln gegen meine Schulter, »hast du endlich was rausgefunden wegen dieser Sache mit dem Schorsch? Die Mama liegt mir ständig damit in den Ohren.«

»Warum sagst du eigentlich immer ›Mama‹ zur Mama vom Andi?«, mischt sich mein Bub neugierig ein. »Ich sag doch auch nicht ›Mama‹ zur Mama vom Manuel. Obwohl er mein bester Freund ist.«

»Genau, die Christl ist Andis Mutter und nicht deine«, unterstütze ich ihn schmunzelnd. Mit einem Ruck stehe ich auf, hänge die Luftpumpe an ihren Platz zurück und nehme meinem Buben das Bike ab. Wenn er heute sowieso bei meiner Schwester übernachtet, bleibt endlich wieder mal Zeit für eine ausgedehnte Tour. Die Marie kommt auch nicht vor Mitternacht zu mir, da ein Bus voller Gäste fürs Brauseminar erwartet wird. Und ich brauche dringend Sport und Bewegung.

»Ihr beide seid mir zu blöd«, rümpft die Gabi ihre hübsche Nase. »Apropos blöd, lieber Bruder, hast du endlich die Moni zurückgerufen?«

»Was? Das Baby ist schon da?«, ruft der Felix erschrocken und springt dann ganz aufgeregt seiner Tante in die Arme.

»Raphi«, höre ich eine sanfte Stimme. Verdammt, ich muss wohl auf der Couch eingeschlafen sein, nachdem ich mich heute Abend beim Mountainbiken voll ausgepowert habe. Die Sechsundfünfzig-Kilometer-Tour mit über tausend Höhenmetern kann ich direkt von Koppelried aus starten. Und ich habe die Runde über den Fuschlsee, den Sonnberg und den Hintersee in nicht mal dreiviertel Stunden geschafft. Da ich danach echt fertig war, habe ich mich nach einer ausgiebigen Dusche todmüde auf die Couch fallen lassen.

»Raphi, du solltest besser in dein Bett rüberwandern, dort schläft es sich gemütlicher«, höre ich noch mal Maries Stimme und öffne blinzelnd die Augen. Sie sitzt auf dem Couchrand neben mir, und ich ziehe sie verschlafen an mich ran.

»Vor allem mit dir. Komm her, schöne Frau«, murmle ich mit noch immer belegter Stimme. »Was würde ich dafür geben, wenn ich jeden Tag so geweckt werden könnte.«

Sie lächelt bloß, gibt mir einen Kuss auf die Nase und geht zur kleinen Kochnische, um sich ein Glas Wasser zu holen.

»Ich kann mir gut vorstellen, wie anstrengend der Fall rund um euren Schorsch ist.« In einem Zug trinkt sie das ganze Glas leer und stellt es zurück in die Spüle.

Langsam schiebe ich meine Beine von der Couch und setze mich auf. Verschlafen reibe ich mir die Augen. »Das ist es tatsächlich.«

Dann berichte ich ihr kurz vom neuen Bündnis mit der Gscheitmeier, während wir uns in meinem kleinen Badezimmer die Zähne putzen. Auch Lechners hohe Belohnung für das gestohlene Fahrzeug lasse ich nicht unerwähnt. Es kann nicht schaden, wenn sie ihren Wirtshausgästen davon erzählt.

»Apropos. Du solltescht nachts wirklich das Haus abschlieschen, Raphi«, meint sie mit Zahnpasta auf den Zähnen. »Besondersch, wenn Felixsch zu Hausche ischt. Diesche Einbrüche hier in der Gegend schind mir nischt geheuer. Isch habe vorhin für dich abgeschperrt, alsch isch gekommen bin.«

Mit dem Wasser im Zahnputzbecher spüle ich mir den Mund gründlich aus und spucke den Rest ins Waschbecken. »Keine Angst, Marie. Hier kommt niemand rein. Außerdem, was soll ein Einbrecher wohl bei uns holen wollen?«

Da ich meine Augen kaum mehr offen halten kann, trabe ich ferngesteuert in mein kleines Schlafzimmer, wo ich es mir im Bett gemütlich mache. Ein paar Minuten später schlüpft meine frisch nach Seife duftende Freundin zu mir unter die Decke und kuschelt sich an mich ran.

»Raphi, hast du heute mit Moni telefoniert?«

Verdammt, ich wusste, ich habe etwas vergessen.

Seufzend streiche ich ihr sanft über das Haar. »Tut mir leid, das hab ich völlig verschwitzt. Es ist zurzeit so viel los, dass ich den Sport dringend nötig hatte, um ein wenig den Kopf freizukriegen, Marie. Morgen rufe ich sie an, versprochen.«

»Ich werde dich daran erinnern«, murmelt sie leise. »Du musst dich endlich damit auseinandersetzen, schon allein für Felix. Was machst du, wenn es dein Kind ist?« Müde schließt sie die Augen und atmet gleichmäßig.

Ja, was mache ich dann, denke ich mir verzagt. Wird die Marie dann all das noch mit mir durchstehen wollen? Ein Kind, das alle paar Wochen samt Mutter bei uns auftaucht? Mein Kind? Felix' Geschwisterchen?

Zum Glück übermannt auch mich die Müdigkeit, und ich muss die Augen schließen.

Mittwoch

»Krrrrrr«. Ein eigenartiges Geräusch dringt an mein Ohr.
Verschlafen drehe ich mich zur Seite. Jetzt träume ich schon davon, dass jemand bei mir einbricht, denke ich mir erstaunt. Kein Wunder, die Marie hat doch gestern davon gesprochen.
Ich positioniere mich wieder in meine gewohnte Schlafstellung auf den Bauch und vergrabe den Kopf im dicken Daunenpolster.
»Krrrrrr«. Schon wieder. Träume ich, oder bin ich wach?
»Krrrrrr«. Diesmal folgt auf das Geräusch ein dumpfes Poltern.
Plötzlich bin ich hellwach. Ein Blick auf den Wecker zeigt mir, es ist knapp vor halb vier Uhr.
Verdammt, es ist jemand im Haus. Und meine Schwester ist es mit Bestimmtheit nicht, die würde laut poltern und hätte überall geräuschvoll das Licht angemacht.
»Krrrrrr«. Schon wieder.
Abrupt drehe ich mich zur Marie und rüttle sie unsanft wach.
»Was is–«, kommt es schlaftrunken aus ihrem Mund, auf den ich ihr sofort meinen Zeigefinger lege.
»Psst! Ich glaube, es ist jemand im Haus«, flüstere ich. Keine Sekunde später sitzt sie mit erschrockener Miene kerzengerade im Bett, während ich leise aus dem Bett steige. Dann greife ich nach meinem Handy auf dem Nachttisch und drücke es ihr in die eiskalte Hand. »Ich geh da raus. Schließ die Tür hinter mir ab und ruf sofort den Heinz an«, flüstere ich.
Vorsichtig werfe ich einen Blick in mein Wohnzimmer. Alles leer. Dem Himmel sei Dank. Leise schließe ich vorsichtig die Tür hinter mir. Beruhigt höre ich, wie meine Freundin den Schlüssel im Schloss dreht.
Mit dem Rücken noch an der Tür, lasse ich meinen Blick durch das Zimmer und die Kochnische schweifen. Niemand

ist zu sehen. Schranktüren und Schubladen sind geöffnet, und meine alte Terrassentür steht sperrangelweit offen. Der oder die Einbrecher sind offenbar bereits oben in Gabis Wohnung. Zum Glück waren sie nicht an meinem Schlafzimmer interessiert, denke ich mir. Wahrscheinlich, weil die alte Tapetentür auch nur schwer als solche zu erkennen ist. Wie die Wand daneben ist sie bis auf den unscheinbaren weißen Türknauf mit Felix' Zeichnungen aus seinen bisherigen Lebensjahren vollgeklebt.

Vorsichtig schleiche mich aus dem Wohnzimmer.

Aber weder im Flur noch auf der Treppe kann ich jemanden entdecken. Trotzdem ziehe ich mit nur einem Griff den kleinen Holzbaseballschläger meines Buben aus unserer umfunktionierten Milchkanne vor dem Flurspiegel.

Besser als nichts, denke ich mir, und wiege den Schläger kurz in der Hand. Denn meine Dienstwaffe ist natürlich vorschriftsmäßig im Panzerschrank in der Inspektion verwahrt, darauf achte ich seit Kurzem ganz genau.

Ich werfe einen raschen Blick in mein kleines Badezimmer links im Flur. Nichts. Der Eindringling ist mit Bestimmtheit oben in Gabis sowieso schon beinahe leer geräumter Wohnung.

Auf leisen Sohlen schleiche ich zur Treppe und nehme vorsichtig die ersten paar Stufen.

Und dann höre ich wieder etwas.

»Tschhhhhhhhh«. Jemand zieht ganz offenbar Gabis klemmende Nachttischschublade auf. Ihr Schlafzimmer ist der erste Raum, der oben von der Treppe aus erreichbar ist. Daneben ist Felix' Kinderzimmer, das Gott sei Dank verwaist ist. Nicht auszudenken, wenn mein Bub heute nicht in Gabis neuem Haus übernachten würde.

Vorsichtig wage ich eine weitere Stufe und hoffe, dass die nicht knarrt.

Schritte. Und noch mal Schritte – aber die kommen nun aus Gabis Wohnzimmer, dessen Tür weit offen steht. Und mit einem Mal sehe ich auch den Lichtkegel einer Taschenlampe. Verflucht, es sind mindestens zwei Typen, wenn nicht mehr.

Mit einem Satz nehme ich vorsichtig die nächsten beiden Stufen.

»Krrrrrrr«. Kruzifx, jetzt haben die mich bestimmt gehört. Aber es ist zu spät, ich kann nicht mehr zurück. Die Person in Gabis Schlafzimmer hält sofort inne, es werden keine Schubladen mehr aufgezogen, dann höre ich auch schon jemanden näher kommen.

Groß, schlank, völlig schwarz bekleidet und eine Sturmmaske mit zwei Sehschlitzen über den Kopf gezogen, bleibt der Einbrecher im Türrahmen stehen. Da der Mond hell durch Gabis Schlafzimmerfenster scheint, kann ich all das gut erkennen. Der Einbrecher mich allerdings auch.

Unschlüssig blickt er von mir zur geöffneten Wohnzimmertür.

Ich muss seine Unsicherheit ausnutzen. Drohend hebe ich den Baseballschläger über den Kopf in Position und laufe die restlichen vier Stufen hoch, dabei nehme ich gleich jeweils zwei auf einmal.

»Halt! Polizei!«, brülle ich einfallslos.

»Schkäume!« So oder so ähnlich schreit der Einbrecher, dreht sich um und verschwindet flugs im Schlafzimmer. Mit einem Satz sprinte ich hinter ihm her. Aber ich komme zu spät, denn die lange Gestalt ist bereits behände durch das geöffnete Fenster auf das Garagendach darunter geflüchtet. Ich kann ihr nur mehr dabei zusehen, wie sie wendig auf den Rasen hinunterspringt und rechts durch die Gartentür die Straße entlangläuft.

Reflexartig will ich ihr nach, halte aber sofort ein. Aigner, verdammt! Deine Freundin ist unten im Schlafzimmer, und der zweite Einbrecher ist noch im Haus.

Mit dem Baseballschläger bewaffnet, laufe ich zurück auf den Flur und stehe plötzlich dem anderen Einbrecher gegenüber. Aufgeschreckt durch den Ruf seines Kumpels, wollte wahrscheinlich auch dieser das Haus verlassen. Allerdings über die Treppe.

Ungewollt versperre ich ihm den Weg. Ebenso dunkel gekleidet, aber um einiges kleiner und breiter als der andere starrt er mich durch die Augenschlitze der Sturmhaube an.

»Polizei! Stehen bleiben!«, rufe ich, und in Ermangelung meiner Dienstwaffe hebe ich dabei drohend den Baseballschläger. Der Kerl mit der gedrungenen Gestalt greift blitzschnell in die Tasche seiner ausgebeulten Jogginghose und zieht etwas Glänzendes daraus hervor. Kruzifix, hat der Kerl etwa eine Pistole? Wo bleibt nur der Heinz? Verflucht noch mal!

Bevor ich noch irgendwie reagieren kann, hebt er die Waffe, zielt auf mich, während ich zeitgleich zur Seite hechte.

Der laute Knall dröhnt in meinen Ohren, und es wirft mich sicher mindestens einen halben Meter zurück auf zwei Treppenstufen unter mir. Irgendwo hat es mich erwischt, ich kann es deutlich spüren.

Mit einem brutalen Fußtritt schiebt er mich zur Seite und läuft an mir vorbei, die laut knarrenden Treppenstufen hinunter.

Ein brennender Schmerz an meiner linken Schulter lässt mich instinktiv dorthin greifen. Ich wische mir über das warme Blut, sieht aus, als wäre es nur ein Streifschuss. Vielleicht hast du Glück gehabt, Aigner, denke ich mir. Mit einem Ruck ziehe ich mich mit der rechten Hand am Treppengeländer hoch und laufe dem Kerl hinterher.

Da sehe ich auch schon die Marie. Mit vor Angst geweiteten Augen steht sie in ihrem langen weißen Schlafshirt in der Tür zum Wohnzimmer und versperrt damit ungewollt dem Einbrecher den Weg nach draußen.

»Weg da, Marie!«, brülle ich, aber es ist zu spät.

Der Kerl ist schon bei ihr angelangt, zieht sie brutal an den langen Haaren zu sich heran und deutet mit der Pistole mehrmals auf unsere Haustür.

»Sperr Tür auf, sonst tot!«, schreit er mir mit dunkler

Stimme und eigenartigem Akzent zu. Dann schiebt er die Marie vor seinen Körper, zieht ihr grob die rechte Hand an ihren Rücken und drückt ihr die Pistole fest gegen die Schläfe.

Meine Freundin wagt kaum mehr zu atmen.

Langsam hebe ich beide Hände in die Höhe. »Die Polizei wird gleich da sein, Sie sollten rasch von hier verschwinden«, rede ich auf ihn ein und hoffe, dass er meine Sprache versteht. »Lassen Sie bitte meine Frau los und verschwinden Sie hinten durch den Garten. Das ist der sicherste Weg für Sie hinaus. Mann, allein kommen Sie viel schneller von hier weg.«

»Nix da. Tür auf. Sonst tot«, wiederholt er und klopft mit der Mündung der Pistole mehrmals unsanft gegen Maries Kopf. Ein beißender Geruch von kaltem Schweiß weht mir in die Nase, der Mann hat Angst. Das ist nicht gut, wer weiß, wie er in Panik reagiert.

Während ich rasch den Schlüssel im Schloss drehe, rede ich weiter auf ihn ein. »Kommen Sie. Lassen Sie sie gehen, sie hat Ihnen nichts getan. Nehmen Sie stattdessen mich mit, ich zeige Ihnen, wie Sie am schnellsten von hier wegkommen.«

Der Kerl schiebt mich jedoch einfach wortlos weg und reißt die Tür auf. Dabei lässt er meine Freundin kurz los und drängt sie zur Seite. Ich will nach ihr greifen, aber just in diesem Moment parkt der verdammte Streifenwagen vor meiner Gartentür, und der Heinz springt heraus, seine Dienstwaffe im Anschlag. Mit einem Griff schnappt der Kerl sofort wieder nach ihrem langen Haar und zieht sie grob vor sich.

»Bleibt, wo ihr seid!«, rufe ich meinem Polizisten zu. »Er hat die Marie!« Auch die Fahrertür geht auf, und unsere neue Kollegin steigt ganz langsam aus.

Der Einbrecher verpasst mir einen kräftigen Stoß von hinten, sodass ich vornüber stolpere und mich gerade noch fangen kann. Dann tritt auch er vor die Tür, die Marie dabei an seinen Körper gepresst vor sich herschiebend. Sie ist mucksmäuschenstill.

»Waffen auf Boden!«, schreit der Einbrecher. »Frau tot!«

Dabei drückt er die Waffenmündung fest von hinten gegen Maries Kopf. Meine beiden Kollegen legen sofort ihre Pistolen auf den Rasen vor der Gartentür ab und heben langsam die Hände in die Höhe.

»Koa Panik, wir haben unsere Waffen wegg'legt. Es ist noch nix Schlimmes passiert. Hören S', wir können die Sache ganz vernünftig regeln«, probiert es der Heinz.

»Hände auf Autodach!«, brüllt der Mann panisch, was die beiden mangels Alternative sofort befolgen, während ich fieberhaft überlege, wie ich ihn überwältigen könnte, ohne die Marie dabei zu gefährden. Leider erinnert sich der Kerl genau in diesem Moment wieder an mich.

»Zu Auto, Hände auf Dach!« Ich muss dem wohl oder übel nachkommen, denn ich habe verdammt noch mal keine andere Option, um meine Freundin aus seiner Gewalt freizubekommen.

Während ich rückwärts mit erhobenen Händen zum Streifenwagen gehe, rede ich langsam auf ihn ein. »Geben Sie sie frei, dann lassen wir Sie laufen. Ich verspreche es Ihnen. Es ist noch niemand zu Schaden gekommen.« Ohne Uniform, nur in Boxershorts wirken meine Worte wahrscheinlich nicht so, wie sie sollten. Aber ich muss es einfach versuchen. »Lassen Sie sie laufen, und ich verspreche Ihnen, wir werden Sie nicht aufhalten.«

»Maul halten! Hände auf Auto!«, ruft er wütend, und ich sehe zu, dass ich rückwärts durch die offene Gartentür komme und neben dem Heinz meine Hände aufs Autodach lege. Von dort habe ich meine Marie wenigstens gut im Blick. Auch den Kerl präge ich mir genau ein. Verschlissene dunkelblaue Jogginghose, wie ich im hellen Mondlicht gut erkennen kann, ein verwaschenes schwarzes Kurzarmshirt, die dicken Arme überall dunkel behaart, kurze schwarze Handschuhe, dunkelblaue oder beinahe schwarze Sneakers mit weißen Streifen und Klettverschluss. Auch die Pistole kann ich deutlich sehen, es könnte eine Sig Sauer mit Griffschalen aus Holz sein. Aber das wird die Ballistik anhand der Patronenhülse in meinem Haus bald genau feststellen.

»Alles okay mit dir, Chef?«, flüstert mein Kollege und blickt dabei besorgt auf meine Schulter, von der das Blut langsam nach unten rinnt. Ich nicke kaum merklich.

Währenddessen bleibt der Kerl unschlüssig vor der Haustür stehen. Erst nach einigen unglaublich langen Sekunden der Stille setzt er sich samt Marie in Bewegung. Ihren Arm fest mit seiner linken Hand umklammert, schiebt er sie langsam vor sich her. Da fällt mir auf, dass er beim Gehen seinen rechten Fuß etwas nachzieht.

»Schneller«, zischt er ihr zu und schiebt sie unsanft durch die offen stehende Gartentür. Dann blickt er nach rechts und scheint aufzuatmen. Auch ich sehe den Grund seiner Erleichterung, etwa hundert Meter weiter vorne parkt ein dunkler Lieferwagen.

Und schon geht der Einbrecher mit raschen Schritten rückwärts auf den Wagen zu und hält dabei immer noch schützend die Marie vor seinen Körper, die Pistole auf ihren Hinterkopf gerichtet. Je schneller er rückwärtsgeht, desto deutlicher zieht der korpulente Mann das rechte Bein nach.

Als er beim Lieferwagen ankommt, wird die Beifahrertür von innen aufgestoßen, und er springt hinein. Dabei stößt er meine Freundin mit einem festen Fußtritt zur Seite. Sie fällt in den Grünstreifen am Straßenrand und bleibt dort liegen.

Dann braust der Wagen mit dem Salzburger Kennzeichen, das ich sofort in Gedanken speichere, auch schon los, und ich laufe zur Marie.

»Los, folgt ihnen!«, rufe ich dem Heinz inklusive Kennzeichen zu, beide Polizisten heben rasch ihre Pistolen vom Rasen auf und steigen in den Streifenwagen ein. Mit lauter Sirene nehmen sie die Verfolgungsjagd auf, aber der Lieferwagen ist schon ein gutes Stück entfernt.

Vor meiner Freundin komme ich atemlos zu stoppen. Sie kauert hilflos im hohen Gras. Behutsam stelle ich sie auf ihre wackeligen Beine und nehme sie in den Arm. Ich spüre, wie ihr Herz wild klopft.

»Du blutest«, sagt sie mit leichenblassem Gesicht und fängt dann leise an zu weinen.

Ich drücke sie fest an mich. »Hat er dir wehgetan? Bist du verletzt?« Besorgt sehe ich sie an, drehe sie kurz in meinem Arm. Sie schüttelt nur den Kopf, und die Tränen laufen dabei unaufhörlich über ihre Wangen. »Es tut mir so leid, ich wollte im Schlafzimmer bleiben. Aber dann habe ich den Schuss gehört. Raphi, ich dachte, du bist tot.« Sie presst sich an mich und schluchzt laut auf.

Die Lichter in den Nachbarhäusern sind bereits angegangen. Mein alter Nachbar steckt neugierig den Kopf aus dem Fenster. Die junge Nachbarin von links gegenüber kommt im Nachthemd fragend vor die Tür.

»Alles in Ordnung!«, rufe ich ihnen zu. »Geht bitte wieder ins Haus! Die Polizei ist schon unterwegs!«

Dann lege ich den Arm um meine Marie und gehe mit ihr zurück zur Gartentür.

Noch immer in Boxershorts sitze ich mit nacktem Oberkörper mitten auf dem Wohnzimmertisch und lasse meine Schulter von der Marie verbinden, nachdem sie gefühlt einen halben Liter brennendes Antiseptikum auf die kleine Wunde getropft hat. Ich hatte recht, es ist nur ein Streifschuss. Sie wollte zwar unbedingt, dass ich mich sofort im Krankenhaus versorgen lasse, aber erstens finde ich das überhaupt nicht nötig, und zweitens möchte ich unbedingt noch auf eine Nachricht vom Heinz warten.

Da klopft es auch schon an der Haustür, und meine beiden Polizisten betreten den Flur.

»Chef? I hab schon die Sani g'rufen, die werden gleich da sein«, sagt der Heinz noch auf dem Weg in mein Wohnzimmer.

Ich schüttle den Kopf. »Hätt es gar nicht gebraucht, ich wurde schon bestens versorgt.« Energisch zieht meine Freundin den Verband fest und lässt sich dann erschöpft auf meine alte Couch fallen.

Ich greife nach einem T-Shirt, das zufällig noch über der Lehne hängt, und ziehe es mir über den Kopf. »Habt ihr die verdammten Kerle erwischt?«, frage ich eher rhetorisch. Denn hätten sie, wären die beiden nicht so rasch wieder bei mir aufgetaucht.

Wie erwartet seufzt der Heinz nur bedauernd. »Ein Mercedes Vito mit ganz schön viel PS, die konnten uns leider abschütteln. Aber i hab über das Kennzeichen eine Fahndung rausgeben. Stell dir vor, auf der Fahrt zurück haben uns die Kollegen von der Autobahnpolizei ang'funkt. Kurz vor der Auffahrt auf die A 1 haben die den Wagen auch schon sicherg'stellt, leider ohne die Täter. Der Vito ist übrigens schon seit zwoa Tagen als g'stohlen g'meldet, g'hört oaner Lieferfirma aus Salzburg.«

»Die Kriminaltechnik wird auch bald eintreffen, ich hab sie auf dem Weg hierher angefunkt, Chef«, meldet sich unsere neue Polizistin Luise Hager zu Wort.

»Da haben wir dir wohl ein schönes Einstandsgeschenk bereitet, Hager.«

»Kann man wohl sagen, mega. Ich hätte nie zu hoffen gewagt, dass mir so was gleich an meinem zweiten Tag hier passieren würde«, antwortet sie mir und strahlt dabei übers ganze sommersprossige Gesicht.

»Na ja, ich persönlich fand es eher weniger mega«, murmelt meine Freundin erschöpft und steht von der Couch auf. »Marie Riegler.« Sie reicht der jungen Polizistin, die bis an die Haarwurzeln errötet, die Hand.

»Entschuldigung, so hab ich das natürlich nicht gemeint. Mein Name ist Luise Hager.«

»Ich verstehe schon, wie Sie es meinen, Frau Hager. Zum Glück ist es noch mal gut ausgegangen. Aber ich glaube, ich könnte einen starken Kaffee vertragen.« Gesagt, getan, und schon macht sie sich an der Espressomaschine in der Kochnische zu schaffen.

Ich dirigiere meine beiden Polizisten an den kleinen runden Esstisch vor die Küchenzeile, während meine Freundin die Kaffeetassen unter die Maschine stellt. Etwas besorgt beobachte ich sie dabei. Sie ist leichenblass, und ihre Hände zittern. Kein Wunder, der Schock wirkt nach.

»Es waren jedenfalls zwei Kerle bei uns im Haus«, wende ich mich schließlich an die beiden Kollegen. »Der eine war schlank und mindestens eins achtzig groß, wenn nicht größer. Der andere maximal eins sechzig und korpulent, starke Körperbehaarung auf den Armen. Beim Gehen hat er das rechte Bein nachgezogen, so als wäre es verletzt oder steif. Jedenfalls waren die beiden im Gesicht komplett vermummt, mehr konnte ich nicht erkennen. Aber der Große hat laut ›Schkäume‹ oder so ähnlich gerufen, bevor er über das Garagendach geflüchtet ist. Vielleicht ein Name? Ich vermute, die beiden sprechen eine fremde Sprache.« Die Neue macht sich sofort brav Notizen.

»Ja, stimmt, der Akzent von dem, aber i woaß net, woher der stammen könnt«, meint der Heinz etwas entmutigt, während die Marie vergeblich versucht, zwei Tassen mit zittrigen Händen zum Tisch zu balancieren.

Wortlos nehme ich ihr die Kaffeehäferl aus den eiskalten Händen und stelle sie auf dem Tisch ab. Dann drücke ich sie sanft auf den Stuhl vor die eine Tasse, was sie widerstandslos mit sich geschehen lässt. Nachdem ich auch die junge Kollegin mit Kaffee versorgt und zwei weitere Tassen für uns Männer heruntergelassen habe, rühre ich in Maries Kaffee etwas Milch hinein. Nach einem dankbaren Blick legt sie immer noch etwas zittrig beide Hände um die Tasse. Ich rücke meinen Stuhl näher an sie ran und nehme dann einen kräftigen Schluck. Auch mir tut das Gebräu gut, denke ich mir.

»Bevor er mich in den Straßenrand gestoßen hat, hat er mir ein Wort zugeraunt, das ich nicht verstanden habe. Es klang ähnlich wie ›Paprika‹ oder eher ›Pafriga‹.«

»Vielleicht hat der Mann sich aber auch nur verstellt, Frau

Riegler«, beeilt sich meine Polizistin zu sagen. »Das ist eine neue Masche bei Einbrechern und Dieben, um den Verdacht auf Ausländer zu lenken. Ich hatte den Eindruck, dass der Akzent ein bisserl arg übertrieben klang.«

»Hast du im Wagen eigentlich noch jemanden gesehen, Marie?«, frage ich meine Freundin.

»Ein Mann war am Lenkrad. Aber ich kann dir nicht sagen, wie der ausgesehen hat. Er war komplett schwarz gekleidet und hat den anderen, der mich festgehalten hat, an der Schulter in den Wagen gezogen. Sonst habe ich niemanden gesehen.«

Verwundert höre ich die Türklingel, die schon seit Urzeiten niemand mehr bei uns gedrückt hat. Da die Marie vor Schreck zusammenzuckt, laufe ich rasch in den Flur und öffne die Tür.

Es sind die Sanitäter mit der Tatortgruppe aus der Stadt. Zuerst schicke ich den Notarzt zu Marie, damit er sich meine Freundin ansehen kann. Bevor ich mich selbst professionell verarzten lasse, zeige ich den Kollegen von der Spusi die Stelle, an der auf mich geschossen wurde. Fünf Minuten später kommt einer der Kriminaltechniker mit der Patronenhülse in einer Asservatentüte zurück. »Chefinspektor Aigner, Sie könnten recht haben, dass es sich bei der Waffe um eine Sig Sauer gehandelt hat. Die Hülse, die wir gefunden haben, gehört zu einem Neun-Millimeter-Luger-Kaliber.«

»Verbrecher, elendige!«, ruft die Erni empört und drückt die Marie so fest an sich ran, dass ich befürchte, sie zerquetscht meine zierliche Freundin noch. Erst nach geraumer Zeit lässt sie sie los. »Aigner, wenn du diese Verbrecher nicht fängst, dann werde ich mich höchstpersönlich auf die Suche machen. Da kannst du Gift drauf nehmen. Mein armes Madl mit einer Pistole bedrohen, wo gibt's denn so was?«, schimpft sie, lässt die Marie endlich los und wieselt hinter die Schank. Dort schenkt sie mit zitternden Händen Schnaps in mehrere Stamperl und stellt sie an der Bar ab. Die Seniorwirtin greift sich gleich selbst eines davon und leert es in einem Zug. »Aber oans muss i dir sagen, Aigner. Seit du da in Koppelried bist, passiert oa Verbrechen nach dem anderen bei uns. Grad so wie in Tschikago. Man könnt schon fast glauben, du ziehst das magisch an, Bub.«

»Aber geh, Erni, da kann doch der Raphi nichts dafür.« Meine Freundin verbeißt sich ganz offensichtlich ein Lächeln und macht sich an der Kaffeemaschine des Rieglerbräus zu schaffen. Sie hat sich in kurzer Zeit offenbar gut erholt. »Magst du auch Kaffee, Gabi?«

Meine Schwester, die mich die ganze Zeit über ungewöhnlich still mit bleichem Gesicht gemustert hat, nickt. »Ja gerne, Marie. Ich bin froh, dass ihr beide das alles so gut wegsteckt.«

Und die Gabi hat recht, meine Freundin hat erstaunlich schnell ihre Fassung wiedererlangt. Nicht nur wegen der Beruhigungsspritze des Arztes. Wer sie kennt, weiß, dass die Frau hart im Nehmen ist und ihre Emotionen kaum nach außen trägt. Wohl wenig verwunderlich, nachdem sie ihre Kindheit bei einer unglaublich hartherzigen Tante verbringen hat müssen.

»Was haben die Einbrecher eigentlich bei mir gesucht?« Auch meine Schwester hat wieder zum üblichen Befehlston in ihrer Stimme zurückgefunden. »Es ist kaum was da, das zu stehlen sich lohnt. Wir haben schon fast alle meine Habseligkeiten ins Haus übersiedelt. Ausgenommen das teure Notebook vom Andi und die alte Schmuckschatulle von der Aigner-Oma. Aber beides wurde nicht gestohlen. Haben die nach meinem Geld gesucht?«

»Ich glaube kaum«, antworte ich ihr. »Jeder, der weiß, dass du diese Erbschaft gemacht hast, ist auch im Bilde drüber, dass du so gut wie alles veranlagt hast.«

Etwas verzagt verzieht sie ihren Mund und nimmt dabei eine Tasse Kaffee von Marie entgegen.

Meine Freundin reicht mir auch ein Häferl. »Könnte der Einbruch etwas mit dem Mordfall am Lanner zu tun haben? Weil du wegen Schorsch herumschnüffelst?«

»Nein, sicher nicht.« Bevor ich noch antworten kann, schüttelt die Gabi heftig ihren Kopf. »Sonst hätten euch die doch sofort im Schlafzimmer heimgesucht.«

»Na ja, dass sich hinter Felix' unzähligen Kunstwerken eine Tür in der Wand verbirgt, muss man schon wissen«, werfe ich ein.

»Heilige Muttergottes! So was solltet ihr net amoi denken!« Erschrocken schlägt die Erni die Hände über den Kopf zusammen und genehmigt sich ein weiteres Stamperl.

Liebevoll legt die Marie einen Arm um die Schulter der alten Rieglerwirtin. Ich bin immer wieder erstaunt darüber, wie eng die beiden Frauen im letzten Jahr zusammengewachsen sind.

»Mach dir keine Sorgen, Erni. Ich hab das nur so dahingesagt. Die Einbrecher hatten einen ausländischen Akzent. Ich habe schon ein wenig im Internet nachgeforscht, weil mir das keine Ruhe gelassen hat. Der Mann sagte nämlich etwas zu mir, das nach dem albanischen ›*Pafrike*‹ klang, was so viel heißt wie ›keine Angst‹. Was wiederum sehr dafür sprechen würde, dass es sich um eine ausländische Einbrecherbande handelt. Nämlich die, die in den letzten Monaten bei uns in Koppelried ihr Unwesen treibt. Nicht wahr, Raphi?«

Ich nicke. Wenn sie recht hat und die Männer tatsächlich Albaner waren, könnte was dran sein. Aber welcher normale Einbrecher würde schon freiwillig in unser uraltes kleines Elternhaus einbrechen? Da merkt man doch schon von außen, dass es sich nicht lohnen wird.

Nachdem sie sich von Marie losgemacht hat, räumt die Seniorwirtin geschäftig die noch vollen und die beiden leeren Schnapsgläser zurück hinter die Schank, weil niemand sonst nach ihrem Allheilmittel gegriffen hat. Mit einem Geschirrtuch bewaffnet kommt sie wieder nach vorne.

»Trotzdem bleibts ihr mir net im Haus vom Aigner. Ihr schlafts ab sofort mit dem kloanen Felix bei der Marie oben in der Wohnung. Koa Widerrede, Bub.« Drohend bohrt sie mir ihren knochigen Finger in die Brust, obwohl ich gar nichts gesagt habe.«Und du, Gabi, dir und dem Baumgartner kann i bei uns in der Pension ein Gästezimmer anbieten. Oans hab i noch frei, und wenn net, dann schmeiß i halt jemanden von den Gästen raus.«

Meine Schwester trinkt ihren Kaffee aus und lächelt ihr zu. »Danke, liebe Erni. Ich finde, du hast recht, niemand sollte in nächster Zeit bei uns daheim die Nacht verbringen. Aber der Andi und ich sind sowieso schon fast übergesiedelt. Und bis das Schlafzimmer geliefert wird, werden wir uns erst mal bei der Mama einquartieren. Die Christl wird sich freuen, wenn sie die nächsten paar Tage nicht allein ist.« Dann dreht sie sich zu mir und droht mir mit dem Zeigefinger. »Und du bleibst mit dem Felix bei der Marie, das ist fix. Keine Widerrede. Ich fahr dich gleich mal auf die Inspektion, damit du den Markus Buchinger über diesen verdammten Einbruch informieren kannst. Ihr solltet dieses ganze Tohuwabohu schleunigst aufklären.«

»Gabi, der Lanner ist noch nicht mal fünf Tage tot«, wage ich einzuwenden, aber sie wischt meine Bemerkung mit einer Handbewegung weg.

»Du kümmerst dich ab sofort mit Hochdruck um diese ganzen Verbrecher in Koppelried und damit basta.« Wie üblich beendet meine Schwester einfach die Diskussion, bevor sie noch begonnen hat.

Meine Freundin greift sich mit der flachen Hand auf die Stirn und stöhnt dabei. »Oje, und ich muss die gestrige Nacht noch irgendwie dem Hanslonkel beibringen, ohne dass er mir einen Herzinfarkt bekommt.«

»Nix da, dem oiden Deppen bring i das schon bei. Du legst dich erst mal für a paar Stund bei mir oben aufs Ohr. Und ihr zwoa Aigners schleichts euch, aber dalli. Bring mir den Felix vorbei, Gabi, der kann mir in der Kuchl beim Strudelteig helfen, das macht der Bub eh so gerne. Weil zusperren tun wir deswegen heute sicher net, wir Rieglers lassen uns net so schnell unterkriegen, gell, Marie?«

»Verdammt, welcher Zusammenhang könnte zwischen dem Einbruch bei dir und dem Mord am Lanner bestehen?« Die Gscheitmeier hat es sich wieder mal, ohne zu fragen, in meinem Chefsessel gemütlich gemacht und sogar ihre kurze Haxen mitten auf meinen Schreibtisch platziert.

»Keiner«, antworte ich, nachdem ich ihre Füße mit einer Hand runtergeschoben habe. Dann erst lasse ich mir Gertis starken Filterkaffee angenehm die Kehle hinunterrinnen. Ich setze mich, immer noch in Zivil, auf einen der Freischwinger an meinem kleinen Besuchertisch und wippe langsam nach hinten und wieder nach vorne. »Weder meine Schwester noch ich hatten etwas mit dem Lanner am Hut. Was sollte also jemand bei uns suchen, geschweige denn finden wollen, der den Politiker auf dem Gewissen hat?«

»Aigner, diese angeblichen Einbrecher haben rein gar nichts von euch mitgehen lassen«, brummt mein Ex-Kollege, der, die Hände am Rücken, nachdenklich vor dem Schreibtisch auf und ab marschiert. »Denen ging es um etwas ganz anderes.«

Sein Hin- und Herlaufen macht mich nervös, und meine Stimme klingt eine Spur zu verärgert. »Wenn Marie diesen verdammten Kerl richtig verstanden hat, dann war das eine stinknormale Einbrecherbande aus Albanien. Auch ich hab schon gegoogelt. Dieses Wort, das der Lange gerufen hat, könnte das albanische ›Shkojmë‹ gewesen sein, was in etwa ›Hauen wir ab‹ heißt, Buchinger.«

»Das glaubst du wohl selbst nicht.« Mein Ex-Kollege bleibt vor mir stehen und faucht mich mürrisch an. »Man braucht sich doch nur dein windschiefes Häusel anschauen, da geht kein Einbrecher freiwillig rein. Auch kein albanischer.«

»Idiot«, fauche ich zurück.

»Selber Idiot, du Depp«, knurrt der Buchinger.

»Hört sofort auf, ihr zwei Streithanseln. Das hilft uns auch nicht weiter.« Umständlich klettert die Gscheitmeier vom Bürosessel und stapft zu mir herüber. Mit ihrem breiten Hintern lässt sie sich auf den einzigen Freischwinger mit Armlehnen fallen und füllt dabei die Sitzfläche gut aus. »Übrigens, ich hab mich gestern gleich um das Verschwinden dieser jungen Frau gekümmert. Chefinspektor Lienbacher hat mich vorhin informiert, dass wir bereits einen Zeugen haben, der die Bürgermeistertochter Montagmorgen auf der Staatsbrücke in der Stadt gesehen hat. Exakt der letzte Standort, an dem wir auch ihr Handy orten konnten.«

»Der Hans hat dich angerufen? Nicht mich?« Mit ungläubiger Miene setzt sich der Buchinger nun auch zu uns. Der Freischwinger gibt unter seinem Gewicht allerdings weit nach hinten nach.

Sie ignoriert seine Frage. »Ein junger Mann, dem ein Kaffeehaus gleich beim alten Rathaus am Rudolfskai gehört. Er war auf dem Weg zur Arbeit, da ist die ausnehmend hübsche Frau in dem grünen Kleid mit dem braunen Ledershopper an ihm vorbeigehastet. Sie ist ihm sofort aufgefallen, und er hat sich neugierig nach ihr umgedreht. Am Ende der Brücke hat ein Auto plötzlich am Giselakai neben ihr angehalten. Die Fahrer der Fahrzeuge dahinter haben laut gehupt, und sie ist rasch in den Wagen eingestiegen.«

Neugierig schaue ich auf die kleine Gscheitmeier hinunter. »Welches Auto? Marke?«

Triumphierend grinst sie mich an. »Ein Fiat, meine Herren. Ein dunkelroter Multipla. Allerdings nicht mit einem SL-Kennzeichen für Salzburg Land, sondern mit einer Wiener Nummer. Schon ein blöder Zufall mit dem Multipla, nicht? Leider hat sich der junge Mann weder das Kennzeichen gemerkt, obwohl es wahrscheinlich sowieso ein gefälschtes war, noch hat er gesehen, ob ein Mann oder eine Frau am Steuer gesessen hat. Der Wagen ist weiter in Richtung Schwarzstraße stadtauswärts gefahren. Ich tippe mal, es handelt sich ziemlich sicher um das Auto deines Polizisten. Alles andere wäre schon ein dummer Zufall.«

»Also hat die Klara doch etwas mit Lanners Ermordung zu tun? Obwohl sie keine Schmauchspuren an den Händen

hatte und selbst Opfer der K.-o.-Tropfen gewesen ist?« Ich weiß nicht, ich kann trotzdem nicht so recht dran glauben.
»Schaut so aus, Aigner. Ich hab auch keine Ahnung, wie, aber sonst wäre sie nicht in den ihr offenbar bekannten und als gestohlen gemeldeten Multipla eingestiegen. Vielleicht hat sie alles sogar gemeinsam mit diesem schmierigen Doktor geplant, den wir uns noch mal vorknöpfen werden.«
»Scheiße, warum haben unsere Kollegen trotz der Fahndung diesen hässlichen Multipla noch nicht entdeckt?«, entfährt es dem Buchinger grantig.
»Weil vielleicht das Kennzeichen ausgetauscht worden ist? Mitdenken, Kollege«, zieht ihn die Chefinspektorin auf. »Aber wir können froh darüber sein, sonst hätten wir noch keinen einzigen Hinweis auf einen Zusammenhang zwischen dem Verschwinden der Frau und dem Mord an Siegfried Lanner.« Dabei boxt ihm die Linzerin mit ihrem Ellenbogen kameradschaftlich in die Seite. »So, Aigner, bevor wir uns endlich diesen Schönheitsdoktor schnappen, erzählst du mir noch mal ganz genau, was du alles im Alleingang unternommen hast, bevor ich euch zwei Deppen gestern aufgeblattelt hab. Und zwar der Reihe nach.« Streng verschränkt sie ihre kleinen Arme vor der schmalen Brust.
Also berichte ich den beiden noch mal von meinen Gesprächen mit der Klara, mit deren Mutter und Schwester und mit den beiden Holzköpfen Heininger und Eidenpichler auf dem Volksfest. Erstmals erzähle ich ihnen auch von meinem Alleingang mit dem Ziegenbart-Reporter Rebhandl, woraufhin sich der Buchinger gleich wieder fürchterlich aufregt. Doch die Gscheitmeier grinst, und ihre Augen sprühen nur so vor Motivation. Also packe ich die Gelegenheit beim Schopf und gebe auch gleich zu, dass ich gestern unseren Praktikanten als Lockvogel bei diesem aalglatten Schönheitschirurgen missbraucht habe. Obwohl die Aktion kläglich gescheitert ist.
Mein Ex-Kollege greift sich fassungslos mit beiden Händen an den Kopf. »Du bist so ein Trottel, Aigner, dass es einem

fast wehtut. Wie kannst du den armen Burschen da nur hinschicken? Deine depperten Alleingänge kosten dich irgendwann noch mal Kopf und Kragen. Schlimmer noch, nicht dich, sondern vielleicht sogar jemand anderen.«

»Wie hat dieser Typ noch mal auf die Sache mit dem Taxifahrer reagiert?«, will hingegen die Gscheitmeier durchaus interessiert wissen.

»Also summa summarum würde ich sagen, der Beauty-Doc war ziemlich angepisst, fast schon aggressiv. Der Mann hat irgendetwas zu verbergen«, versuche ich zu erklären, was ich glaube, durchs Handy herausgehört zu haben.

»Wir müssen sofort mit dem Herrn Doktor sprechen, egal wen immer er gerade in seiner Ordination sitzen hat. Sonst lass ich ihn umgehend mit der Polizei aufs Kriminalamt bringen. Das wird den zu restaurierenden Damen in Ihrem Wartezimmer auch nicht besser gefallen, als noch eine halbe Stunde länger auf ihr Botox zu warten«, blafft die Gscheitmeier mit ihrer tiefen Stimme, obwohl sie nur etwas mehr als einen Kopf größer als der Tresen ist, hinter dem die hübsche Empfangsdame in ihrem weißen Outfit steht. Der Buchinger und ich wechseln einen verständnisvollen Blick, unserer Linzer Kollegin kann man kein X für ein U vormachen.

»Ich denke, dann wird er wohl doch Zeit haben. Bitte warten Sie hier einen Moment, Frau Chefinspektorin.« Die junge Arzthelferin hebt beschwichtigend beide Hände. »Oder besser, folgen Sie mir bitte.« In ihrem kurzen weißen Kleid kommt sie auf gefährlich hohen High Heels hinter dem Empfangstresen hervor und trippelt voran zu einer weißen, gepolsterten Tür, die sie uns aufhält. »Der Besprechungsraum des Herrn Doktor. Bitte warten Sie hier, ich hole ihn sofort.«

Ohne zu fragen, platziert sich die Gscheitmeier auf den breiten weißen Lederdrehstuhl am Kopfende des langen weißen Tisches. Die Frau hat wohl eine Vorliebe für Chefsessel, denke ich mir. Blöd grinsend nehmen der Buchinger und ich rechts neben ihr Platz, und ich schau mich im steril wirkenden Raum ein wenig um. Die weißen Wände sind mit zahlreichen Zertifikaten des Doktors zugepflastert, dichte weiße Lamellenvorhänge sind vor die breiten Fenster gespannt. Nur an der Decke gibt es einen Farbklecks. Dort oben hängt ein wahres Unding an Luster, zahlreiche kunterbunte Leuchtstoffröhren knotenhaft in sich verschlungen.

Da fliegt die Tür mit Schwung auf, und der gut aussehende Mann mit der silbergrauen Lockenmähne betritt den Raum. Energisch kommt er in großen Schritten auf uns zu.

»Sie sitzen in meinem Sessel«, macht er unsere Kollegin streng aufmerksam.

Doch die lächelt nur süffisant. »Aha«, sagt sie und streicht mit der Hand behutsam über das Leder der Lehne. »So ein schönes Stück. Unglaublich bequem.« Erst dann stellt sie uns drei dem Doktor vor.

Der Mann mit dem glatt gebügelten Gesicht öffnet den Mund und schließt ihn dann aber doch wieder. Er kapituliert und zieht sich einen Stuhl links von ihr heran, auf den er sich mit lässig übereinandergeschlagenen Beinen niederlässt. Sein weißer Arztkittel ist offen, darunter trägt er ein hautenges weißes Shirt und eine schmale weiße Hose. Der Mann undefinierbaren Alters hat eine mehr als passable Figur. Unter dem engen Shirt kann man eine äußerst gut definierte Bauchmuskulatur erkennen, stelle ich mit meinem seit Kurzem erworbenen Kennerblick fest. Der Gute hat wohl selbst ein wenig an sich herumschnipseln lassen, sieht ganz nach Brustimplantat aus, wie bei unserem Mordopfer. »Busenfreunde« im wahrsten Sinne des Wortes. Vielleicht handelt es sich dabei um so ein neumodisches Freunde-Dings? Anstelle eines Freundschaftsarmbandes legt man sich gemeinsam unters Messer?

»Was wollen Sie? Meine Zeit ist kostbar, wie Sie sich wohl denken können. Übrigens waren Ihre Kollegen schon letzten Sonntag bei mir.«

»Wir müssen Ihnen noch mal ein paar Fragen zum Mord

an Siegfried Lanner stellen. Auch zu Ihrer Angestellten Klara Bachler, die seit Montag spurlos verschwunden ist.« Nachdem sie sich die ganze Zeit über im Sessel hin- und hergeschaukelt hat, streckt die kleine Linzerin die Zehenspitze des rechten Fußes quasi als Bremse auf den Fußboden und dreht sich dann mit Schwung in Richtung Trenkheimer.

»Und da müssen Sie gleich zu dritt anrauschen und in meiner Praxis so einen Tumult veranstalten?« Ohne dass sich dabei auch nur die kleinste Falte auf seiner glatten Stirn zeigt, mustert uns der Doktor aus zusammengekniffenen Augen.

Jedenfalls erkennt er mich nicht, er hat seine Begegnung mit dem Radarkasten wohl schon wieder aus den Gedanken gestrichen. War anscheinend gut versichert, der Porsche.

»Hat sich Ihre Mitarbeiterin Frau Bachler inzwischen bei Ihnen gemeldet?« Unsere Linzer Kollegin blickt dem Doktor direkt in die Augen.

Der Mann rutscht auf seinem weißen Sessel hin und her und schüttelt dann den Kopf. »Ich habe seit diesem verdammten Volksfest nichts mehr von ihr gehört«, antwortet er, und ich glaube es ihm nicht.

»Das Fest, das Sie gemeinsam mit Siegfried Lanner und Klara Bachler verlassen haben, um den einzigen Nachtclub in Koppelried zu besuchen? Richtig?« Ihr Blick durchbohrt ihn weiter.

Aber er klopft nur ungeduldig mit dem rechten Fuß auf den Boden. »Das habe ich Ihren Kollegen doch schon alles erzählt. Als diese Schlägerei begonnen hat, habe ich mich zunächst auf den Weg nach Hause gemacht. Solche brutalen Dorftrottel-Traditionen sind nicht ganz das, was ich mir unter einem vergnüglichen Abend vorstelle. Doch noch bevor ich auf die Autobahn auffahren konnte, hat mich Sigi angerufen und mich überredet, in diesen Nachtclub zu kommen.«

»Sie beide waren wohl sehr gute Freunde?«, melde ich mich auch zu Wort.

Unter der faltenlosen Stirn kneift er kurz die Augenbrauen

zusammen. »Hab ich Sie nicht schon mal irgendwo gesehen?« Mit skeptischem Blick taxiert er mich von oben bis unten, erwartet sich aber offenbar keine Antwort. »Sicher, Sigi war einer meiner besten Freunde. Wir kennen uns …«, er stockt kurz, bevor er weiterspricht, »kannten uns seit der gemeinsamen Zeit am Gymnasium.«

»Und die hübsche Klara? Die Freundin Ihres Freundes? Wie lange kannten Sie die?«, bohrt die Gscheitmeier mit ihrer tiefen Stimme nach. Dabei fixiert sie ihn aus ihren kleinen Augen unterhalb der dichten Stirnfransen ihres Prinz-Eisenherz-Haarschnitts.

Aber der Mann zuckt bloß unbeeindruckt mit den Schultern. »Ein paar Wochen. Sigi hat sie mir vorgestellt, und ich habe ihm den Gefallen getan, sie bei mir zu guten Konditionen einzustellen. Rein optisch hat sie perfekt ins Team gepasst. Das war's auch schon.«

»Ihnen hat die junge Frau wohl auch gefallen?«, brummt der Buchinger.

Mit einem mitleidigen Blick in den Augen verschränkt Dr. Trenkheimer die Arme. »Lächerlich. Ich bin doch ständig von schönen Frauen umgeben.«

»Welche Schuhe hatten Sie auf dem Volksfest an? Trachtenschuhe?«, lässt sich der Buchinger nicht beirren.

»So etwas ziehe ich nicht an. Ich habe Sneakers zu meinen Jeans getragen. Aber was hat das mit dieser Sache zu tun?« Seine Stimme klingt überheblich.

»Schuhgröße?« Mein Ex-Kollege geht nicht auf seine Frage ein.

»Dreiundvierzig. Warum?« Nun scheint der überhebliche Schönling doch etwas verunsichert zu sein.

»Ich muss Sie leider etwas noch Heikleres fragen«, lächelt die Gscheitmeier, und ihre tiefe Stimme klingt dabei fast sanft. »Ist etwas dran an den Gerüchten, dass Ihr Freund Siegfried Lanner eigentlich mehr an Männern als an Frauen interessiert war und die junge Klara Bachler ihm nur als optischer Aufputz gedient hat? Sozusagen wegen seiner politischen Karriere.«

Wir vernehmen ein gehässiges Lachen. »Nein. Es ist nichts dran an diesem Gerücht. Und wenn es so wäre, sind Sie etwa homophob?«

Mit Schwung fährt die Gscheitmeier mit dem Drehstuhl näher an ihn ran. »Sind wir ganz und gar nicht. Wir möchten nur herausfinden, wer Ihrem Freund das angetan hat. Er wurde brutal im eigenen Haus hingerichtet, ich kann es leider nicht anders ausdrücken. Der arme Mann musste dabei seinem Mörder oder seiner Mörderin direkt in die Augen blicken, bevor ihn die Wucht des Schusses in den Pool katapultiert hat. Es dauert an die zehn bis fünfzehn Sekunden, bis man wirklich tot ist. Und das kann lang sein, aber wem erzähl ich das, Sie sind selbst Arzt.« Traurig seufzt sie laut auf. Von der kann ich noch lernen, denke ich mir beeindruckt.

»Mein Gott«, sagt der Doktor plötzlich mit bebender Stimme und vergräbt das Gesicht in seinen schmalen Händen. Mit einem Mal schüttelt es ihn am ganzen Körper. Der Kerl weint doch jetzt nicht etwa. Betreten räuspere ich mich, aber meine Kollegin legt sanft ihre Hand auf den Arm des Mannes. Mit einer einfühlsamen Stimme, die ich ihr niemals zugetraut hätte, redet sie auf ihn ein. »Lassen Sie es raus, Dr. Trenkheimer. Dieses Gefühl, nicht einmal richtig um den geliebten Menschen trauern zu können, muss furchtbar sein. Lassen Sie es raus, bevor es Sie erdrückt.«

Neben mir wetzt der Buchinger unruhig auf seinem Stuhl hin und her, und ich muss zugeben, auch ich würde lieber draußen warten.

»Ich habe ihn geliebt. Früher einmal, als wir noch sehr jung gewesen sind«, beginnt der Mann mit tonloser Stimme zu sprechen und nimmt die Hände vom Gesicht. »Sigi war die Liebe meines Lebens, immer schon. Früher hätte ich mich jederzeit offen zu ihm bekannt, aber er wollte nicht. Wegen seiner verdammten Heimatpartei, die würden so etwas nicht verstehen, hat er behauptet. Die Partei war das Wichtigste für ihn, wir mussten alles verheimlichen. Alles. Immer. Irgendwann wollte und konnte ich nicht mehr, und dann habe ich meine Frau kennengelernt.«

»Sagen Sie, weiß Ihre Frau von Ihrem Verhältnis zu Herrn Lanner?« Neugierig mustere ich den Mann. Wer weiß, vielleicht wollte ihr das Mordopfer davon erzählen, was der Doktor wiederum zu verhindern wusste.

»Gott bewahre, wozu denn? Und ich will auch, dass das so bleibt, verstehen Sie?« Er holt sein Handy aus dem Arztkittel und zeigt uns darauf mit zittrigen Händen das Foto einer schönen dunkelhaarigen Frau mit zwei kleinen Buben im Alter von etwa fünf Jahren neben sich: Zwillinge. »Meine Söhne sind mein Ein und Alles. Verstehen Sie mich nicht falsch, ich mag meine Ulla. Bei mir ist das anders als bei Sigi, ich kann auch Frauen lieben. Außerdem gibt es nichts mehr, das ich ihr beichten müsste. Mein Verhältnis zu ihm war schon lange vor der Geburt meiner Söhne beendet. Sie werden das wohl nicht verstehen, wir waren zwar innig verbunden, aber es gab nichts Intimes mehr zwischen uns.«

»Haben Sie ihn erschossen, Dr. Trenkheimer? Aus Eifersucht auf Claire?«, kommt es immer noch einfühlsam aus Gscheitmeiers Mund.

Endlich wischt sich der Mann die paar Tränen aus dem Gesicht und blickt ihr danach fest in die Augen. »Nein. Die angebliche Beziehung zwischen den beiden war nichts als Fake, alles für seine Parteifreunde inszeniert. Claire war einverstanden, weil er ihr den Job bei mir verschafft und sich auch sonst großzügig ihr gegenüber gezeigt hat.«

»Aber laut Zeugenaussagen haben Sie sich mit Lanner gestritten und den Nachtclub wütend verlassen, nachdem Ihr Taxi eingetroffen ist«, werfe ich ein.

»Pah! Eine kleine Meinungsverschiedenheit, nichts weiter. Aber danach hatte ich keine Lust mehr zu feiern und musste mir ein Taxi rufen lassen, weil ich zu viel getrunken hatte. Sigi hatte zwar kein erotisches Verhältnis mit dieser Frau, aber trotzdem hing er ziemlich an ihr. Weiß Gott, warum, sie ist weder sonderlich klug noch gebildet. Vielleicht hat ihm ihr jugendlicher Leichtsinn imponiert. Er, der sich selbst immer im Griff haben musste, der mich wegen seiner Parteikarriere immer auf Platz zwei verwiesen hat, hat sich auf einmal von dieser impulsiven Frau völlig einwickeln lassen.«

»Also waren Sie doch auf Klara Bachler eifersüchtig«, stellt unsere Kollegin kühl fest. »Warum sind Sie in dieser Nacht nicht in Ihrer Wohnung geblieben, nachdem der Taxifahrer Sie dort abgesetzt hatte? Wir wissen, dass Sie etwa eine Stunde später zum nächsten Taxistandplatz am Rudolfsplatz gegangen und zum Haus Ihres Freundes gefahren sind. Woher wussten Sie, dass die drei nicht mehr im Nachtclub waren? Hat er Sie angerufen? Haben Sie ihm aufgelauert?«

Mit erstauntem Blick mustert der Doktor unsere Kollegin, die fast in dem großen Sessel verschwindet.

»Sie sind zu Lanner gefahren, haben ihn auf der Terrasse vorgefunden und Ihren Geliebten erschossen«, fährt sie sachlich fort. Die Empathie von vorhin ist verschwunden.

»Er war nicht mein Geliebter! Verdammt noch mal, zwischen uns war es längst aus. Ich wollte doch bloß nicht im Streit mit ihm auseinandergehen. Nicht wegen diesem dummen Weib. Das haben wir nie getan. Nie in all den zig Jahren, verstehen Sie das nicht?« Er krallt beide Hände rechts und links an seinem Arztkittel fest, sodass die Knöchel weiß hervortreten. »Zu Hause angekommen, konnte ich meine Wohnung nicht betreten. Nach unserem Streit wegen dieser verdammten Claire habe ich es nicht geschafft, mich neben meine Frau zu legen. Also bin ich ziellos die Imbergstraße entlanggelaufen und an der Imbergstiege dann zum Basteiweg abgebogen. Es war so eine mondhelle Nacht, und ich hatte kein Problem mit den schmalen Pfaden und den Treppenstufen. Wohl Hunderte Male bin ich mit Sigi dort hinaufgewandert. Nach etwa zwanzig Minuten habe ich dann an der Stelle angehalten, wo man so wunderbar über die Salzach auf Hohensalzburg hinübersehen kann. Der Dom und die Festung im hellen Mondschein, wunderschön ... dort hat er mir vor Jahren seine Liebe gestanden ...« Seine Stimme bricht, und der Mann hat Tränen in den Augen. Rasch wischt er sich mit beiden Händen übers Gesicht. »Ich musste zu ihm, ich musste mich mit ihm versöhnen.«

»Aber leider haben Sie ihn stattdessen umgebracht«, wirft meine Kollegin ungerührt ein.

Heftig schüttelt der Doktor den Kopf. »Nein, das habe ich nicht. Verflucht noch mal, ja, ich war dort. Aber Sigi war schon tot. Er lag im hell beleuchteten Pool, das Blut rann aus seiner Brust ins hellblaue Wasser. Seine Augen haben mich durch das Wasser hindurch angestarrt. Grauenhaft. Ich war völlig geschockt, wollte nur mehr weg.« Er greift nach seinem Handy. »Ich werde jetzt meinen Anwalt anrufen und mich nur mehr in seinem Beisein mit Ihnen unterhalten, wenn überhaupt. Darf ich Sie bitten zu gehen? Sie haben keinerlei Beweise gegen mich in der Hand.«

Schwungvoll springt die Gscheitmeier vom Stuhl auf. »Keine Sorge, Herr Dr. Trenkheimer, sollte es die geben, dann werden wir sie finden. Sie können Ihrem Anwalt gleich sagen, dass ich höchstpersönlich dafür sorgen werde, dass Sie umgehend aufs LKA zur Einvernahme eingeladen werden. Ich kümmere mich auch um einen Haftbefehl.«

Nachdenklich öffne ich die Fahrertür meines Streifenwagens, den ich direkt vor dem Ästhetik-Center geparkt habe.

»Ich ruf sofort den Probst an, der soll den Kerl für den Nachmittag gleich noch mal zur Einvernahme abholen lassen«, erklärt unsere Linzer Kollegin. »Die Kriminaltechnik soll auch seine Hände auf Schmauchspuren untersuchen, Buchinger. Vielleicht können die noch was nachweisen, ist ja erst ein paar Tage her.«

Skeptisch schüttle ich den Kopf. »Also, ich weiß nicht. Der

Taxifahrer hat keinen Schuss gehört. Wie hätte ihn der Kerl lautlos erschießen können? Ich glaube nicht, dass der Doktor ständig einen passenden Schalldämpfer für eine Polizeidienstwaffe mit dabeihat.«

»Papperlapapp«, tut die Gscheitmeier meinen eigentlich nicht von der Hand zu weisenden Einwand ab. »Der Mann ist jetzt mal hauptverdächtig. Kommt auch deinem Polizisten zugute. Wir werden schon noch aus ihm rauskriegen, was tatsächlich im Haus von Lanner passiert ist. Außerdem wissen wir nun ziemlich sicher, dass das Opfer spätestens um drei Uhr dreiundvierzig tot war, nachdem der Taxifahrer abgefahren war.«

Ehe ich noch irgendetwas entgegnen kann, zuckt mein Ex-Kollege mit den Schultern und zwinkert mir zu. »Ja mei, Aigner. Sie ist halt der Chef.«

»Korrekt.« Mit zufriedenem Gesichtsausdruck stellt sich unsere kleine Kollegin auf die Zehen und tätschelt dem verblüfften Buchinger die Wange wie einem Schulbuben. »Bevor ich mit dir beim LKA den schmierigen Doktor so gewaltig in die Zange nehme, dass der nicht mehr weiß, wo rechts und links ist, werde ich noch eine gute Tat vollbringen.« Bei seinem verdutzten Gesichtsausdruck bricht sie in ihr tiefes, kehliges Lachen aus. »Ich werde sofort den Probst anrufen. Euren Baumgartner kann man getrost aus der U-Haft entlassen. Zwar gibt es theoretisch immer noch einen Tatverdacht, aber da weder Flucht-, Verabredungs- oder Verdunklungsgefahr noch die Gefahr für eine neuerliche Straftat besteht, wird unser Staatsanwalt den Haftrichter schon überzeugen. Jetzt erst recht, wo wir endlich einen Hauptverdächtigen anführen können. Also, Aigner, fahr gleich weiter zur Justizanstalt und hol deinen Polizisten ab.«

Nachdem ich einen glücklich grinsenden Schorsch bei seiner noch glücklicheren Mutter zu Hause abgeliefert habe und ihm wohl zum x-ten Mal erklären musste, warum er trotzdem noch bis auf Weiteres vom Dienst suspendiert ist, kann ich zurück auf die Inspektion fahren.

Als ich die Zweitgarnitur meiner Sommeruniform aus dem Spind nehme und mich umziehe, lasse ich mir die ganzen Ermittlungsergebnisse noch mal durch den Kopf gehen. Mittlerweile ist zwar auch die Gscheitmeier davon überzeugt, dass mein Polizist reingelegt worden ist, aber wir brauchen trotzdem dringend entlastende Beweise oder, besser noch, den wahren Täter.

Auch Klaras Verschwinden bereitet mir Kopfzerbrechen. Was hat sie mit dem Mord zu tun? Oder ist sie etwa selbst in Gefahr? Wohin könnte sie geflüchtet sein? Und warum ausgerechnet mit dem gestohlenen Multipla? War es vielleicht sogar sie, die bei mir eingebrochen ist? Nein, zu diesem Zeitpunkt war sie schon verschwunden. Außerdem passt sie auf keine der beiden Gestalten, die wohl eindeutig Männer waren.

Während ich mir noch das Hirn zermartere und dabei auf keinen grünen Zweig komme, klingelt mein Handy.

»Raphi! Endlich!«

Verdammt, einmal schaue ich nicht aufs Display, und dann ist es gleich die Moni.

»Sag amoi, du feige Nuss, wieso ruafst du mich oafach net z'rück?«, lässt sie vorwurfsvoll im breitesten bayrischen Dialekt vernehmen.

»Sorry, Moni. Ich hab im Moment beruflich ziemlich viel um die Ohren. Eigentlich hab ich keine Zeit.« Wie immer, wenn ich mit ihr rede, versuche ich mich feige aus der Verantwortung zu stehlen.

Aber sie lacht mich bloß aus. »Mei, Raphi, jetzt kimmst ma nimma aus. Aber i brauch net lang, oiso horch zu. Es bleibt bei dem Geburtstermin am achtundzwanzigsten. Wenn der Amuro scho in Japan ein Konzert geben muss, dann sollst wenigstens du dabei sein. Koa Widerrede, so hat mei Emma wenigstens a Fifty-fifty-Chance, dass ihr Vater bei der Geburt anwesend ist.« Sie macht eine kurze Pause, aber ich bin auf einmal sprachlos. Emma. Oh Gott. »Es wird nämlich a Mäderl«, fügt sie stolz hinzu und legt auch schon auf.

Ich bin völlig durch den Wind und muss mich, nur in Polizeihosen, auf die Holzbank vor dem Spind setzen. Emma und Felix, denke ich mir, Felix und Emma. Irgendwie dreht sich alles in meinem Kopf, und das erste Mal seit acht Monaten kommt in mir annähernd so etwas Ähnliches wie ein Gefühl der Vorfreude auf. Ich kann es gar nicht verhindern.

»Du Arsch, du blöder! Du traust dich hier bei uns auch noch aufzutauchen!«, höre ich den Rainer im Wachzimmer nebenan laut brüllen.

Also schlüpfe ich rasch ins Hemd, stecke meinen Kopf durch die Tür ins Wachzimmer und sehe grad noch, wie die Gerti unseren Praktikanten unsanft in die kleine Kaffeeküche schiebt. Vor unserer Besucherklappe steht der Rebhandl. Der junge Reporter mit dem Ziegenbart schaut etwas verunsichert um sich und scheint erleichtert zu sein, als er mich erblickt. »Servus, Herr Chefinspektor. Darf ich Sie kurz sprechen? Es wär dringend.«

Ich seufze, denn eigentlich wollte ich endlich alle Ermittlungsergebnisse auf dem Whiteboard in meinem Büro zusammenfassen. Lässig öffne ich die Klappe an der nervigen neuen Besuchertheke und winke den Reporter durch. Der dünne Bursche streicht sich erfreut über seinen Bart und folgt mir in viel zu großen Shorts in mein Büro.

Immer noch ein wenig vom Telefonat mit der Moni verwirrt, lasse ich mich in meinen Sessel fallen, dass das Leder nur so kracht, und biete ihm den Platz auf dem Stuhl gegenüber an. »Also, was verschafft mir das Vergnügen, Herr Reporter?«

»Chefinspektor, ich hab was Megainteressantes herausgefunden.« Seine schmächtige Brust wölbt sich stolz nach vorne. »Aber die Sache ist mir allein zu heiß, deshalb wollte ich unbedingt mit Ihnen reden. Außerdem meint die Babsi, also meine Freundin, ich soll Ihnen das unbedingt stecken.«

Da der Bursche mich brav siezt, bin ich auch höflich. »Was haben Sie herausgefunden, Herr Rebhandl?«

»Beim Mordopfer ist vor etwa drei Wochen eingebrochen worden.« Mehrmals klopft er sich mit der rechten Hand auf seine Hendlbrust. »Und ich, ich hab das aufgedeckt.«

»Und? Weiter?« Auch die kriminaltechnische Abteilung hat überpinselte Einbruchsspuren an einer von Lanners Terrassentüren entdeckt, also bin ich gespannt, was mir der junge Mann noch zu sagen hat.

Der beugt sich auch schon weit nach vorn und zwinkert mir verschwörerisch zu. »Ich krieg doch die Exklusivrechte an der Story, oder?«

»Zuerst hör ich mir einmal an, was Sie mir zu berichten haben«, grinse ich verhalten. Bei mir gibt es keine Exklusivrechte, außer vielleicht für die Marie.

»Ich gehe davon aus, dass diese Kerle auch für die anderen Einbrüche in unserer Gegend verantwortlich sind«, beginnt er und macht wieder eine Pause.

Neugierig mustere ich den hageren Burschen mit den vielen Aknenarben im Gesicht. »Woher wollen Sie das wissen? Dr. Lanner hat keinen Einbruch in seinem Haus bei uns angezeigt.«

Er winkt lässig ab. »Darauf komme ich später zurück. Also, genau am Dienstag vor drei Wochen kurz vor halb zwölf Uhr nachts wurde versucht, im Architektenhaus einzubrechen. Die Typen … Ich nenne sie jetzt mal die Einbrecher … haben gedacht, der reiche Regionalpolitiker sei nicht zu Hause. Außerdem hat denen ein Vogerl gezwitschert, dass die Alarmanlage im Haus schon lang defekt ist.« Verblüfft schaue ich ihn an, etwas Ähnliches hat uns doch auch der Leiter der Kriminaltechnik erzählt.

Der Bursche freut sich sichtlich über mein Erstaunen und fährt genüsslich fort zu erzählen: »Also, der Lanner war tatsächlich nicht daheim, sondern auf einer Parteiveranstaltung in Salzburg. Die Einbrecher haben sich in Sicherheit gewogen, von euch Cops wären sie sowieso niemals entdeckt worden. Beinahe hätten die auch Glück gehabt, aber nur beinahe.« Um Beifall heischend grinst er mich stolz an. »Gell, da schauen Sie, was? Ich hab Ihnen ja versprochen, ab sofort etwas genauer zu recherchieren.«

Zur Belohnung schenke ich ihm ein anerkennendes Nicken und schiebe wegen der Hitze in meinem Büro ein Glas Mineralwasser vor ihn hin. »Das hab ich schon an Ihrem letzten Artikel bemerkt, Rebhandl.«

Geschmeichelt streicht er sich durch seinen Ziegenbart und nimmt einen Schluck vom Wasser. »Dann spitzen Sie mal die Ohren, Chefinspektor. In dieser Nacht hat das Haus nämlich gar nicht leer gestanden. Claire hat dort übernachtet und auf den Politiker gewartet. Und diese strunzdummen Alpha-Kevins haben nicht geschnallt, dass oben im Schlafzimmer noch die Nachttischlampe angeknipst war.« Vor Lachen haut er sich mit der flachen Hand auf seinen mageren Schenkel, während ich mich frage, was Alpha-Kevins sind. Aber er klärt mich gleich ungefragt darüber auf. »Unsere dämlichen Alpha-Kevins, also die Dümmsten der Dummen, waren grad dabei, eine der Terrassentüren aufzuhebeln. Und während zwei der Deppen mit ihren idiotischen Skimasken auf dem Kopf mit Taschenlampen auf den einen Kerl geleuchtet haben, der mit einem Schraubenzieher die Tür auffummeln wollte, wurden sie auf frischer Tat ertappt. Claire ist nämlich nicht nur rein optisch der Burner, sondern auch eine absolute Checkerbraut. Sie hatte null Angst, die hat sofort einem der Einbrecher die Maske vom Gesicht gezogen.« Mit triumphierendem Blick in den Augen macht er eine Pause, und ich warte gespannt auf seine weiteren Ausführungen.

»Also, die anderen zwei Typen haben sich vom Acker gemacht.« Das klingt jetzt aber gar nicht nach den gewaltbereiten Einbrechern bei mir zu Hause.

»Der Typ ohne Skimaske hat sie bekniet, nicht die Polizei zu holen. Was sie auch nicht getan hat, im Gegenteil, sie hat sich mit dem Kerl noch lange und ausgiebig unterhalten.«

»Herr Rebhandl, wer ist der Mann? Woher haben Sie all diese Informationen?«

Der Bursche kichert ausgiebig in seinen Ziegenbart, bevor er mir antwortet. »Wie ich schon sagte, vergessen Sie nicht die Exklusivrechte für die Story, wenigstens im Fall der Einbrüche, das sind Sie mir schuldig. Ich kann nicht sagen, ob die Kerle etwas mit dem Mord am Lanner zu tun haben. Aber ich weiß bestimmt, dass man sie wegen der Brüche hier in Koppelried überführen kann, weil die wohl tonnenweise heiße Ware vercheckt haben müssen.«

»Wenn das alles stimmt, können Sie in Ihrer Zeitung gerne über die Einbrüche berichten, Rebhandl. Aber natürlich erst nach der Festnahme.«

»Und wenn sich herausstellt, dass es auch eine Spur in der Mordsache ist?« Mit einem lauernden Blick in den Augen schlägt der Bursche ein dünnes Bein über das andere.

»Mal abwarten, ob da was dran ist, okay?«

Gelassen streckt er mir seine Hand hin, und ich schlage ein.

»Also, verpfeifen tu ich niemanden. Aber dieser Kerl, den ich meine, der wohnt zufällig in den alten Gemeindebauten in der Wendelinstraße und fährt seit Neuestem einen gebrauchten dottergelben Porsche 911 Carrera Coupé.«

Vor Überraschung springe ich vom Sessel auf. »Der Sieder Hannes? Verdammt, wie bist du darauf gekommen?«

Zufrieden streicht sich der junge Mann wieder über den Ziegenbart. »Gestern Abend hab ich in der Pisseria beim Straubinger … schauen Sie nicht so, auf dem Klo halt … unseren Wunderkicker, den Zipflinger Charlie, getroffen und mich mit ihm über Claires Verschwinden unterhalten. Er hat gemeint, ich sollte besser mal beim Sieder nachfragen. Der weiß bestimmt, wo die ist. Sobald der Lanner nicht in der Nähe war, hat sich unsere Claire mit *Horseface*-Hannes rumgetrieben. Und der wiederum hat bei seinen Amigos vom FC angegeben, dass sie unheimlich auf ihn stehen würde. Also hat der Zipfi einfach den Gegenbeweis angetreten und sich ein Date mit ihr beim Straubinger gecheckt. Er wollte seinem FC-Kollegen eins auswischen, wegen seiner Marlene.«

»Wegen der Marlene?«, frage ich etwas verwirrt und setze mich wieder hin. Das hübsche Mädchen ist nicht nur die Tochter unserer Organistin Renate, sondern meines Wissens auch die Freundin vom Sieder. Obwohl bei den raschen Partnerwechseln unserer Dorfjugend kann man recht schnell den Überblick verlieren.

»Genau. Der Sieder hat der Marlene tagelang reingestresst, nachdem sie ihn abserviert hat, weil sie halt jetzt mit dem Zipfi zusammen ist. Als ich dann mit den beiden an der Bar war, ist der schon angeheiterte Sieder aufgetaucht. Also bin ich zu ihm rüber, und er hat mich auf einen Gin Fizz eingeladen. Der Kerl hat eine dicke Klammer Hunderter im Hosensack gehabt, Herr Chefinspektor, das ist mir gleich verdächtig vorgekommen. Der ist doch schon ewig arbeitslos. Also hab ich tapfer noch zwei megastarke Gin mit ihm gekippt und ihn ausgefragt. Irgendwann hat er mir völlig besoffen gesteckt, dass Claire ihn und seine Kumpel beim Bruch erwischt hat. Na ja, und den Rest kennen Sie bereits.«

Beeindruckt stehe ich auf und klopfe dem jungen Mann anerkennend auf die Schulter. »Gut gemacht, Rebhandl. Damit haben Sie uns sehr geholfen. Ich wäre Ihnen aber verbunden, wenn Sie mit einem Artikel noch warten würden, bis wir alle drei Einbrecher geschnappt haben. Dann gebe ich Ihnen grünes Licht, okay?«

Er nickt und zieht freudestrahlend eine zerknitterte Visitenkarte aus seiner Hosentasche. »Megageil, Chefinspektor. Übrigens, wo Claire ist, weiß der Sieder leider auch nicht, eigentlich niemand. Sollte ich noch was rausfinden, melde ich mich natürlich wieder bei Ihnen.« Dann geht er zur Tür und dreht sich noch mal etwas verlegen um. »Um ehrlich zu sein, Sie bringen mein Bild von der Polizei ganz schön ins Wanken. Will damit sagen, Sie sind echt in Ordnung.«

Sieders Mutter lehnt im Türrahmen ihrer Wohnung im vierten Stock. Eine von vielen in den langen Gängen der schmucklosen alten Gemeindebauten in Koppelried. Rötlich blonde Strähnen hängen der molligen Frau aus dem ungewaschenen, fettigen Haar ins glänzende Gesicht, während sie nervös an ihrer Zigarette zieht und die Asche daran immer länger wird. Es stinkt erbärmlich nach Zigarettenrauch aus der Wohnung. Man hält es kaum für möglich, dass der immer perfekt gestriegelte Hannes ihr Sohn ist. »Ich weiß nicht, wo der Bub sich schon wieder herumtreibt. Zu nix ist der faule Kerl nutz. Und jetzt ist schon wieder die Polizei bei uns da.«

»Frau Sieder, ich muss mich dringend mit Ihrem Sohn unterhalten.« Mein Versuch, an ihr vorbei durch die Tür zu schielen, scheitert. Die Frau stemmt sich richtiggehend in den Türrahmen und versucht, sich noch breiter zu machen, als sie ohnehin schon ist. Als ob die etwas zu verbergen hätte, denke ich mir skeptisch.

»Vielleicht ist der mit seinem neuen Auto unterwegs. Mein Herr Sohn steckt sein Geld lieber in einen Porsche, als es seiner lieben Mama zu geben. Herr Inspektor, ich hab keine Ahnung, wo der missratene Bub steckt.« Die Asche fällt von der Zigarette und kleckert ihr aufs schmuddelige T-Shirt. Sie macht keine Anstalten, den Schmutz wegzuwischen.

»Frau Sieder, der gelbe Porsche steht da unten auf dem Parkplatz. Wie kann sich Ihr Sohn überhaupt so ein Auto leisten? Soweit mir bekannt ist, ist der Hannes seit geraumer Zeit arbeitslos.«

Sie zuckt ungerührt mit den Schultern. »Woher soll ich denn das wissen? Der Kerl sagt mir doch schon lang nix mehr. Der kommt nur mehr zum Schlafen heim, sonst nix. Grad zum Wäschewaschen bin ich ihm noch gut genug –« Sie wird von einem lauten Schepperer in der Wohnung unterbrochen und erschrickt. »Das war bestimmt die Katze«, beeilt sie sich zu versichern, aber ich schiebe die ungepflegte Frau einfach zur Seite und betrete die Wohnung, die wohl schon lange keinen Putzkübel mehr gesehen hat.

Noch während ich mich umsehe, drängt sich der Sieder im hellen Leinensakko an mir vorbei und stößt mich dabei fast um, indem er mir brutal gegen die verletzte Schulter donnert. Ich verspüre einen stechenden Schmerz, greife mir instinktiv auf den Verband, den mir die Sanitäter angelegt haben, und der Kerl entwischt mir durch die Tür.

Kruzifix, wie ich diese sinnlosen Verfolgungsjagden hasse! Verärgert laufe ich die Treppen hinunter und funke dabei Bezirksinspektor Herbert Lederer an, der sowieso unten wartet. »Schnell, Herbert, der entwischt uns noch!« Mit einem Ruck reiße ich die Eingangstür des Gemeindebaus auf und renne dabei fast die Frau Weber um, die mit ihrem ständig betrunkenen Mann und der kleinen Chantal auch auf dieser Stiege wohnt. Eine Entschuldigung rufend, sprinte ich hinter dem Sieder her, der nun einen noch besseren Vorsprung hat.

Aber der Bursche läuft erwartungsgemäß direkt auf den Parkplatz zu, der will sich wohl mit seinem Porsche aus dem Staub machen. Als er auf den Entsperrknopf seines Autoschlüssels drückt, hat ihn Bezirksinspektor Herbert Lederer schon am Kragen und hält ihn gekonnt im Polizeigriff fest.

»Sieder«, keuche ich atemlos, als ich bei den beiden ankomme. »Das war jetzt ganz blöd von dir. Schön dumm, einfach davonzulaufen.« Der Herbert zieht die Handschellen von seinem Gürtel und legt sie ihm unsanft an. Auch der Bursche schnauft wie ein Langstreckenläufer, sagt aber kein Wort.

»Du bist wegen des dringenden Tatverdachts auf Einbruchdiebstahl vorläufig festgenommen«, brumme ich und kläre den dummen Kerl wohl schon zum x-ten Mal in den letzten Jahren über seine Rechte auf. Danach gehen wir mit ihm zum Streifenwagen, platzieren unseren unfreiwilligen Gast auf den Rücksitz und bringen ihn zur Inspektion.

Breitbeinig sitzt er vor meinem Schreibtisch und starrt auf den Fußboden. Neuerdings trägt auch der Sieder einen kurz getrimmten Vollbart wie im Moment die meisten jungen Männer bei uns im Ort. Ihn zumindest lässt das älter erscheinen, als er ist.

Wie ein Fels steht der Herbert mit verschränkten Armen in der Tür zu meinem Büro, und die Gerti kaut ungeduldig am Ende ihres Bleistifts herum, denn in der letzten Stunde hatte sie kaum was in ihrem perfekten Steno zu protokollieren. Der Sieder hat bislang noch kein Wort gesagt, nicht mal auf die Frage, ob er einen Rechtsbeistand hinzuziehen will.

»Es hilft nix.« Verärgert erhebe ich mich aus meinem Ledersessel. »Wenn du nicht bereit bist, endlich zu reden, dann lass ich dich aufs LKA nach Salzburg bringen. Mir ist das zu blöd hier. Sollen sich doch die Kollegen in der Stadt mit dir herumschlagen, die ermitteln sowieso grad im Mordfall Lanner. Und glaub mir, beim LKA kommt es nicht gut, wenn man ins Haus eines Mordopfers eingebrochen hat.«

Bei meiner Erwähnung von Lanners Namen kommt endlich Bewegung in den Burschen. »Warten Sie, Herr Aigner. Nur mit der Ruhe, ich mach ja eine Aussage.« Frech grinsend zeigt er mir sein Pferdegebiss.

Langsam setze ich mich wieder hin. »Also, Sieder, dann noch mal von vorne. Wir haben Informationen, dass du gemeinsam mit mindestens zwei weiteren Personen am Dienstag vor drei Wochen gegen halb zwölf ins Architektenhaus einbrechen wolltest. Ihr habt die Terrassentür aufgehebelt und wolltet dort einsteigen. Aber leider wurdet ihr von Klara Bachler überrascht. Ist das korrekt?«

Der Sieder nickt, seine Stimme klingt leise. »Ja, das stimmt so.«

»Und weiter? Lass dir nicht alles aus der Nase ziehen. Wir werden bald auch deine Kumpel in Gewahrsam nehmen, und dann wissen wir sowieso alles«, schnauze ich ihn ungehalten an. Die letzte Stunde ständigen Anschweigens hat schon etwas an meinen Nerven gezerrt.

»Also gut.« Sein ausgeprägter Adamsapfel hüpft einige Male unterhalb des sauber getrimmten Vollbarts am Hals auf und ab, ehe er weiterspricht. »Also, ich hab nix gemacht, nur zugesehen. Ein Kumpel von mir hat die Terrassentür aufgehebelt. Da ging plötzlich das Licht an, die Bachler-Bitch hat uns komplett überrascht. So schnell hab ich gar nicht schauen können, hat die mir auch schon die Skimaske vom Kopf gezogen. Ich war wie gelähmt, und meine beiden Kumpel haben nach der ersten Schrecksekunde sofort einen Schuh gemacht. Die sind rasch über den Gartenzaun gehechtet und zum Auto gelaufen –«

»Ein Mercedes Vito? Schwarz?«, unterbreche ich ihn scharf.

Erstaunt schüttelt er den Kopf. »Nein, wieso? Mein Kumpel borgt sich quasi immer den Opel Zafira von seiner Firma aus, nur weiß sein Chef nix davon. Der Zafira ist außerdem dunkelgrün, nicht schwarz.« Er sagt die Wahrheit, die Kriminaltechnik hat die bisher an den Einbruchsorten sichergestellten Reifenspuren einem Wagen in der Klasse dieser Automarke zugeordnet. Es erscheint mir leider immer unwahrscheinlicher, dass es sich bei meinen Einbrechern um Sieders Bande gehandelt hat.

»Was ist dann in Lanners Haus geschehen?«, bringe ich das Gespräch wieder auf den Einbruch zurück.

»Claire hat mich natürlich sofort erkannt und sich krummgelacht, nachdem meine Freunde abgehauen sind. Und die Alte hat mir gleich mit euch Bullen gedroht. Auf Knien musste ich die Bitch anbetteln, es nicht zu tun. Als Gegenleistung wollte sie von mir alles über die Brüche wissen.« Er senkt den Kopf und betrachtet seine weißen Sneakers, auf denen deutlich »Dolce & Gabbana« zu lesen ist. Warum ist mir bloß nicht aufgefallen, dass der dumme Bursche in letzter Zeit auf Krösus getan hat?

»Und was gab es da zu erzählen?«

»Nur, dass ich erst vor Kurzem in die ganze Sache reingeschlittert bin. Zwei Kumpel aus der Stadt haben mich da reingezogen. Die haben zu zweit schon einige Brüche rund um

Salzburg gemacht und einen Kundschafter für unsere Gegend hier gesucht. Ich hab mich geweigert, aber die haben mich unter Druck gesetzt«, lügt er, dass sich die Balken biegen. »Der Bruch beim Lanner war der erste, bei dem ich dabei war. Ich schwör's, Herr Aigner.« Auf seinen scheinheiligen Blick falle ich nicht herein, das kann er seiner Großmutter erzählen, aber nicht mir. Natürlich sage ich ihm das nicht, sondern fordere ihn auf fortzufahren.

»Der stinkreiche Lanner wohnte noch nicht so lange im Architektenhaus. Bei dem brauchte man eigentlich nur den Terminkalender seiner Partei-Homepage zu checken, dann wusste man, wann der höchstwahrscheinlich nicht zu Hause ist. Ein Kumpel hat mir auch gesteckt, dass die Alarmanlage im Arsch ist. Also total easy, und ich war mir megamäßig sicher, sonst wär ich dort niemals eingestiegen.« Sein schräges Grinsen erscheint mir längst nicht mehr so selbstbewusst wie vorhin, denn auf seiner Stirn treten kleine Schweißperlen hervor. Wohl nicht nur, weil es in meinem Büro so heiß ist.

Ich stehe auf und platziere mich mit verschränkten Armen ihm gegenüber auf der Kante meines Schreibtisches. »Was wollte die Klara danach von dir?«

»Erst mal nix. Sie wollte wissen, wie viel Geld man mit solchen Brüchen verdient, und hat gemeint, sie würde sich noch was einfallen lassen, womit ich das Ganze bei ihr wiedergutmachen könnte. Dann hat sie mir überall aufgelauert und sich einen Spaß daraus gemacht, mich zu nerven. Ich musste ihr sogar ein paar sündteure Fetzen kaufen. Aber nach ein paar Tagen hab ich ihr gesagt, sie kann mich mal, niemand bei der Polizei würde ihr noch glauben, weil sie selbst schon tief mit drinsteckt.«

Neugierig mustere ich ihn. Könnte es sein, dass dieser große, schlaksige Bursche einer meiner beiden Einbrecher gewesen ist? Sein Körperbau würde perfekt passen.

»Welche Schuhgröße hast du?«

»Dreiundvierzig, wieso?« Nicht nur beim Lanner auf der

Terrasse, sondern auch bei mir hat die Spusi Schuhabdrücke von Sneakers in Größe dreiundvierzig und fünfundvierzig gefunden. Doch kein Zufall?

»Wo warst du gestern Nacht, Sieder?« Ich will ganz sichergehen.

»Wie ›gestern Nacht‹?« Irritiert schaut mir der Bursche direkt in die Augen.

»Wo du warst, will ich wissen«, blaffe ich ihn an.

»Vorher beim Straubinger, später dann im Soda-Club in Salzburg. Mit dem Roman, dem Sohn von Ihrem Kollegen, dem Herrn Bezirksinspektor Lederer.« Bei diesen Worten dreht er sich kurz zum Herbert um, der sich immer noch vor der Tür aufgebaut hat und dem Sieder einen strengen Blick zuwirft. »Der Roman und ich haben uns im Club zwei Schnecken aus der Stadt aufgerissen. Die meinige hieß Wieser Anni oder Dani oder so ähnlich, glaub ich. Wir sind jedenfalls gegen halb fünf noch mit zu ihr nach Hause, aber ihre Eltern haben uns gleich wieder rausgeschmissen. Dann hab ich uns ein Taxi nach Koppelried spendiert und beim Roman gepennt, weil der heute freihat. Stimmt doch, Herr Lederer?« Verunsichert dreht er sich noch mal zu meinem Kollegen um, und der nickt seufzend, während er die Augen nach oben verdreht.

Gut, dann war der Sieder wohl gestern Nacht nicht bei mir zu Besuch.

»Wo warst du in der Mordnacht von Freitag auf Samstag, so zwischen drei und vier Uhr früh?«

»Zuerst auf dem Volksfest und dann ab halb zwölf beim Straubinger im Nachtclub. Als wir alle heimgegangen sind, war es schon taghell draußen. Sie können die Bardame Danuta fragen oder auch den Roman und die anderen Kicker. Oder die Nasen-Vroni, die war auch dort, glaub ich«, beeilt er sich zu sagen.

»Das werde ich«, seufze ich, kenne aber schon die Aussage der Bardame gegenüber der Soko. Die Fußballer und deren

Freundinnen sind bis drei viertel fünf im Lokal gewesen. Erst nachdem die jungen Leute endlich nach Hause gegangen waren, hat sie zusperren können. Trotzdem werden wir uns noch mal versichern müssen, dass der Sieder auch tatsächlich bei dieser Truppe dabei gewesen ist.

»Du musst mir die Namen deiner beiden Kumpel verraten.« Langsam beuge ich mich etwas zu ihm vor, und er weicht zurück.

Sein ohnehin schon blasses Gesicht wird noch bleicher. »Verlangen Sie das bitte nicht von mir, Herr Aigner. Das sind absolut schwere Jungs. Wenn ich in den Bau muss, dann machen die mich dort so richtig fertig.«

»Dann wirst du alle diese Einbrüche wohl auf dich nehmen müssen, Sieder.« Gleichgültig zucke ich mit den Schultern und rutsche vom Schreibtisch. Gemächlich nehme ich wieder auf meinem Ledersessel Platz. »Wir haben nämlich die Reifenspuren eines Opel Zafira bei allen Brüchen hier in der Gegend sicherstellen können. Auch bei Dr. Lechners Haus, und dort wurde einiges an Bargeld, wertvollem Schmuck und anderen Wertsachen entwendet. Also wirst du wohl ganz allein wegen schweren Diebstahls angeklagt werden«, fahre ich fort.

»Schwerer Diebstahl?« Der Bursche schaut mich fragend an.

Ich nicke. »Der Oldtimer, den ihr vom Dr. Lechner gestohlen habt, ist über eine Million Euro wert.«

»Wie bitte?« Er springt so ruckartig von seinem Stuhl auf, dass er ihn dabei umwirft und mein Kollege sofort herbeieilt. »Eine Mille? Ich glaub, ich spinn! Diese verdammte Bitch hat uns reingelegt! Mir hat sie fünfzehntausend auf die Hand gegeben! Der Franky wird mich killen!«

Inzwischen habe ich auch erfahren, dass die Verhaftung und die anschließende Vernehmung von Dr. Trenkheimer nichts gebracht haben. Der Mann hat mit einem Topanwalt an seiner

Seite jegliche weitere Aussage verweigert. Somit konnte selbst die energische Linzer Kollegin den Doktor nicht wie geplant in die Zange nehmen. Da er aber freiwillig einem Schmauchspurentest zugestimmt hat, musste auch der Haftbefehl umgehend aufgehoben werden. Es konnten nicht die geringsten Partikel nachgewiesen werden, und der Mann durfte ohne jede weitere Aussage wieder nach Hause spazieren.

Meiner Meinung nach ein völliger Schuss in den Ofen, denn anders hätten wir bestimmt mehr von ihm erfahren können.

Somit hat uns wenigstens der Reporter Rebhandl auf eine weitere Spur gebracht. Denn Branko Lukic und Kevin Wenger sitzen, ohne voneinander zu wissen, in den beiden Vernehmungsräumen im LKA, während der Sieder gut bewacht in Buchingers Büro zwischengeparkt ist.

Aufgrund der Einbrüche rund um Koppelried darf ich bei der Vernehmung von Branko Lukic alias »Franky« dabei sein. Während ich mit der Gscheitmeier den Vernehmungsraum betrete, in dem er bereits mit seinem Anwalt, zwei Vollzugsbeamten und dem Wiener Staatsanwalt Probst auf uns wartet, wird der zweite Verdächtige, Kevin Wenger, nebenan von meinem Ex-Kollegen verhört.

Der bereits polizeibekannte Bursche trägt das schwarz glänzende Haar zu einem kurzen Zopf nach hinten gebunden und, wie so viele junge Männer heutzutage, im Gesicht einen Vollbart. Allerdings so perfekt gepflegt, wie ich ihn sonst nur von meinem Bruder Simon kenne.

Neben Branko Lukic schwitzt ein dicker Kerl mit Aktentasche trotz Klimaanlage in seinem Anzug. Der Anwalt mit der dicken Goldkette um den Hals und einer klobigen Rolex um das Handgelenk wirkt rein optisch um einiges krimineller als der Verdächtige selbst.

Nachdem der Probst das Aufnahmegerät eingeschaltet und uns vorgestellt hat, nehmen wir am rechteckigen Tisch im Vernehmungsraum Platz. Der Bursche mit dem dunklen Teint streckt uns höflich seine rechte Hand entgegen. »Guten Tag, Frau Chefinspektorin Gscheitmeier. Chefinspektor Aigner. Was kann ich für Sie tun?«

»Vorerst nennen Sie mir Ihre Schuhgröße, und dann wär mir schon geholfen, wenn Sie einmal quer durch den Raum gehen und sich wieder setzen würden«, bittet ihn meine Kollegin.

Nach einem kurzen erstaunten Blick auf seinen Anwalt kommt er ihrer Aufforderung nach. Der junge Mann nennt zwar Schuhgröße dreiundvierzig, aber leider zieht er weder sein rechtes noch sein linkes Bein beim Gehen nach. Auch sonst ähnelt er in seiner Statur keinem meiner beiden Einbrecher. Er ist nicht übergewichtig und auch niemals an die eins achtzig groß, sondern ein sportlich schlanker Bursche mit etwas über eins siebzig Größe.

Als er sich wieder brav gesetzt hat, will meine Kollegin wissen, wo er in der Tatnacht von Freitag auf Samstag gewesen ist.

Doch der Bursche lächelt nur, und sein Anwalt antwortet für ihn. »Mein Mandant hat am Freitagabend für seine Freundin Hanna Krainer gekocht, weil sie Geburtstag hatte, und sie hat auch die Nacht bei ihm verbracht. Frau Krainer ist selbstverständlich bereit, eine entsprechende Aussage zu machen.«

Seufzend beginnt meine Kollegin mit der Befragung zum Einbruch bei unserem Mordopfer. »Wir haben eine weitere Zeugenaussage, die Ihren Mandanten hinsichtlich dieses Delikts schwer belastet«, fügt sie am Ende hinzu und lässt dabei ihre Stimme noch tiefer als sonst klingen.

Ächzend fischt der übergewichtige Anwalt ein Taschentuch aus seiner Anzugjacke und wischt sich damit den Schweiß von der Stirn. Erst dann nickt er dem jungen Mann zu, und der beginnt zu erzählen. Seine Version der Geschichte deckt sich in vielem mit der, die wir vom Sieder gehört haben. Allerdings behauptet auch er, dass er mit den weiteren Einbrüchen nichts zu tun habe und die beiden anderen ihn zu dieser einzigen Straftat angestiftet hätten. »Leider hab ich mich trotz meines gut bezahlten Jobs bei der Eisenbahn von den beiden Idioten zu diesem einen Bruch bei dem Politiker überreden lassen. Sie müssen wissen, damals als Jugendlicher bin ich unglücklicherweise in kriminelle Kreise geraten«, lächelt er freundlich. »Ich hatte es nicht einfach zu Hause. Meine Eltern sind noch vor Ende des Jugoslawienkrieges nach Österreich geflohen, dort bin ich später in Salzburg zur Welt gekommen. Mein Vater war Soldat in der sogenannten ›Serbischen Armee der Krajina‹. Glauben Sie mir, diese Typen waren alles andere als zimperlich. Und der Mangel an Empathie ist meinem Vater geblieben, häusliche Gewalt und so. Sie verstehen? Da rutscht man als Vierzehnjähriger schnell mal ab, auch wenn man ins Gymnasium geht und eigentlich gute Noten hat.«

Bei allem Verständnis für seine schwere Kindheit nehme ich ihm nicht ab, dass er an den weiteren Einbrüchen nicht beteiligt war. Schon allein deshalb nicht, weil er als einziger der drei Kerle mit einem eigenen, wenn auch etwas zwielichtigen Anwalt angetanzt kam. »Herr Lukic, das tut uns alles sehr leid für Sie. Aber parallel zu Ihnen werden genau in diesem Moment auch Kevin Wenger und Hannes Sieder vernommen. Glauben Sie mir, es macht die Sache nur schlimmer, wenn Sie Ihre Beteiligung am Diebstahl des Mercedes Gullwing leugnen. Denn wir wissen bereits, dass auch Klara Bachler indirekt daran beteiligt war.« Ich schaue dem Burschen, der immer noch freundlich lächelt, fest in die Augen.

»In unserer Ermittlung geht es nicht mehr nur um Einbruch oder schweren Diebstahl, sondern auch um den Mord an Siegfried Lanner, bei dem Sie mit den anderen beiden Herren versucht haben einzubrechen.« Endlich meldet sich auch der wie üblich eher schweigsame Staatsanwalt Probst zu Wort.

Meine Linzer Kollegin kraust ihre kleine Nase und nickt zustimmend. »Und Sie haben vor nicht mal drei Jahren einen bewaffneten Raubüberfall auf einen Supermarkt verübt. Das fiel zwar damals noch unters Jugendstrafrecht, war aber immerhin ein Raubüberfall.« Sie dreht sich langsam zu mir und grinst. »Ein Alibi von der eigenen Freundin für die Mordnacht scheint mir im Moment auch nicht grad wasserdicht zu sein. Was meinst du, Kollege Aigner?«

Ich nicke und seufze gespielt übertrieben. »Bin ganz deiner Meinung, Kollegin Gscheitmeier. Das wird nicht viel helfen.«

»Mein Mandant möchte von seinem Recht Gebrauch machen, jede weitere Aussage zu verweigern«, teilt uns der Anwalt mit, greift bestimmt nach seiner Aktentasche und will aufstehen.

»Nein, möchte ich nicht.« Der Bursche hält ihn am Ärmel zurück. »Ist schon gut, Goran. Ich weiß, was ich tu.« Dann zieht er das Mikrofon von der Mitte des Tisches näher zu sich heran. »Frau Chefinspektorin, Herr Chefinspektor, Herr Staatsanwalt. Ich möchte eine Aussage machen. Ja, ich war auch bei der Sache mit dem Mercedes dabei. Waffen hatten wir keine, in diesem Fall hätte ich mich strikt geweigert mitzumachen. Allerdings muss ich betonen, dass ich nur in diese zwei Delikte verwickelt war. Für weitere Einbrüche müssen Sie die beiden anderen Kerle zur Verantwortung ziehen.« Wie ein Unschuldslamm blickt der junge Mann von meiner Kollegin zu mir. »Der Sieder hat nämlich diese beiden Einbrüche als todsichere Tipps bezeichnet. Es wäre garantiert niemand im Haus, keine funktionierende Alarmanlage, was auf das Haus mit dem Oldtimer auch zugetroffen hat. Montagnacht vor drei Wochen sind wir in die uralte leer stehende Megavilla von diesem Dr. Lechner außerhalb des Ortes am Waldrand eingebrochen. Alles total easy. Es gab eine Menge wertvolles Zeug dort, das wir völlig ungestört in den Lieferwagen räumen konnten.«

»Welcher Lieferwagen? Nennen Sie uns Marke und Farbe«, unterbricht ihn die Gscheitmeier schroff.

»Gerne.« Der Bursche lässt sich durch ihren Ton nicht beirren. »Ein dunkelgrüner Opel Zafira. Kevin hat sich den von seinem Chef ... sagen wir mal ...« Er stockt.

»Ausgeborgt«, hilft ihm der Anwalt aus.

»Genau. Außerdem hat mein Kumpel es drauf, in null Komma nix einen Safe zu knacken. Als er sich das Werkzeug aus der Garage dieser Villa geholt hat, hat er leider auch den verdammten Oldtimer entdeckt. Er ist der absolute Autofreak und war nicht mehr zu bremsen. Irgendwie konnte ihn der Sieder dann doch noch dazu überreden, sich endlich um den Safe zu kümmern. Neben ein paar Scheinen haben wir darin leider auch den verflixten Autoschlüssel und die Fahrzeugpapiere gefunden. Ab diesem Zeitpunkt war der Kevin nicht mehr zu halten, er wollte das Ding unbedingt mitgehen lassen. Mir war sofort klar, dass uns das nichts als Ärger einbringen wird. So einen auffälligen Wagen kann man nicht an irgendeinen kleinen Hehler verchecken, verstehen Sie? Der Sieder hatte zum Glück die Idee, dieses verdammte Auto fürs Erste in einer verlassenen Werkshalle ganz in der Nähe der Villa zu verstecken. Dort gab es genügend alte Planen, um den Wagen vor neugierigen Blicken zu verbergen.«

Also doch die Kammgarnfabrik, denke ich mir. Da haben wir damals gar nicht so falschgelegen. »Eine Woche später war der Mercedes aber nicht mehr in der aufgelassenen Fabrik«, entgegne ich ihm.

Doch der Bursche winkt nur ab. »Das Auto war nicht lange dort, lassen Sie mich erklären. Schon am Tag nach dem Bruch in der Megavilla sind wir bei dem Politiker eingestiegen und wurden von dessen Freundin überrascht. Sie hat dem Siedler die Skimaske vom Kopf gezogen und ihn danach so in die Zange genommen, dass er ihr von dem Oldtimer erzählt hat. Schon drei Tage später hat er uns zu einem Deal mit ihr überredet. Für zehn Tausender wären wir alle Sorgen los, vorausgesetzt, dass wir auch die Papiere mitliefern. Und der Wagen war wirklich ein Megaproblem. Niemand wollte den, die Sache war viel zu heiß.«

Schau an, denke ich mir, der Sieder hat vorhin noch von fünfzehntausend gesprochen. Hat der seine Kumpel also auch noch reingelegt. Allerdings frage ich mich, wie die Bürgermeistertochter wohl auf die Schnelle an fünfzehntausend Euro gekommen ist. Sie war doch angeblich knapp bei Kasse und konnte sich nicht mal eine Wohnung in der Stadt leisten. Ob der nach außen hin völlig unbescholtene Lanner doch seine Finger im Spiel gehabt hat? Hätte er dafür sein Saubermann-Image gefährdet? Anderseits, für eine Million Euro würde so manch einer sämtliche Prinzipien über Bord werfen. So viel Geld wächst auch für kleine Lokalpolitiker nicht auf der Straße.

»Und Sie haben das Angebot angenommen?« Meine Kollegin verschränkt abwartend ihre Arme.

Branko Lukic nickt, das Lächeln scheint ihm ins Gesicht gemeißelt zu sein. »Natürlich. Der Sieder hat den Deal allein durchgezogen und uns unseren Anteil gebracht. Ich habe diese Frau nach dem Bruch nie mehr wiedergesehen und wollte es logischerweise auch dabei belassen. Danach wollte ich im Übrigen auch nichts mehr mit den beiden Idioten zu tun haben.«

»Wo waren Sie Montagfrüh gegen halb neun?« Vielleicht hat er zumindest etwas mit Klaras Verschwinden am Hut.

»Wie immer brav in der Arbeit. Gleisbauten auf einer Nachtbaustelle in Taxham. Diese Woche hab ich täglich Schicht von drei Uhr nachts bis halb zwölf mittags. Sie können das gerne überprüfen«, antwortet er immer noch mit einem Lächeln auf den Lippen.

Die Chefinspektorin steht auf und geht zu den beiden Fenstern mit Festverglasung, die nicht geöffnet werden können. Nachdenklich blickt sie hinaus auf die stark befahrene Alpenstraße. »Oder«, beginnt sie zu sprechen und dreht sich dabei langsam um, »Sie haben Wind davon bekommen, dass dieser Wagen über eine Million Euro wert ist, haben sich wütend auf den Weg zu Siegfried Lanners Haus gemacht und ihn dort aus Rache erschossen. Ein Alibi von Ihrer Freundin ist wertlos, wenn Sie meine bescheidene Meinung hören wollen, Herr Lukic.«

»Das ist eine Unterstellung! Wir enthalten uns ab sofort jeder Aussage«, meldet sich der Anwalt empört zu Wort.

Aber Branko Lukic alias Franky hat endlich aufgehört zu lächeln. Mit eiskaltem Blick fixiert er die Gscheitmeier. »Eine Million Euro war dieses Scheißding wert? Verflucht noch mal, das war mir nicht bekannt.«

»Das deckt sich ziemlich genau mit dem, was uns dieser Kevin Wenger erzählt hat«, seufzt der Buchinger und schöpft sich großzügig Suppe in seinen Teller auf dem braunen Tablett. »Ein ziemlich aufbrausender Typ, der junge Mann. Leider hat er ein verdammt gutes Alibi für die Mordnacht. Er war mit der Baufirma, bei der er als Maurer arbeitet, auf einer Baustelle in der Nähe von Bregenz. Selbst wenn er sich nachts noch mal den Firmenbus geborgt hätte und nach Koppelried zurückgerast wäre, hätte er es niemals geschafft, am Samstag um halb sieben in der Früh wieder auf seiner Baustelle zu erscheinen. Mit dem Verschwinden von Klara Bachler kann er leider auch nichts zu tun haben, da er erst seit gestern Abend wieder in Salzburg ist.«

Verdammt, und auch keiner der drei hat offenbar irgendetwas mit dem Einbruch bei mir zu tun, denke ich enttäuscht.

»Dieser Fall ist reichlich verworren«, sinniert die Gscheitmeier vor sich hin, während sie vor der Essensausgabe auf den Behälter mit den Tortelloni zeigt, denen man ihre Herkunft aus der Dose schon von Weitem ansieht. Es ist schon halb fünf, und wir sind so gut wie allein in der Kantine der Landespolizeidirektion.

Mangels Alternativen lasse ich mir ein Schnitzel geben, an dem die Panier festgedrückt zu sein scheint. Schon rein optisch betrachtet kein Vergleich mit Ernis herrlich fluffiger Panade, die sich fast vom Schnitzel löst. Aber was soll's, ich bin hungrig.

Der einzige Mitarbeiter hinter der Theke pappt einen Klecks dicken Erdäpfelsalat neben das Schnitzel und überreicht es mir wortlos.

»Geh, zahl du bitte für uns, Buchinger«, grinst die Gscheitmeier und steuert mit ihren fettigen Tortelloni auf einen Platz ganz hinten zu. Im Speisesaal gibt es leider keine Klimaanlage. Aber die Fenster sind wegen der Hitze wenigstens gekippt, was man auch mit geschlossenen Augen am Straßenlärm feststellen kann.

»Zu Befehl, Frau General«, brummt mein Ex-Kollege gereizt, zieht aber folgsam die Geldbörse aus der Gesäßtasche seiner braunen Jeans. Für sich selbst hat er mit Leidensmiene diesmal nur die Tagessuppe gewählt, was seiner Figur sicher nicht abträglich sein wird.

»Lasst uns mal rekapitulieren«, meint die Linzerin, als wir alle am Tisch sitzen. Dabei stopft sie sich schon wieder den letzten Bissen in den Mund, während ich noch das erste Stück vom trockenen Schnitzel absäble. Bestimmt aus der Fritteuse, so dick und hart, wie es ist. Für die Rieglerwirtin Erni wohl ein schlimmeres Vergehen als Mord.

Unsere Kollegin schiebt indessen den bereits wieder leeren Teller von sich und wischt sich den Mund mit der Papierserviette ab. Ihr Sodawasser trinkt sie auch in einem Zug aus. Ein sehr eigenartiges Essverhalten, denke ich mir. Selbst wenn man bei diesem Fraß keinesfalls von Genuss sprechen kann, ein wenig mehr Zeit könnte sie sich schon lassen.

»Unser Mordopfer, Klara Bachler und dein Polizist haben gegen halb drei den Nachtclub verlassen. Sehr wahrscheinlich hat man den beiden Letzteren noch im Lokal die K.-o.-Tropfen ins Getränk gemixt«, fasst sie zusammen.

»Im Champagner, den wir auf der Terrasse gefunden haben, war jedenfalls keine Substanz nachzuweisen. Außerdem hat niemand davon getrunken. Ich denke, dass unser Mordopfer selbst den beiden das Zeug verpasst hat. Was hatte dieser Kerl bloß mit ihnen vor?«, frage ich mich laut selbst und schiebe angewidert den Teller von mir weg. Diesen trockenen Fleischfetzen mit dem pampigen Fertigsalat würde mir die Erni niemals verzeihen.

Mein Ex-Kollege, der seine Suppe schon ausgelöffelt hat, greift sofort danach und schiebt sich den ersten Bissen in den Mund. »Isch tippe ja eigentlich auf eure Dorfschönheit«, vermeldet er mit vollem Mund und schluckt dann endlich runter. »Das Opfer war nicht nur ein kleiner Regionalpolitiker, sondern auch Notar. Und als solcher hätte der sich garantiert nicht mit der Verabreichung von GHB strafbar gemacht.«

»Hast du eine Ahnung, wozu diese ganze Juristenbagage fähig ist, Buchinger«, sagt unsere Kollegin und rollt dabei mit den Augen. »Also noch mal von vorne. Die drei müssen gegen zwei Uhr dreißig beim Haus angekommen sein, da der Nachtclub mit dem Auto nur fünf Minuten entfernt ist. Lanners Ex-Geliebter ist laut Taxiunternehmen um drei Uhr fünfunddreißig dazugestoßen und exakt um drei Uhr dreiundvierzig mit dem Taxi wieder abgehauen. Da war der Politiker angeblich schon tot, von wem auch immer erschossen. Irgendwas muss zwischen den dreien in dieser guten Stunde davor passiert sein.«

Seufzend muss ich ihr zustimmen. »Richtig, irgendwas müssen sie ja gemacht haben.«

»Bingo«, grinst sie. »Dein Polizist ist friedlich schlummernd nur mit einer Unterhose bekleidet nebst nackter Dorfschönheit im Bett aufgefunden worden. Siegfried Lanner ist ebenso nur mit einem Slip bekleidet aus dem Pool gefischt worden und hat sich davor mit ziemlicher Sicherheit selbst seiner Kleider entledigt. Was sagt uns das?«

Mein Ex-Kollege säbelt weiter an dem zähen Schnitzel und zuckt die Schultern.

Aber unsere Kollegin fährt unbeirrt fort: »Die beiden haben den Baumgartner mitgenommen, weil sie mit dem einfältigen Kerl rummachen wollten. Nach allem, was wir bereits von unserem Mordopfer wissen, hätte er auch durchaus an deinem Polizisten interessiert sein können.«

Nachdenklich kratze ich mich am Ohr, unser Schorsch und Sex mit einem Mann und einer Frau gleichzeitig? Das kann ich mir beim besten Willen nicht vorstellen, ihre Theorie wirkt völlig unglaubhaft auf mich. »Ich vermute eher, die wollten ihn reinlegen, sich einen Spaß daraus machen, was weiß ich. Mein Polizist ist sicher selbst mit K.-o.-Tropfen noch superverklemmt und würde sich niemals auf so eine Sache einlassen. Dafür lege ich meine Hand ins Feuer.«

»Wer weiß, auch möglich. Jedenfalls sind die drei bei was auch immer von jemandem gestört worden, der in Baumgartners Auto den Einsatzgürtel samt Waffe entdeckt hat. Oder Klara Bachler hat die Dienstwaffe selbst gefunden und Siegfried Lanner damit erschossen. Eine lustige Ménage-à-trois mit einem Polizisten, der zufällig seine Dienstwaffe mithat? Wohl eine günstige Gelegenheit, den Politiker loszuwerden, die gesamte Kohle für den Oldtimer allein einzuheimsen und den Mord deinem Kollegen in die Schuhe zu schieben.«

Da könnte was dran sein. Aber man muss schon genau wissen, mit welchem Mechanismus man eine Dienstwaffe aus dem Holster zieht. Vielleicht hat ihr der Schorsch in seiner Naivität auch noch bei der ganzen Sache geholfen. Denn dass unser Mordopfer irgendwie an der Hehlerei des Wagens beteiligt gewesen sein muss, darüber sind wir uns einig. Wie hätte die Bürgermeistertochter sonst Verbindungen zu möglichen Kaufinteressenten aufbauen sollen?

Trotzdem bin ich immer noch skeptisch. »Selbst wenn sie den Oldtimer mit Hilfe des Mordopfers verkauft haben sollte, wo ist dann das verdammte Geld? Und wie soll sie den Mann mit K.-o.-Tropfen intus erschossen haben? Wo wir doch nicht mal Schmauchspuren eines abgefeuerten Schusses an ihrer Hand gefunden haben. Allerdings würde eine Beteiligung am Mord dann wieder ihr plötzliches Verschwinden aus Koppelried erklären. Da passt doch so vieles gar nicht zusammen.«

»Fragen über Fragen, Aigner. Wenn alles so supereinfach

wäre, dann hätten wir den Täter schon«, brummt mein wohl mittlerweile satter Ex-Kollege und schiebt den leeren Teller von sich weg. »Ich werde jedenfalls die Kriminaltechnik noch mal nach Koppelried schicken. Die sollen neben Lanners Haus auch Wohnhaus und Sägewerk der Eltern unserer Verdächtigen auf den Kopf stellen. Bei irgendjemandem muss dieses verdammte Geld zu finden sein.« Sich räuspernd schielt er zu unserer Kollegin hinüber. »Sofern das für dich okay ist, Gscheitmeier.«

»Mach das, Buchinger. Und die Sportschuhe, die unsere drei jungen Einbrecher in ihren Schuhschränken haben, sollen auch mit den am Tatort gefundenen Profilen abgeglichen werden. Man weiß nie. Trotzdem denke ich, die Frau ist bereits samt Geld getürmt. Wieso hätte sie sonst abhauen sollen? Darauf verwette ich sogar meinen sogenannten Breitarsch«, sagt sie mit einem langen Seitenblick auf meinen Ex-Kollegen, der verlegen vor sich hin hüstelt. »Du, Aigner, es könnte doch sein, dass noch jemand an der Hehlerei beteiligt war. Vielleicht sucht der oder die auch die junge Frau. Und vielleicht hat dieser jemand aus welchem Grund auch immer vermutet, sie könnte sich in der leer stehenden Wohnung deiner Schwester versteckt haben. Vielleicht sogar dieser Schönheitsdoktor? Der Kerl ist meiner Meinung nach sowieso der Täter. Für ein nächstes Verhör mit ihm werde ich wohl den Probst einschalten müssen. Sonst funkt uns sein schlauer Anwalt noch mal dazwischen.«

Nachdem uns der heutige Tag doch einige neue Erkenntnisse im Mordfall Lanner beschert hat, fahre ich etwas zufriedener zurück zur Inspektion. Allerdings werde ich mich heute nicht mehr lange dort aufhalten, denn nach dem Erlebnis der gestrigen Nacht will ich so bald wie möglich nach Hause zu meinem Sohn und der Marie. In einem kurzen Telefonat konnte ich mich davon überzeugen, dass es ihr tatsächlich den Umständen entsprechend gut zu gehen scheint. Wohl nicht nur wegen der intensiven Betreuung durch die Erni, sondern auch wegen eines ausführlichen Gesprächs mit unserer Polizeipsychologin, die ihr die Kollegen vom LKA vorbeigeschickt haben.

Kurz vor dem Ortsschild von Koppelried klingelt wieder mal mein Handy, und ich nehme das Gespräch über die Freisprecheinrichtung an. Es ist der Andi.

»Raphi, komm sofort zur Mama. Der Schorsch muss dir was Dringendes erzählen. Es geht um die Bachler Klara.«

»Chef, i hab das noch niemandem g'sagt, weil i mich so genier.« Mein großer, dicker Polizist sitzt wie ein Häufchen Elend auf dem Einzelbett im kleinen Kabinett seines Elternhauses.

»Los, Schorsch«, fordert ihn der Andi auf, der mit zappelnden Beinen auf der hohen Fensterbank hockt. »Sag dem Raphi exakt dasselbe, was du mir vorhin erzählt hast. Und zwar der Reihe nach.«

Eine Weile lang starrt der Schorsch auf die blau-weißen Badelatschen an seinen Füßen, bis er sich endlich dazu durchringt weiterzusprechen. »Es tuat mir so load. Aber mir ist das Ganze erst dahoam wieder eing'fallen, im G'fängnis war i so durcheinander. Außerdem hat mir der da oafach koa Ruh lassen.« Er deutet auf seinen Bruder, der mit einem stolzen Grinser seine Arme verschränkt.

»Nur weil er mich so sekkiert hat, woaß i wieder, warum i eigentlich beim Lanner war. Die Claire hat mich beim Straubinger an die Bar g'holt, und die zwoa waren auf oamoi wie ausg'wechselt. Er hat sogar a Flaschn Schampus spendiert, aber sie hat dann die Idee g'habt, wir sollten doch alle drei zum Lanner hoam. Weil dort wär der Schampus um Häuser besser. Nur weil sie mir halt so gut g'fallen hat, hab i zug'sagt.« Beschämt senkt er den hochrot angelaufenen Kopf. »Die Claire ist bei mir im Auto mitg'fahren, net beim Lanner im Cabrio. Leider hat sie am Handschuhfach rumg'spielt und den Einsatzgürtel entdeckt, den i da reing'stopft g'habt hab.« Gedankenverloren beginnt er an der Kordel seiner langen grünen Bermudashorts zu drehen, deren Farbe sich mit dem rot-weiß karierten Bettzeug beißt.

»Schorsch, weiter. Aber flott«, kommandiert sein Bruder knapp.

»Die Claire hat die Glock g'sehen und g'moant, sie möcht damit den Lanner erschrecken. Nur a bisserl, nur aus Spaß.«

»Schorsch«, sage ich nur und greife mir an die Stirn.

»Ich hab eh g'sagt, dass das net geht. Aber sie hat mir a Busserl geben, mitten auf den Mund. Und sie hat mir a zweites versprochen, also war i ganz deppert im Kopf und hab die Pistole rausg'nommen«, murmelt er entschuldigend.

»Und das Magazin hast du drinnen gelassen, du Depp?«, kommt es bitter über meine Lippen. Unsere Dienstwaffen sind schussbereit, sobald man sie aus dem Holster nimmt.

»I hab mich kaum noch g'spürt, obwohl i gar net viel trunken g'habt hab. Wirklich. Die Frau hat mich so verwirrt g'macht, mir war ganz schwummrig. Bitte, i kann mich nimmer erinnern, net amoi mehr, ob i das Busserl noch kriegt hab.«

»Da stimmt doch was nicht, Schorsch. Hast du ihr deine Dienstwaffe tatsächlich in die Hand gedrückt? Die Spusi hat keinen einzigen ihrer Fingerabdrücke darauf sichergestellt, auch keinerlei Schmauchspuren an ihren Händen.« Kruzifix noch mal, er muss sich an die Einzelheiten erinnern.

Betroffen schaut er mich an, dann wandert sein Blick hilfesuchend zu seinem Bruder. »Woaß i doch net, warum. Koa Ahnung. Kurz nachdem wir in den Garten gangen sind, ist der Lanner schon mit oana Flaschn aus dem Haus kommen. Er hat sie auf dem Tisch abg'stellt, und wie er sich umdreht hat, hat die Claire auf oamoi meine Pistole in der Hand g'habt. Es ist alles so schnell gangen.«

»Weiter, Schorsch«, drängt ihn der Andi. »Lass dir doch nicht immer alles aus der Nase ziehen.«

»I glaub, er hat sie dann ang'schrien, dass sie den Blödsinn lassen soll.« Verlegen wickelt mein Polizist die Kordel seiner Shorts um seinen dicken Zeigefinger. »Auf oamoi hab i die Glock in der Hand g'habt, und a Schuss hat sich g'löst.« Mutlos senkt der arme Kerl den Kopf.

»Du hast ihn also doch erschossen?«, stelle ich fassungslos fest. Das darf einfach nicht wahr sein! Waren unsere ganzen Ermittlungen umsonst?

»Aber nein, Raphi«, mischt sich mein bester Freund ein. »Lass meinen Bruder fertig erzählen. Los, Schorsch.«

»I hab in die Luft g'schossen, Chef. I schwör's. Der Lanner hat mir danach noch auf die Schulter klopft, glaub i zumindest.«

Erleichtert atme ich auf. Also doch, wie ich gedacht hatte. Das Geschoss, das im Flachdach der Terrasse gesteckt hat, ist von ihm abgefeuert worden. Damit sind auch die Schmauchspuren an seinen Händen erklärbar. Aber was verflucht noch mal ist dann passiert?

»I war so fertig und wollt nix wie hoam«, fährt mein Polizist ausnahmsweise mal aus eigenem Antrieb fort. »I hab die Glock aufs Schuhkastl neben der Terrassentür g'legt. Das woaß i ganz bestimmt, weil i mir den Schweiß von der Stirn hab wischen müssen. Mir war so komisch zumute, rund um mich hat sich alles dreht, und auf oamoi hat mich die Claire an die Hand g'nommen und ins Haus reinzogen.« Ängstlich schaut er von mir zu seinem Bruder. »Und dann woaß i wirklich nix mehr. Ab da hab i an kompletten Filmriss, i schwör's.«

Damit seine Geschichte ordnungsgemäß zu Protokoll genommen werden kann, habe ich die beiden auf die Inspektion geschickt. Nachdem ich meine LKA-Kollegen telefonisch davon in Kenntnis gesetzt habe, will ich endlich meine Ruhe und wenigstens für ein paar Stunden nichts mehr vom Mordfall hören. Während sich draußen noch die Wirtshausgäste im Gastgarten amüsieren, unterhalte ich mich ernsthaft mit meinem Buben und der Marie in ihrem Wohnzimmer. Ich will dem Felix die Angst vor weiteren nächtlichen Störungen nehmen. Aber ich habe den kleinen Kerl unterschätzt. Neugierig hat er schon einige kluge Fragen gestellt und sich mit unseren aufrichtigen Antworten zufrieden gezeigt. Nun ist er felsenfest davon überzeugt, dass sein Vater der Bande in Kürze das Handwerk legen wird. Und nicht nur er, auch meine Freundin scheint daran zu glauben.

Könnte ich das nur auch, denke ich mir.

Donnerstag

»Magst noch a weich gekochtes Ei? Oder a Eierspeis, Bub?«
Die Erni bringt einen weiteren Brotkorb voll mit Semmeln, Salzstangen und was weiß ich noch alles vorbei. Sie hat für uns das Stüberl freigehalten und mästet uns drei mit einem Frühstück für mindestens zehn Personen.
Bis obenhin mit Köstlichkeiten vollgestopft, lehne ich mich im Stuhl weit zurück und muss den obersten Knopf meiner Uniformhose aufmachen. »Erni, da geht nix mehr rein. Unmöglich.«
»Aber ich mag noch ein weiches Ei«, meldet sich mein Bub mit vom Eigelb verklebtem Mund, während er den letzten Rest aus der Schale im Becher vor ihm kratzt. »Und kann ich bitte noch einen Kakao haben, Oma Erni?«
»Alles, was du magst, Felix«, freut sich die Seniorwirtin und wieselt glücklich in ihre Küche. Wenn mein Sohn »Oma« zu ihr sagt, dann kann man ihr Grinsen wohl nur mehr chirurgisch entfernen.
»Wir Aigners werden noch alle dick und fett, wenn wir länger bei dir wohnen, mein Schatz«, merke ich an und klopfe der Marie auf ihren superflachen Bauch. Wie schafft sie das bloß bei der Küche der Rieglerwirtin, frage ich mich nicht zum ersten Mal. Wenn ich nicht regelmäßig Sport treiben würde, hätte ich wohl schon ähnliche körperliche Ausmaße wie der Buchinger angenommen. Und meine Freundin ist bei Gott keine Sportskanone, eher ganz das Gegenteil. Sehr zu meinem Bedauern.
Lächelnd schüttelt sie den Kopf. »Du wirst niemals dick, Raphi, du hast die Gene von deinem Vater.« Sie steht auf und lädt den übrig gebliebenen Schinken und Käse samt dem nicht mehr benötigten Kaffeegeschirr auf ein Tablett. »Deine Schwester hat uns dazu verdonnert, an unserem nächsten freien

Tag deine Großmutter in Linz zu besuchen. Sonst kriegst du ein Problem, meint sie.«

Ich muss lachen, stehe behäbig vom Stuhl auf und helfe ihr, das Geschirr auf das Tablett zu stapeln, weil ich mich unbedingt etwas bewegen muss.

»Entschuldige, Chef.« Die automatische Glasschiebetür zum Stüberl geht auf, und Gruppeninspektor Heinz Rohrmoser steckt seinen Kopf zu uns herein. »I woaß, du hast eigentlich erst in oaner Stund Dienst, aber die Gerti hat g'moant, i soll dich unbedingt abholen.«

Fragend schaue ich meinen Polizisten an.

»Die Bachler Klara hat sich bei ihrer Mutter g'meldet, wir sollen sofort zum Sägewerk fahren.«

Unser Bürgermeister geht im modernen Büro des Sägewerks auf und ab. Sein Arbeitsmantel ist über und über mit Holzstaub bedeckt. »Das glaub i net! Meine Klara tut nix Unrechtes net!«, schreit er. Seine Frau, die Herta, sitzt im Drehsessel hinter dem Schreibtisch und schluchzt, während ihre Tochter Vroni neben ihr kniet und ihr sanft über den Arm streicht.

Ich lese noch mal das WhatsApp auf Hertas Handy. »Liebe Mama, lieber Papa, bitte sucht mich nicht. Es geht mir gut, aber ich kann nicht mehr zurück nach Koppelried, da ich Furchtbares getan habe. Ich hab euch lieb, eure Klara.« Versendet gestern Abend um halb neun. Ich flüstere dem Heinz zu, er soll sofort beim Buchinger anrufen und die genaue Uhrzeit der WhatsApp-Nachricht durchgeben. Mit ein bisschen Glück können die Kollegen orten, wo das Handy gestern erstmals wieder eingeloggt gewesen ist.

»Warum hast du uns nicht eher informiert?«, frage ich die Bürgermeistergattin, die im wuchtigen Sessel beinahe verschwindet.

Sie zieht ein Papiertaschentuch aus ihrer Dirndlschürze, schnäuzt sich ausgiebig, deutet dann beleidigt auf ihren Mann und schluchzt weiter.

»Weil meine Tochter schon immer getan hat, was sie will. Wenn wir jedes Mal die Polizei g'rufen hätten, wenn die für ein paar Tag abg'haun ist, dann hättets ihr viel zu tun g'habt, glaub mir. Außerdem hat meine Klara diese Nachricht nie und nimmer g'schickt, Aigner, ganz oafach«, poltert der Bürgermeister und zieht sich wütend den verstaubten grünen Jägerhut vom Kopf. Dann schmeißt er ihn voller Zorn auf den Schreibtisch, dass der ganze Holzstaub nur so in der Luft herumwirbelt. »Da hat sich jemand an depperten Scherz erlaubt, der zufällig das Handy von unserer Tochter g'funden hat. Ganz bestimmt, das sag i euch. Die Klara hat noch nie ›Liebe Mama‹ oder ›Lieber Papa‹ g'schrieben, net in hundert Jahren würd die so was schreiben. Schon gar net ›Klara‹.« Er fischt ein komplett verstaubtes Handy aus der tiefen Seitentasche seines Arbeitsmantels und wischt verzweifelt darauf rum, bis er es mir endlich vor die Nase hält. »Da, schau, Aigner. ›Dad‹ schreibt mein Dirndl schon seit Jahr und Tag, wenn sie was von mir braucht. ›Dad‹ und ›Claire‹. Die wollt sich unlängst sogar bei uns beim Standesamt den Vornamen ändern lassen, wenn i sie net höchstpersönlich davong'jagt hätt.«

Fragend schaue ich zur Vroni hinüber, die verzagt mit den Schultern zuckt. Aber ich glaube mich auch dunkel daran erinnern zu können, dass die Klara beim Tanzen auf dem Volksfest nur von ihrem »Dad« gesprochen hat.

»Sag, kann deine ältere Tochter mit einer Waffe umgehen?«, frage ich den Bürgermeister, der schwitzend nach weiteren Beweisen auf seinem Handy sucht.

Erstaunt hält er inne. »Sicher doch, wir Bachlers sind net nur alle Jäger, sondern meine Klara ist früher sogar mit mir im Schützenverein g'wesen. Das woaßt du doch, Aigner, meine zwoa Dirndln haben schon Hasen g'schossen, da haben die noch net amoi gscheit laufen können.«

Stimmt, ich Vollidiot, wie konnte ich das nur vergessen! Die kleine Klara war vor über zehn Jahren die dörfliche Attraktion beim Wettschießen auf dem Schützenfest. Wenn sie nicht mit einer Glock umgehen kann, wer dann?

Mir drängt sich sofort die nächste Frage auf. »Deine Tochter hat vor ungefähr drei Wochen einem Bekannten die beachtliche Summe von fünfzehntausend Euro in bar übergeben. Woher hatte sie das viele Geld?«

»Fünfzehntausend Euro?« Der Bachler lässt mit offenem Mund das Handy sinken. »Die Klara hat nie im Leben so viel Geld besessen. Die hat damals in München nix Besseres zu tun g'habt, als gleich ihr ganzes Sparkonto zu verprassen. Der ist doch jeder Cent sofort durch die Finger g'ronnen. Kaum gewonnen, schon zerronnen, das ist das Motto meiner Tochter, wenn's ums Geld geht.«

Auch die Herta schaut verwirrt auf und vergisst dabei weiterzuschluchzen. »Fünfzehntausend Euro? Unsere Klara? Ja, woher hat das Kind denn so viel Geld?«

Die Vroni beißt sich auf die Lippen und geht langsam von den Knien hoch. »Von mir, Mama«, erklärt sie schließlich leise. »Weißt du, sie hat eine tolle Wohnung in Salzburg gefunden und sofort eine Kaution hinterlegen müssen. Ich wollte ihr helfen und hab es ihr geborgt. Du weißt ja, dass sie unbedingt von Koppelried wegwill.«

»Und woher hast du das Geld?« Neugierig frage ich die junge Frau mit der wirklich breiten Nase im schmalen Gesicht.

»Von meinem Sparkonto. Aber sie hat mich um fünfundzwanzigtausend gebeten, nicht um fünfzehntausend Euro.« Ängstlich blickt sie zu ihrem Vater.

Der fängt auch gleich zu brüllen an. »Sag, bist du narrisch, Vroni? Dein Sparkonto für deine depperte Schwester plündern? Du woaßt doch, dass die Klara net mit Geld umgehen kann! Da siehst nie wieder was davon, das kannst du alles abschreiben!« Ganz rot im Gesicht schnappt er mehrmals nach Luft, öffnet den obersten Knopf am Kragen seines Arbeitsmantels und lässt sich erschöpft auf einen der Besucherstühle fallen. Hoffentlich kriegt mir der hier keinen Herzinfarkt.

»Fünfundzwanzigtausend Euro! Meine Kinder glauben immer, das Geld wächst bei uns auf den Bäumen.«

»Tut es ja auch! Im wahrsten Sinne des Wortes!« Empört springt die Herta von ihrem Platz auf und schreit ihren Mann an. »Wenn du net so knausrig wärst und deine Töchter net so kurzhalten würdest, dann wären die Mädel viel lieber bei uns daheim und würden nicht beide wegwollen!«

Unser Bürgermeister macht eine abfällige Handbewegung. »Aber geh, die Vroni bleibt uns doch eh auf ewig erhalten. So wie unser Nasenbär ausschaut, kriegen wir die doch eh nie weiter.«

Mit einem Mal wechselt die Gesichtsfarbe seiner Tochter von Bleich zu einem Leuchtfeuer-Rot. Mit einer Mischung aus Verlegenheit und Verzweiflung heftet sie ihren Blick hilfesuchend auf die Mutter. Doch die zuckt nur bedauernd mit den Schultern. Schon laufen dem Mädchen lautlos die Tränen über die Wangen, und sie verschwindet in Richtung Hausinneres. Dabei knallt sie die Tür lautstark hinter sich zu.

»Das war aber jetzt nicht notwendig, Alfons«, sage ich streng zum Bürgermeister, der wieder nur eine wegwerfende Handbewegung macht, und seine Frau beginnt erneut zu schluchzen.

Ich werfe meinem Polizisten, der sich betreten am Ohr kratzt, einen vielsagenden Blick zu, und sofort verlassen wir leise grüßend das Büro.

Auf der kleinen Treppe vor der Glastür bleiben wir stehen, und ich atme erleichtert auf.

»Die können einem richtig loadtun, die Klara und die Vroni«, spricht mir der Heinz aus der Seele. Auch wenn nun ziemlich klar sein dürfte, dass die ältere Tochter nicht nur in die Hehlerei, sondern auch in den Mordfall verstrickt ist.

»Du sagst es. So einen Vater wünscht man dem ärgsten Feind nicht«, seufze ich und lasse meinem Kollegen den Vortritt auf der kurzen Holztreppe.

Weil mich die Sonne so blendet, halte ich mir schützend

die Hand vor die Augen. Und da entdecke ich ihn. Wie angewurzelt bleibe ich sofort stehen.

Drüben am Holzlagerplatz steht ein gedrungener, stämmiger Mann in dunkelblauer Jogginghose, ein ausgebeultes Ding, das voller Sägespäne ist. Ich kneife beide Augen zusammen und glaube auf die Entfernung auch dunkelblaue Sneakers mit weißen Streifen und Klettverschluss zu erkennen. Und garantiert sind die dicken Arme des Mannes bis zum Ärmelansatz seines verstaubten T-Shirts über und über behaart. Der Kerl geht auf einen seiner Kollegen zu, der eine Fuhre neuer Holzbretter mit dem Stapler zur Lagerung bringt. Dabei zieht er auffällig das rechte Bein nach.

Verdammt, das muss er sein, denke ich mir.

»Los, Heinz«, zische ich meinem Kollegen leise zu, »den dunkelhaarigen Kerl, der dort drüben so hatscht, den schnappen wir uns. Ich glaub, der hat mir vorgestern Nacht diesen Besuch abgestattet.«

Er schnallt sofort, was ich meine, und wir gehen eiligen Schrittes auf die beiden Männer zu. Dort hinzulaufen wollen wir besser vermeiden.

Kruzifix, das war's auch schon. Als der Kerl uns beide in der Uniform erblickt, dreht er sich um, läuft trotz Hinkefuß erstaunlich schnell davon und verschwindet zwischen den zahlreichen Holzstapeln. Aber der Heinz und ich folgen ihm schon.

»Ich hier, du dort drüben!«, bedeute ich meinem Kollegen und zeige nach rechts. Hoffentlich können wir ihm den Weg abschneiden.

Mit Vollgas sprinte ich um die Ecke des nächsten Stapels Holz und sehe ihn auch schon wieder. Der Mann ist zu einer der drei Hallen gelaufen, vor der einige Arbeiter grad Pause machen.

»Aufhalten!«, rufe ich ihnen zu, aber die Männer schauen nur ratlos von uns zu ihrem Kollegen, der eben in einen der Lieferwagen springt. Und davonrauscht.

Verdammt, verdammt, verdammt!

»Heinz, schnell ins Auto!«, brülle ich, und wir laufen beide zurück zum Streifenwagen und brausen los. Aber der Kerl ist uns entwischt, auf der Bundesstraße gibt es keine Spur mehr von dem Auto. Fluchend fahre ich zurück ins Sägewerk, wo uns der Bürgermeister und seine Arbeiter sofort in Empfang nehmen.

»Was war denn das?« Der Bachler schaut mich entgeistert an. »Was wolltets ihr denn von unserem Tarik? Und wieso ist der auf amoi abg'haun?«

»Das erklär ich dir später«, antworte ich ihm knapp. »Sag uns das Kennzeichen deines Lieferwagens, damit wir gleich eine Fahndung rausgeben können.«

»Eindeutig.« Der Buchinger schiebt sich im Gastgarten des Rieglerbräus ein saftiges Stück Schnitzel zwischen die fleischigen Lippen.

»Kein Zweifel mehr«, bestätigt auch die Gscheitmeier und spießt andächtig ihr letztes Stück von Ernis Schnitzel mit der Gabel auf. Eine Halbe vom Rieglerbräu hat die Linzerin verweigert, weil sie eigenartigerweise kein Bier mag.

Da die Köchin grad vorbeiflitzen will, kann unsere Kollegin sie noch am Schürzenzipfel erwischen. »Halt, Frau Riegler!«, ruft sie, und die verdutzte Erni bleibt sogar stehen. »Noch niemals in meinem Leben hab ich so gut gegessen. Nicht nur die Hauptspeise, auch Ihre Salzburger Schottsuppe war ein absoluter Genuss. Ich muss mich vor Ihrer Kochkunst verbeugen.« Die kleine Chefinspektorin steht doch tatsächlich auf und macht eine Art ungeschickten Knicks.

Verblüfft schaut die Rieglerwirtin von mir zu ihr und dann wieder zu mir zurück. Kopfschüttelnd tippt sie sich mit dem knochigen Zeigefinger auf die Stirn. »Die spinnen, die Linzer«, murmelt sie, zieht aber stolz grinsend ab.

»Eine sehr eigenartige ältere Dame. Aber eine Spitzenköchin«, meint unsere neue Kollegin verwundert und nimmt wieder Platz.

»Wer hier wohl eigenartig ist«, grummelt mein Ex-Kollege und widmet sich wieder dem Teller vor ihm.

»Ich hab das genau gehört, Buchinger«, faucht sie ihn kurz an. Aber als sie sich zu mir dreht, lächelt sie wieder. »Es liegt auf der Hand, Aigner. Bei der jungen Frau muss es sich um unsere Täterin handeln. Sie hat euren Regionalpolitiker umgebracht, weil sie ihm kein Geld aus der Hehlerei abgeben hat wollen. Das wird dem Mann nicht gefallen haben. Jedenfalls wollte sie den Mord deinem schmähstaden Polizisten in die Schuhe schieben. Warum sie ihren Handlanger Tarik zum Einbruch bei dir angestiftet hat, werden wir spätestens dann herauskriegen, wenn wir einen der beiden gefasst haben. Es ist nur mehr eine Frage der Zeit.«

Wir drei haben einen langen Tag beim LKA hinter uns, und mittlerweile wissen wir, dass Tarik Elezi seit acht Jahren im Sägewerk arbeitet, obwohl seine Frau und seine drei Kinder nicht in Österreich leben. Seine Verletzung am Bein hat er sich im letzten Jahr bei Holzarbeiten zugezogen. Ein Arbeitsunfall, aber unser Bürgermeister nimmt es damit wohl nicht so genau. Schon gar nicht, wenn es sich um ausländische Hilfsarbeiter handelt, denke ich mir und nehme mir fest vor, ihm demnächst mal ein bisschen mehr auf den Zahn zu fühlen.

In Tariks Zimmer in dem alten Haus, das der Bachler seinen Arbeitern als Schlafplatz zur Verfügung stellt, haben die Kollegen von der Spusi nicht nur einen Postanweisungsschein über zehntausend Euro an seine Familie im Kosovo gefunden, sondern auch eine Waffe unter seiner Matratze. Genau jene Sig Sauer, mit der man auf mich geschossen hat. Die Selbstladepistole ist eigentlich im Besitz des Bürgermeisters und wurde ihm offenbar von seiner Tochter Klara entwendet. Und wenn man die zehntausend zu den fünfzehntausend vom Sieder zählt, dann kommt man auf Vronis wohl eisern ersparte fünfundzwanzigtausend Euro, die sie ihrer Schwester geliehen hat. Was darauf hindeutet, dass Klara diesem Tarik nichts vom für den Oldtimer erhaltenen Geld abgegeben hat. Vielleicht hatte sie es zu diesem Zeitpunkt noch nicht. Oder vielleicht hat sie ihren Hehlerlohn überhaupt nicht bekommen und musste abhauen, weil der Käufer des Wagens über mehr kriminelle Energie verfügt als die unerfahrene Klara.

Immer noch Fragen über Fragen, denke ich mir ratlos.

Zumindest die Ortung nach dem letzten Standort von Klaras Handy können wir uns sparen, weil man ebendieses in Tariks Zimmer gefunden hat, allerdings bereits völlig zerstört in einem Schuhkarton unter dem Bett. Darin auch ein ausgedrucktes Blatt Papier mit dem identen Wortlaut der gestrigen Nachricht an Klaras Mutter. Ganz offenbar hat der Mann sie abgetippt und dann versendet. Das Blatt Papier selbst ist bereits in der kriminaltechnischen Abteilung, um dort nach möglichen Spuren abgesucht werden zu können.

Auch der Sägewerk-Lieferwagen, in dem Tarik Elezi geflüchtet ist, wurde bereits gefunden. Heute spätnachmittags auf einem Waldweg, kurz nach der kleinen Grenze zu Slowenien in St. Jakob in Kärnten. Leider ohne den Fahrer, denn die Zollbeamten haben dort wohl über den Fahndungslisten geschlafen, denke ich mir verärgert.

Es ist offensichtlich, dass sich der Mann auf den Weg nach Hause in den Kosovo gemacht hat. Wenn die ausländischen Kollegen ihn nicht fassen, werde ich wohl nie mehr die Gelegenheit haben, ihm persönlich zu begegnen. Was ich sehr bedaure, denn ich hätte mir den Kerl, der meine Marie in Angst und Schrecken versetzt hat, liebend gerne persönlich vorgeknöpft.

»Da, kosten S' das, auch eine Spezialität meiner Küche. Die Nachspeis geht aufs Haus.« Mit stolzem Blick stellt die Erni eine Riesenportion perfekt aufgetürmter Salzburger Nockerl samt Preiselbeerkompott vor unsere staunende Linzer Kollegin. Die zartflaumige und goldgelb gebackene Mehlspeise mit den drei Spitzen, die unsere Salzburger Hausberge darstellen sollen, schaut wirklich zum Anbeißen aus. Wäre ich nicht schon von Suppe und Hauptspeise so voll, würde ich mich an der üppigen Nachspeise beteiligen.

»Und bei mir finden S' koa oanzige Preiselbeer unter den Nockerln, so wie bei den damischen Köchen in der Stadt. Nur als Zuaspeis im Kompott, so wie es sich g'hört. Lassen S' es Eana schmecken.« Mit diesen Worten rauscht die Erni auch schon wieder ab.

Die Linzerin ruft ihr noch ein artiges Dankeschön hinterher und reicht dann dem Buchinger feierlich einen der drei Löffel, nachdem ich abgelehnt habe. Aber er lässt sich nicht lange bitten, in Windeseile vertilgen die beiden die flaumige Versuchung an Eischnee, Zucker und Mehl. Auch vom Kompott bleibt keine einzige Preiselbeere übrig.

»Wohin könnte die Klara wohl abgehauen sein?«, überlege ich laut. »Sie war doch lange Zeit in München und kennt dort sicher viele Leute. Wir sollten das auch in Betracht ziehen.«

»Gute Idee, Aigner. Aber morgen ist auch noch ein Tag, und ehrlich gestanden bin ich hundemüde.« Die Linzerin klettert vom Stuhl. »So, meine Herren. Jetzt geh ich noch kurz dahin, wo auch der Kaiser zu Fuß hinmuss, und danach bringst du mich ins Hotel, Buchinger.« Mit energischen Schritten verschwindet sie über die Terrasse ins Wirtshaus.

»Aigner, ich muss dir schnell noch was sagen. Was absolut Privates«, raunt mir mein Ex-Kollege zu.

Genüsslich nehme ich einen Schluck von meinem Bier und schaue ihn erwartungsvoll an.

Er legt den vorher gründlich abgeschleckten Löffel in das mittlerweile leere Geschirr. »Die Erika betrügt mich«, sagt er leise und setzt dabei eine Leidensmiene auf. »Ganz bestimmt.«

»Wie bitte? So ein Schmarrn!« Grinsend schüttle ich den Kopf, das kann ich mir beim besten Willen nicht vorstellen. Ich kenne seine Frau seit über fünfzehn Jahren, ein treuerer Mensch als sie würde mir kaum einfallen.

»Psst, sei doch leiser.« Er hebt nervös beide Hände. »Sie geht mittlerweile dreimal wöchentlich abends ganz schick angezogen aus, ohne mir oder den Mädels zu sagen, wohin sie geht. Zurück kommt sie nie vor elf, halb zwölf. Die Erika isst auch kaum mehr was, wird immer dünner und ist die ganze Zeit über zu allen grauenhaft fröhlich und nett. Sogar zu mir.« Verlegen schielt er zur Terrasse, aber unsere Kollegin ist noch nicht in Sicht, also flüstert er weiter. »Seit sie mir vor vier Monaten auf dieses unbedeutende Gspusi mit der Rita draufgekommen ist, war sie nicht mehr so nett zu mir. Da stimmt was nicht, Aigner. Die Erika hat einen Liebhaber, bestimmt. Sie hat sich ihr schönes rotes Haar auf einmal dunkelbraun gefärbt, die betrügt mich. Ganz eindeutig.«

»Weil sie sich die Haare färbt?« Ich muss mir das Lachen verbeißen.

»Genau. Der Lienbacher Hans sagt, wenn sich eine Ehefrau die Haare färbt, dann will sie Veränderung. Und Veränderung heißt in dem Fall einen neuen Mann«, erklärt er mir oberg'scheit.

»Aber geh, das lässt sich bestimmt ganz einfach aufklären. Frag sie doch, wohin sie abends immer geht«, antworte ich ihm. Obwohl, wenn ich genau überlege, letztens beim Volksfest ist auch mir aufgefallen, dass die Erika ziemlich an Gewicht verloren hat. »Du bildest dir das sicher nur ein, weil du immer noch ein schlechtes Gewissen hast. Das Pantscherl mit der Rita hättest du dir damals wirklich sparen können.«

»Welche Rita?«, hören wir die Linzerin fragen, die plötzlich wieder neben unserem Tisch auftaucht.

»Niemand, niemand«, beeilt sich der Buchinger zu antworten und fixiert mich gleich darauf böse, als ob ich an allem schuld wäre. Missmutig greift er nach seinem Autoschlüssel auf dem Tisch und steht auf. »Der Aigner kann halt wieder einmal seine Pappn net halten. Komm, Gscheitmeier, wir fahren.«

Es ist ein schöner, warmer Sommerabend, endlich mal nicht so unerträglich heiß und schwül wie in den letzten Tagen. Mit der Hand um Maries schlanke Taille spaziere ich mit ihr zum großen Abenteuerspielplatz des Rieglerbräus, der etwas abseits vom Wirtshaus gelegen ist.

Der Spielplatz ist trotz fortgeschrittener Abendstunde noch gut besucht. Neben dem Nachwuchs der Wirtshausgäste tummeln sich auch die Kinder vom Ort dort, weil es die Marie erlaubt. Unser Felix turnt am langen Holzbalken gemeinsam mit seinem besten Freund Manuel.

»Ist das nicht die kleine Chantal, das stille Mädel aus Felix' Klasse?« Meine Freundin deutet mit dem Kopf rüber zu den Kindern. Ganz richtig. Mein Sohn balanciert nicht nur mit seinem Freund über das Rundholz, sondern die beiden haben noch das blonde Mädchen im Schlepptau.

»Schaut ganz danach aus«, grinse ich. »Ganz offenbar gibt es ab sofort Konkurrenz für Buchingers Lotti. Irgendwas muss der Bub ja von mir haben.«

»Geh, Raphi«, schüttelt meine Freundin den Kopf und lässt sich seufzend auf der kleinen Holzbank nieder, von der man den gesamten Kinderspielplatz gut im Blick hat. »Ich hoffe, dass er grad das nicht von dir hat.«

Ich nehme dicht neben ihr Platz und lege den Arm um sie. »Wenn du in Zukunft darauf aufpasst, dann wird schon nix schiefgehen.« Zärtlich streiche ich ihr mit dem Zeigefinger eine lange blonde Locke aus dem Gesicht, die sich aus ihrem hochgesteckten Haar gelöst hat, und will ihr einen Kuss geben.

Aber sie macht sich mit einem besorgten Gesichtsausdruck aus meiner Umarmung los. »Bist du in Gefahr, Raphi? Wegen dieser jungen Frau und dem Mord am Lanner? Sag mir die Wahrheit.«

»Ich weiß es nicht«, antworte ich aufrichtig und sage ihr, dass in unseren Ermittlungen immer noch vieles unklar ist. Vor allem kann ich keinen Zusammenhang zwischen dem Mordfall und dem Einbruch bei mir erkennen.

Etwas verlegen kratzt sie mit dem Fingernagel in das weiche Holz der Bank. »Das jetzt auch noch. Ich mach mir sowieso schon ständig Sorgen wegen der Moni. Raphi, ich hab wirklich Angst davor, wie es in Zukunft sein wird, wenn dein Kind erst —«

»Chantal! Da bist du ja!«, wird sie von einer abgehetzten Frau Weber unterbrochen, die an uns vorbei auf den Spielplatz stürmt. Unsanft packt die Frau das verdutzte Mädchen am Arm, zieht es vom Holzbalken herunter und stapft mit ihm im Schlepptau schimpfend an uns vorbei. »Du kannst doch net einfach von daheim weglaufen! Wenn das der Papa gemerkt hätte! Chantal, du musst mir versprechen, brav zu sein, wenn ich in der Arbeit bin!«

Verwirrt schauen wir den beiden noch nach, als mein Bub mit seinem Freund angelaufen kommt. »Die ist so gemein, die Frau Weber.« Wütend stampft er mit dem Fuß auf. »Die Chantal darf nirgends mit uns hin, nicht einmal auf meinen Spielplatz.«

»Auf deinen Spielplatz?«, wiederhole ich verblüfft.

»Na ja«, grinst der Lausbub und zuckt mit den kleinen Schultern. »Noch nicht so wirklich. Aber wenn du die Marie mal heiratest, dann gehört der Spielplatz doch auch irgendwie mir, oder etwa nicht?«

Freitag

»*Hey, brother. There's an endless road to rediscover*«, wiederholt mein Handy den Song wohl bereits zum dritten Mal, bevor ich endlich reagiere. Schlaftrunken greife ich nach dem lauten Ding und nehme das Gespräch an. Es ist der Klingelton für meinen Bruder, und es ist verdammt noch mal halb drei Uhr morgens.

»Simon, was soll das? Es ist mitten in der Nacht«, zische ich ins Handy und versuche, so leise wie möglich aus Maries schmalem Doppelbett zu kriechen, um sie nicht zu wecken.

»Bruderherz! Wie schön, deine Schdddimme sssu hören!«, schreit er mit deutlich erkennbarem Zungenschlag so laut, dass man ihn gut in Maries Schlafzimmer hören kann. Im Hintergrund spielt unüberhörbare Musik. Der Bass dröhnt mir in den Ohren, und ich decke das Handy ab. Mit nackten Füßen tapse ich in die Küche und schließe vorsichtig die Tür hinter mir. Auch die nebenan zu Maries kleinem Wohnzimmer mache ich leise zu, nicht dass mir der Felix noch wach wird.

»Großer Bruder … wirsss esss … mir noch d… dasss ich mi… sssofort bei dir gem… hab.« Ich verstehe nur jedes dritte Wort und hole mir die Milch aus dem Kühlschrank. Erst mal muss ich etwas trinken.

»Du hast wohl schon einiges getankt, Simon«, stelle ich sachlich fest und nehme einen kräftigen Schluck gleich direkt aus der Packung. »Es ist mitten in der Nacht, also was gibt es so Dringendes? Und beweg dich endlich irgendwohin, wo es nicht so verdammt laut ist. Ich kann dich kaum verstehen.«

»Oh, dasss tut mir aber leid, hab ich dich ausss deinem warmen Bedddchen geholt, weg vom Busen der schönen Marie«, lacht mein Bruder anzüglich, während die Musik im Hintergrund immer leiser wird.

»Simon«, warne ich ihn.

»Man wird doch noch einen kleinen Schersss machen dürfen«, lacht er schallend. »Wart einen Moment.« Es knackt in der Leitung, und auf einmal höre ich eine Automatenstimme: »Ihr Anruf wird gehalten. Ihr Anruf wird gehalten.«

Spinnt der, denke ich mir und will schon auflegen, aber da höre ich ihn wieder.

»So, jetsss steh ich am Balkon, oben im Elbwerk. Irre Location, Brüderchen. Coole Party, wenn du mal bei mir bisss, müssen wir ssswei hier einen draufmachen.« Die Geräuschkulisse im Hintergrund ist zwar immer noch unüberhörbar, aber zumindest kann ich ihn schon etwas besser verstehen.

Müde reibe ich mir die Augen. »Komm schon, Simon. Was gibt es so Wichtiges, dass du mich mitten in der Nacht rausläuten musst?«

»Also, während du und Marie –«

»Simon, bitte erspar mir das«, unterbreche ich ihn gereizt.

Er lacht am anderen Ende der Leitung. »Das gibsss ja nicht, du biss immer noch eifersüchtig auf mich. Also, während du dich mit euren Provinsssheinis herumschlagen musst, habe ich hier die Spur deinesss millionenschweren Gullwing aufgenommen. Stell dir vor, Raphael, ich habe ihn gefunden.«

Jetzt muss ich mich wirklich setzen und ziehe mir rasch einen Stuhl heran.

»Es ist kaum sssu glauben, aber der kleine provinsssielle Koppelrieder Merssedes hat sich auf die Reissse insss hippe Hamburg gemacht«, kichert der ausgewachsene Mann wie ein kleines Kind.

Der Kerl zerrt an meinen Nerven. »Simon, bitte, was hast du herausgefunden?«

Endlich reißt er sich etwas zusammen, sein Zungenschlag lässt deutlich nach. »Ich habe mit Jörn Hagenbach gesprochen. Stell dir vor, er war vor ein paar Tagen bei einem Freund zum Essen eingeladen, und der hat ihm stolz seine neueste Eroberung präsentiert. Einen Merssedes Gullwing, und esss war ein Sondermodell in der Farbe Elfenbein mit blauem Leder und Rudge-Zentralverschluss-Felgen samt allen notwendigen Papieren. Und jetzt halt dich fest: Kaufpreis einsss Komma einsss Mille.«

Das gibt's doch nicht, denke ich mir überfordert.

»Wie heißt dieser Mann, Simon? Sag mir den Namen des Käufers! Ich komm sofort nach Hamburg!«, rufe ich eine Spur zu laut, denn die Schlafzimmertür geht auf, und die Marie steht verschlafen mit fragendem Gesicht vor mir.

»Gemach, gemach, grossser Bruder. Den Namen kann ich dir nicht nennen, ich hab ihm eben mein Ehrenwort geben müssen. Aber er hat mir versprochen, sich mit dir im Beisssein seines Anwalts sssu unterhalten, wenn du nach Hamburg kommst. Der Mann hat mich nämlich auf diese geniale Party hier eingeladen. Aber«, er macht eine kunstvolle Pause, »ich kann dir den Namen des Ösisss verraten, der ihm den Wagen vermittelt hat.«

»Dr. Siegfried Lanner«, sage ich atemlos ins Handy, während mich die Marie mit großen Augen ansieht.

»Nein, Raphael, kein Sssiegfried, kein Drachentöter.« Ich kann förmlich vor mir sehen, wie mein Bruder über das ganze Gesicht grinst. »Ein Salsssburger Sammlerkollege, auch ein großer Freund alter Wägelchen.«

»Simon!« Der macht mich noch wahnsinnig, wenn er mir nicht sofort den Namen nennt.

»Trenkheimer. Ein Dr. Christoph Trenkheimer.«

Schon wieder bekomme ich einen weißen Plastikanzug verpasst, in den ich reinschlüpfen muss. Dann erst darf ich die Wohnung betreten. Es wimmelt nur so vor Polizisten und Kriminaltechnikern in dem modernen Penthouse im Wohnpark am Imbergplatz. Der Mond scheint so hell durch die rundum verglasten Wände, dass man direkt über die Salzach auf den Dom und die gewaltige Festung im Hintergrund sehen kann. Wahnsinn, was für ein Ausblick! Obwohl das dem Mann jetzt auch nichts mehr hilft.

Die Gscheitmeier im aparten Plastikoverall, den sie sich x-mal an Armen und Beinen hat hochkrempeln müssen, nimmt mich sofort in Empfang und führt mich auf die große Dachterrasse. Dort wartet schon der Buchinger, natürlich auch im Plastikoverall über den obligatorischen braunen Jeans. Sofort nach dem Anruf meines Bruders habe ich die beiden aus dem Bett geläutet, woraufhin sie sich unverzüglich mit zwei Beamten auf den Weg zu Trenkheimer gemacht haben.

Wortlos deutet mein Ex-Kollege vom fünften Stock nach unten in den begrünten Innenhof. Neugierig schaue ich hinunter. Zahlreiche Strahler wurden um eine der vielen Sitzecken aus Beton und Sprossenholz positioniert, damit die Kriminaltechnik rund um den großen Blutfleck auch nachts Spuren sammeln kann.

»Die haben den Toten da unten schon weggebracht. Hier auf der Terrasse gab's ganz offenbar ein Gerangel, und jemand hat ihn nach unten gestoßen«, lässt mein Ex-Kollege bedauernd vernehmen und zeigt auf die umgefallenen Töpfe und Terrassenmöbel neben uns, an denen sich die Kollegen von der Spurensicherung schon zu schaffen machen.

»Der Doktor ist mit dem Kopf auf dem Betonsockel der Sitzecke da unten aufgeschlagen und war wahrscheinlich gleich tot, meint der Fritz. Das Genick hat er sich dabei auch gebrochen. Nun ja, die Baumann wird das alles noch genauer rausfinden. Wir haben schon eine Großfahndung nach Klara Bachler rausgegeben und gemäß deinem Tipp auch die Kollegen in München informiert. Ich hoffe, es bringt was und wir finden die Frau.«

»Wir sind viel zu spät gekommen«, beklagt unsere Linzer Kollegin und nickt zur Eingangstür der loftartigen Wohnung. »Die Tür stand sperrangelweit offen, das Licht war überall an, und wir haben den Doktor nirgends finden können. Aber zum Glück hat der Buchinger zwischen all dem Chaos hier draußen von der Terrasse nach unten geschaut.«

»Seine Frau und seine Kinder?«, frage ich.

»Waren Gott sei Dank nicht zu Hause. Ich hab die Ehefrau mitten in der Nacht telefonisch erreicht, sonst hätten wir wohl eine Personenfahndung nach den dreien rausgegeben. Nach unserer ... äh ...«, sie stockt kurz und spricht dann weiter, »... nun, etwas verunglückten Verhaftung ist ihm wohl privat einigermaßen der Arsch auf Grundeis gegangen. Die Frau hat mir schon am Telefon gesagt, ihr Mann habe ihr gestern erstmals die Sache mit Lanner als ehemaligem Liebhaber gestanden. Frau Trenkheimer wollte wohl den ersten Schock verdauen und ist noch am Nachmittag mit den Kindern zu ihren Eltern nach Siezenheim gefahren. Aber sie ist schon auf dem Weg hierher.« Mit grimmigem Gesicht lehnt sich die Gscheitmeier gegen das Geländer aus dickem Glas. »Verdammt, bisher haben unsere Kriminaltechniker in dieser Wohnung noch keinen einzigen Hinweis auf den Oldtimer oder das Hehlergeld gefunden. Ich glaube kaum, dass dieser Hamburger ihm die Mille einfach so aufs Konto überwiesen hat.«

»Wo ist er? Wo ist mein Mann?« Eine schöne dunkelhaarige Frau kommt einfach so durch die offene Tür gelaufen, ohne dass die Kollegen, die dort postiert sind, sie davon abhalten können.

Blitzschnell kommt die Gscheitmeier auf sie zu und hält sie im Flur auf. Wir folgen unserer Kollegin.

»Frau Trenkheimer, wenn Sie bitte hier stehen bleiben würden. Die Spurensicherung ist grad voll im Gange.« Die hübsche Frau blickt aus verweinten dunklen Augen unsicher nach rechts und links.

»Wir konnten leider nichts mehr für Ihren Mann tun«, erklärt der Buchinger mit so freundlicher Stimme, wie es dem Brummbären nur selten möglich ist.

Zitternd vor Erschöpfung, setzt sich die Ehefrau des Doktors auf die niedrige Garderobenkommode im Flur. »Warum bin ich bloß im Streit von ihm gegangen? Das mit Sigi war doch schon lange vorbei, als wir uns kennengelernt haben.«

Die Tränen laufen ihr über die Wangen. »Ich habe immer gewusst, dass mein Mann sich früher auch für Männer interessiert hat ... Aber ich wusste nicht, dass Sigi einer davon gewesen ist. Das hätte ich niemals gedacht.« Die Frau kramt nach einem Taschentuch in ihrer Handtasche, wird fündig und schnäuzt sich ausgiebig. »Natürlich war mir immer klar, dass Sigi zumindest bisexuell ist. Aber ich hab nie auch nur in Erwägung gezogen, dass da etwas zwischen ihm und Chris hätte gewesen sein können. Die beiden waren so kumpelhaft im Umgang miteinander, einfach nur Freunde. Als dann diese Claire aufgetaucht ist, dachte ich mir, Sigi hätte seinen Geschmack wohl doch noch geändert. Ich Idiotin hab tatsächlich angenommen, dass die beiden ein Paar sind.«

»Liebe Frau Trenkheimer«, packt die Linzer Kollegin wieder mal ihre enorm einfühlsame Stimme aus, »ich will Sie nicht zu stark belasten, aber wussten Sie davon, dass Ihr Mann zur Tatzeit Freitagnacht gegen halb vier Uhr früh noch mal im Haus von Siegfried Lanner aufgetaucht ist?«

»Wie? Das gibt's doch nicht.« Verwirrt schüttelt die junge Frau ihren Kopf. »Aber Chris ist in dieser Nacht garantiert heimgekommen. Ich weiß nicht mehr, um welche Uhrzeit, aber ich hab ihn ganz deutlich aus dem Badezimmer gehört. Er hätte es mir doch erzählt, wenn er in dieser Nacht bei Sigi gewesen wäre.«

»Frau Trenkheimer, wussten Sie, dass Ihr Mann gemeinsam mit Frau Bachler an der Hehlerei eines gestohlenen und sehr wertvollen Oldtimers beteiligt gewesen ist?«, frage ich rundheraus. Wir müssen alles in dieser Sache wissen, und zwar so rasch wie möglich. Ich bin überzeugt davon, dass der Doktor genau deswegen umgebracht worden ist. Wie wahrscheinlich auch der Politiker.

Aber die Frau blickt mich ehrlich erstaunt an. »Hehlerei? Ein gestohlener Oldtimer? Wie bitte?«

Also berichte ich ihr in knappen Worten von dem Mercedes Gullwing und unserem äußerst begründeten Verdacht, dass ihr Mann einen Käufer für den gestohlenen Wagen ausfindig gemacht hat.

Verzweifelt rauft die junge Frau sich das Haar. »Mein Gott, ich erkenne Chris überhaupt nicht wieder. Aber es ist wahr, dass er vor ein paar Jahren begonnen hat, alte Autos zu sammeln. Etwas außerhalb der Stadt, in Salzburg-Aigen, hat er einen nur für ihn separierten und absperrbaren Tiefgaragenplatz für seine sechs Oldtimer gemietet. Sigi hat sich über diese Leidenschaft immer lustig gemacht. Altes nutzloses Blech, hat er es genannt. Aber ein gestohlenes Auto? Niemals, das kann ich nicht glauben. Wir haben doch auch so mehr als genug Geld.« Unglücklich rauft sie sich noch mal das Haar. Erst nach ein paar tiefen Atemzügen kann sie weitersprechen. »Diese verdammte Claire hat ihn dazu überredet, garantiert. Ich hab diesem Luder von Anfang an nicht getraut.« Nachdem sie ihrer Wut Luft gemacht hat, vergräbt sie ihr Gesicht in den Händen und beginnt zu schluchzen.

»Frau Trenkheimer, sollen wir Sie zu Ihren Eltern bringen? Wir würden Ihnen gerne noch ein paar weitere Fragen stellen, aber natürlich erst, wenn Sie sich dazu in der Lage fühlen«, schaltet sich unsere Kollegin wieder mit erstaunlicher Empathie ein.

»Nein danke, mein Vater wartet unten, denn ich war nicht fähig, selbst mit dem Auto zu fahren. Aber darf ich noch kurz den Plüschelefanten aus dem Kinderzimmer holen? Ich hab meinem Julius versprochen, ihn mitzubringen. Er ist von seinem Vater«, erklärt die Ehefrau des Doktors mit brüchiger Stimme.

»Meinen Sie den da?« Eine Kollegin der Spurensicherung taucht mit einem ziemlich unausgefüllten grauen Stofffetzen in der behandschuhten linken Hand vor uns auf.

»Nein, ich meinte den neuen. Ein kleinerer hellblauer Elefant, den mein Mann gekauft hat, weil wir dachten, dass Julius diesen hier am Flughafen verloren hat. Dieses hässliche Plüschtier hat sowieso eine viel zu steife Füllung für ein Kleinkind. Oder besser hatte.« Erstaunt betrachtet die dunkelhaarige Frau das armselig in der Hand der Kollegin baumelnde Geschöpf.

»Am Flughafen?«, fragen wir drei Chefinspektoren wie aus einem Mund.

Die Frau unseres zweiten Mordopfers nickt. »Ja, vorletzten Samstag. Mein Mann musste auf irgendeine langweilige Tagung nach Hamburg und hat uns kurz entschlossen mitgenommen. Ich hab mit den Buben vormittags eine Hafenrundfahrt gemacht, und dann hat uns mein Mann von dort abgeholt. Für Julius hatte er diesen Plüschelefanten und für Franz einen Plüschlöwen dabei. Danach waren wir mit den Kindern noch im Miniaturmuseum und sind am selben Tag wieder nach Salzburg zurückgeflogen. Julius war so quengelig und unausstehlich, dass ihm mein Mann kurz vor der Sicherheitskontrolle einen leichten Klaps auf das Hinterteil verpasst hat. Dann wollte der Bub partout seinen Elefanten nicht aufs Band legen, sodass die Damen von der Sicherheitskontrolle den Kleinen letztendlich genervt nur durch den Metalldetektor durchgewinkt haben. Der anstrengende Ausflug war zu viel an einem Tag für die Kinder.«

»Tja, das war wohl ein Glück bei der Kontrolle. Denn das Plüschtier, das wir in dem Chaos auf der Terrasse gefunden haben, war höchst brisant gefüllt«, erklärt uns die Kriminaltechnikerin und hebt die rechte Hand, in der sie eine fest zusammengeschnürte Rolle Geld hält. »Das haben wir neben etwas Watte im Rüssel entdeckt. Hundert Zweihunderter. Ich glaube, in dem Elefanten dürfte mehr davon gewesen sein.«

Völlig k. o. schließe ich die Augen. Unser Flug geht um zwanzig vor acht, und wir sind direkt vom LKA hierhergefahren. Die Kriminaltechnik hat so viele Spuren in Trenkheimers Wohnung sichergestellt, dass es eine Weile dauern wird, diese auszuwerten. Außerdem haben wir davor noch mit Genehmigung seiner Frau die Garage für die Oldtimer begutachtet. Ein abgeschotteter, mit einem automatischen Stahltor verschließbarer Raum, in dem sechs wirklich eindrucksvolle alte Sportwagen, zwei davon Cabrios, untergebracht sind. Allerdings keine Spur von Dr. Lechners Mercedes Gullwing, der sich laut meinem Bruder sowieso bereits in Hamburg befinden soll.

Müde und unausgeschlafen versuche ich, es mir auf dem unbequemen Stuhl am Gate etwas gemütlicher zu machen. Da ich gestern Nacht nur rasch in Jeans und T-Shirt geschlüpft bin, trage ich heute keine Uniform. Gut so, denn fürs Umziehen wäre keine Zeit mehr geblieben.

Ich versuche, meine Ohren auf Durchzug zu schalten, weil die Gscheitmeier neben mir wie aufgezogen redet, seit wir hier angekommen sind. Kann die nicht ein Mal eine Minute ruhig sein, denke ich mir schon ein wenig aggressiv.

»Also ehrlich, ich wär lieber eine Nacht in Hamburg geblieben. So müssen wir spätestens um halb fünf wieder am Flughafen sein, weil ich keinen späteren Flug mehr buchen konnte. Du musst dir um deine Familie wirklich keine Sorgen machen, ich hätte heute Nacht auch zwei Männer zu ihrem Schutz abstellen können.«

Im Moment lasse ich die Marie und meinen Buben sicher keine einzige Nacht allein. Auch wenn ich den Grund dafür noch nicht kenne, denke ich doch, dass wir nicht in Sicherheit sind. Bevor ich vor ein paar Stunden zum Tatort nach Salzburg gerast bin, habe ich meinen Kollegen Herbert Lederer direkt von seinem Nachtdienst zu den beiden geholt und ihn gebeten, bis zum Morgen zu bleiben.

»Ich bin schon neugierig auf deinen Bruder. Der Buchinger meint, der sieht dir zum Verwechseln ähnlich. So wie du, nur in Blond und etwas jünger mit Vollbart …«

Ich lasse sie einfach dahinplappern und höre nicht mehr hin. Lieber atme ich mich gleichmäßig ein wenig in den Schlaf.

»Aigner!« Leider werde ich aus meinem Sekundenschlaf gleich wieder von der nervigen Kollegin wach gerüttelt. Die Fluggesellschaft ruft zum Boarding auf. Offenbar ist unser Sektor dran, also schäle ich mich aus dem unbequemen Sitz am Gate und stelle mich gemeinsam mit der kleinen Linzerin in der Schlange an. Wir beide müssen ein schönes Bild abgeben, denke ich mir. Die Gscheitmeier reicht mir eben mal so bis an die Brust.

»Na, ganz allein nach Hamburg unterwegs?«, zwinkert mir eine attraktive rothaarige Flugbegleiterin zu, während ich mein Handy mit der Bordkarte über den Scanner halte.

»Nix da, Fräulein«, stellt sich meine Kollegin auf die Zehen und schiebt mich an der Stewardess vorbei. »Der hübsche Kerl gehört zu mir.«

Grinsend zucke ich mit den Schultern und eile mit ihr die Treppe runter zum kleinen Bus, der uns zum Flugzeug bringt.

Endlich im Flieger, überlasse ich ihr den Platz am Fenster. Da es sich um eine kleinere Maschine handelt, habe ich Schwierigkeiten, meine langen Beine unterzubringen. Aufgrund des doch etwas ausladenden Hinterteils meiner Kollegin muss ich auf dem Sitz noch etwas nach links rutschen, um nicht in unerwünschte Tuchfühlung mit ihr zu geraten. Grad als ich es endlich geschafft habe, mich in eine halbwegs angenehme Sitzposition zu bringen, nimmt ein bulliger glatzköpfiger Mann auf dem leeren Sitz rechts neben mir Platz. Nun bin ich völlig eingequetscht. Na super, denke ich mir, das können lange eineinhalb Stunden werden, und versuche vergeblich, mich anzuschnallen. Keine Ahnung, wo der Gurt ist.

Die Bildschirme klappen herunter, und die Sicherheitsanweisungen starten. Aber meine Kollegin zieht nicht angeschnallt ein paar Bögen Papier aus ihrer riesigen Handtasche, die sie unter dem Sitz des Nachbarn vor ihr verstaut.

»Hör mal zu, Aigner, das hab ich mir aus einem Zeitungsartikel ausgedruckt«, sagt sie mit ihrer tiefen Stimme und beginnt laut vorzulesen. Sehr laut.

»Gemäß Statistik steigen nicht nur die Anzahl der gestohlenen Fahrzeuge, sondern auch die Fahrzeugwerte und der damit entstehende Schaden in letzter Zeit enorm an. Die Professionalität verbessert sich, und das Diebesgut wird immer gezielter ausgewählt –«

»Haben Sie nicht gelernt, lautlos zu lesen?« Der Glatzkopf neben mir beugt sich nach vorne und fixiert sie böse. »Ich möchte die Sicherheitsanweisungen hören.«

»In Ihrem Alter sollten Sie die sowieso schon kennen, sonst schaut's blöd für Sie aus, wenn wir abstürzen.« Mit einem diabolischen Grinsen auf den Lippen beugt sich meine Kollegin nach vorne, ohne dass sich dabei auch nur eine einzige Strähne ihrer Prinz-Eisenherz-Frisur löst.

»Gscheitmeier, bitte«, zische ich ihr warnend zu, »es müssen nicht alle Passagiere von unseren Ermittlungen mitkriegen.« Aber die gute Frau ignoriert mich einfach.

Im Gegenteil, sie nimmt wieder den Papierbogen zur Hand und fährt noch lauter als vorhin fort zu lesen.

»Immer hochpreisigere und seltenere Fahrzeugmodelle werden von den Autodieben ausgewählt. Mittlerweile werden im deutschsprachigen Raum Schäden in Millionenhöhe verursacht. Aufgrund der auffällig hohen Anzahl immer exklusiverer Fahrzeuge wird davon ausgegangen, dass es sich in den meisten Fällen tatsächlich um Diebstähle auf Bestellung handelt. Manche der Oldtimer wiederum werden in ihre Einzelteile zerlegt, so rasch wie möglich außer Landes gebracht und stückchenweise als sündteure Ersatzteile verkauft.«

Sie lässt seufzend das Papier sinken. »Hoffentlich ist unserer nicht auch bereits in lauter Kleinteilen verscherbelt worden.« Dann hält sie das Papier wieder hoch und liest weiter.

Dem Glatzkopf neben mir reicht's offensichtlich, und ich

kann ihn gut verstehen. Er ruft nach der Flugbegleiterin hinter uns auf dem Notsitz, die sofort herbeieilt. Es ist die junge Rothaarige vom Boarding. Offenbar erfasst sie sofort die Situation, denn sie schenkt mir einen mitfühlenden Blick.

»Diese Frau hier ist viel zu laut. Ich konnte nicht mal den Sicherheitsanweisungen folgen. Außerdem möchte ich noch ein wenig schlafen, bevor wir in Hamburg ankommen.« Zum Beweis zieht er eine Augenmaske aus seinem Leinensakko und schwenkt sie vor der Stewardess hin und her.

»So eine Frechheit«, regt sich die Linzerin auf und beugt sich wieder weit nach vorne, damit die Stewardess sie auch sehen kann. »Das ist ein Flugzeug und kein Ruhebereich im Wellnesscenter! Ich unterhalte mich hier normal mit meinem Kollegen und lass mir das sicher nicht verbieten! Wenn es dem Herrn nicht passt, dann soll er sich halt einfach Stöpsel in die Ohren stecken! Und damit basta!« Auch die anderen Passagiere drehen sich bereits nach uns um.

»Darf ich Sie zuerst alle bitten, sich anzuschnallen? Was die Lautstärke Ihrer Unterhaltung betrifft, muss ich Ihnen sagen, ich habe sie auch ganz hinten im Flugzeug mitverfolgen können. Bitte, würden Sie aus Rücksicht auf die anderen Passagiere ein wenig leiser sprechen?«

»Was erlauben Sie sich!«, schreit sie, schnallt sich nicht an, stemmt die Arme in ihre Hüften und aufgrund des Platzmangels auch in meine. »Ich hab für diesen Flug bezahlt wie jeder andere auch! Also kann ich mich wohl auch mit meinem Kollegen hier unterhalten!«

»Ich will mich eigentlich gar nicht unterhalten, ich würde gern noch ein wenig schlafen«, wende ich zaghaft ein.

Ungeduldig klopft die Stewardess mit ihrem Zeigefinger auf die Lehne des Vordersitzes. »Wir klären das später, ja? Bitte schnallen Sie sich endlich alle an, wir starten jeden Augenblick«, sagt sie bestimmt und flüchtet dann nach hinten zu ihrer Kollegin.

Nachdem sich die zwei rechts und links von mir nun doch

angeschnallt haben, schaffe auch ich es endlich, den Gurt zu schließen, weil ich kräftig an einem Stück unter Gscheitmeiers Hintern gezogen habe.

»Setzen Sie sich doch woandershin, wenn es Ihnen hier nicht passt«, legt sie schon wieder nach.

»Ich denk nicht dran. Ich hab für diesen Platz bezahlt«, keift der Mann zurück. »Und ich werde mich bei der Fluggesellschaft beschweren. So eine freche Person wie Sie ist mir noch nirgends untergekommen.«

»Beschweren Sie sich meinetwegen beim Salzamt«, lacht ihn meine Kollegin gehässig aus.

»Gscheitmeier, reiß dich jetzt bitte zusammen«, blaffe ich sie leise an. »Ich möchte mich nicht mit dir unterhalten, verstanden? Wir haben noch genug Zeit, wenn wir beim Simon angekommen sind. Den Mann treffen wir doch erst um halb zwei.«

Aber sie hat sich offenbar bereits in Rage geredet, denn sie ignoriert mich einfach weiter und beugt sich wieder nach vorn, um den glatzköpfigen Mann neben mir zu attackieren. »Und was Sie betrifft, so ein unverschämter Mann ist mir auch noch nie begegnet.«

»Herr Aigner? Raphael Aigner?« Die rothaarige Flugbegleiterin steht plötzlich wieder neben uns. Offenbar sind wir schon in der Luft, das ist mir wohl entgangen.

Sie lächelt mir freundlich zu. »Ich freue mich, Ihnen mitteilen zu können, dass wir Ihnen ein kostenloses Upgrade der Fluggesellschaft anbieten dürfen. Wenn Sie mir bitte in die Businessclass folgen wollen?«

Dankbar schenke ich ihr mein charmantestes Lächeln und löse rasch den Gurt, bevor sie es sich noch anders überlegt. Der dicke Kerl lässt mich erstaunt vorbei. Verblüfft schauen mir die beiden Streithanseln nach, und ich folge der Stewardess erleichtert nach vorne.

In der Businessclass angekommen, deutet sie auf die vielen leeren Plätze. »Setzen Sie sich hin, wo immer Sie wollen. Meine

Kolleginnen und ich haben uns gedacht, wir müssen Sie da unbedingt rausholen.«

Schon während der ganzen Fahrt im Taxi hat die Gscheitmeier kein Wort mit mir gesprochen. Im Shuttlebus zum Flughafengebäude hat sie mir noch vorgeworfen, der Flugbegleiterin schöne Augen gemacht zu haben, um mir das Upgrade zu erschleichen. Nun ist sie offenbar nur mehr schweigsam beleidigt. Und ich muss gestehen, ich genieße diesen Zustand. Auch hier am verglasten Eingang des Hochhauses, in dem mein Bruder wohnt, sagt sie immer noch nichts. Mir soll's recht sein. Zielsicher drücke ich auf eine der Nummern am edel verchromten Klingeltableau.

»Bruderherz, komm hoch, ich habe eine Überraschung für dich«, höre ich Simons Stimme, die noch vor einigen Stunden durch Zungenschlag geglänzt hat. Mein Bruder verträgt zwar nicht viel Alkohol, aber am Morgen danach erlangt er seine unglaublich gute Konstitution in Windeseile wieder.

Natürlich kenne ich den Code für den Aufzug. Fünfzehn zwölf, es ist der Geburtstag meiner kleinen Nichte Anna. Endlich geht die Aufzugtür auf, und meine Kollegin und ich betreten den Flur des obersten Stockwerks, in dem es nur Simons Wohnung gibt. Braun gebrannt und mit verschränkten Armen lehnt der schon in Shorts und T-Shirt in der Tür.

Erstaunt bemerke ich, dass er seinen überaus gepflegten blonden Vollbart abrasiert hat, was ihn mir noch ähnlicher macht. »Machst du jetzt auf Babyface?«

»Nein, auf Raphael Aigner«, lacht er schallend.

»Der schaut dir wirklich erstaunlich ähnlich, unglaublich«, raunt mir die Gscheitmeier verblüfft zu und traut ihren Augen kaum. Ich nicke seufzend, denn ich kenne diese Reaktion schon zur Genüge.

Als der Simon meine kleine Kollegin erblickt, läuft er uns entgegen und schüttelt ihr ausgiebig die Hand. »Sie sind sicher Chefinspektorin Gscheitmeier. Ich bin hocherfreut, Sie kennenzulernen. Ich freue mich nämlich immer, ein wenig in die Welt meines Bruders einzutauchen, müssen Sie wissen. Nachdem wir beide so weit voneinander entfernt leben, ist das leider nicht sehr oft der Fall.« Kameradschaftlich klopft er mir auf die Schulter.

»Grüß Sie, Herr Dr. Landauer, ich freu mich auch, Ihre Bekanntschaft zu machen«, lächelt meine Kollegin und ist sofort besserer Laune.

»Ach was, Dr. Landauer«, winkt er lässig ab. »Sag doch bitte Simon zu mir. Ich werde mich doch nicht mit so einer charmanten Kollegin meines Bruders siezen.«

Meine »charmante« Kollegin schenkt mir einen triumphierenden Blick. »Gut, Simon, ich bin die Doris«, antwortet sie geschmeichelt, und mir fällt erstaunt auf, dass ich sie noch nie nach ihrem Vornamen gefragt habe.

»Onkel Laphi!« Mir bleibt nicht viel Zeit zum Staunen, denn meine kleine Nichte Anna kommt wie ein Wildfang durch die Tür geflogen. Mit ihren beinahe vier Jahren hat die Kleine immer noch einen entzückenden R-Fehler.

Der leichtgewichtige Blondschopf springt mir in einem Satz freudestrahlend in die Arme und schmiegt ihre Wange an die meine. Ich muss gestehen, ich zerfließe vor Onkelstolz. Schmunzelnd drücke ich ihr ein dickes Busserl auf die kleine Stupsnase im braun gebrannten Gesicht unter den widerspenstigen kurzen Locken. Sie beginnt zu kichern und schiebt mich etwas von sich weg.

»Du kitzelst, Onkel Laphi.« Sie patscht mir mit ihren Kinderfingern auf die Bartstoppeln. Tja, für eine Rasur hatte ich heute früh keine Zeit mehr. Dann nimmt sie ihre kleinen Arme von meinem Hals und zappelt mit den Beinen, damit ich sie nach unten lasse. Wieder auf sicherem Boden, schaut sie sich kurz um und runzelt die Stirn wie ein Erwachsener. »Wo ist Felix?«

»Ich muss dich leider enttäuschen, Anna, aber der ist zu Hause. Ich hoffe, ich genüge dir auch.«

Nachdenklich kraust sie ihre Nase und entscheidet sich doch noch für ein »Okay«.

Lächelnd beobachtet mein Bruder die Szene und zwinkert dann der Gscheitmeier zu. »Nun, mit Raphaels Erscheinen bin ich bei der Dame des Hauses wohl wieder mal abgemeldet.« Rasch belehrt er seine kleine Tochter. »Anna, du musst noch Doris begrüßen. Sie ist auch unser Gast.«

Die Kleine geht unbefangen auf meine Kollegin zu und nimmt sie einfach an der Hand. »Hallo, Dolis. Komm mit flühstücken. Ich hab mit Papa für euch Pfannkuchen gebacken.«

»Bei uns nennt man das Palatschinken«, erklärt meine Kollegin schmunzelnd.

»Patschalinken«, kichert die Kleine und greift dann mit der freien Hand nach meiner. »Komm schon, Onkel Laphi. Nicht tlödeln.«

»Genau, nicht tlödeln«, wiederholt mein Bruder und dirigiert uns auch schon durch sein Loft, vorbei an der hypermodernen Küche auf seine Dachterrasse. Der gesamte Wohnraum ist zu drei Seiten hin verglast und von einer mächtigen Terrasse umgeben. Ein moderner Gartentisch ist üppig gedeckt und bietet uns einen atemberaubenden Blick auf den in der Vormittagssonne leuchtenden Hafen und die Elbphilharmonie. Völlig unbeeindruckt von dieser Szenerie bereitet er frischen Espresso in der Küche zu, während uns meine Nichte unsere Plätze zuweist und es sich dann auf meinem Schoß bequem macht.

»Nicht schlecht, das kleine Anwesen von deinem Bruder«, meint meine Kollegin beeindruckt und hat wohl vergessen, dass sie vorhin noch auf mich beleidigt war.

»Los, greift zu, ich habe Unmengen zu essen da. Allerdings nur vegetarisch, denn da verstehe ich keinen Spaß«, hören wir den Simon, als er den Kaffee auf einem Tablett aus der Wohnung zum Tisch balanciert. »Wenn wir fertig gefrühstückt haben, bringe ich Anna zu ihrer Mutter zurück, und wir machen uns auf den Weg in mein Büro.« Missbilligend mustert er meine ausgewaschene Jeans und das graue T-Shirt. »So kannst du allerdings bei unserem Termin nicht antanzen, mein Lieber. Ich hab dir drinnen einen leichten Sommeranzug von mir bereitgelegt. Passt mir sowieso nicht mehr, damals war ich noch ein wenig schmäler.«

Der schlanke Mann, etwa Mitte sechzig, mit gepflegtem Oberlippenbart und einem teuren Seidentuch um den faltigen Hals, dessen Name uns bis jetzt immer noch nicht genannt wurde, sitzt, lässig die Beine übereinandergeschlagen, auf einem der schweren Ledersofas Marke Chesterfield. Wir befinden uns im Büro meines Bruders mit Rundumverglasung und eindrucksvollem Blick auf die Elbe. Das Bürohaus seiner Anwaltskanzlei liegt im derzeit hippen Portugiesen-Viertel der Hansestadt, wie uns mein Bruder auf der Herfahrt erklärt hat.

»Wenn ich gewusst hätte, worauf ich mich da einlasse, hätte ich das niemals getan«, sagt der Mittsechziger, und ich weiß nicht, ob ich ihm das glauben soll. »Ich habe den Chirurgen Dr. Trenkheimer für einen absolut integren Mann gehalten.«

»Und trotzdem haben Sie ihm zweihunderttausend Euro Anzahlung eingerollt in viel bauschige Watte und gut eingenäht in einem Stoffelefanten übergeben, Herr …?« Diesen Vorwurf kann ich mir nicht verbeißen.

Sein Anwalt Dr. Langenbeck, ein kleiner, schmächtiger Kerl mit Halbglatze, blickt mich listig hinter seiner schwarzen Hornbrille an. »Der Name meines Mandanten tut hier nichts zur Sache, Chefinspektor Aigner. So haben wir das mit Dr. Landauer vereinbart. Sie werden die gesamte offizielle Aussage nur über mein Anwaltsbüro erhalten. Denn wir waren es auch, die den Kauf abgewickelt haben.«

»Den Kauf?«, wiederholt die Gscheitmeier kopfschüttelnd.

»Liebe Doris, um den Tatbestand des, sagen wir mal, Erwerbs geht es in diesem Gespräch auch gar nicht«, erklärt mein Bruder und wendet sich dann an den Anwalt, den der alte Herr mitgebracht hat. »Dr. Langenbeck, Sie müssen berücksichtigen, dass die beiden österreichischen Beamten in einem Mordfall und nicht wegen des Diebstahls an dem Wagen ermitteln.« Im Anzug wirkt er immer so was von seriös, dass man schon automatisch Respekt vor ihm haben muss. »Von dem Dr. Langenbeck und sein Mandant natürlich nichts gewusst haben«, fügt er hinzu. Dabei lächelt er dem Herrn mit dem Seidentuch zu.

»Korrekt, Simon.« Der Mittsechziger dreht sich schwungvoll in meine Richtung, dass das Leder ein wenig unter seinem schmalen Hintern kracht. »Herr Chefinspektor, Sie können mich einfach Herr Schmidt nennen, wenn Sie einen Namen bevorzugen. Aber wie Ihr Bruder schon sagte, wir haben nichts von einem Diebstahl gewusst und somit auch nichts damit zu tun.«

Sein Anwalt Dr. Langenbeck nickt. »Dr. Trenkheimer hat mich am Dienstag vor zwei Wochen kontaktiert und mich von dem Kaufangebot unterrichtet. Nach Rücksprache mit meinem Mandanten bin ich bereits am nächsten Tag nach Salzburg geflogen, um mich von der Korrektheit seiner Angaben zu überzeugen. Ein von uns beauftragter Techniker hat das gute Stück und die Papiere begutachtet. Mein Mandant kauft nicht die Katze im Sack, wie Sie sich vorstellen können. Auch wenn Dr. Trenkheimer ein renommierter Chirurg und in Sammlerkreisen bekannt war«, betont der Anwalt. »Nachdem für uns alles in bester Ordnung schien, hat mein Mandant sich umgehend für den Kauf entschieden. Herr Trenkheimer wollte als Anzahlung zweihunderttausend in bar. Als Sicherheit übergab er mir hier in Hamburg die Papiere. Das war vorletzten Samstag. Die Sache mit dem Stoffelefanten erschien mir auch höchst eigenartig, aber ich habe nicht hinterfragt, warum er das Geld unbedingt in dieser Form überreicht haben wollte. Wozu auch, das ging uns nichts an.«

»Nun ja, war es nicht offensichtlich, dass der Mann damit

das Geld am Zoll vorbeischmuggeln wollte?«, bohrt meine Kollegin trotzdem nach.

Aber der Anwalt zuckt nur mit den Schultern. »Und selbst wenn? Das war auf keinen Fall ein Vergehen meines Mandanten, sondern das von Dr. Trenkheimer.« Er greift zum Glas Wasser vor ihm, nimmt einen Schluck davon und stellt es bedächtig wieder zurück. »Am Mittwoch, vier Tage später, hat mein Mandant einen Lkw nach Salzburg geschickt –«

»Wo stand der Wagen? Von wo haben Sie den Mercedes abholen lassen?«, frage ich, obwohl ich glaube, die Antwort schon zu kennen.

Erst nachdem der Anwalt kurz seine Nase in seine Unterlagen gesteckt hat, antwortet er uns. »Es war vereinbart, dass wir ihn aus Dr. Trenkheimers Privatgarage abholen, in der er auch seine Sammlerstücke aufbewahrte. Eine Tiefgarage außerhalb der Stadt Salzburg. Die Adresse wird Ihnen mein Assistent zukommen lassen. Dort wurde uns der Mercedes ordnungsgemäß und fahrtüchtig übergeben, und wir haben die restliche Summe bezahlt.«

»Wie konnte man eigentlich dieses Goldstück über die Grenze bringen? Ich frage das rein aus privater Neugier.« Mein Bruder lächelt dem alten Herrn neugierig zu.

»Simon, viele Lkws fahren so oft über die Grenze zwischen Österreich und Deutschland hin und her und sind bei den Grenzbeamten bekannt. Im Schengenraum braucht es bekanntlich kaum Grenzkontrollen.«

»Genau. Die ordnungsgemäße Verzollung wollten wir eigentlich diese Woche vornehmen. Das ist so üblich bei –«, fügt sein Anwalt rasch hinzu.

Aber der angebliche Herr Schmidt hebt die Hand in Richtung des Anwalts, woraufhin der sofort verstummt. »Schauen Sie, junger Mann«, sagt er zu mir. »Schon jahrzehntelang bin ich auf der Suche nach einem Gullwing in genau dieser Sonderausstattung. Noch dazu handelt es sich bei dem Sammlerstück um einen fahrtüchtigen Wagen in exzellentem Zustand, ein unbezahlbares Liebhaberstück. Dr. Trenkheimer hat mir mit der Vermittlung einen Riesengefallen getan. Ich bedaure zutiefst, dass der Mercedes sich nun zurück auf den Weg nach Salzburg machen muss. Daher habe ich auch im Gegenzug für diese Unterhaltung um Kontakt zum wahren Eigentümer gebeten. Bitte sagen Sie ihm, dass ich ihm ein wirklich gutes Angebot machen möchte. Natürlich alles offiziell und rechtlich einwandfrei, denn ich will auf keinen Fall in eine Mordsache verwickelt werden.«

»Keine Sorge«, entgegne ich ihm. »Aber wir müssen wissen, ob Ihr Anwalt im Zuge der Kaufabwicklung mit einer Klara Bachler in Kontakt war. Die junge Dame nennt sich auch Claire Bachler.« Ich entsperre mein Handy und zeige ihm Klaras Fahndungsfoto. »Diese Frau könnte wirklich gefährlich sein.«

»Mir nicht, glauben Sie mir das«, antwortet mir der alte Herr völlig unbeeindruckt und gibt das Handy an seinen Anwalt weiter.

Aber leider schüttelt auch der den Kopf. »Tut mir leid, ich kenne die junge Dame nicht, auch ihr Name sagt mir nichts. In Dr. Trenkheimers Garage haben uns außerdem zwei junge Herren erwartet.«

Zwei Männer? Die Gscheitmeier und ich schauen uns entsetzt an. Was soll das denn nun schon wieder bitte schön? Das wirft uns in den Ermittlungen Lichtjahre zurück.

Waren es etwa doch der verdammte Sieder und dieser eloquente Branko Lukic, frage ich mich. Obwohl ich den beiden abgekauft habe, dass ihnen der eigentliche Wert des Oldtimers nicht bekannt war. Krampfhaft überlege ich, ob dieser Tarik einer der beiden Herren gewesen sein könnte. Aber eigentlich kann ich mir nicht vorstellen, dass dieser Kerl so viel Geld entgegengenommen hat und nicht sofort damit getürmt ist. Und wirklich jung ist der auch nicht mehr.

»Hatte einer der beiden etwa ein steifes Bein und einen ausländischen Akzent?«, frage ich trotzdem, während meine

Kollegin das Fahndungsfoto von Tarik Elezi aus der Tasche ihres Blazers zieht und es in die Runde zeigt.

Der Anwalt schüttelt den Kopf. »Nun ja, ich bin die ganze Zeit über im Lkw gesessen, aber an diesen Mann hätte ich mich bestimmt erinnert. Die beiden Herren von der Übergabe waren eher sportliche junge Männer in eleganten hellen Anzügen. Einer blond und einer dunkelhaarig, beide mit gepflegten Vollbärten. Schicken Sie mir bitte die Fahndungsfotos noch mal. Mein Kollege, der die Geldübergabe vorgenommen hat, soll sich diese ansehen und Ihnen eine genaue Personenbeschreibung zukommen lassen. Er hatte die neunhunderttausend in einem Koffer dabei. Aber die beiden jungen Herren haben die Scheine sofort in einen dünnen blauen Stoffrucksack mit einer weißen Aufschrift in Großbuchstaben verstaut.« »MEGA« stand darauf, das habe ich selbst aus dem Cockpit des Lkws erkennen können.«

Der Mittsechziger erhebt sich schwungvoll aus dem edlen Ledersofa. »Damit ist alles gesagt, was es zu sagen gibt. Dr. Langenbeck wird Ihnen noch eine detaillierte schriftliche Aussage übermitteln. Ich hoffe, Sie machen den Hehler bald ausfindig. Dann wird mein Anwalt umgehend Rechtsmittel einbringen und den von mir bezahlten Betrag bei ihm einklagen, also beeilen Sie sich. Auch bei mir wachsen eins Komma eins Millionen Euro nicht auf den Bäumen. Gnädige Frau, meine Herren, meine Zeit ist leider äußerst kostbar, ich muss bereits zum nächsten Termin.« Sein Anwalt springt sofort auf. Auch wir erheben uns von den bequemen Sofas. Der angebliche Herr Schmidt reicht mir die Hand. »Ich hoffe, dass Sie den Mörder bald finden, der mich um mein schönstes Stück gebracht hat, Chefinspektor Aigner. Vergessen Sie nicht, den Eigentümer von meinem Angebot zu unterrichten.«

Galant küsst er die Hand der Gscheitmeier, die vor Verblüffung gar nicht weiß, wie ihr geschieht, und geht dann auf meinen Bruder zu. »Simon, ich hoffe, wir sehen uns bald wieder.«

»Sicher doch, demnächst wieder auf dem Golfplatz, Herr Schmidt«, zwinkert er ihm grinsend zu und klopft ihm dann jovial auf die Schulter.

Die zwei Männer gehen zur Tür, aber unser sogenannter Herr Schmidt dreht sich davor noch mal um. »Sie sehen Ihrem Bruder wirklich verblüffend ähnlich«, sagt er zu mir, bevor die beiden das Büro verlassen.

»Wer ist dieser Kerl?«, frage ich.

»Glaub mir, Raphael, das willst du gar nicht wissen.«

Stimmt, denke ich mir, ich will eigentlich nur mehr wissen, wer den Politiker und mittlerweile wohl auch den Doktor auf dem Gewissen hat.

Frustriert verabschiede ich mich am Flughafen von meiner Kollegin. Wie sollen wir in diesem verkorksten Fall weiter vorankommen? Uns fehlt nicht nur jede Spur vom Hehlergeld, sondern auch von der Verdächtigen. Und zu allem Überfluss gibt es offenbar zwei weitere Mitspieler, von denen wir bisher nichts geahnt haben. Ist einer von den beiden mein Einbrecher? Sind sie die Mörder von Lanner und Trenkheimer? Ist Klara Bachler etwa doch unschuldig und somit auch in Gefahr? Kruzifix noch mal, es ist zum Aus-der-Haut-Fahren.

Draußen vor der Ankunftshalle wartet die Marie, lässig an ihr Auto gelehnt. Sie hat einen der wenigen Kurzparkplätze ergattert. Rasch laufe ich zu ihr rüber und küsse sie ausgibig. Was bin ich froh, wieder bei ihr zu sein. Obwohl ich nicht mal einen ganzen Tag weg war, kommt es mir vor wie eine halbe Ewigkeit. Ich freue mich im Moment auf nichts mehr als auf einen ruhigen Abend mit ihr und meinem Buben.

»Schöner Anzug. Von Simon?«, schaut sie mich kurz fragend an. »Felix schläft heute bei deiner Schwester. Ihr Schlafzimmer ist doch noch geliefert worden. Und nicht nur das, auch sein Kinderzimmer wurde bereits aufgebaut.« Mein Bub verfügt natürlich über ein eigenes Zimmer im Haus meiner Schwester, in dem er zukünftig sicher viel Zeit verbringen wird. Vor allem, wenn er nachts seine Tante vermisst, auch wenn sie nur fünfhundert Meter von uns entfernt ist. Und ich kann es dem Kleinen nicht verdenken, ist er doch quasi bei ihr aufgewachsen.

»Schade«, bedaure ich. »Eigentlich wollte ich mit euch beiden so einen richtig gemütlichen Familienabend verbringen.«

»Daraus wird sowieso nichts, Raphi.« Sie klemmt sich nervös eine widerspenstige Strähne ihrer langen blonden Naturlocken hinters Ohr. »Die kleine Chantal Weber ist verschwunden. Ihre Mutter ist nach dem Frühstück wie immer zur Arbeit, und ihr Vater … nun ja, der hat wohl wieder mal seinen Rausch ausgeschlafen. Denn als Frau Weber mittags nach Hause gekommen ist, war Chantal nirgends zu finden. Das Mädchen darf nie allein raus und hat kaum Freunde. Man hat sie bis jetzt noch nicht gefunden.«

»Und der Felix?«, frage ich, als wir ins Auto einsteigen.

»Er hat keine Ahnung, wo sie ist. Vormittags hat er mit Manuel beim Möbelaufbau zugesehen. Die beiden waren mit deiner Schwester bei uns zum Mittagessen und haben dann den ganzen Nachmittag auf dem Spielplatz herumgetollt. Aber das kleine Mädchen haben sie nirgends gesehen.« Betroffen schaut sie mich vom Fahrersitz aus an und startet dann den Wagen. »Wir fahren besser gleich zur Inspektion. Heinz und Herbert haben mit der Feuerwehr und dem Musikverein zwei Suchtrupps gebildet. Die Burschen vom FC und andere Freiwillige helfen auch mit. Allen hier steckt noch Felix' Entführung vom letzten Sommer in den Knochen.«

Die Marie, ihr Onkel Hansl, der Andi und ich haben uns der Feuerwehr angeschlossen, weil der Weber unter der Führung vom Heinz gemeinsam mit dem Musikverein sucht. Den Kerl darf ich im Moment nicht um mich haben, sonst kann ich nämlich für gar nichts mehr garantieren. Unter Herberts Führung suchen wir, mittlerweile mit Taschenlampen bewaffnet, das Waldstück nahe der bereits leer geräumten Volksfestwiese ab.

Mehrmals rufen wir vergeblich Chantals Namen. Das Kind ist nirgends zu finden. Weder am Friedhof noch bei den Fischteichen oder im Sägewerk. Selbst in der offen gelassenen Kammfabrik waren wir schon, es gibt keine Spur des siebenjährigen Mädchens.

Die neue Kollegin schlägt sich wacker, denn sie koordiniert die Suchtrupps von der Inspektion aus und ist ständig mit meinen beiden Polizisten per Funk in Kontakt. Auch unsere Gerti hilft mit und steht der armen Frau Weber und ihrer Mutter in diesen Stunden bei.

Eigentlich könnte ich es dem Kind nicht verdenken, wenn es einfach nur von zu Hause davongelaufen wäre und sich irgendwo versteckt halten würde. Allerdings kann auch pures Davonlaufen für ein kleines Mädchen unglaublich gefährlich werden. Zusätzlich gibt es immer auch die andere Option. Nämlich die, die niemand in Betracht ziehen möchte, dass dem Kind etwas angetan wurde.

»Leute! Bleibts kurz stehen bitte!«, unterbricht mein Kollege Herbert Lederer meine Gedanken, nachdem wir am Ende des Waldes bei der Bundesstraße angekommen sind. »Es hat heut koan Sinn mehr. Wir haben alles abg'sucht, was möglich war. Morgen machen wir mit zwoa Suchhunden aus Salzburg weiter. Gehts hoam, schauts noch in euren Höfen, Gärten und Kellern nach. Wenn ihr was bemerkts, rufts bitte sofort bei uns in der Inspektion an.« Unter betroffenem Gemurmel verlassen die meisten Suchenden die Truppe. Manche stehen noch unschlüssig herum.

Mein Kollege gesellt sich zur Marie, zum Andi und zu mir. »Chef, du kannst auch hoamgehen. Es war schon genug los diese Woche, und das Ganze weckt wahrscheinlich schlimme Erinnerungen in dir, gell? I geh rüber zur Inspektion und lös die Luise ab.« Zum Abschied klopft er mir mitfühlend auf die Schulter. Auch er kann sich offenbar noch gut an die Entführung meines Sohnes erinnern.

»I kann noch net hoam, i bin zu aufgewühlt.« Maries Onkel

trabt müde an.»I komm noch mit euch zwoa ins Rieglerbräu, weil i dringend a Halbe brauch.« Schweigend gehen wir die Bundesstraße entlang zurück in den Ort. Im Rieglerbräu ist noch ein wenig Betrieb im Gastgarten, da ein paar der Suchenden wohl dieselbe Idee wie wir hatten.

»Habts das arme Kind g'funden?« Erschöpft lässt sich die Erni auf den Stuhl neben den Hansl plumpsen, nachdem sie drei Halbe und einen leichten Sommerspritzer für die Marie bei uns abgestellt hat. Meine Freundin schüttelt traurig den Kopf. Verdammt, wo ist das kleine Mädchen nur? Wenn dieser brutale Weber etwas mit dem Verschwinden seines Kindes zu tun hat, dann gnade ihm Gott.

»Wir sind wirklich vom Pech verfolgt in Koppelried«, seufzt Maries Onkel und streicht sich dabei gedankenverloren über seinen langen Bart. »Zuerst ist der Lanner tot, dann wird auf amoi oaner von unsere besten Gendarmen eing'sperrt, dann ist die Bachlertochter wie vom Erdboden verschluckt. Dann erschießt oaner beinahe den Aigner, bedroht mein Madl mit aner Pistole und entführt sie fast, und jetzt ist auch noch das Weber-Mäderl verschwunden. So was hört man doch sonst nur aus Amerika. I sag euch, die Welt steht nimmer lang.«

»Recht hast, Hansl«, stimmt ihm die Erni ausnahmsweise einmal zu, »zumindest bei uns da in Koppelried steht s' nimmer lang.«

Auch ich muss resigniert nicken, denn ich habe keine Idee mehr. Weder zu den Mordfällen noch zum Verschwinden von der Bachler Klara oder dem kleinen Mädchen.

Der Andi trinkt in einem Zug den Rest seines Rieglerbiers leer und wischt sich danach mit dem Handrücken den Mund ab. »Jetzt hörts aber auf. Der Raphi hat noch jeden gefunden und alles aufgeklärt.«

Ich würde ihm gerne zustimmen, glaube aber nicht mehr so recht dran.

Doch mein bester Freund klopft mir beschwichtigend auf die Schulter. »Morgen findet ihr das Kind unversehrt. Ganz bestimmt, Raphi. Es wird sich alles aufklären, nur nicht aufgeben. Ich geh heim zum Felix und zur Gabi, die warten bestimmt schon gespannt auf mich.«

Der Hansl schließt sich ihm an, und meine Freundin zieht mich vom Stuhl hoch. »Komm, du hast dir eine Mütze Schlaf verdient. Morgen ist auch noch ein Tag.«

Ich geb's ja ungern zu, aber mittlerweile wächst mir das alles doch etwas über den Kopf.

Samstag

»Aigner, schwing sofort deinen Arsch nach Salzburg. Während ihr euch in Hamburg amüsiert habt, hab ich hier gearbeitet. Dein Tipp mit München war goldrichtig. Kollegen von der Münchner Verkehrspolizei haben den Multipla vor der Praxis eines Schönheitschirurgen mit dem Namen Anton Bognermeier abschleppen lassen. Stell dir vor, das ist tatsächlich Klara Bachlers ehemaliger Chef. Das Auto stand dort nämlich trotz Strafzettel eine längere Zeit ohne Parkschein rum. Endlich kommt Schwung in die Sache«, freut sich mein Ex-Kollege am anderen Ende der Telefonleitung.

Erst jetzt erinnere ich mich, dass mir die Bürgermeistertochter auf dem Volksfest beim Tanzen von ihrem ehemaligen Chef in München namens Bogi erzählt hat. Kruzifix, daran hätte ich früher denken können. »Aber ich kann hier nicht weg, Markus. Wir suchen immer noch nach dem kleinen Mädchen, das verschwunden ist. In einer halben Stunde sollten die Männer mit den beiden Suchhunden hier eintreffen.« Bevor wir das Kind nicht gefunden haben, fahre ich nicht in die Stadt.

Es klickt kurz in der Leitung, und dann vernehme ich auch schon die Stimme unserer Linzer Kollegin. »Ich stell sofort mehrere Kollegen aus Salzburg für eure Suche ab, okay? Aber ich will dich unbedingt dabeihaben, wenn wir eure Dorfschönheit in München abholen. Denn unsere deutschen Kollegen haben diesen Beauty-Doc Bognermeier bereits vernommen. Klara Bachler hat sich in einer seiner Wohnungen nahe dem Hauptbahnhof versteckt gehalten. Nachdem wir davon erfahren haben, hat unser Probst mit dem Haftrichter einen europäischen Haftbefehl ausgestellt, und die Beamten von der Wache am Hauptbahnhof in München haben die Frau festgenommen. Und weil die deutschen Kollegen so schnell reagiert haben, können wir sie noch heute gemeinsam mit zwei

Justizwachebeamten nach Salzburg überstellen.« Sie macht eine Pause, und ich überlege fieberhaft. Was kann ich allein hier schon ausrichten, meine Polizisten können die Suchaktion wahrscheinlich genauso gut leiten wie ich.

»Aber wenn du nicht willst, nehme ich halt nur den dicken Buchinger nach München mit«, zieht sie mich auf.

Die junge Frau sitzt mit übereinandergeschlagenen Beinen an einem kleinen Tisch vor der modernen Glasfront und starrt auf das bunte Treiben rund um den Bahnhof. Und sie würdigt uns keines Blickes. Einer der beiden Polizisten neben ihr kommt auf uns zu.

»Wir haben ihre Familie bereits benachrichtigt. Ein Anwalt wird erst in Salzburg für sie gestellt.« Freundlich reicht er meinen Kollegen und mir nacheinander die Hand und stellt sich uns als Polizeiobermeister Müller vor. »Sie hat sich nicht zu den Vorwürfen geäußert. Auch mit ihrer Familie wollte sie nicht telefonieren.«

Ich bedanke mich bei dem Mann und bewege mich schnellen Schrittes auf unsere Verdächtige zu, während sich meine beiden Kollegen mit ihm noch über die Formalitäten austauschen. Im weißen Sommerkleid mit den vielen Rüschen wirkt sie sehr unschuldig. Ihre sonst so freche Kurzhaarfrisur hat sie sich streng nach hinten gebürstet, was ihr schönes Gesicht noch mehr zur Geltung bringt.

»Na, Klara, so sieht man sich wieder«, begrüße ich sie, aber sie scheint keine Notiz von mir nehmen zu wollen und dreht den Kopf weg. Lächelnd nehme ich ihr gegenüber Platz. »Wir haben uns mit einem Herrn Dr. Langenbeck aus Hamburg unterhalten«, fahre ich unbeirrt fort, aber sie zeigt keine Gemütsregung. »Ihr habt den gestohlenen Mercedes um eins Komma eins Millionen Euro verkauft.« Die Bürgermeistertochter rührt sich nicht, sondern blickt gleichgültig aus dem Fenster.

»Christoph Trenkheimer ist tot.«

Mit einem Ruck wendet sie sich mir zu. Sie kann ihre Betroffenheit nicht verbergen. »Wie? Chris wurde auch umgebracht?«, entfährt es ihr, obwohl ich davon gar nicht gesprochen habe.

»Klara, wer waren die beiden Männer, die in seiner Garage den Mercedes gegen die neunhunderttausend ausgetauscht haben?«

Trotzig presst sie ihre Lippen fest aufeinander.

»Du musst uns weiterhelfen. Ich hoffe, du begreifst, dass du unter Mordverdacht stehst.« Doch sie schweigt eisern, kein Wort kommt mehr aus ihrem schönen Mund.

Fünf Minuten später traben meine beiden Kollegen mit den zwei österreichischen Justizwachebeamten an unseren Tisch. Einer bittet sie aufzustehen und will ihr die Handschellen anlegen, aber sie verschränkt flink die Arme.

»Habt ihr etwa Angst, ich würde euch überwältigen?«, lacht sie uns gehässig aus.

»Lasst sie«, winkt die Gscheitmeier großmütig ab, »wir sind zu fünft. Da wird sie uns wohl kaum entwischen können. Kommen Sie, Frau Bachler, wir bringen Sie in die Justizanstalt Puch. Der Haftrichter hat der Untersuchungshaft zugestimmt. Wenn Sie sich kooperativ zeigen, werden wir schauen, was wir für Sie tun können.«

Mitleidig heftet sich Klaras Blick auf meine kleine Kollegin, dann wird sie auch schon von unseren beiden Beamten abgeführt. Der rechts von ihr hält sie dabei mit festem Griff am Arm fest, und die drei verlassen vor uns die Münchner Inspektion. Rasch geht einer zum Arrestantenwagen voran und öffnet die seitliche Schiebetür. Der zweite führt unsere Verdächtige zum Wagen, lässt ihren Arm los und will ihr beim Einsteigen helfen. Die Gscheitmeier, der Buchinger und ich können noch beobachten, wie die Bürgermeistertochter dem Beamten plötzlich einen kräftigen Stoß versetzt und hinter dem Polizeibus auf die Straße läuft. Ich sprinte sofort los, aber es ist zu spät. Wir können nur mehr lautes Bremsen und einen gewaltigen Wums hören. Blindlings ist die junge Frau in ein vorbeifahrendes Auto gelaufen, dessen Fahrer keine Chance hatte, auch nur halbwegs rechtzeitig zu reagieren. Hilflos müssen wir alle dabei zusehen, wie sie seitlich auf den Kotflügel aufprallt, während der Fahrer versucht, eine Vollbremsung zu machen. Aber da wirbelt sie schon durch die Luft.

Auf der stark befahrenen Straße kracht der nachkommende Wagen in das bremsende Fahrzeug, das es dadurch noch mal ein gutes Stück nach vorne katapultiert.

Gott sei Dank hat die Aufprallwucht die junge Frau auf die Straßenseite befördert, sonst hätte sie das Auto jetzt überrollt. Sofort eilen Passanten heran, und die Gscheitmeier rennt auch schon zurück in die Inspektion, um Hilfe zu holen. Obwohl ich erst vor Kurzem meinen Erste-Hilfe-Kurs aufgefrischt habe, wage ich es nicht, sie in die stabile Seitenlage zu bringen. Ehrlich gesagt wüsste ich auch nicht, wie. Mit völlig verrenkten Armen und Beinen liegt sie da und blutet stark aus einer Platzwunde am Kopf und einer schlimm aussehenden offenen Wunde am Bein. Zum Glück hat sie die Augen geöffnet und atmet. In Ermangelung eines Druckverbands drücke ich mit beiden Händen, so fest es geht, gegen die offene Wunde am Bein, aus der das Blut nur so strömt.

»Klara, es wird alles gut. Mach dir keine Sorgen. Alles wird gut«, sage ich zu der jungen Frau, die mich aus großen Augen anstarrt und lautlos den Mund bewegt. »Alles wird gut. Du wirst sehen, alles wird gut«, wiederhole ich wie ein Mantra und hoffe, dass endlich die verdammten Sanitäter kommen.

Da schiebt mich auch schon der Notarzt zur Seite, aber sie versucht, nach meiner Hand zu fassen. Doch sie ist zu schwach. »Raphi«, haucht sie. »Ich hab ihn nicht erschossen.«

Schweigend fahren wir drei auf der A 8 zurück nach Salzburg, leider nicht sehr zügig, denn wir stecken im Mittagsstau.

»Verfluchte Scheiße. Ich hab das völlig verbockt«, jammert unsere Kollegin von der Rückbank her. »Hätte ihr der Beamte die Handschellen angelegt, wäre das nicht passiert.«

»Niemand konnte damit rechnen, dass die Bachler so etwas macht.« Ich drehe ich mich vom Beifahrersitz zu ihr um und versuche, sie zu beruhigen, obwohl sie wahrscheinlich recht hat.

»Doch, Aigner. Damit *musste* man sogar rechnen. Deswegen gibt es ja unsere Vorschriften.« Niedergeschlagen starrt sie durch die Seitenscheibe auf die langsam vorüberziehenden Autos. »Verdammt, wenn wir jetzt bald drei Todesopfer in diesem Fall haben, dann bin ich schuld. Mir stirbt jeder Verdächtige weg. Ich werde den Fall sofort abgeben, wenn wir in Salzburg sind.«

»Das wirst du nicht tun«, entgegnet ihr der Buchinger, der am Steuer sitzt, bestimmt. »Erstens ist die Frau zum Glück noch nicht tot, und zweitens brauchen wir dich. Warten wir erst mal ab, bis es ihr besser geht und sie vernehmungsfähig ist.«

Die Sanitäter haben die Bürgermeistertochter sofort in die Klinik gebracht, wo sie wohl operiert wird. Mein Ex-Kollege hat recht, dann erst werden wir weitersehen.

Anstelle einer Antwort vernehmen wir nur mehr ein paar laute Seufzer von der Rückbank, und der Buchinger bewegt seinen Audi im Stop-and-go-Verkehr weiter, während wir alle schweigen.

Ich weiß nicht, ob wir diesen Fall jemals endgültig lösen werden, denke ich mir. Das wäre der erste, den ich in meiner Laufbahn unaufgeklärt zu den Akten legen müsste. Es ist wie verhext, auch die Suche nach der kleinen Chantal hat noch nichts ergeben, wie mir die Gerti vorhin am Telefon mitgeteilt hat.

Das Läuten eines Handys reißt mich aus meinen Gedanken.

»Chefinspektor Buchinger, LKA Salzburg«, meldet sich mein Kollege.

»Markus, seid ihr noch in München?« Schon kann ich Maries aufgeregte Stimme durch die Freisprecheinrichtung hören. »Ich kann Raphi nicht erreichen.« Ich Depp hab wohl schon wieder mein Handy auf lautlos geschaltet.

»Was ist los, Marie? Habt ihr Chantal gefunden?«, frage ich hoffnungsfroh.

»Nein, Raphi!« Ihre Stimme klingt verzweifelt. »Das Baby! Michel hat angerufen, Moni liegt schon im Kreißsaal im AKH. Bitte beeil dich und komm ins Krankenhaus.« Der Michel war einmal Polizist auf meiner Inspektion und ist mittlerweile Kriminalbeamter am LKA Salzburg. Außerdem hat er sich vor einem halben Jahr trotz Schwangerschaft in die Moni verliebt, und die beiden sind immer noch ein Paar. Und sie, früher so wie ich kein Kind von Traurigkeit, ist wohl auch sehr vernarrt in den jungen Mann.

»Ist es nicht noch zu früh?«, frage ich völlig verwirrt.

»Nur ein paar Tage, aber das ist okay«, beruhigt sie mich. »Du solltest dich aber unbedingt beeilen.« Irgendwie steigt jetzt doch leichte Panik in mir auf. Was ist, wenn ich nun tatsächlich noch mal Vater werde? Wird meine Freundin das mit mir durchstehen? Was ist, wenn ich sie verliere?

»Marie, kann ich dich abholen? Kommst du mit mir mit ins Spital?«, krächze ich aufgeregt, und die Gscheitmeier schaut interessiert nach vorne, wie ich im Rückspiegel bemerken kann.

»Ich bin doch schon hier im Krankenhaus, gemeinsam mit Gabi. Erni passt inzwischen auf Felix auf, wir haben ihm noch nichts gesagt.«

Erleichtert atme ich auf.

Der Buchinger schielt auf den Bildschirm des Navigationsgeräts. »Marie, laut Navi sollten wir gleich aus dem Stau raus sein. Wir sind in ungefähr einer Stunde in Salzburg. Also sag der Moni, sie soll sich noch ein wenig Zeit lassen.«

Sie kichert nervös am anderen Ende der Leitung. »Ich werde es versuchen, Markus. Macht bitte rasch.« Dann legt sie auf.

»Tja, Aigner. Und schon geht der nächste Schlamassel bei dir los«, grinst mein Ex-Kollege schadenfroh. »Ein ungeborenes Kind mit einer anderen Frau, das ist noch graue Theorie. Aber ein geborenes Kind mit einer anderen Frau, das ist dann eine tägliche Herausforderung.«

»Also, ich konnte nicht umhin, bei eurem Gespräch mitzuhören. Wer ist diese Moni, und was hast du mit ihrem Kind zu schaffen? Und wer ist dieser Michel? Und warum bist du plötzlich so kreidebleich im Gesicht? Klär mich auf, Aigner. Ich kann Ablenkung gut gebrauchen.« Unsere Linzer Kollegin steckt neugierig den schmalen Kopf mit der strengen Frisur zwischen dem Fahrer- und Beifahrersitz nach vorne.

»Das ist ganz einfach erklärt«, meint der Buchinger, bevor ich auch nur irgendwas erwidern kann. »Der Aigner war vor seiner Marie ein ziemlich schlimmer Hallodri und hat nix anbrennen lassen. Bevor ihn sich die junge Rieglerwirtin endgültig geschnappt hat, hat er es gewaltig übertrieben und eine junge Frau geschwängert. Ich frag dich, welcher vernünftige Mann Ende dreißig macht heutzutage noch ohne Kondom rum? Wobei es ist trotzdem nicht ganz fix, weil die Moni ist auch nicht grad ein Kind von Traurigkeit und hat gleichzeitig wieder ohne Kondom mit einem japanischen Wunderkind vom Mozarteum herumgemacht. Da die junge Krankenschwester jede Art von pränatalem Vaterschaftstest abgelehnt hat, weil sie diesen Dingern nicht traut, gibt es im Moment immer noch zwei potenzielle Väter. Einer davon ist unser lieber Raphi. Aber wie so oft im Leben: Es kann nur einen geben.«

Das Navi hatte recht, eine lange Stunde und viele dumme Witze meiner beiden Kollegen später laufe ich durchs Krankenhaus in Richtung Kreißsaal.

Abgehetzt lande ich im Warteraum. Aber keine Spur von der Marie und meiner Schwester. Dafür treffe ich dort unseren Pfarrer Josef Samhuber, kurz Pepperl genannt, an. In schwarzer Soutane kommt er mit ausgebreiteten Armen bestens gelaunt auf mich zu und drückt mich an seinen dicken Bauch. »Raphi, was für ein erhebender Moment. Net oft kann i dabei sein, wenn oans von meinen Schäfchen Vater wird.«

Ich befreie mich und halte ihn etwas auf Abstand. Meine Nerven liegen schon blank, aber er erklärt mir seelenruhig, dass die beiden Frauen Kaffee aus dem Kiosk holen.

»Ist das Kind schon da?«, frage ich angespannt.

Er tätschelt väterlich meine Hand. »Das muss dir vor mir net peinlich sein, Raphi. I bin trotz meiner Berufung auch a Mannsbild, und i versteh schon, dass einem so was passieren kann.« Dann hebt er den Zeigefinger. »Aber net dass mir so was noch mal vorkommt, gell? Die Frau Marie hat sich einen braven Mann verdient.«

Bin ich denn hier im Irrenhaus?

»Pepperl, bitte.« Flehend falte ich meine Hände wie zum Gebet zusammen. »Was ist mit der Moni?«

Unser Pfarrer lacht so laut, dass ihm der beachtliche Bauch dabei wackelt. »Koa Sorge, die junge Frau liegt da drin im Kreißsaal in den Wehen, und ihr junger Freund ist bei ihr. Alles in Ordnung.«

Verzweifelt versuche ich, in mich hineinzuhorchen. Aber ich kann nicht das geringste Vatergefühl in mir entdecken. Meine zukünftige Tochter tut mir jetzt schon leid mit mir als Erzeuger, denke ich selbstanklagend.

Endlich geht die Tür vom Kreißsaal auf, und eine sehr korpulente Schwester kommt in weißen Gesundheitsschlapfen heraus, die laut auf den Fußboden patschen.

»Sind Sie der Vater?«, fragt sie in den Raum. Der Pepperl steht auf, ich bleibe sitzen.

Misstrauisch mustert sie seine Soutane von oben bis unten. »Sie sind der Vater?«

»Aber na doch«, lächelt er milde und faltet in Priestermanier beide Hände. »Das ist dieser bemitleidenswerte junge Mann da neben mir.« Die Schwester betrachtet auch mich argwöhnisch, wie ich mich da in Polizeiuniform hinter unserem Pfarrer verstecke.

»Sie sind Abdul Kaymaz?« Argwöhnisch starrt sie mich an.

Erleichtert schüttle ich den Kopf. Ein Missverständnis, dem Himmel sei Dank.

»Ich bin Abdul Kaymaz. Ist Kind schon da?«

Erst jetzt bemerke ich den älteren Mann im hellbraunen

Anzug in der Ecke neben dem Kaffeeautomaten, der sich vom Besuchersessel erhebt.

Die Schwester schenkt zuerst dem Pepperl und mir einen eigenartigen Blick und wendet sich dann streng an Abdul Kaymaz. »Noch nicht, aber sehr bald. Sie sollten nun rasch zu Ihrer Frau in den Kreißsaal.«

Ohne auch nur eine Sekunde nachzudenken, lehnt er das Angebot ab. »Nein, nein. Frau kann das allein, hat schon fünf Mal ohne mich. Erst muss Baby raus, dann Papa rein.«

Plötzlich muss ich hysterisch lachen und kann nicht mehr aufhören.

Der Mann mit dem glänzenden dichten Schnauzer blickt mich verständnislos an. Auch der Pepperl scheint sich etwas für mich zu schämen, denn er hüstelt verlegen.

Die dicke Schwester versteht allerdings überhaupt keinen Spaß. Böse verschränkt sie ihre dicken Arme, die einen Ringer vor Neid erblassen lassen würden. »Sie finden das wohl sehr lustig?«

Krampfhaft bemüht, mit dem Lachen aufzuhören, presse ich mir die Faust vor den Mund und schüttle den Kopf.

»Liebes Fräulein, Sie müssen ihn schon entschuldigen. Der arme Kerl wird auch Vater, und seine Nerven sind völlig hinüber«, nimmt mich der Pepperl in Schutz.

»Ich auch«, stimmt ihm Abdul Kaymaz heftig nickend zu. »Ich werde auch Vater. Ich bin sehr nervös.«

»Raphi!«, vernehme ich endlich das laute Organ meiner Schwester. Und schon betritt sie mit der Marie im Schlepptau den Warteraum. Die beiden kommen zu uns rüber und stellen die Kaffeebecher auf dem kleinen Tisch neben mir ab. Sofort springe ich auf, ziehe die Marie an mich ran und küsse sie überschwänglich vor Erleichterung.

»Aha! Ich dachte, seine Freundin liegt im Kreißsaal?«, blafft uns die dicke Schwester sichtlich entrüstet an, und die Marie macht sich schuldbewusst von mir los.

»Da haben Sie was grundlegend falsch verstanden«, erklärt

meine Schwester großzügig. »Die Moni ist nicht seine Freundin, sie ist bloß die Mutter seines Kindes.«

»Aber Gabi, auch das nur mit fünfzig Prozent Wahrscheinlichkeit«, stellt der Pepperl oberschlau richtig.

Während die Schwester anfängt, bedrohlich mit ihrem dicken rechten Fuß auf den Fußboden zu klopfen, schnappt sich die Marie mit blassem Gesicht einen der Kaffeebecher und nimmt weit weg von uns Platz.

»Stimmt, Pepperl. Aber im Moment ist das wurscht«, weist die Gabi ihren Chef, den Pfarrer, zurecht.

Die Krankenschwester mustert uns alle nacheinander, als wären wir nicht ganz richtig im Kopf. Dann macht sie kehrt und will zurück in den Kreißsaal.

»Warten Sie!« Abdul Kaymaz springt von seinem Sessel auf, läuft zur Schwester und drückt sich ganz nahe an sie ran. »Besser, ich komme doch mit zu Frau«, sagt er und starrt uns ängstlich an. Wir sind ihm wohl nicht ganz geheuer.

Da geht die Tür zum Kreißsaal noch mal auf, und eine zweite, jüngere Schwester steckt gut gelaunt ihren Kopf heraus. »Wer ist der Vater?«, fragt sie in die Runde. Ich vermute, die machen sich hier einen Spaß aus dieser Frage.

»Können Sie bitte präzisieren?« Abdul Kaymaz hebt belehrend seinen Zeigefinger.

»Wie bitte?« Die junge Schwester schielt verständnislos zu ihrer Kollegin.

»Ganz einfach. Name, Anschrift, Religionsbekenntnis, Beruf«, erklärt er lässig, offensichtlich hat er schon einige Erfahrungen mit unseren Behörden gemacht.

»Die Mutter heißt Monika Schneider, wohnhaft in Klessheim, Religionsbekenntnis weiß ich nicht, aber sie ist auch Krankenschwester hier am AKH«, entgegnet sie.

Ich springe nervös auf. »Das bin ich.«

»Na dann kommen Sie rasch mit.« Freundlich hält uns die jüngere Krankenschwester die Tür auf.

Abdul Kaymaz und ich gehen durch den Eingang zum

Kreißsaal. Meine Beine fühlen sich verdammt schwer an, aber wir folgen den beiden Schwestern wie zwei arme Sünder.

Vor einem Raum mit offener Tür hält uns die dicke Schwester auf. »Halt!«, befiehlt sie. »Hier rein.«

Mir wird mulmig zumute. Was mache ich hier bloß, frage ich mich. Aber Abdul Kaymaz und ich betreten tapfer den Entbindungsraum mit einer hässlich bunten Wand, einer halb gefüllten Badewanne und einem breiten Bett. Darin liegt eine völlig verschwitzte Moni, gekleidet nur in ein langes weißes Hemd, ihre dünnen Beine sind nackt. Die kurzen brünetten Haare sind nass geschwitzt und stehen ihr kreuz und quer vom Kopf ab. Aber sie lächelt glücklich und drückt ein dickes Bündel an ihre Brust. Neben ihr liegt ihr Freund, der Michel, fast ebenso nass geschwitzt, und streicht ihr mit entrücktem Blick über den Arm.

Über das Baby ist ein dünnes Laken gelegt, sodass ich nur den dichten schwarzen Haarschopf erkennen kann.

Ich schlucke schwer und kann beim besten Willen keinen Schritt mehr weitergehen. Auch Abdul Kaymaz bleibt wie angewurzelt neben mir stehen. Ich bin froh, dass er da ist.

»Raphi, nun bist du doch zu spät gekommen.« Die junge Mutter strahlt über das ganze Gesicht. »Aber i sag dir's besser gleich, bevor du mir noch aus den Latschen kippst, gell. Den Weg hättest du dir sparen können.« Stolz schiebt sie das Laken nach unten. Das Baby regt sich, und die Moni dreht es vorsichtig in meine Richtung. »Was moanst du? Eindeutig a kloans Kirschblüterl, gell?«

Unendlich erleichtert betrachte ich das Baby mit der fast schon gelben Haut und den ganz schmalen, mandelförmigen dunklen Augen. Auch der Michel ist offenbar erleichtert, uns beiden war naheliegenderweise immer der japanische Musiker als potenzieller Vater lieber.

»Da g'freits eich, ihr zwoa, gell.« Sie hält inne, weil sie offensichtlich den Mann neben mir entdeckt hat. »Wer sind denn Sie?«

Der freundliche Herr verbeugt sich elegant. »Abdul Kaymaz, Barbier und Herrenfriseur«, erklärt er stolz.

»Hat jemand von euch zwoa Mannsbilder an Friseur b'stellt?«, grinst die Moni breit.

In diesem Moment betritt die dicke Schwester den Raum und führt den armen Mann ab. »Was machen Sie denn hier? Jetzt haben Sie doch tatsächlich die Geburt Ihres Sohnes verpasst, Herr Kaymaz«, schimpft sie. Aber er dreht sich noch mal um, zwinkert mir zu und lächelt dabei zufrieden.

»Ja, so ein Glück!« Die Erni kommt mit einem großen Tablett in den Gastgarten und lädt lauter Köstlichkeiten wie Speck, Schinken, Wurst, Käse und Unmengen von Aufstrichen auf den Tisch. Einen großen Korb Brot hat sie auch dabei. Die Kellnerin Franziska teilt eine Partie Jausenbretter aus, gefolgt vom Kellner Gregor, der die gut gefüllten Krügel Bier an unserem Tisch abstellt. Unser Pfarrer greift sofort nach seinem Bier und prostet mir zu.

Ich proste freudestrahlend mit dem Krügel in der rechten Hand zurück. Denn meinen linken Arm hab ich um eine glückliche Marie gelegt. Und so schnell nehme ich den auch nicht wieder weg. Schon vorhin in Pepperls Auto war auch ohne viele Worte eine unglaubliche Harmonie zwischen uns zu spüren. Im Stillen danke ich dem Himmel noch mal für diese Fügung. Und für diese wunderbare Frau da neben mir.

»Aber irgendwie ist es schon schade.« Meine Schwester zieht ein langes Gesicht, während sie sich Unmengen Käse auf das Jausenbrett lädt. »Ein kleines Geschwisterchen hätte dem Felix gutgetan.«

»Dann lass uns doch eines basteln, Schatzl. Geht beim Felix sicher noch als Geschwisterchen durch«, schlägt mein bester Freund Andi vor. Woraufhin nicht nur meine Schwester, sondern vor allem ich ihn erschrocken anschaue.

»Sei net so ein Depp, Andi«, schimpft die Gabi auch gleich, »ich bin schon bald fünfzig.«

»Erst in dreieinhalb Jahren und ausschauen tust wie nicht mal vierzig.« Mein bester Freund lässt sich wie üblich nicht aus dem Konzept bringen.

Beschwingt nimmt die Seniorwirtin neben mir Platz und greift sich eines der Jausenbretter. »Redets doch net so dumm daher. Freuts euch lieber für die Marie und den Raphi«, sagt sie und zwickt mich dann fest in die Wange. »Mehr Glück als Verstand hat der Bub.«

Apropos Bub, wo ist der Felix überhaupt? Bevor ich fragen kann, wird mir auch schon mitgeteilt, dass mein Nachwuchs bei seinem Freund ist und ich ihn dort später abholen soll.

»Nachdem ich ihm erklärt hab, dass die Kleine doch nicht seine Schwester ist, hat er bloß gemeint, ein Mädchen hätte er wahrscheinlich sowieso umgetauscht«, erzählt uns der Andi.

Wir lachen alle herzlich. Obwohl irgendwie habe ich schon ein schlechtes Gewissen. Die kleine Chantal wurde immer noch nicht gefunden, und meine Kollegen haben den ganzen Tag ohne mich mit der Suche nach ihr verbringen müssen.

»Das ist jetzt schon a waschechter Aigner, dein Bub«, grinst Maries Onkel Hansl.

»Was soll er auch anderes sein?«, grinse ich zurück und nehme schweren Herzens den Arm von der Marie, um so richtig reinhauen zu können. So eine Geburt macht nämlich hungrig, das ist mal fix.

Vergnügt nicke ich dem jungen Kellner Gregor zu, der hinter der Schank eine zweite Runde Rieglerbräu für uns zapft. Alle Krügel haben eine perfekte Schaumkrone, der Bursche war hier Lehrbub, der kann das aus dem Effeff.

Trotzdem muss ich zuvor noch das erste Bier wegtragen und suche eilig das Häusl auf.

Als ich mir danach ausgiebig die Hände wasche, klingelt mein Handy.

»Papa«, höre ich meinen Buben leise flüstern, »du musst uns helfen.«

»Felix? Was ist denn los?«, frage ich verwundert.
»Psst, du musst leise sein, sonst kann er uns hören.«
Beunruhigt spreche auch ich leiser. »Felix, wo bist du?«
»Zu Hause.« Ich muss meine Ohren spitzen, um ihn zu verstehen. »Im Baumhaus. Papa, komm bitte rasch. Der blöde Weber hat uns verfolgt und steht da unten.« Dann legt er leider auf, und in mir schrillen alle Alarmglocken.

In Windeseile verlasse ich das WC und laufe durch die Personaltür über den Innenhof. Ich schaffe die Strecke in unter zehn Minuten. Zu Fuß bin ich schneller, als wenn ich Gabis Autoschlüssel holen und allen die Situation erklären muss. Trotzdem rufe ich von unterwegs den Andi an. Der kapiert wie immer schnell.

Als ich in unsere Straße einbiege, bemerke ich schon von Weitem, dass die Gartentür offen steht, und lege einen Zahn zu. Im Garten versucht der Weber ungelenk, den langen Stamm des Baumes hochzuklettern, während mein Sohn und sein Freund Manuel auf den Brettern vor dem kleinen Eingang stehen und ihn unter lautem Geschrei mit vollen Halbliter-PET-Flaschen bewerfen.

Mit einem Satz bin ich bei dem Kerl und ziehe ihn unsanft vom Baum runter, auf den er es nicht mal einen halben Meter in die Höhe geschafft hat. Dabei trifft mich eine PET-Flasche direkt über dem Auge und schlägt ein Cut.

»'tschuldigung, Herr Aigner!«, höre ich den Manuel geknickt rufen, während mir Webers Alkoholfahne ins Gesicht weht. Mit einem Griff drehe ich den Kerl um und greife nach meinen Handschellen, da ich zum Glück immer noch die Uniform trage. Klick. Der Kerl kann sich mit den im Rücken gefesselten Händen kaum mehr rühren.

»Die Trottelkinder haben meine Schantalll«, schreit er betrunken. »Das isss Freiheitsssberaubung, Entführung von Minderjährigen! I bring deinen Saububen insss Heim! I zeig euch alle an!«

»Weber, du machst gar nichts mehr«, fauche ich ihn an und

höre schon die Polizeisirene. Ich ziehe noch ein wenig grober an den Handschellen, und der Mann schreit kurz vor Schmerz auf. Aber das ist mir egal.

»Papa!«, schreit der Felix vom Baumhaus runter und hüpft jubelnd mit seinem Freund auf den Brettern auf und ab, die gefährlich unter den beiden ächzen. Glücklicherweise habe ich heuer da oben ein Geländer angebracht. Da sehe ich durch die offene Baumhaustür kurz den blonden Schopf der kleinen Chantal Weber aufblitzen, und mir fällt ein ordentlicher Stein vom Herzen.

»Raphi!«, brüllt der Andi, der eben mit meinem Kollegen Heinz und der Neuen um unsere Hausecke biegt. Die beiden nehmen mir den Weber ab.

»Bringt den Kerl auf die Inspektion und steckt ihn in die Ausnüchterungszelle. Hausfriedensbruch, gefährliche Drohung, Kindeswohlgefährdung. Ich glaub, das reicht fürs Erste«, sage ich zu meinen Kollegen, die den verdammten Kerl abführen.

Dann klettere ich die Strickleiter hoch, die mir mein Bub wieder heruntergelassen hat.

»Papa, das hast du super gemacht!« Stolz lobt er mich, als ich oben ankomme. Ich streiche den beiden Burschen über den Kopf und begebe mich dann auf alle viere, um durch den kleinen Eingang ins Baumhaus zu gelangen. In die Ecke gekauert, schaut mich das kleine blonde Mädchen ängstlich an.

»Keine Sorge, Chantal«, lächle ich ihr freundlich zu. »Dir wird keiner mehr was tun. Dafür sorge ich.« Sie versucht sich an einem zaghaften Lächeln, und ich schaue mich kurz um. Angebrochene Chipstüten und unzählige Schokoriegel lassen auf eine nicht gerade ausgewogene Ernährung in den letzten zwei Tagen schließen. Außerdem sind dort auch die kärglichen Reste von drei angebrochenen Zwölferpackungen Halbliter-PET-Flaschen zu sehen, die die beiden Buben als Wurfgeschosse gegen den Weber eingesetzt haben. Der neue Schlafsack meines Sohnes liegt in der Ecke neben Chantal, aber auch seine hellblaue Babykuscheldecke sowie Felix' neue Taschenlampe und ein Packen Comics. Davor entdecke ich unsere große angebrauchte Tube Wundsalbe. Oje, denke ich mir.

»Na, ihr habt euch wohl für länger eingerichtet?«, sage ich zu den beiden Buben, die mir in das kleine Baumhaus gefolgt sind, wo es nun ziemlich eng ist.

»Das Essen und Trinken für die Chantal haben wir von unserem Taschengeld bezahlt«, erklärt mir der Manuel stolz und kriecht mit seinem Freund rüber zu dem Mädchen, wo sie sich schützend rechts und links neben sie setzen.

»Wir mussten das tun, Papa«, fügt mein Bub mit ernstem Gesicht hinzu. Dann flüstert er der Kleinen etwas ins Ohr, aber sie schüttelt heftig den Kopf. »Chantal, dem Papa kannst du es zeigen«, sagt er laut. »Er wird dir helfen.«

Die Wangen des Kindes färben sich tiefrot. Dann krempelt sie langsam ihr T-Shirt nach oben, und mir wird schlecht. Der Bauch des Kindes ist übersät von vernarbten Brandwunden, ganz offenbar verursacht von Zigaretten oder Ähnlichem. Rasch bedeckt sie ihn wieder. Aber mein Bub nickt ihr auffordernd zu, und sie krempelt den linken Ärmel ihres T-Shirts hoch. Darunter kommt ein mächtiger blaugrüner Bluterguss zum Vorschein, der sich offenbar bis zum Hals hinzieht.

»Chantal, hat das dein Papa getan?«, frage ich mit belegter Stimme.

Verschämt nickt sie. »Gestern früh, wie die Mama schon in der Arbeit war. Da wollte der Papa, dass ich ihm Bier kaufen gehe. Aber ich mag das nicht und wollte davonlaufen.« Sie schluckt, und ich muss mich zusammenreißen, denn in mir beginnt die Wut zu kochen. »Wenn er viel Bier trinkt, dann tut er mir manchmal weh.« Instinktiv greift sich das Kind auf den verwundeten Arm. »Da hat er mich angeschrien, ich muss ihm folgen. Und er hat mich an der Schulter gepackt und ganz lang geschüttelt. Das hat er schon öfter getan, aber nicht so arg wie diesmal. Und dann hat er mich gegen den Türstock gedonnert.

Es hat so wehgetan, aber ich bin trotzdem weggerannt, weil er gestolpert ist und mir nicht weiter nachlaufen hat können.« Mein Bub fasst nach ihrer Hand und drückt sie fest. »Damit mich niemand sehen kann, bin ich über den Hinterhof und dann durch das hohe Kukuruzfeld gelaufen. Im kleinen Wald hinter dem Spielplatz vom Rieglerbräu bin ich auf den Hochstand geklettert. Obwohl der Arm so wehgetan hat. Der tut immer noch weh.«

Behutsam kremple ich dem Kind den Ärmel wieder runter. »Ich bringe dich gleich ins Krankenhaus, Chantal. Dort wird man dir helfen.«

»Auf dem Hochstand haben wir sie entdeckt«, spricht mein Bub für sie weiter. »Am Abend haben wir sie getarnt mit Maries altem Sonnenhut und meiner blauen Decke hierhergebracht.«

»Warum hast du mir nicht gleich davon erzählt?«, frage ich ihn und versuche, es möglichst nicht vorwurfsvoll klingen zu lassen.

»Du warst in letzter Zeit nicht grad oft daheim«, erklärt er sachlich. »Außerdem hat die Chantal Angst gehabt, dass du sie dann heimschickst.«

»Das wollten wir nicht riskieren, weil die Erwachsenen ihr bis jetzt nicht geholfen haben«, kommt der Manuel seinem Freund sofort zu Hilfe. »Sie hat uns erzählt, dass sie ihrer Mama sogar schwören hat müssen, der Oma nix zu verraten.«

Mein Bub kriecht zu mir rüber. »Papa?«, sagt er und zieht mich kurz verstohlen zurück in Richtung Ausgang. »Nachdem es mit der Moni ihrem Baby eh nicht geklappt hat … ginge es vielleicht, dass wir die Chantal zu uns nehmen könnten?«

Sonntag

Der Weber wurde gestern noch in die Justizanstalt überstellt, und ich kann nur für ihn hoffen, dass der Kerl niemals mehr einen Fuß in mein Koppelried setzt. Ich will nicht mal daran denken, was dieses Arschloch seiner kleinen Tochter alles angetan haben mag.

Das Mädchen, dessen Schulter zum Glück nicht gebrochen war, wurde vorerst in die Obhut einer Krisenstelle in Salzburg gegeben, bis man eine geeignete Lösung gefunden hat. Dort befassen sich einfühlsame Ärzte und Psychologen mit dem armen Kind.

Da das Krankenhaus nach der ersten Untersuchung neben dem Vater sofort auch die Mutter auf freiem Fuß angezeigt hat, wird das Gericht rasch und weise entscheiden, ob man diese verantwortungslose Frau wieder auf das Kind loslassen kann oder nicht. So hoffe ich zumindest.

Auch meine Schwester hat dem Felix eine wirklich nur sehr kurze Moralpredigt gehalten, dass er sich bei Problemen, welcher Art auch immer, in Zukunft gefälligst sofort an uns wenden soll. Zum Glück hat sie nicht von mir erwartet, mich daran zu beteiligen. Denn ich bin insgeheim nicht nur stolz, dass mein Bub und sein Freund sofort gehandelt haben, ich bin sogar überzeugt, dass die beiden dadurch auch noch Schlimmeres verhindert haben.

Aus München hat uns ebenfalls eine gute Nachricht ereilt. Die Bürgermeistertochter hat erst mal das Schlimmste überstanden, muss aber nach der OP noch für einige Tage in den Tiefschlaf versetzt werden, damit die zahlreichen Knochenbrüche, inneren Verletzungen und vor allem die Kopfverletzung ausheilen können.

Auf eine Befragung werden wir daher noch warten müssen und dann hoffentlich herausfinden, um wen es sich bei den ominösen jungen Herren der Oldtimer-Übergabe handelt. Wenn diese Burschen nicht schon mit dem Geld über alle Berge sind. Denn weder in ihrem Münchner Versteck noch bei ihr zu Hause im Sägewerk hat man bisher auch nur einen einzigen »Hamburger Euro« gefunden.

»Papa«, reißt mich mein Bub aus meinen Gedanken. »Wann können wir endlich wieder daheim schlafen? Es ist schon so fad bei der Marie. Ich möchte mit meinen Marvel-Figuren spielen und in unserem Pool tauchen. Das Wasser in Tante Gabis Pool ist so eiskalt, und in unserem kann ich viel besser tauchen, weil es nicht so tief ist.«

Er tritt auf seinem kleinen Mountainbike neben mir fest in die Pedale, denn wir verbringen den Sonntagvormittag im neuen Mountainbike-Park nahe Koppelried. Ich selbst bin zwar kein Fan dieser künstlich angelegten Bikeparks und bevorzuge die natürlichen Strecken, aber für meinen Buben ist es sehr praktisch. Vor allem, weil es für die Kleinen einen separaten Bereich mit zwei Trails in unterschiedlichen Schwierigkeitsgraden gibt. Mein Felix ist stolz darauf, schon den Mini-Speedster-Level allein zu schaffen, auch wenn ich ihn heute mit ihm gemeinsam fahre.

Unten angekommen, stellen wir uns mit unseren Bikes auf das Förderband, das uns wieder nach oben zur Rookie Line bringt.

»Na ja, nachdem die Marie heute Abend ein Bierseminar im Wirtshaus veranstaltet und wahrscheinlich ziemlich lange arbeiten muss, könnten wir zwei die Nacht wieder mal bei uns im Haus verbringen. Was meinst du? Männerabend?« Um ehrlich zu sein, auch ich würde gerne mal wieder in meiner gewohnten Umgebung sein. Auch wenn die Wohnung meiner Freundin um einiges moderner ist, eng ist es trotzdem für uns drei auf ihren gerade mal fünfundvierzig Quadratmetern.

»Cool!«, freut sich mein Bub, springt vom Förderband und fetzt im wahrsten Sinne des Wortes den Trail nach unten.

Nach zahllosen Runden machen wir uns auf den Weg zurück ins Rieglerbräu. Die Erni wartet sicher schon mit einem guten Mittagessen auf uns. Auf dem Weg dorthin kommen wir am Fußballplatz vorbei, wo unsere FCler ihr Training absolvieren. Der Felix biegt sofort ab und ruft mir zu: »Komm, Papa, schauen wir noch kurz den Fußballern zu! Ich hab noch gar keinen Hunger!«

Auch ich bin noch nicht hungrig, also lasse ich ihm seinen Willen. Wir stellen unsere Fahrräder neben der kleinen überdachten Tribüne ab und nehmen dann in der obersten Reihe Platz. Unsere Helme legen wir zu uns auf die Sitze. Die Burschen üben gerade Elfmeterschießen, und anstelle des Sieders steht seit Kurzem der Roman, der Sohn meines Polizisten Herbert Lederer, im Tor. Denn der Bursche mit den kriminellen Ambitionen sitzt bereits in der Justizanstalt in Untersuchungshaft ein.

Unten auf der Tribüne nimmt die Marlene Platz, die eben um die Ecke gebogen ist, und nickt uns beiden freundlich zu. Wie ich jetzt seit Neuestem weiß, ist die ausnehmend hübsche Tochter unserer Organistin Renate nicht mehr die Freundin vom Sieder, sondern die vom feschen Zipflinger Charlie.

Bevor der Huber Karl, unser FC Trainer, das nächste Mal in sein Pfeiferl pfeift, winkt er meinem Buben und mir zu, und wir erwidern den Gruß.

»Der Roman ist kein so guter Goalie wie der Sieder Hannes. Ich versteh nicht, warum unser Trainer den ausgetauscht hat«, stellt mein Sohn altklug fest, weil er seit einem Vierteljahr im Nachwuchs des FCs mitspielt.

»Ich glaub, der Sieder kann wohl länger nicht mitspielen«, entgegne ich ihm grinsend.

»Echt? Ist der auf Urlaub?« Mein Sohn schaut mich entsetzt aus großen Augen an, und ich nicke.

»So was Ähnliches.«

»Macht nix. Der Zipfi ist dafür ein super Stürmer.« Aber schon ist er abgelenkt, weil der eben Genannte im Training gleich dreimal hintereinander einen Elfmeter schießt. »Beim Spiel gegen den Ebenauer FC vor zwei Wochen hat er auch drei Tore geschossen und die anderen Spieler auch noch drei. Aber nur wegen den Pässen vom Zipfi, sonst wär unsere Mannschaft verloren gewesen«, erklärt der Felix mir fachmännisch, da ich mit Fußball nun wirklich nichts am Hut habe.

Unten auf dem Spielfeld beendet der Huber Karl das Training, und die Burschen trotten zurück ins Vereinshaus. Außer dem Zipflinger, der zielsicher auf seine Freundin Marlene zusteuert und unten auf der Besuchertribüne ausgiebig mit ihr schmust. Mein Bub verzieht angewidert das Gesicht und zieht mich in die Senkrechte, damit wir uns hier vom Acker machen.

»Servus, Aigner.« Ächzend kommt der Trainer die Stufen zu uns hoch, und wir müssen doch noch bleiben. Trotz oder vielleicht auch wegen seiner langjährigen Funktion trägt er einen beachtlichen Bierbauch vor sich her.

»Da hast du uns ja was Schönes eingebrockt mit dem Sieder. I woaß gar net, wie wir das nächste Spiel ohne ihn im Tor überstehen sollen«, klagt er, und mein Bub schaut mich fragend an.

Ich schüttle dem Mann kräftig die Hand. »Das hat sich dein Schützling wohl eher selbst zuzuschreiben.«

»Aber der Zipfi haut uns sicher wieder raus. Er ist der Allerbeste«, schwärmt der Felix. »Am liebsten hätt ich ein Autogramm von ihm.«

»Na, das kann ja koa Problem net sein«, lacht der Trainer und winkt den Zipflinger und seine Freundin, die eben eine Kusspause eingelegt haben, nach oben. Dann erklärt er seinem Fußballer das Anliegen meines Sohnes und drückt ihm einen Filzstift in die Hand, den er aus seiner Brusttasche gezogen hat. Mein Bub läuft hochrot an, und ich vermute, er würde am liebsten mal kurz im Erdboden versinken.

Aber der junge Stürmer lacht. »Felix, da freu ich mich aber. Das ist das erste Autogramm, das ich überhaupt jemandem geben darf. Wo soll ich es dir denn hinschreiben?« Mein Sohnemann bringt kein Wort heraus und wirft mir einen verzweifelten Blick zu. Also halte ich dem Burschen Felix' neuen Radhelm hin, damit er sich dort verewigen kann. Was er auch tut.

»Sagen Sie, Herr Aigner, ich hab das mit der Claire gehört. Weiß man schon, ob es ihr wieder besser geht?« Der Fußballer fängt sich für diese Frage einen schmollenden Seitenblick seiner Freundin ein, während mein Sohn den Radhelm von ihm entgegennimmt und selig die Unterschrift mit der kleinen Widmung betrachtet. Ich berichte, was ich über Klaras Gesundheitszustand weiß.

»Hoffentlich wird das Mädel wieder«, meint auch der Trainer seufzend. »Ihre Mutter, die arme Herta, kann einem echt loadtun. Zuerst wird der potenzielle Schwiegersohn erschossen, dann verschwindet die eigene Tochter und jetzt auch noch der schwere Unfall.«

»Potenzieller Schwiegersohn?«, kraust der Zipflinger Charlie seine Nase. »Na ja, ich weiß nicht, ob der schwule Lanner die Claire auf Dauer gepackt hätte.« Seine Freundin nickt zustimmend.

»Sagt mal, ihr beiden, ihr wart doch auch in der Tatnacht beim Straubinger. Ist euch da etwas Besonderes aufgefallen?« Ich kann es einfach nicht lassen und bedeute dem Huber Karl mit einem verstohlenen Seitenblick auf meinen Buben, ob er sich nicht kurz mit ihm abseits beschäftigen könne. Der Trainer kapiert sofort und greift nach Felix' freier Hand. »Komm, i zeig dir die neuen Dressen für unsere Profis. Sind gestern g'liefert worden.« Dann marschiert er auch schon mit meinem glücklich dreinschauenden Sohn die Stufen hinunter zum Vereinshaus.

»Die Claire hat den Burschen auf der Tanzfläche halt wieder mal den Kopf verdreht«, sagt die Marlene in einem verächtlichen Ton.

Ihr Freund verzieht den Mund zu einem sympathischen Grinsen. »Meinen nicht.«

»Ja, weil ich ihn dir vorher schon gehörig zurechtgerückt hab«, lacht sie und verpasst ihm eine sanfte Tachtel. »Aber im Ernst, Herr Aigner, weil Sie fragen. An dem Abend hab ich die Claire am Damen-WC getroffen, und sie hat mich boshaft wegen dem Charlie aufgezogen. Zum Glück wusste ich da aber schon, dass zwischen den beiden nix gewesen ist. Also hab ich sie einfach ignoriert und mich am Spiegel neben ihr nachgeschminkt. Ich räum wegen einer wie der nämlich garantiert nicht das Feld.« Mit einem Seitenblick auf ihren Freund hebt sie triumphierend das Kinn an. »Die blöde Kuh hat neben mir seelenruhig in ihrer Angeber-Gucci-Tasche gekramt und eine Art Medizinfläschchen herausgefischt. Das hat sie sich dann in den BH gesteckt und mich verschwörerisch angezwinkert.«

Also doch die Klara, denke ich mir verblüfft. Hat die junge Frau meinem Polizisten das Zeug mit voller Absicht in sein Getränk gemischt? Aber warum hatte auch sie das GHB im Urin, verdammt noch mal? Hat der Lanner etwa ein doppeltes Spiel gespielt?

»Und da hast du dir nichts dabei gedacht, Marlene?«

Sie wird etwas rot um die Nase. »Doch, ich hab schon an Drogen, K.-o.-Tropfen oder etwas Ähnliches gedacht. Aber wieso hätte ich mich da einmischen und mich mit der Tussi anlegen sollen? Sie hätte mir sowieso nichts gesagt. Außerdem kann es durchaus Medizin für sie selbst gewesen sein. Augentropfen oder was weiß ich. Sie wollte mich offensichtlich nur wegen meinem Charlie provozieren.«

»Erzähl ihm doch das mit der Vroni«, fordert der Fußballer seine Freundin auf, wohl um das Thema zu wechseln.

Das hübsche Mädchen beißt sich auf die Lippen und seufzt. »Also das muss ja nichts bedeuten, wissen Sie? Weil die Bachler Vroni ist echt okay, im Gegensatz zu ihrer dämlichen Schwester. Ich hab die Bitch völlig ignoriert und bin dann aufs Klo. Es waren alle drei Kabinen frei. Da hab ich gehört, wie die Vroni reingekommen ist und ihre Schwester angefaucht hat, das könne sie nicht machen. Aber die Claire hat nur gelacht, sie werde tun, was ihr Spaß mache. Der Baumi sei so ein Depp. Das hat sie gesagt, nicht ich«, räuspert sie sich verlegen. »Also, der Herr Baumgartner sei so deppert und glaube tatsächlich, dass er Chancen bei ihr habe. Dem würde sie gemeinsam mit dem Lanner eine ordentliche Lektion erteilen, obwohl irgendein Chris deswegen total angepisst sei und abhauen wolle. Wer der Kerl ist, weiß ich leider nicht.«

»Genau«, stimmt ihr Freund zu und legt den Arm um ihre Taille. »Und du hast mir erzählt, dass die Vroni dann geschimpft hat, die Claire soll das bleiben lassen. Es wär die Sache nicht wert, wenn auf einmal alle herumschnüffeln würden.«

Herumschnüffeln? Hat die Vroni etwas mit der Oldtimer-Hehlerei zu tun? Das kann ich mir kaum vorstellen, aber wer weiß?

Verliebt lächelt die Marlene ihren feschen Freund an, bevor sie ihre Aufmerksamkeit wieder mir widmet. »Tja, aber die obergscheite Claire hat nur gemeint, die Vroni solle sich nicht in die Hose machen. Sie habe alles total im Griff, niemand habe einen Tau von gar nichts. Aber ihre Schwester hat sie dann provokant gefragt, ob sie sich da so sicher sei, denn der Lanner habe sie grad vorhin zur Seite genommen und ihr gesagt, er wisse über alles Bescheid –«

»Worüber weiß der Lanner Bescheid?« Wir werden vom Roman unterbrochen, der bereits umgezogen zu uns hoch auf die Tribüne kommt und dabei jeweils zwei Stufen auf einmal nimmt. »Wollt ihr beide hier anwachsen, oder kommt ihr noch mit zu mir? Die Mama hat extra für uns alle Pizza gemacht.« Der mittlerweile vollbärtige Sohn meines Polizisten Herbert Lederer begrüßt mich. »Servus, Herr Aigner. 'tschuldigung, ich hab Sie gar nicht gleich gesehen.«

»Passt schon. Servus, Roman«, winke ich ab. »Was ist dann passiert? Was hat die Klara darauf geantwortet, Marlene?«

Leider zuckt sie bloß mit den Schultern. »Nix. Als ich wieder aus dem Klo raus bin, haben sich die beiden nur kurz angeschaut und sind dann sofort durch die Tür verschwunden.«

»Sag mal, du kennst doch die Bachler Vroni recht gut, oder?«, frage ich den Roman. Aber der Bursche wehrt sofort erschrocken mit beiden Händen ab.

»Ja, aber nur als Kumpel. Sonst ist da nix mit der schiachen Nasen-Vroni. Aua!«, schreit er vor Schmerz auf, denn das Gesagte bringt ihm einen saftigen Tritt von Marlene gegen sein Schienbein ein.

»Nenn sie nicht so. Das ist voll fies. Dein Riesenrüssel ist auch um nix besser«, weist sie ihn zurecht, und ich muss schmunzeln. Das Mädchen hat sich wohl sehr zum Positiven verändert, seit ich sie vor gut einem Jahr gemeinsam mit dem Sieder und zwei anderen jungen Leuten zu einer Art Sozialstunden im Möbelhaus vom Eidenpichler verdonnert habe.

»Roman, die Vroni hat dich doch in der Tatnacht mit deinem Auto vom Straubinger heimgebracht, oder?« Seine Antwort kenne ich schon, da er von unseren Leuten bereits befragt worden ist.

Erwartungsgemäß nickt er und grinst dabei. »Gut, dass sie mir geholfen hat, sonst hätt ich mit meinem Rausch garantiert die Mama aufgeweckt. Der Papa hatte zum Glück Dienst. Daheim bin ich dann die halbe Nacht über der Kloschüssel gehangen. Wenig chillig, kann ich Ihnen sagen. Aber die Vroni ist gleich weiter zu sich nach Haus, nicht dass Sie da in eine falsche Richtung denken. Mit der würd ich mir nie was anfangen. Da kannst du gleich mit einem Kerl schmusen.« Der Zipflinger lacht, verstummt aber nach einem strengen Seitenblick seiner Freundin.

Ohne darauf einzugehen, bohre ich weiter nach. »Sag, Roman, Vronis Schwester, die Klara, war doch früher mal im Schützenverein und kann sehr gut mit Schusswaffen umgehen, oder?«

Der Bursche bückt sich nach unten und reibt sich feixend sein nacktes Schienbein, während er mir antwortet. »Ja, konnte die früher mal wirklich gut. Aber die Vroni ist mittlerweile die viel bessere Schützin, da würden selbst Sie vor Neid erblassen, kann ich Ihnen sagen. Wenn die am Schießstand auf Wurfscheiben schießt, dann kommst du schon allein mit dem Zuschauen nicht mehr nach.«

Schau an, was die jungen Leute so alles erzählen, denke ich mir. Ich sollte mich schleunigst noch mal mit der Vroni unterhalten.

»Meine Eltern sind nicht da, Herr Aigner.« Bedauernd hebt die Vroni ihre dichten hellen Augenbrauen. Sie hat mir die Tür zum Privathaus der Bachlers geöffnet, das Sägewerk hat am Sonntag natürlich geschlossen. »Die sind nach München ins Krankenhaus gefahren, obwohl die Klara noch im Tiefschlaf ist. Aber die Mama wollt verständlicherweise unbedingt bei ihr sein. Wir hoffen, dass meine Schwester bald aufwacht und nach Salzburg überstellt werden kann.«

Als ich der Vroni erkläre, dass ich sowieso zu ihr wollte, schaut sie mich erstaunt an. Kurz entschlossen nutze ich den Moment, falle mit der Tür ins Haus und erzähle ihr von dem in der Tatnacht belauschten Gespräch. Natürlich ohne dabei Marlenes Namen zu nennen.

Irre ich mich, oder haben ihre Augen tatsächlich kurz aufgeblitzt? Es ist schwer zu sagen, denn sie bittet mich freundlich ins Haus der Bachlers und führt mich in die Küche. Nachdem sie mir auf der Eckbank einen Platz angeboten hat, macht sie sich an der Kaffeemaschine zu schaffen.

»Schwarz ohne Milch und Zucker, gell?«, lächelt sie mir zu und kommt dann mit zwei gefüllten Tassen an den Tisch.

»Ich hätte mir schon denken können, dass die Marlene Ihnen das erzählt.« Mit ernster Miene setzt sie sich zu mir. »Aber ich kann das sofort aufklären. Meine Schwester und ich wollen nämlich gemeinsam nach Salzburg ziehen, für sich allein kann sich keine von uns beiden die Miete leisten. Ich wär doch nicht so blöd und hätte ihr sonst mein ganzes Erspartes gegeben. Die Klara hat noch nie mit Geld umgehen können, so wie der Papa gesagt hat. An diesem Abend dachte ich noch, dass sie es für unsere Wohnung verwendet, die sie einem ihrer zahllosen Verehrer abschwatzen wollte. Megalage nahe der Innenstadt, leistbar für zwei, ganze achtzig Quadratmeter mit Balkon, wunderschön saniert. Ich kann Ihnen gerne ein paar Fotos zeigen. Ohne Beziehung kommst du nie an so was ran.« Sie nippt an ihrer Tasse und blickt mir dann fest in die Augen. »Glauben Sie mir, Herr Aigner, nicht nur die Klara will hier weg, sondern ich auch. Ich will endlich unabhängig sein und hab mich schon nach diversen Bürojobs in der Stadt umgesehen. Aber bitte verraten Sie meinen Eltern nichts davon, sie leiden im Moment schon genug wegen des Unfalls meiner Schwester. Ich wollte ihnen auch erst davon erzählen, wenn wir die Wohnung angemietet haben. Der armen Mama muss man behutsam beibringen, dass sie dann allein mit dem Papa ist.« Sie stellt das Häferl langsam auf die Untertasse zurück. »Aber ich konnte doch nicht ahnen, dass meine Schwester das Geld, nun ja, anderweitig verwendet. Freitagnacht hat mir der Lanner ins Gesicht gesagt, er wisse von unserem Plan. Aber der würde nicht aufgehen, weil die Klara nämlich bei ihm bleiben würde, dafür würde er mit seinem Geld schon sorgen. Darüber konnte ich nur lachen. Männer sind für meine Schwester wie Spielzeug, nach kurzer Zeit werden die einfach zur Seite gelegt. Egal, wie vermögend die sind.«

»Aber du wusstest von den K.-o.-Tropfen, die sie dem Baumgartner ins Getränk gemischt hat, und hast mir nichts davon erzählt?« Bei allem Verständnis für die junge Frau, das geht mir doch zu weit.

Ihre Stimme klingt verzagt. »Ja, was hätte es denn gebracht, wenn ich meine Schwester angeschwärzt hätte, Herr Aigner? Ich muss doch zu ihr halten. Sie und der Lanner haben in dieser Nacht tatsächlich gekokst, deswegen hatte sie wohl die irre Idee, dem ihr lästigen Polizisten eine Lektion zu erteilen. Sie wollte ihn außer Gefecht setzen, ins Haus locken und ein paar Nacktfotos mit ihm machen. Der dumme Sigi war gleich Feuer und Flamme, ganz offenbar hat er die Drogen samt Alkohol auch nicht vertragen, denn im Normalzustand hätte er da nie mitgemacht. Der arme Herr Baumgartner hätte sich wahrscheinlich zu Tode geschämt. Wer weiß, was meiner Schwester mit diesen Fotos dann noch alles eingefallen wäre.« Mit angewidertem Blick starrt sie in die Kaffeetasse vor ihr.

Kruzifix noch mal, denke ich mir. Was auch immer diese selbstgerechte Klara vorhatte: dem Schorsch einen Mord in die Schuhe zu schieben oder den grundanständigen Kerl vor allen bloßzustellen, beides ist unglaublich schäbig.

»Widerlich, nicht wahr?«, liest die junge Frau offenbar meine Gedanken. »Ich wollte es ihr ausreden, ehrlich. Einerseits, weil mir der arme Herr Baumgartner leidgetan hat, andererseits, weil ich Angst hatte, dass unsere Eltern dann von diesem Scheiß Wind kriegen und ihr sogar noch Geld für eine Wohnung in der Stadt zuschießen, damit sie erst mal von der Bildfläche verschwindet. Weil ohne meinen finanziellen Beitrag würde mich meine Schwester niemals bei sich wohnen lassen. Das ist mir sonnenklar. Aber leider hab ich nichts erreicht, wie Sie ja wissen.«

»Wo warst du eigentlich in der Tatnacht zwischen drei und halb vier Uhr früh, Vroni?«, frage ich ohne Umschweife. Vielleicht verschweigt sie mir etwas und war doch am Tatort.

»Zu Hause im Bett, um diese Uhrzeit muss ich wohl schon geschlafen haben. Falls ich mich richtig erinnere, hab ich Ihnen das schon bei Ihrem letzten Besuch erzählt.« Gedankenversunken beißt sie sich auf die dünnen Lippen, was die Nase im schmalen Gesicht noch dominanter wirken lässt. Schön ist sie wirklich nicht, denke ich mir.

»Noch vor zwei Uhr hab ich den Roman heimgefahren, ihn dann so leise wie möglich in sein Bett verfrachtet, um seine Mutter nicht zu wecken. Von dort bin ich dann zu Fuß weiter. Dabei bin ich am Haus unserer Arbeiter vorbei. Lassen Sie mich überlegen.« Nachdenklich wirft sie einen kurzen Blick auf die reich verzierte Holzdecke in der Küche. »Ich glaube, es muss auf jeden Fall noch vor halb zwei gewesen sein. Der Sorin und der Boris waren noch draußen und haben geraucht, weil der Papa das drinnen nicht erlaubt. Ich glaub, ich hab mich noch ungefähr eine Viertelstunde mit den beiden unterhalten, bin dann weiter nach Hause und auf mein Zimmer. Ich war müde und hatte keine Lust mehr auf Party, weder im Nachtclub noch auf dem Volksfest. Das Vorhaben meiner Schwester hat mir den Rest gegeben, das können Sie mir glauben. Wollen Sie mit unseren beiden Arbeitern reden? Ich kann sie kurz anrufen, dass sie rüberkommen sollen. Das dauert keine fünf Minuten, sofern sie heute an ihrem freien Tag daheim sind.«

»Ein anderes Mal.« Ich schüttle den Kopf, notiere mir aber die Namen und Telefonnummern der beiden Männer. Der Rest des Tages gehört meinem Sohn. Nachdem ich mich verabschiedet habe, gehe ich durch den Flur zur Tür. Ehe ich noch die Klinke herunterdrücken kann, hält sie mich auf.

»Herr Aigner, warten Sie.« Sie räuspert sich verlegen, und eine leichte Röte zieht sich über ihre blassen Wangen. »Es ist mir peinlich, aber es ist mir wirklich gerade erst wieder eingefallen. Nachdem ich in dieser Nacht den betrunkenen Roman endlich in sein Auto verfrachten hab können, hab ich auf dem Parkplatz vorm Nachtclub den Sieder gesehen. Er stand dort mit einem anderen jungen Mann, so einem feschen südländischen Typen. Der hatte das Haar zu einem kurzen Zopf nach hinten gebunden und war kleiner als der Sieder. Leider weiß ich nicht, wer das war. Ich hab den vorher noch nie beim Straubinger gesehen. Sie wissen ja, bei uns kennt man quasi jeden, der dort ein und aus geht. Jedenfalls haben die zwei sich lautstark gestritten, und ich bin mir nicht mehr sicher, aber ich glaube, dass der Name Lanner dabei gefallen ist.«

Verdammt, das muss dieser Branko Lukic gewesen sein, denke ich mir. Ich lasse mir den Mann noch mal genau von ihr beschreiben, und es passt wie die Faust aufs Auge. Sein angebliches Alibi bei der Freundin zu Hause ist damit hinfällig. Eindringlich bitte ich die Vroni, gleich morgen früh in der Inspektion eine entsprechende Aussage abzugeben, und verlasse das Haus der Bachlers.

Draußen vor der Tür rufe ich den Buchinger an.

»Raphi, wir haben einen dieser Kerle von der Geldübergabe«, kommt es auch schon aus dem Telefon, bevor ich nur irgendetwas sagen kann. Also höre ich zu, was er zu berichten hat, während ich zu meinem Fahrrad rübergehe.

»Dieser Anwalt aus Hamburg hat die Personenbeschreibung der beiden jungen Männer von der Geldübergabe gemailt. Und jetzt halt dich fest. Eine davon trifft haargenau auf diesen Sieder zu, sogar seine Dolce-&-Gabbana-Angeber-Sneakers hatte der Idiot bei der Übergabe an. Der Anwalt hat ihn bereits identifiziert. Die Gscheitmeier und ich sind schon auf dem Weg in die Justizanstalt.« Buchingers Stimme klingt, als würde er sich auf die Befragung freuen. Also berichte ich ihm noch rasch, was ich heute alles herausgefunden habe.

»Damit fügt sich alles bestens zusammen. Denn obwohl sich der Anwalt beim Foto von Branko Lukic überhaupt nicht sicher war, könnte es der Bursche also doch gewesen sein«, lässt mein Ex-Kollege gut gelaunt vernehmen, während ich mich aufs Rad schwinge. »Diesem Kerl traue ich die Kaltblütigkeit zu, Siegfried Lanner um die Ecke zu bringen. Vielleicht wollten die jungen Leute nicht mehr durch vier, sondern nur mehr durch drei teilen und haben ihn deswegen umgebracht. Aigner, wie wär's, komm nach Puch, dann nehmen wir uns die beiden ausgebufften Kerle zu dritt vor«, bietet mir mein Ex-Kollege an.

Kurz bin ich versucht, muss ich gestehen, aber dann lehne ich ab. Ich hatte in den letzten Tagen mehr als genug Aufregung, und mein Sohn würde es mir nicht verzeihen, wenn ich unseren »Männerabend« platzen ließe. Mit Schwung trete ich kräftig in die Pedale. Ich hole mir erst mal meinen Buben von der Erni, und dann geht's ab nach Hause.

»Papa, ich mag noch im Wasser bleiben!« Mein Sohn taucht kurz in unserem Minipool ab, hält dabei seinen kleinen Hintern in die Höhe und kommt nach Luft schnappend mit dem Kopf wieder an die Oberfläche zurück. »Es ist noch total warm, und wir waren jetzt sooooo lange nicht daheim.« Er richtet sich die kleine Taucherbrille auf der Nase.

Es dämmert schon, aber er hat recht. Wir können uns wieder auf eine heiße, schwüle Sommernacht einstellen.

Während ich mich abtrockne, rufe ich ihm von der Terrasse aus zu: »Passt schon. Aber bevor deine Haut komplett verschrumpelt, kommst du raus. Okay?«

Er hört mir schon gar nicht mehr zu, sondern wirft seine kleine Spiderman-Figur ins Wasser, die sofort untergeht, und taucht ihr nach. Dinge hochzutauchen ist im Moment seine Lieblingsbeschäftigung, der er stundenlang nachgehen kann.

Nachdem ich mir die nassen Locken mit dem Badetuch trocken gerubbelt habe, prüfe ich sorgfältig das Pflaster auf meiner Schulter. Super, das wasserfeste Ding hält bombenfest. Rasch entledige ich mich der nassen Badehose und schlüpfe in bequeme Shorts und Shirt.

»Ich werde in der Küche das Geschirr abwaschen«, lasse ich den Felix wissen.

»Langweilig!«, höre ich ihn frech vom Pool herrufen.

Also staple ich grinsend die leeren Teller mit den Steakresten sowie die Soßenflaschen vom kleinen Tisch auf der Terrasse aufeinander und balanciere alles in die Spüle meiner kleinen Küche. Da ich mir immer noch keinen Geschirrspüler gegönnt habe, werde ich wohl oder übel die eingetrockneten Reste selbst abkratzen müssen. Ich bücke mich nach unten, um die Bürste und das Spülmittel aus dem Schrank darunter herauszuholen.

Dann spüre ich das kalte Ding an meinem Hinterkopf.

»Hände hoch und langsam hochkommen. Ganz langsam«, vernehme ich eine mir bekannte Stimme. Da es sich bei dem kalten Stahl an meinem Hinterkopf wohl um eine Waffe handelt, tue ich wie mir geheißen.

»Ich dreh mich jetzt um«, sage ich ruhig, und dann sehe ich auch schon in die blauen Augen.

Vor mir steht die Vroni, ganz in Schwarz gekleidet, mit einer Sturmhaube über dem Kopf. Sie verliert keine Zeit und drückt mir eine silbern glänzende Walther PPK fest an die Schläfe.

»Keine Dummheiten, wenn Sie wollen, dass Ihr Bub da draußen unbeschadet bleibt. Verstanden?«, raunt sie mir drohend zu.

»Du warst schon einmal hier, nicht wahr?« Natürlich erkenne ich sie nun wieder. Diese knabenhafte, große Gestalt. Ich Idiot, schelte ich mich, warum habe ich sie heute im Gespräch nicht durchschaut? Nur weil sie so ein nettes Mädchen zu sein schien?

»Die Fragen stell ich hier.« Mit der Pistole in der Hand dirigiert sie mich rüber zur Couch, wo man uns von draußen zum Glück nicht sehen kann. Mein Bub taucht vergnügt im Wasser auf und ab, und ich bete still zu allen Heiligen, dass er möglichst lange die Lust daran nicht verliert. Niemand ist bei ihm dort draußen, die Vroni dürfte mir dieses Mal tatsächlich ganz allein einen Besuch abstatten.

»Wo ist das Geld?« Ihr eiskalter Tonfall gefällt mir gar nicht.

»Welches Geld?«, frage ich ruhig. Aha, daher weht der Wind. Deshalb war sie wohl schon einmal hier.

»Stell dich nicht so an«, wechselt sie zum Du. »Klara hat mir gesagt, dass sie es bei dir versteckt hat. Aber dieses Aas hat mir partout nicht verraten wollen, wo. Hättest du mich und Tarik letztes Mal nicht verjagt, dann hättest du dir meinen Besuch heute erspart.« Die Bitterkeit in ihrer Stimme ist nicht zu überhören. »Aber nein, du musstest unbedingt den Helden spielen. Dann auch noch meiner Schwester in München aufzulauern war ein Riesenfehler.« Ihre Stimme zittert vor Erregung.

»Ich weiß nichts davon, Vroni. Handelt es sich um das Geld, das deine Schwester für den Oldtimer bekommen hat? Wusstest du von dem Wagen?«

Sie lacht leise und drückt die Waffe noch fester gegen meine Schläfe. »Meinetwegen kannst du alles wissen. Ich werde sowieso auf Nimmerwiedersehen aus diesem Kaff verschwinden, sobald du die Kohle gefunden hast. Also, meine Schwester hat mich gebraucht. Ihr hat wie üblich das nötige Kleingeld gefehlt, um den Sieder und seine Kumpel auszuzahlen. Den Lanner wollte sie auf keinen Fall einweihen. Verständlicherweise, denn der Spießer hätte bei der Sache niemals mitgemacht. Also musste sie sich zwangsläufig an mich halten. Nachdem der Sieder ihr von der exklusiven Beute erzählt hatte, hat sie sich nämlich im Netz schlaugemacht. Dabei hat es sie fast umgehauen, was so ein Auto wert ist. Also wollte sie sich diese einmalige Gelegenheit nicht entgehen lassen, obwohl sie keinen Tau hatte, wie man so ein Ding zu Geld machen kann.«

Seufzend schüttelt sie den Kopf, während sie die Waffe immer noch auf mich gerichtet hält. »Meine Schwester hatte null Idee, an wen man so ein Auto verscherbeln könnte. Aber der Lanner hat irgendwann mal von der Oldtimer-Sammlung seines Doktorfreundes erzählt, und im Gegensatz zur Klara bin ich eine sehr aufmerksame Zuhörerin. Also musste ich nur eins und eins zusammenzählen. Es hat nicht lange gedauert, in kurzer Zeit hat sie den geldgierigen Doktor mit einem ordentlichen Anteil ködern können, und schon hatten wir einen Plan.«

»Aber das Geld vom Käufer haben doch zwei Männer entgegengenommen?«, frage ich sie und schiele besorgt durch den Vorhang aus dem Fenster. Der Felix hat immer noch Spaß im Pool.

Sie lacht. »Männer? Ja, der Idiot von Anwalt hat nicht gemerkt, dass wir Frauen sind. Klara hat uns Anzüge und Perücken besorgt. Auch echt gut gemachte falsche Vollbärte. Es war ein Riesenspaß, und wir haben perfekt ausgesehen.«

»Mit den Dolce-&-Gabbana-Sneakers vom Sieder?« Ich muss Zeit gewinnen. »Woher kanntest du seinen Freund Franky, diesen Branko Lukic?«

Erstaunt mustert sie mich durch die Sehschlitze der Sturmhaube. »Ich kenne den Kerl nicht, aber der Sieder hat meiner Schwester ein Foto von ihm auf seinem Handy gezeigt. Das mit den Sneakers war übrigens eine super Idee von ihr. Mit rotblonder Perücke und Bart hat sie mich ganz auf Sieder getrimmt und sogar Anzug und Schuhe von ihm mitgehen lassen. Der Idiot hat nichts bemerkt. Am nächsten Tag hat sie alles wieder in seinem Schrank verstaut. Sie selbst hat sich ähnlich diesem südländischen Kleinkriminellen verkleidet. Und da unser geldgieriger Doktor am Tag der Geldübergabe Muffensausen hatte, also angeblich eine nicht verschiebbare OP, sollten wir es entgegennehmen. Mir war das mehr als recht, ich hab diesem Trenkheimer sowieso nicht über den Weg getraut.«

»Und dann hast du ihn von seiner Terrasse gestoßen? Um auch seinen Anteil einzusacken?« Ich überlege fieberhaft, wie ich meinen Sohn von hier wegbekommen kann.

»Aber nein, das war ein blöder Unfall. Der Idiot wollte mir nichts von den zweihunderttausend abgeben. Er hat behauptet, es sei ja nicht seine Schuld, wenn mir meine Schwester nicht verraten will, wo die restlichen neunhunderttausend sind. Er habe sowieso schon viel zu viel riskiert und wolle jetzt und gleich aussteigen und nichts mehr mit uns zu tun haben. Aber die Idee mit dem Plüschtier war von mir, und so hab ich das Ding sofort gefunden, denn der Doktor hatte es samt Inhalt einfach nur in die unterste Schublade von seinem Schreibtisch gestopft. Der Feigling hatte noch nicht gewagt, das Geld zu verwenden. Der hatte mittlerweile ziemlich Scheißangst vor euch Polizisten.«

»Du hast ihn also nicht über das Geländer gestoßen?« Es wird mir nichts anderes übrig bleiben, als sie zu überwältigen und ihr die Waffe aus der Hand zu schlagen, denke ich mir.

»Nein, verdammt noch mal, ich wollte ihm nichts tun. Er hätte uns sowieso nicht verraten, weil er selbst so tief in der Sache gesteckt hat. Aber der Kerl wollte mir das Scheißtier aus der Hand reißen, nachdem ich ihn damit konfrontiert hatte. Da hab ich ihn einfach von mir weggeschubst, er ist über einen Stuhl gestolpert und ...« Sie stockt und schluckt schwer. Ich kann es deutlich am engen Stoff der Maske um den Hals erkennen. »Verdammt, es war sein Pech, dass seine Terrasse ein so niedriges Geländer hat. Ich konnte nichts dafür«, fährt sie mit Betroffenheit in der Stimme fort. Es ist ihr also noch nicht alles egal.

»Vroni, hör zu, halten wir meinen Buben aus der Sache raus. Du willst doch nicht wirklich, dass einem kleinen Kind etwas passiert? Lass mich ihn wegschicken und die Sache zwischen uns beiden Erwachsenen klären, ja?«

Kurz scheint sie verunsichert, aber schüttelt dann heftig den Kopf. »So nicht, ich weiß, dass du ein guter Polizist bist. Der Kleine ist meine einzige Versicherung, dass du keine Dummheiten machst. Verstanden? Ich will mein Geld, und zwar alles. Ich hab es mir mehr als verdient. Kapiert? Wenn du mir sagst, wo ich es finde, dann verschwinde ich auf Nimmerwiedersehen.«

»Wieso glaubst du, dass dieses Geld bei mir ist?«

»Dieser Scheiß war wieder eine von Klaras verrückten Ideen«, faucht sie mich an. »Niemand kann ihr solchen Schwachsinn ausreden. Meine Schwester war überzeugt davon, dass es nirgendwo sicherer verwahrt wäre als im Haus eines Polizisten. Sie hatte vor, es zu holen, wenn Gras über die Sache gewachsen wäre. Aber ich hab ihr nicht über den Weg getraut, garantiert wär sie damit ohne mich abgehauen. Also habe ich Tarik gebeten, sie nach München zu fahren und euch mit ihrem Handy auf die falsche Spur zu bringen. Leider hat der Idiot dafür das Auto eures Polizisten verwendet. Ihr habe ich jedenfalls eingeredet, sie müsse eine Zeit lang aus der Schusslinie, wenn wir nicht beide im Gefängnis landen wollen.«

»Und umgekehrt hat sie dir offenbar auch nicht vertraut, sonst hätte sie dir wohl verraten, wo sie das Geld versteckt hat.

Vielleicht ist es gar nicht hier bei mir, sondern ganz woanders, und sie hat dich angelogen«, versuche ich sie zu verunsichern.

Sie versetzt mir einen Stoß in Richtung Sofa und geht den Meter rüber zur Terrassentür. Mein Herz beginnt zu rasen, aber sie versteckt sich neben dem Eingang, damit der Felix sie nicht sehen kann. »So, genug geplaudert. Du fängst gefälligst an zu suchen. Ich hab zwar die ganze Nacht Zeit, aber ich glaube, es ist dir lieber, du findest das Geld rasch, damit dein Sohn nichts von meinem Besuch bemerkt.«

Mir bleibt keine andere Möglichkeit, als mich tatsächlich auf die Suche zu begeben. So leise wie möglich, um meinen Sohn nicht aufzuschrecken, öffne ich alle möglichen Schränke und Laden in meinem Wohnzimmer. Verdammt, wohin hat diese Klara das Geld bloß verschwinden lassen? Hatte sie es schon versteckt, als ich sie im Haus entdeckt habe? Oder vielleicht erst danach? Die junge Frau hatte eine Riesenhandtasche dabei, wenn ich mich recht entsinne. Darin hätte sie locker so einiges verstauen können. Sie war doch irre lang bei mir auf dem Klo, erinnere ich mich. Verdammt, bei uns ist selten abgeschlossen, eigentlich hätte sie jederzeit hier unbemerkt reinspazieren können, sobald wir uns im Garten aufgehalten haben.

»Wusste der Lanner tatsächlich nichts von dem Oldtimer?«, frage ich, um sie abzulenken, während ich fieberhaft suche.

»Nein.« Ihr eiskaltes Lachen lässt mir einen Schauer über den Rücken laufen. Diese Frau ist zu allem fähig. »Er hätte uns doch sofort bei der Polizei angezeigt. Der Typ war so bedacht auf seine weiße Politikerweste. Niemals hätte er bei uns mitgemacht, nicht mal, wenn sein Busenfreund Trenkheimer ihn gebeten hätte. Aber der Faltenbügler selbst war da nicht so zimperlich, der war sofort Feuer und Flamme. Und wir haben ihn gebraucht, denn er wusste auch, wie und an wen man so ein Ding verkaufen kann. Dafür hätten wir ihm allerdings mehr als die Hälfte abdrücken müssen.«

Ich werde dieses verflixte Geld niemals finden, denke ich mir. Wo in meinem Haus war diese verdammte Klara überall?

Hier im Wohnzimmer, im Flur, auf der Terrasse? Hoffentlich hat sie es nicht draußen im Garten versteckt. Vielleicht war sie auch oben in Gabis Wohnung. Dort gäbe es noch genügend Verstecke in den alten Möbeln, die nicht mehr gebraucht werden. Verflucht, ich habe keine Ahnung.

Die Vroni hat zwar die Waffe noch auf mich gerichtet, aber späht vorsichtig wieder hinaus in den Garten. »Dein Sohn amüsiert sich prächtig im Wasser. Aber wer weiß, wie lange noch.«

»Warum hast du eigentlich den Lanner erschossen, wenn er doch von nichts wusste?« Ich versuche, ihre Aufmerksamkeit wieder auf mich zu lenken, während ich mich an der alten Couch zu schaffen mache und mit der Hand in alle Ritzen fasse.

Ihre blauen Augen starren mich durch die Schlitze in der Haube entsetzt an. Dabei hebt und senkt sich ihr flacher Brustkorb merklich, und sie atmet kurz. »Ich wollte das nicht«, erklärt sie mit plötzlich eigenartig belegter Stimme. »Ich wollte eigentlich nur diese idiotische Aktion mit eurem dummen Polizisten verhindern.«

»Warum hat der Lanner da überhaupt mitgespielt? Ich dachte, er sei so auf seine Politikerkarriere bedacht gewesen?« Wie hoch wären meine Erfolgschancen, wenn ich hier von der Couch das Stück zu ihr rüberhechten würde? Wäre ich schneller, als sie abdrücken kann?

Sie zuckt mit den Schultern. »Er war betrunken und high vom Koks. Du hast recht, ansonsten wäre das nicht seine Art gewesen. Schon beim Straubinger habe ich ihm ins Gewissen geredet, aber er wollte nichts davon hören. Ich habe keine Ahnung, welchen Bären ihm meine Schwester wegen der Geschichte mit dem Polizisten aufgebunden hat.« Wütend schnaubt sie durch die Nase, sodass sich die Sturmhaube etwas aufwölbt. »Die Männer haben ihr alle aus der Hand gefressen, ob hetero oder schwul oder beides, völlig egal. Schon bevor sie sich die Brüste und den Hintern hat richten lassen.«

»Aber noch mal, warum musste der Lanner dran glauben?« Ich stecke meine Hand unter das Sofa, aber alles, was ich dort finden kann, sind große Staubknäuel. »Er wusste doch nichts von der ganzen Sache.«

»Weil er ein Schwein war«, entgegnet sie böse. »Nachdem ich mich in der Nacht noch mit unseren beiden Arbeitern unterhalten hatte, habe ich mich auf den Weg nach Hause gemacht. Aber es hat mir keine Ruhe gelassen, es hat furchtbar in mir gearbeitet. Einerseits haben wir wegen des gestohlenen Wagens keine Aufmerksamkeit der Polizei brauchen können. Andererseits konnte ich Sigi doch nicht so hängen und von meiner Schwester in die Sache mit dem Baumgartner reinziehen lassen.« Sie hört auf zu sprechen und atmet tief ein und aus.

Ich muss ihre Aufmerksamkeit unbedingt weiter auf mich lenken, also bohre ich nach. »Warum wolltest du dem Mann überhaupt helfen? Ich dachte, er war ein Schwein. Oder etwa doch nicht?«

»Sigi war nicht er selbst, zugekokst und betrunken hat er mich nur ausgelacht und behauptet, er würde die Fotos nach dem Spaß natürlich sofort wieder vernichten, das hätten die beiden so ausgemacht.« Ihre Stimme klingt mit einem Mal weinerlich. »Aber meine Schwester hätte damit garantiert auch noch ihn erpresst. Das konnte ich nicht zulassen. Deshalb bin ich gar nicht nach Hause, sondern den ganzen Weg zurück zum Nachtclub gelaufen, aber sein Cabrio war nicht mehr dort. Also bin ich weiter, sein Haus ist nicht weit entfernt. Alles war hell beleuchtet, und meine Schwester war mit eurem Polizisten schon oben. Die K.-o.-Tropfen hätten prächtig gewirkt, hat mir Sigi übermütig erklärt und mich nicht zu ihr ins Haus lassen wollen. Was hab ich mir den Mund fusselig geredet, aber es hat nichts genützt. Er war komplett stur.« Die junge Frau beginnt unter ihrer Sturmmaske schwer zu atmen, zieht sie sich mit der freien Hand vom Kopf und wirft sie auf den Boden. Ihr kurzes brünettes Haar steht kreuz und quer vom

Kopf ab, und ihr schmales Gesicht mit der immens breiten Nase und den dünnen Lippen ist unter der Maske komplett nass geschwitzt.

»Vroni, warum hast du ihn erschossen?«, hake ich noch mal nach.

Sie schließt für eine Sekunde die Augen, aber ich bemerke es zu spät. Trotzdem ziehe ich langsam meine Hand unter der Couch hervor und gehe vorsichtig etwas näher an sie ran. »Du bist doch keine kaltblütige Mörderin, Vroni. Das weiß ich. Warum ist das alles passiert? Was hat der Lanner dir getan?«

Sie dreht sich jetzt ganz zu mir, die Walther PKK mit zitternder Hand auf mich gerichtet. »Er hat mich verhöhnt. Dieses Arschloch hat mich nur verhöhnt, genau wie mein Vater. Genau wie alle anderen. Dabei hab ich gedacht, er mag mich wirklich.« Tränen laufen ihr über die Wangen.

»Du hast den Sigi gemocht, Vroni. Nicht wahr?« Ich versuche, meine Stimme so einfühlsam wie möglich klingen zu lassen.

Ein Schütteln geht durch ihren angespannten Körper, die Tränen laufen weiter. »Immer wenn er bei uns gewesen ist, haben wir beide ausgedehnte Spaziergänge gemacht. Er war so klug und verständnisvoll, ganz anders als alle diese Proleten hier im Ort. Ja, ich mochte ihn wirklich, mehr als jeden anderen. Als meine Schwester dann auf diese verdammte Idee mit dem Baumgartner gekommen ist, war ich so eifersüchtig. Außerdem hatte ich Angst, dass sie ihm alles zerstört. Seine Karriere, sein Leben. Ich wollte nicht, dass er zu den beiden nach oben geht. Es war nicht nur deswegen, weil sie unseren Deal mit dem Oldtimer hätte kaputt machen können. Es ging mir vor allem um ihn. Nur wegen ihm bin ich doch den ganzen Weg wie eine Verrückte zurückgelaufen.«

»Aber er war doch nur an Männern interessiert, Vroni«, wage ich mich noch einen kleinen Schritt weiter.

»Das war nicht von Bedeutung. Zwischen uns war weit mehr, wir waren Zwillingsseelen, wir haben uns ohne Worte verstanden«, schnieft sie mehrmals durch die Nase. »Ich hab ihn gefragt, warum er sich überhaupt auf meine Schwester einlässt. Er hatte das doch nicht nötig, er war so klug, viel zu feinsinnig für eine wie sie. Da hat er mich so eigenartig angelächelt und ist auf mich zugekommen. Auf einmal hat er mir mein T-Shirt über den Kopf gezogen und mich geküsst.« Ihre Stimme bebt. »Noch nie hat mich ein Mann geküsst. Niemals. Wer will schon jemanden wie mich? Ich bin so hässlich, ich kann mich doch selbst kaum im Spiegel ansehen.« Verzweifelt schluchzt sie auf und spricht nicht mehr weiter.

»Vroni, aber deswegen hast du ihn doch nicht erschossen. Du hast ihn doch gerngehabt, oder?« Obwohl ich mittlerweile sehr nah an ihr dran bin, scheint sie es nicht zu bemerken.

Traurig schüttelt sie den Kopf und wischt sich mit der freien Hand die Tränen aus dem Gesicht. »Nein, deswegen nicht. Aber in der nächsten Sekunde war er wie ausgewechselt, hat mich von sich weggestoßen und gemeint, er sei wohl völlig irregeworden. Er sei überhaupt nur auf diese wahnwitzige Idee gekommen, weil ich so flach wie ein Brett sei. Wie ein Knabe, hat er gesagt, aber absolut kein hübscher. Keiner kann auf jemanden stehen, dessen Gesicht nur aus einer unförmigen Nase besteht. Er ist weg von mir zum Pool und hat sich mit dem Wasser kräftig den Mund ausgespült. Es war so demütigend. Mein Aussehen sei eine Zumutung für ihn und alle anderen, hat er mich verhöhnt. Damit würde ich es nicht mal schaffen, einen hässlichen Kerl wie den Baumgartner zu verführen. Sigi hat mich ausgelacht, genau wie es mein Vater ständig tut. Immer schon, seit ich denken kann. Er hat gelacht und gelacht und sich nicht mehr eingekriegt.« Am ganzen Körper zitternd, schwankt sie ein wenig hin und her. »Und ich Idiotin hab mir auch noch die Blöße gegeben, vor diesem Scheißkerl zu heulen. All seine liebevollen Worte in unseren langen Gesprächen waren nur erstunken und erlogen. Ich hab mich so erniedrigt gefühlt. Glaub mir, ich wollte nichts wie weg, aber da hab ich auf einmal die Glock auf der Kommode neben der Terrassentür gesehen. ›Verschwinde und lass dich nie mehr in meiner Nähe blicken, ›Nasen-Vroni‹‹, hat er mir noch gehässig nachgerufen. ›Nasen-Vroni‹. Ich hasse das, ich hasse es. Und da hab ich nach der Pistole gefasst, das Ding auf ihn gerichtet und bin langsam auf ihn zugegangen. Dann erst hat er endlich aufgehört zu lachen.« Sie macht eine Pause, atmet laut und lässt die Walther PKK in ihrer Hand sinken. Dann spricht sie so leise weiter, dass ich ihre Worte kaum verstehen kann. »Und plötzlich war er tot –«

»Papa!« Die Füße meines Sohnes klatschen auf der Terrasse auf, und mir gefriert das Blut in den Adern. »Das Badetuch ist nass, bring mir bitte ein neues. Aber mach schnell, mir ist kalt.«

Mit einem Satz hechte ich zur Vroni rüber, die sich eben erschrocken zur Terrassentür hingedreht hat. Dann donnere ich ihr mit einem kräftigen Schlag die Pistole aus der Hand und boxe ihr gleichzeitig mit meinem Knie so fest in den Magen, dass sie sofort in sich zusammensinkt. Rasch greife ich nach der Waffe auf dem Boden und halte die vor Schmerz zusammengekrümmte Frau damit in Schach.

»Felix!«, brülle ich raus auf die Terrasse. »Komm nicht herein! Lauf schnell zur Tante Gabi und bleib bei ihr! Sag ihr, sie soll sofort die Polizei zu mir schicken!«

»Die Einbrecher!«, höre ich meinen Buben noch erschrocken rufen und danach nur mehr das Aufpatschen seiner nackten Füße. Dann ist es still.

In Ermangelung von Handschellen schnappe ich mir die Kordel, die die alten Vorhänge zusammenhält, und wickle sie fest um Vronis Hände.

Wie ein Häufchen Elend kauert sie auf dem Boden und schluchzt. »Ich kann immer noch nicht glauben, dass ich wirklich abgedrückt habe. Ich wollte Sigi doch nicht umbringen, ehrlich. Er war der einzige Mann, den ich jemals gemocht hab. Es ist einfach passiert. Alles, was ich wollte, war ein anderes Leben. Das habe ich mir doch verdient, Herr Aigner. Ohne meinen Vater, ohne seine ständigen Beleidigungen. Ich wollte das Geld doch nur, um endlich unabhängig und frei leben zu können. Und um endlich normal auszusehen.«

»Gut gemacht, Aigner. Du bist ein klasse Bulle!« Stolz klopft mir die Gscheitmeier auf die unverletzte Schulter und muss sich dabei auf die Zehenspitzen stellen. »Ich weiß nicht, wie ich reagiert hätte, wenn mein Bub da draußen im Garten gewesen wäre.«

Die Kollegen haben die Vroni bereits in Gewahrsam genommen und zur Justizanstalt gebracht. Davor hat sie mir noch gestanden, dass ihre Schwester nach dem Schuss nach unten gelaufen ist und sofort gehandelt hat. Akribisch hat die junge Frau die Pistole mit einem Schmutzradiergummi gereinigt. Denn Klara Bachler hatte sogar die Härte, neben dem ermordeten Lanner zu googeln, wie man am besten Fingerabdrücke verschwinden lässt. Mit klarem Kopf hat sie ihre jüngere Schwester beruhigt und mit Schorschs Multipla nach Hause geschickt, den die Vroni dann in einer alten Scheune beim Sägewerk abgestellt hat. In der Zwischenzeit hat ihre Schwester dem völlig ausgeknockten Baumgartner wohl mehrmals die Waffe in die Hand gedrückt.

»Nicht auszudenken, wenn dem Felix oder dir etwas passiert wäre«, sagt mein Ex-Kollege mit bleichem Gesicht, und ich kann nur zustimmend nicken.

»Also haben die beiden Schwestern gemeinsam diese ganze Sache gedeichselt. Keine Ahnung, warum ich da nicht selbst drauf gekommen bin.« Die Gscheitmeier lässt sich auf den Liegestuhl auf meiner Terrasse plumpsen. »Aber jetzt ist alles glasklar. Die zwei Frauen haben zusammen mit diesem Beauty-Doc die Hehlerei eingefädelt. Und nachdem die eine Schwester den Lanner umgebracht hatte, hat ihr die andere natürlich geholfen, die Sache zu verbergen. Blut ist immer dicker als Wasser. Die ältere hat wohl selbst fürs Alibi ein paar Tropfen GHB geschluckt und sich dann ins Bett zu deinem ahnungslosen Kollegen gelegt. So muss es gewesen sein, eigentlich alles ganz logisch.«

»Kann schon so gewesen sein«, murmle ich. Das wird sich noch in einem genauen Verhör durch den Staatsanwalt zeigen. Wenn nicht, dann vielleicht in einem Geständnis der älteren Schwester, sobald die wieder auf den Beinen ist.

»Ich bin froh, dass es endlich vorbei ist.« Zärtlich legt meine Freundin ihren Arm um meine Hüfte und schmiegt sich an mich. Nachdem ich sie vorhin angerufen habe, hat sie sofort alles stehen und liegen lassen und sich auf den Weg zu mir gemacht.

»Ja, aber wo ist dann dieses verdammte Geld? Hat die Frau es tatsächlich bei dir versteckt?« Ratlos kratzt sich der Buchinger am Kopf.

»Keine Ahnung.« Die Gscheitmeier zuckt mit den Schultern und bedeutet dem Staatsanwalt Probst, ihr aus dem Liegestuhl hochzuhelfen. Was der sogar grinsend tut.

»Herr Aigner, es wär am besten, wenn Sie diese Nacht anderswo verbringen würden. Ich muss die Kollegen von der Kriminaltechnik informieren, damit sie sofort mit der Suche beginnen. Bei einer solchen Summe können wir nicht warten«, erklärt er mir dann. »Die werden das Geld schon finden, machen Sie sich keine Sorgen. Doris und ich bleiben noch hier, bis die Spurensicherung da ist.«

Meine Freundin lässt mich abrupt los. »Moment mal, hast du mir nicht erzählt, dass Klara sich bei ihrem Besuch lange im Flurspiegel betrachtet hat. Oder?« Ich nicke wortlos.

»Kommt mit«, sagt sie und verschwindet im Haus. Wir folgen ihr bis auf den Flur, wo sie auch schon die alte Milchkanne, die zum Schirm-und-Krimskrams-Ständer umfunktioniert wurde, leer räumt. Sie beugt sich vornüber in das Unding und greift mit der rechten Hand tief hinein.

»Tatatataaa!«, ruft sie und grinst dabei von einem Ohr zum anderen. Dann zieht sie einen prall gefüllten blauen Stoffrucksack, ähnlich einem Turnbeutel aus dünnem Stoff, aus dem Ding heraus. Vorne prangt der Aufdruck »MEGA«.

Kruzifix, was hab ich für eine Wahnsinnsfreundin!

»Unglaublich! Das ist ja genial!«, jubelt die Gscheitmeier und nimmt ihr den Beutel ab. »Probst, das Geld bringen wir gleich aufs LKA in die Asservatenkammer. Da werden die Kollegen Augen machen. Marie, wenn Sie sich beruflich mal verändern wollen, dann melden Sie sich bei mir. Für so clevere Frauen haben wir immer Verwendung.«

Meine Freundin lacht bloß, und ich nicke ihr anerkennend zu. In der alten vollgestopften Milchkanne hätte ich mein Leben nicht nachgesehen.

Sichtlich höchst zufrieden, drückt unsere Linzer Kollegin das Geld dem Staatsanwalt in die Hand. »Buchinger, Probst! Auf geht's, lassen wir die Aigners endlich in Ruhe.«

Aber mein Ex-Kollege verneint. »Fahrt ihr mal vor.«

Nachdem die beiden BAK-Leute mein Haus verlassen haben, stapft der Buchinger mit hängendem Kopf ohne Erklärung ins Wohnzimmer und lässt sich laut seufzend auf meine Couch fallen.

Die Marie und ich wechseln einen resignierten Blick und folgen ihm dann. Eigentlich wollten wir beide den Felix von meiner Schwester holen und endlich unter uns sein.

Mein Ex-Kollege vergräbt verzweifelt sein Gesicht in den breiten Händen. »Marie, Raphi. Ich weiß, es ist komplett ungünstig nach allem, was heute bei euch passiert ist. Aber ich weiß nicht, wohin ich sonst soll. Bitte, kann ich vorerst bei euch bleiben? Es ist fix, meine Erika hat einen anderen.«

Und schon beutelt es den bulligen Kerl kräftig durch. Der weint doch nicht etwa? Panisch drehe ich mich zur Marie, die sich sofort neben ihn setzt und ihm sanft die Hände vom Gesicht nimmt. »Aber Markus. Das kann doch nicht sein. Habt ihr euch getrennt?«

Er schüttelt den Kopf und wischt sich mit dem Handrücken über die nassen Augen. Etwas verschämt schielt er kurz in meine Richtung und erzählt, dass er heute Morgen auf Erikas Handy heimlich eine Nachricht von einem Dr. Robert Thalheimer gelesen hat: »Liebe Erika, alles genau so, wie ich es erwartet habe. Frohgemut auf in einen neuen Lebensabschnitt. Alles Weitere heute Nachmittag.«

»Das glaube ich nicht«, sagt die Marie und greift kurz entschlossen nach ihrem Handy auf dem Wohnzimmertisch. »Die Sache löst sich doch auf, Markus. Ich rede mit ihr.« Bevor wir sie noch aufhalten können, wischt sie schon auf dem Display herum und wandert raus in den Flur. Dort schließt sie die Tür hinter sich.

»Ich überleb das nicht, Aigner«, schluchzt der Buchinger kurz auf. »Ohne die Erika und meine Mädels kann ich nicht leben. Wenn ich sie verliere, dann gehe ich vor die Hunde.«

Weil ich nicht weiß, was ich tun soll, schenke ich uns jedem einen Schnaps ein. Den brauch ich sowieso dringend selbst auch. Mir liegt Vronis Überfall noch schwer im Magen.

»Verlier nicht die Nerven, Markus. Man soll die Dinge nicht so tragisch nehmen, wie sie sind«, versuche ich frei nach Karl Valentin zu scherzen. Aber er lacht nicht, also proste ich ihm wortlos zu, und wir beide trinken unsere Stamperl auf ex aus.

Da geht die Tür schon wieder auf, und eine grinsende Marie kommt rein. »Erika ist in einer halben Stunde da, Markus.« Mehr erklärt sie nicht. »Ich mache uns inzwischen eine Flasche Wein auf. Denn selbst ich hab nach einem Tag wie diesem dringend ein Glas Alkohol nötig. Und du wirst den auch noch brauchen, glaub es mir.«

»So ein Unsinn, Markus.« Sehr hübsch zurechtgemacht und tatsächlich mit braun gefärbtem Haar sitzt die Erika uns in einem eleganten Kostüm gegenüber. »Wie der Schelm denkt, so ist er, gell? Nur weil du mich nach fünfzehn Jahren Ehe betrogen hast, bin ich noch lange nicht aus demselben Holz geschnitzt wie du.«

»Aber du warst doch ständig unterwegs. Immer so fesch, wie heute. Für mich hast du dich schon lang nicht mehr so aufgebrezelt«, jammert mein Ex-Kollege und schaut um Zustimmung heischend zu mir. Aber ich senke lieber den Blick. In dieser Angelegenheit schlage ich mich auf keine Seite, es sind beides meine Freunde.

Seine Frau rollt genervt mit den Augen. »Ich habe mich auf der Volkshochschule eingeschrieben, du Depp. Ich will endlich mal was für mich tun. Mein Studium musste ich wegen der Schwangerschaft mit der Julia abbrechen, und dann war einfach nie Zeit dafür.«

»Volkshochschule?«, wiederholt der Buchinger mit dümmlichem Gesichtsausdruck.

Die Erika seufzt laut auf. »Eine Ausbildung zur Lebens- und Sozialberaterin, wenn du es genau wissen willst. Aber daraus wird wohl wieder nichts. Denn die Geschichte mit der Julia holt mich erneut ein.« Sie schiebt das immer noch unangetastete Glas Rotwein demonstrativ von sich weg.

Aha! Grinsend zwinkere ich meiner Marie zu. Aber der Buchinger steht auf der Leitung.

»Was ist mit unserer Julia? Ist sie etwa schwanger?« Seine Augen weiten sich entsetzt.

Langsam schüttelt seine Frau den Kopf. »Die Julia doch nicht, Markus. Wenn du dir endlich mal merken würdest, dass Dr. Thalheimer mein Frauenarzt ist, dann hättest du wohl selbst eins und eins zusammenzählen können. Ich bin schwanger. Du wirst noch ein drittes Mal Vater, du Idiot!«

Montag

»Oma Erni, ich bin froh, dass ich wieder bei dir bin. Die Urli-Oma ist mir manchmal ein bisserl unheimlich«, erklärt mein Bub und umarmt die Senior-Rieglerwirtin fest. »Immer wenn sie den Papa sieht, wird die so komisch. Diesmal hat sie ihn geschimpft, weil er keine Uniform anhatte. Obwohl sein dienstfreier Tag war, sonst hätten wir sie ja nicht in Linz besuchen können.«

»Deine Uroma ist schon sehr alt, Felix«, versucht ihm die Marie zu erklären. »Da weiß sie manche Dinge halt nicht mehr so genau, und dein Papa ist für sie wohl immer ein Polizist. Egal, ob dienstfrei oder nicht.«

»Aber geh!« Energisch lädt die Erni meine gut eingeschenkte Halbe und die beiden Limonaden auf dem Tisch ab. Den Gastgarten bevölkern heute nur wir, denn Montag ist Ruhetag im Rieglerbräu. »I bin auch schon alt, aber net halb so komisch wie die alte Asangerin. Die war immer schon wunderlich, selbst wie s' noch jung war.«

»Du bist doch nicht alt«, schleimt mein Bub und fasst sie wieder glücklich um die beschürzte Mitte.

»Felix, du bist schon fast so a Charmeur wie dein Papa«, lacht sie geschmeichelt und streicht ihm dabei sanft übers Haar.

Mir soll's recht sein, grinse ich vergnügt und greife nach meinem Bier. In letzter Zeit habe ich mich schon regelrecht unterhopft gefühlt. Zufrieden lasse ich mir einen guten Schluck von dem kühlen Gebräu die Kehle hinunterrinnen.

»Marie Riegler?«, vernehmen wir alle eine messerscharfe weibliche Stimme. Neugierig setze ich das Krügel vom Mund ab und sehe, wie eine stark geschminkte Frau mit platinblondem hochgestecktem Haar vom Parkplatz her durch den Gastgarten energisch auf enorm hohen Schuhen auf uns zutrippelt.

»Ja, das bin ich«, entgegnet die Marie freundlich. »Mit wem

hab ich das Vergnügen?« Meine Freundin will der fremden Frau die Hand reichen, aber die macht keine Anstalten, sie ihr zu geben.

»Kacenzky. Daniela Kacenzky«, antwortet sie. »Ich war eine Zeit lang in Deutschland, daher wusste ich nicht, dass Max bereits seit letztem Jahr tot ist.«

Meint sie etwa Max Riegler, Maries verstorbenen Ehemann? Verwundert mustere ich die fremde Frau. Ihr etwas molliger Körper mit eindrucksvoller Oberweite ist in ein zu knappes Dirndl gepresst, ganz so, wie es dem verblichenen Rieglerwirt gefallen hätte.

Streng schaut sie zurück zum Eingang des Gastgartens. Dort steht ein kleiner Bub von etwa fünf Jahren, der wohl sehnsüchtig die Dorfkinder auf dem Spielplatz beobachtet, die dort auch am Ruhetag spielen dürfen. Das Kind hat uns den Rücken zugewandt.

»Maxl, komm her!«, ruft die Frau ihm zu.

Sofort dreht der Bub sich um und kommt folgsam angelaufen.

Unsere Seniorwirtin wird mit einem Mal ganz grau im Gesicht und muss sich auf den Stuhl neben mich setzen. Mit der rechten Hand greift sie sich erschrocken ans Herz.

Der Junge ist klein und dicklich. Dichtes schwarzes Haar steht ihm kreuz und quer vom überproportional großen Kopf ab. Kleine Augen lachen uns aus einem runden Gesicht mit rosiger Haut und stark geröteten Wangen entgegen.

Das Kind, das aussieht wie eine Miniaturausgabe von Ernis verstorbenem Neffen Max Riegler, kommt zu uns an den Tisch und schmiegt sich verschämt lächelnd an seine Mutter.

»Ich bin hier, um das rechtmäßige Erbe meines Sohnes einzufordern«, sagt Daniela Kacenzky mit einem bitterbösen Blick auf die Marie.

Epilog

»Komm schon, Felix. Jetzt trödel nicht so rum, der Andi wartet im Auto«, ruft die Gabi nach oben und nimmt die Skijacke meines Buben von der Garderobe im Flur. Er fährt mit ihr und dem Andi in den Skiurlaub nach Zauchensee.

»Ich bin ja schon da.« Laut polternd kommt er die Treppe herunter, seine geliebten Spiderman-Comics in der rechten Hand. »Papa, tschüss.« Er umarmt mich, während meine Schwester versucht, ihm seine Jacke anzuziehen.

Dann schiebt sie den kleinen Kerl hinaus durch die Tür und dreht sich noch mal zu mir um. »Schöne sturmfreie Tage«, zwinkert sie mir zu. »Wir rufen dich an, sobald wir im Hotel sind.« Und schon laufen die beiden zum Andi, der in seinem Auto mit angelassenem Motor wartet und mir grinsend zuwinkt.

Mein Bub hat den bedrohlichen Auftritt der Vroni Bachler blendend überstanden. Wohl weil er gar nichts davon mitbekommen hat. Trotzdem vergeht kaum ein Tag, an dem er seinen Schulkameraden nicht von seinen privaten Kriminalgeschichten erzählt. Und die Geschichten werden von Mal zu Mal abenteuerlicher.

Meine Schwester und der Andi haben sich endlich im neuen Haus eingelebt. Obwohl sie schon im Sommer übersiedelt sind, konnte sich die Gabi so gar nicht von meinem Felix trennen. Also tauschen die beiden ihr hypermodernes Dreißig-Quadratmeter-Schlafzimmer in ihrem Zweihundert-Quadratmeter-Haus immer wieder mal gegen das alte Schlafzimmer aus altmodischem Kirschholz in Gabis ehemaliger Wohnung im Obergeschoss unseres Elternhauses, die immer noch leer steht. Dabei ist das neue Haus wirklich der absolute Burner, würde der Rebhandl sagen. Sogar einen Kamin haben die Holzer-Brüder wie versprochen zum Super-Sonderpreis eingebaut.

Der Schorsch genießt wieder glücklich sein Junggesellendasein im Hotel Mama, wo ihn die Baumgartner Christl nach Strich und Faden verwöhnt. Den Nachtclub vom Straubinger meidet er allerdings wie die Pest, und um junge schöne Frauen macht er seither einen weiten Bogen. Die Sache mit seiner Dienstwaffe wird noch ein Nachspiel für ihn und wohl auch für mich haben. Aber die interne Untersuchung dauert lange, und BAK-Staatsanwalt Probst hat auf Bitten der Gscheitmeier die leitende Beamtin ersucht, Gruppeninspektor Baumgartners vorbildliche Dienstzeit in all den vielen Jahren unbedingt zu berücksichtigen.

Unsere Kurzzeit-Kollegin Gscheitmeier ist wieder daheim in ihrem heiß geliebten Linz, wenn sie nicht gerade mit ihrem Partner im Dienste des BAK Wien unterwegs ist. Was leider oft der Fall ist, denn auch unter uns Polizisten gibt es so manches schwarze Schaf. Aber sie lässt sich von Zeit zu Zeit bei uns blicken. Was vor allem den Buchinger freut, denn irgendwie hat er sich doch an sie gewöhnt.

Aber meinem Ex-Kollegen bleibt kaum Zeit für sentimentale Gedanken. Obwohl er schon einiges an Erfahrung als werdender Vater aufzuweisen hat, ist diesmal für ihn alles anders. Es wird nämlich ein Bub, ein Stammhalter für das Haus Buchinger. Jeden noch so kleinen Handgriff nimmt er seiner Frau ab und hat vor, sich eine Auszeit vom Kriminaldienst in Form von Väterkarenz zu nehmen. Denn die gute Erika hat ihre Ausbildung nicht abgebrochen und ist fest entschlossen, sich demnächst zu Hause eine Praxis für Lebens- und Sozialberatung einzurichten.

Apropos Nachwuchs. Monis kleine Kirschblüte blüht und gedeiht. Technisch gesehen ist zwar Amuro Watanabe nun auch nachgewiesenermaßen der Vater. Praktisch hat der begabte Pianist aber leider kaum Zeit für seine kleine Tochter, da er von einem Konzertsaal in dieser Welt zum nächsten jettet. Also hat sich die Moni kurzerhand entschlossen, mit ihrem Michel die Familie auch formell zu komplettieren, und die beiden haben letzten Monat still und heimlich geheiratet. Nun, nicht ganz still und heimlich, denn ich hatte die Ehre, Monis Trauzeugen zu geben. Schräg? Nun ja, so sind s' halt heutzutage, die jungen Leut, würde die Erni sagen.

Die kleine Chantal wurde in die Obhut ihrer Großmutter gegeben. Ihre Mutter darf das Kind nur in Anwesenheit einer Mitarbeiterin des Jugendamts sehen, denn die Frau weigert sich nach wie vor, sich vom Weber scheiden zu lassen. Der sitzt erst mal hinter Schloss und Riegel und wird hoffentlich so bald nicht wieder rauskommen. Der Kerl war nämlich nicht nur Alkoholiker und brutaler Familienschläger, sondern auch an so manchen Einbrüchen von Branko, Kevin und dem Sieder beteiligt, wie neue Aussagen der drei jungen Männer ergeben haben. Die sich übrigens gegenseitig immer weiter belasten.

Die Bachler Klara hat sich wieder vollständig von ihrem Unfall erholt. Dennoch muss sie sich zumindest wegen Hehlerei, aber auch wegen Beihilfe und Hilfeleistung an der Tat ihrer Schwester vor Gericht verantworten. Ihr Vater konnte sie zwar mit einem teuren Anwalt vor der Untersuchungshaft bewahren, doch im Gegenzug dafür muss sie die nächste Zeit wieder zu Hause in ihrem alten Kinderzimmer verbringen. Ich weiß nicht, ob ihr die Justizanstalt nicht lieber gewesen wäre.

Ihre Schwester, die Vroni, wird wohl nicht so schnell aus dem Gefängnis herauskommen. Irgendwie tut mir die junge Frau doch ein wenig leid, obwohl sie uns mehrfach in Gefahr gebracht hat. Das dauernde Geläster durch alle Koppelrieder, allen voran durch ihren Vater, über ihr Äußeres, hat ihren Selbstwert tief sinken lassen. Ich hoffe, dass ihr in Zukunft geholfen wird. Wenn man den Gerüchten im Ort Glauben schenken darf, hält jetzt, wo es eigentlich schon zu spät ist, die Bachler Herta endlich zu ihrer Tochter, und der Segen im Haus unseres ehemaligen Bürgermeisters hängt gehörig schief.

Richtig gelesen, ehemaliger Bürgermeister. Der Bachler ist nämlich von seinem Amt zurückgetreten. Um sich endlich mal um seine Töchter zu kümmern, möchte man hoffen.

Aber vermutlich eher deswegen, weil der Ziegenbart Rebhandl einen langen und wirklich guten Artikel über die kriminellen Schwestern geschrieben hat und der Bachler dabei am schlechtesten weggekommen ist. Nun müssen die Koppelrieder erneut zu den Urnen schreiten, und die Renate, unsere Organistin, Asia-Laden-Besitzerin und überzeugte Grüne, rechnet sich gute Chancen aus. Ihr politischer Gegenkandidat, der tiefschwarze Möbelladenbesitzer Eidenpichler, aber auch.

Unser alter Notar Dr. Lechner hat seine Arbeit wieder aufgenommen. Das mit der Ruhe war wohl nichts für ihn. Und auch nicht für seine Anette, die tatkräftig die Kanzlei leitet. Der Mercedes Gullwing ist allerdings nicht mehr nach Koppelried zurückgekehrt. Offenbar gab es letztendlich doch ein so gutes Angebot, das der Notar nicht ausschlagen hat können. Vielleicht auch auf Betreiben seines Sohnes. Denn unsere neue Notariatskanzlei nennt sich jetzt Lechner & Sohn.

Und der kleine, pummelige Maxl, der dem verstorbenen Riegler wie aus dem Gesicht geschnitten ist? Der ist tatsächlich sein Sohn. Zum Leidwesen der armen Erni, die ihre Marie auf keinen Fall mehr verlieren will.

Aber das ist eine andere Geschichte.

Glossar

abg'schleckte Frisur – nach hinten zurückgekämmtes Haar
Armutschkerl, das – bedauernswertes, armseliges Wesen
aufblatteln – (jemanden) aufdecken
auf Teifi kimm aussa – auf Teufel komm raus
ausg'schamte Kanaille, die – durchtriebenes, unverschämtes Luder
bacherlwarm – lauwarm
Badewaschl, der – der Bademeister
blunzenfett – sturzbetrunken
Bummerl, das – dickes Kind
Buserer, der – Unfall mit Blechschaden
eam – ihm
Eana – Ihnen
einituschen – angeben, aufschneiden
Falott, der – Gauner (kumpelhaft gemeint)
fesch beinand – hübsch zurechtgemacht
fescher Kampl – attraktiver Mann
Firmgodi, die – Firmpatin (katholisch)
Funsn, die – unzufriedene Frau
gampig – geil
Glumpert (Glump), das – wertloses, unnützes Zeug
Gnack, das – das Genick
gneißen – kapieren
Goaßbart, der – Geißbart
goschert – unangemessen frech

Gschaftlhuaberin, die – Wichtigtuerin
Gschloder, das – schales Getränk
gschnappig – frech
Gschrappen, die – das Kind
Guck, die – Augen
Halbe, die – halber Liter Bier
Hallodri, der – Frauenheld
Hendl, das – Huhn
Herzkasperl, der – Herzinfarkt
Hetz, die – Spaß, Gaudi
Heugeigen, die schiache – hässliche, große, dünne Person
Hiesiger, ein – Einheimischer
Honk, der – Dummkopf, Idiot
Jopperl, das – Trachtenjanker, Jacke
Kanaille, die – Schuft, Pack, böse Person
kein Ohrwaschl rühren – nichts tun, untätig sein
Kukuruz, der – Mais
Lackl, der – großer grobschlächtiger Mann
Mensch, das – das Mädchen
Millibidschn, die – große Milchkanne
oafach – einfach
oamoi – einmal
Ohrwaschl, das – das Ohr
oiso – also
o'zapft – angezapft (beim Fass)
Pantscherl, das – Affäre, Liebelei
Pappn halten, die – das Maul, den Mund halten
pumperlgesund – vollkommen gesund

Rabenbratl, das – ungezogenes Kind
Rotzpippn, die – frecher Lausbub
Saubarteln, die – Schmutzfinke
schiach – hässlich
schiffen – urinieren
Schlapfen, die – die Pantoffeln
schmähstad – sprachlos, keine Antwort parat haben
Schnoferl, das – Schnute
schupfen, etwas – etwas organisieren, führen
Sommerspritzer, der – leichte Weißweinschorle
Stamperl, das – Schnapsglas
stibitzen – etwas von geringem Wert entwenden
Stodinger, die – Bewohner der Stadt Salzburg, Städter
strunzdeppert – sehr dumm
Trampel, der – dummes, ungeschicktes Mädel
Trutscherl/Trutschn, die – unsympathische Frau
wampert – dick, übergewichtig
Waserl, das – ängstlicher, furchtsamer Mensch
Watschn, die – Ohrfeige
Wo kemmaten wir da hin? – Wo würden wir dahinkommen?
wurscht – egal
Zipfi, der – Verniedlichungsform von »Penis«, Schimpfwort für Männer
Zodn, die – lange, dünne Haare
Zuagroaste, der – Zugezogener, Nichteinheimischer
Zuaspeis, die – Beilage
zupft, etwas gezupft haben – etwas abgenommen, entwendet haben

Dank

Schon in meinen ersten beiden Salzburg-Krimis durfte ich mich an dieser Stelle bei den Menschen bedanken, die mich auf meinem oft etwas holprigen Weg als Autorin begleiten. Auch diesmal danke ich meiner Familie und meinen lieben Freunden für ihre unentwegte Unterstützung und dem Emons Verlag für die Veröffentlichung. Besonders meiner Mutter, die sich über jeden von mir geschriebenen Satz von Herzen freut.

Vor allem möchte ich meinem Mann danken, der all die Stunden rund um die Entstehung eines Buches schon drei Mal mit mir durchgestanden hat: unzählige Verbesserungsrunden, nagende Selbstzweifel, stets wiederkehrende Unsicherheiten, Angst vor LeserInnen-Reaktionen, Lampenfieber vor Lesungen, all die vielen Stimmungsschwankungen von himmelhoch jauchzend bis zu Tode betrübt und vieles mehr. Danke, dass du mein Fels in der Brandung bist!

Abschließend möchte ich einen eher ungewöhnlichen Dank aussprechen: Ich bedanke mich bei der kleinen Natascha, für die schon mit sechs Jahren feststand, ein Buch zu schreiben. Hätte sich dieser Wunsch nicht so sehr in mir manifestiert, wäre ich so viele Jahre später wohl kaum mehr dieses Wagnis eingegangen. Schon gar nicht drei Mal.

Aber es hat sich zumindest für mich gelohnt: Mein Leben wurde um so viele liebe Menschen bereichert, denen das Lesen meiner Krimis Vergnügen bereitet. Zudem durfte ich in mittlerweile schon drei Bänden die fiktive Existenz all der mir so sehr ans Herz gewachsenen Koppelrieder Figuren ordentlich durcheinanderrütteln. Und in meinem Kopf gehen alle ihre Geschichten weiter.

Natascha Keferböck
BIERBRAUERBLUES
Broschur, 288 Seiten
ISBN 978-3-7408-0931-7

Drei Tage nach seiner Hochzeit wird Brauwirt Riegler tot aus dem eigenen Weißbier gefischt. Hauptverdächtig ist seine frischgebackene Ehefrau, denn die hat die Hochzeitsnacht nicht mit ihm verbracht, sondern mit Polizist Aigner – im Boxspringbett mitten im Schaufenster vom Möbel Eidenpichler. Und das ganze Dorf weiß Bescheid. Gemeinsam mit Chefinspektor Buchinger macht sich Aigner unter verstockten Dörflern, kauzigen Salzburgern und versnobten Münchnern auf die Suche nach dem Mörder. Und findet gleich mehrere!

Natascha Keferböck
IM FLACHGAU WARTET DER TOD
Broschur, 304 Seiten
ISBN 978-3-7408-1325-3

Mitten in den Flachgauer Raunächten geschieht ein Mord, der das beschauliche Örtchen Koppelried in den Ausnahmezustand versetzt – und mit ihm den Dorfpolizisten Raphael Aigner, der das Opfer nur allzu gut kannte. Mit Unterstützung alter Kollegen nimmt Aigner die Fährte des Täters auf und trifft dabei nicht nur auf überhebliche Pfaffen, windige Geschäftsmänner und kauzige Dorfbewohner, sondern kommt auch einem dunklen Familiengeheimnis auf die Spur.

www.emons-verlag.de